Best Time

白 马 时 光

挚野

完 结 篇

野

Sincere 2 feelings

丁墨

著

百花洲文艺出版社
BAIHUAZHOU LITERATURE AND ART PRESS

图书在版编目（CIP）数据

挚野 . 2, 完结篇 / 丁墨著 . — 南昌 : 百花洲文艺
出版社 , 2019.3
　ISBN 978-7-5500-3097-8

　Ⅰ . ①挚… Ⅱ . ①丁… Ⅲ . ①言情小说—中国—当代
Ⅳ . ① I247.5

　中国版本图书馆 CIP 数据核字（2018）第 244855 号

挚野 2：完结篇

ZHI YE 2: WAN JIE PIAN

丁墨　著

出 版 人	姚雪雪	
出 品 人	李国靖	
特约监制	夏　童	
责任编辑	袁　蓉　叶　姗	
特约策划	何亚娟	
特约编辑	夏　童　柚小皮	
封面设计	小茜设计	
版式设计	王雨晨	
封面绘图	starry 阿星	
出版发行	百花洲文艺出版社	
社　　址	南昌市红谷滩世贸路 898 号博能中心 Ⅰ 期 A 座 20 楼	
邮　　编	330038	
经　　销	全国新华书店	
印　　刷	三河市金元印装有限公司	
开　　本	710mm×980mm　　1/16	
印　　张	21.5	
字　　数	382 千字	
版　　次	2019 年 3 月第 1 版第 1 次印刷	
书　　号	ISBN 978-7-5500-3097-8	
定　　价	39.80 元	

赣版权登字：05-2018-444

发行电话　0791-86895108
网　　址　http://www.bhzwy.com
图书若有印装错误，影响阅读，可向承印厂联系调换。

目 录
contents

第一章
鸿门之宴 001

第二章
一票之胜 019

第三章
少年模样 037

第四章
朝暮不复 057

第五章
伤人伤己 074

第六章
朝不见暮 089

第七章
湘城金鱼 105

第八章
心系彼此 123

第九章
荒野爽约 141

第十章
颁奖重逢 163

目 录
contents

第十一章
同赴云南   182

第十二章
岑野求和   199

第十三章
此生归处   218

第十四章
保驾护航   235

第十五章
云落万里   248

第十六章
金鱼成名   265

第十七章
岑野求婚   279

第十八章
丑闻旋涡   293

第十九章
朝暮发声   306

第二十章
今予信仰   322

番外一
天造地设   335

番外二
星星嫌弃   337

<第一章>

鸿门之宴

第一遍排练，赵潭做手势：一、二、三……起。各人专注于自己的部分，都是已熟练至极的乐曲，也都是高手和老手，一遍徐徐结束，听着似乎没有任何纰漏，可也没有太多情绪起伏和惊艳。最出彩的只有岑野的歌声，仿佛如上一场比赛那晚，浅吟低唱，柔情起伏，自由轻抚过每个人的耳朵。连许寻笙他们这些听惯了他歌唱的人，心依然缓缓沉浸在某个看不见的世界里。于是乐队演奏到了后半段，就明显比前半段更加出彩。

一曲终了，辉子丢下鼓槌，咧嘴笑了刚想说"不赖"，就看到岑野阴着张脸，长腿一伸，踩在对面的一个音箱上，冷冷地说："漂亮，这么个演奏法，时稳时不稳，心思都不在曲子里，咱们六进四啊，就等着被淘汰吧。"

岑野的话说得凶，辉子一下子把话咽了回去，张天遥和赵潭脸上也不太好看。许寻笙没吭声，她承认自己都有点受其他人影响，演奏时无法达到最佳状态，无法全情投入。没办法，同伴们都是松松垮垮的，你想状态佳便有些艰难。

但说来奇怪，以前几个男孩也会偶尔起争执，虽然恶声恶语但很快和好。但现在岑野发了火，其他几人竟都没说话。要换往日，可能还辩驳两句，抑或是开两句玩笑，不肯受这个骂。现在却都好像成了哑巴，竟像是有点……不愿与他针锋相对。

也不知道，是否与岑野如日中天的人气有关系呢？

大家都尴尬地待了一会儿，末了，还是赵潭打圆场："小野说得确实没错，咱们最近练习确实少了，刚才那遍也少了点意思。要不都收收心，再来一次？"

岑野没吭声，张天遥也不吭声，辉子忙点头。许寻笙柔声说："小野，你别急。是我跟他说，自从赢了深空分裂，大家一次聚在一起的排练都没有过。那些广告代言，还有活动，占用了我们太多精力。现在的风光，只是短暂的。只有在比赛的路上走得更远，咱们才能红得更久。"

她说得柔声细语，句句在理，几个男孩才都点点头，气氛松弛下来。岑野看她一眼，没说话。

片刻的调整后，又来了一遍。

说来奇怪，岑野发了火，这一遍就立刻恢复到了他们惯有的水准。放下乐器后，所有人眉眼间都有了笃定的神色，也可以放松休息一下，互相调侃聊天。之前那僵持难堪的气氛，早已烟消云散。

又练习了几次，一遍比一遍更稳定。这些天丢下的乐感，仿佛都捡了起来。等训练结束了，大家出去吃饭。岑野走在最后，把许寻笙的肩一勾，说："我办事，你大可放心。你看，他们在我的调教下，是不是又生猛了？"

许寻笙笑而不语。

他低头在她脸上偷亲一下，说："其实你不用担心，我这次，肯定要带着你们拿冠军。"

哪怕朝暮乐队如日中天，可到底后面还有几轮比赛，变数很多，还有旷左乐队这一根绕不过去的硬骨头，他却好像已经把冠军视为囊中物。许寻笙微微皱眉，这在她看来太过猖狂自负。可还没说话，岑野却像知道她的想法，淡淡地说："我不是在吹牛皮。上一场比赛，唱到了那个份儿上，我就知道，以后没人拦得住我了。"

许寻笙心头轻轻一震。

他狂得目中无人，可她居然觉得，他说的也许是真的。他比谁都聪明，比谁都看得清前方的路，并且毫不掩饰自己的野心。

三天后，六进四的夜晚。吸引了数以百万计新粉丝的朝暮乐队，不负众望，发挥稳定，以悬殊比分战胜本场对手，第一个挺进年度四强。

当晚，"小野闭眼唱歌""朝暮""超级乐队六进四""旷左的歌"等关键词纷纷登上网络热搜。

旷左乐队在另一组比赛里也是一口气登顶，总分位列第二，仅次于朝暮乐队进入四强。不过，他们与朝暮乐队的悬殊主要在网络人气得分，其他演唱方面的得分不相上下。迄今为止，朝暮乐队还未跟这支另类的传奇乐队碰过面。而下一轮，按照抽签，他们即将相逢。因此下周的比赛，也被网友和乐迷称为"最后的王者之战"。只不过最后能够挺进决赛的，到底是今年光芒大盛几乎一步登顶的偶像新王，还是不循正轨遇上任何强者都曾疯狂碾压的黑暗之王，一时还真不好说。

对朝暮乐队来说，已经获胜的这一轮比赛，实在是太轻易也太得意，以至于没有人会从心里真的惧怕旷左，甚至连最谨慎的、曾经警示过岑野的许寻笙，想到下一场的对手，也只是觉得会有点棘手，却不会害怕紧张。大约这也是他们一轮轮战过来，终于如外界所说，积累起来的强者底气。

六进四赛后的第二天上午，睡得昏天暗地的岑野，被一个电话吵醒。

他几乎梦游般，懒洋洋接起："嗯？"

郑秋霖沉静亲切的声音传来："小野，还在睡？"

岑野这才睁开眼睛，笑了："秋姐啊，什么事？"

所以说连向来严厉的工作狂郑秋霖，都无法不喜欢小野。听他原本冷漠、后来没个正形的笑声，软软的、刺刺的就像只小爪子挠在姐姐的心上。郑秋霖知道，那是信任，是熟络，也是依赖。所以怎么会有人不喜欢他呢？他拥有着令人难以置信的才华，还有风流皮相和可爱又可恨的性格，他什么都有，天生就该被万众热爱。他那些队友，完全没办法和他比。

郑秋霖低低笑了，说："恭喜进四强，不过不要掉以轻心，旷左很强。"

那头岑野已坐起来了，手搭在膝盖上，晒着慵懒暖和的阳光，还在笑："知道，我们会全力以赴，谢谢秋姐。"

留下的乐队越来越少，现在他们乐队的成员，已是一人一个房间了。岑野住的，无疑是整个基地面积最大、风景最好的。一整面180度落地窗，可以将远近景色一览无遗：录制下他们每一轮比赛的演播大厅、一片片树林、许寻笙带他去过的那片小山丘，还有远处最辽阔清净的景色。最近岑野偶尔也会伫立窗前，一站好一会儿，说不清那是什么心境，就觉得居然开始喜欢那边无际苍茫开阔的景色。仿佛这样心就能得到片刻宁静，又仿佛他的人生，本就应该站在这里。现在，他终于抵达。

此刻，他就一只手握着手机，另一只手夹了支烟，立在窗前，一身白色T恤短裤，略略长长的头发，中分耷拉在额头。人比景色更疏冷好看。

郑秋霖说："今天一早就有代言找上门了，著名的风臣集团旗下的顶级服装品牌，只找你一个人，代言费我给你谈到了1000万。"

岑野微微垂着头，慢慢吸了口烟，笑了："好，谢谢秋姐。"

在这一段特殊的时期，各种声名、金钱、欲望和诱惑如井喷般来临，在朝暮所有人都还有些猝不及防的时候，那些找上门的机会，可以把一个人越炒越热、越托越高的机会，当时究竟是一开始就只找岑野一个，还是本来想找他们乐队全体；是市场真的这样反应，还是有人暗中引导着、控制着，朝暮乐队和岑野，根本无从知晓。

即使是后来的岑野，已看透了这个圈子的光鲜、势利和手段，虽大多谈不上龌龊，却也并不光明正大，且最是冷酷无情。当他回忆起这段时光时，所见一切之下的一切，也是模糊不清的，也永远没办法找出真相。

岑野只知道，那时候他们都是卒子，哪怕走到了万众瞩目的位置，谁死谁活、谁上谁下，依然是被人一念掌控。

只是这时，挂了电话，岑野独站窗前，一整支烟抽完了都不知道，还吸着熄灭的烟头，脑子里无法不去想那个数字——1000万！即便除去主办方的分成，也有500万归他自己！他的心扑通扑通跳着，低头看见指间残留的白沙烟，心里冒出个念头：我还抽这个干什么？以后天天抽和天下，想买什么不能买，想要什么不能有？

可心里还是有些难掩的不安，他想到的是其他乐队成员得知这个消息后的态度和反应。将心比心，必然不会好过。但这份喜悦实在太大，轻飘飘的，仿佛一团摸不着边际的雾，笼罩住一切。而人的心也仿佛雾中火苗，刹那变得模糊不清，飘忽不定。

然后他又想到了许寻笙，想到要告诉她这个消息，心里就是一片欢喜。自己现在真的有能力了，有钱了，想怎么宠她就可以怎么宠她，可以让她过上很好很好的生活了。这感觉真的是……太棒了！可原先那几分不安的感觉，仿佛又生了根。他隐隐预感到如果去找许寻笙，那份不安便会将她也牵扯其中。

这于岑野而言，是一种模糊的说不清的直觉。于是一时间他只是独坐在房间里，微微沉溺在那份让人迷醉也叫人迷茫的未来。他简单一算，如果加上即将到手的这笔代言费，再加上之前七七八八的收入都还没有动用，也就是说他手上的钱会有接近千万。

而跟平台方的合约，独家代理只会持续到比赛结束后半年内。也就是说，在那之后，他就有真正自由，100% 拿到自己的收入。虽说他也能感觉到，郑秋霖他们那边，对于他可能还有进一步的想法和安排。但现在他的名气和粉丝已经到手，即便将来他们想再给他勾画出一条路，想要合作，那也是得和他这边仔仔细细谈的，他自然也是不会让自己吃什么亏的。

岑野满心畅意地又这么想了一会儿，他知道，自己经纪人的事，已是迫在眉睫了。

岑野拿起手机，直接打给了岑至。

现在是工作日的上午，岑至在上班，接电话时嗓音比较低，亦很严肃："小野，有事？"

岑野心头一热，说："哥，你……在干什么？"

岑至失笑："我当然是在上班，比较忙，有事直说。最近在网上看到你的比赛视频了，我有好几个女同事是你的粉丝。我说是我亲弟弟，她们都不信。别提我心里有多骄傲了。比赛、生活都还好吧？打给我是不是有什么事？"

岑野心里那一片温热也在渐渐蔓延，淡笑着说："我当然很好，好得不得了。嫂子还好吧？"

岑至还是笑："她也挺好，还老念叨你，说你现在出名了，要替好多闺密跟你要签名照。你可记着这事。"

"没问题。"岑野停了停，问，"你工作怎么样，忙不忙，累不累，现在那个……发展前景怎么样？"

岑至答："还不是就那样，不好不坏。"

岑野静了静，慢慢说："哥，你把工作辞了，来给我做经纪人吧。"

岑至一下子愣住了，失笑说："那怎么行？你那些我根本不懂，干不来的。而且我干 IT 项目管理都七八年了也不可能轻易改行……"

岑野却无比清醒坚定："不，哥，你干得了的，我身边也只有你能干。你来做我的经纪人，也做我们乐队的经纪人。你肯定不会害我，只会为我和大家的安全和利益考虑。而且你比我成熟老练多了，干个经纪人根本不在话下。我现在参加比赛不到三个月，挣了已经快接近 1000 万，这还是被网站拿走一半提成之后的钱。等比赛完了，收入只会更高。你过来做我们的经纪人，任何合作都由你出面替我和乐队谈，你的收入从我这里支，按行规我给你两成。哥，我没有对别人说过，可是我想要在这条路上走得更稳、更长远。我想要带着乐队一直往上爬，爬到更高的，也许别人都看不到摸不着的地方去。那是我们想都不敢想的事，但是现在，只要我想，就真的能做到。你过来，咱们兄弟俩一起干，成吗？"

岑至忽然什么话都说不出来。

他从来没有想到，自己的这个弟弟，这个只会唱歌、过得颠沛流离但从不服输的弟弟，真的有这一天，会走向某个巅峰，名利兼收。并且还不满足，要带着他这个大哥，野心勃勃去闯出一个更波澜壮阔的未来。

许寻笙穿戴整齐，化了淡妆，按岑野说的准备好墨镜、口罩，坐在床上等。那人嚣张的敲门声啊，冷不丁就会传来。

今天他们约好出去玩，就两个人，避开人多的地方，到山里去踏青。也不知道这样的安排会不会冒险，但岑野不以为意，执意要带她去，她便也就随他了。

不过，这段时间许寻笙也能感觉出，岑野整个人的气质、习惯也是有所变化的。且不说随着独自面对活动越来越多，他待人接物越来越沉稳老练。和她在一起时，他也会比较慎重，人前人后不露端倪。许寻笙倒不会觉得这样不好，本该如此。

只是他眼睛里藏着的东西似乎也越来越多了。似乎有许多深思，也有了很多自己的考虑。他并不跟她多说什么，包括他自己的一些个人代言。她也就不问。其实他的目光会让她感到似曾相识——那是一个男人在这个最浮华的名利圈里，渐渐变得成熟复杂的心思。可许寻笙会想，小野是不一样的，世故是他的能力，真挚却是他的风骨。所以她只会安静地看着他，在他一天天比他们更忙碌的时间里，等他转头，等他靠近，等他回来。

离约定出门的时间，已过去了十五分钟。

许寻笙低头看了眼手机，刚想打给他，他的名字已跳跃在屏幕上。

她接起："喂。"

岑野那头却不安静，似乎还有别人说话、走动，还有风声，听着是在外面，他说："宝宝，抱歉，今天临时去不了了。秋姐半个小时前通知我，广告拍摄改到今天了，现在就要走。"

许寻笙道："哦，没事。"

岑野的声音听着倒不是很沮丧，依然沉稳平静，可一旦听到许寻笙安静的声音，正要坐上保姆车的他，心中却是一动，压低声说："你……别不高兴。秋姐是老大，我也没办法。我一忙完就回来找你。"

许寻笙如实答："有点失望，但不至于生气。你不要在意。"

她这么一说，岑野就笑了，脑子里也浮现出她此刻必然坐在那里，微微垂首，有点委屈又有点清冷的样子。于是原本被工作占据的心思，仿佛一下子空旷了几分，然后全部被深深的愧疚占据。

"我尽量早点结束，"他坐上保姆车，轻声说，"等我。下次一定陪你去。"

"嗯。"

他还不挂，说："亲一下。"

许寻笙道："不想亲。"

他又笑了，说："我想。"然后对着手机，清清脆脆地"啵"了一声。对面的刘小乔和摄影师瞧见了，都恍若未闻。

电话挂断，那人也离开基地了吧。许寻笙独坐了一会儿，把手机丢在床上，轻轻叹了口气。

许寻笙往窗外看去，太阳已经很大了。蓝天通透，白云浮动在远山之上，这么好的天气。

本来，岑野和她约好，两人一起去京郊爬山的。她又望向放在脚边的双肩包，连食物和水她都准备好了。

那便一个人去。

她从背包里拿出一大半东西，背起包出门。

赵潭他们要么出去玩了，要么在房间里堕落。可许寻笙不可能叫上谁一起，哪怕是乐队同伴，孤男寡女她也会觉得不合适。她没有戴墨镜，只戴了顶帽子，离开基地，上了公交车。车上没什么人，自然也没人认出她。等到了十渡景点门口，倒有几个年轻游客多看了她几眼，她侧身避过，一个人进了景区。

人人提到北京，想到的都是高楼大厦，繁华热闹，很少有想到什么自然景观的。许寻笙也是今天亲自来了，才知道京郊还藏着这么一片山清水秀、巍峨壮观的景色。

尽管还未到夏天，炽热的太阳已照得人晃眼，通体发热。今天是工作日，游客很少。许寻笙沿着登山步道，不疾不徐地走，旁人走一小时的山路，她若无其事地踱了两小时，到了片小山丘坐下。

山丘上几块天然巨石，形状嶙峋，是一处天然的观景平台，好在旁边还有几棵繁密老树遮阳。许寻笙盘腿坐在一块石头上，喝了几口水，又吃了东西，然后静静地望着远方。

天空太蓝了，无边无际，只有一两朵浮云，像一面巨大的镜子。数座山峰隔谷相望，绿意繁密，偶尔有鸟飞过，更添寂静。还有几根宛如巨人般的石柱，矗立在对面的山坡上，就像是远古神邸留下的遗迹。

亦仿佛天旷地阔间，此时此地，只有她一个人，在这里。

许寻笙感到了最近很长的一段时间里从未感到的彻底宁静。她不被人打扰，只有一颗心，安静真实地跳动着。没有比赛压力，没有名声，没有金钱，什么都没有，也没有小野带给她的那些来自心灵深处的狂喜、冲动、失落和不安。只有她一个人，清清楚楚，无牵无挂，像从前那样，一身轻松，也没有被小野拉进这个世界里，多好。

可当她闭上眼，躺了一会儿，却还是会想起他。想起他刚才在电话里，轻笑着说"亲一下"；想起他最近的眼神，那眼神已不似以前澄澈，却更加深刻复杂。她想自己原来看着一个男孩到男人的蜕变，一个普通人到巨星的旅途。其实这也是她早就预料到的吧。

但这一路走来，虽然他变得很忙，虽然他的很多心思开始花在人气和合作商上，但待她又有什么变化？从那天听她唱那首歌时双眼含泪的男孩，到今天随随便便一个代言费就是千万却缠着她在电话里亲亲的人……并没有真的改变。

闭着眼的许寻笙嘴角慢慢弯起。

可为什么，心里总还是会感到不安呢？尽管许寻笙不想承认，因为这种感觉在她看来，是不理智也没有任何缘由的，可竟无法控制。是因为曾经失去过一次，怕重蹈覆辙？毕竟与徐执比起来，小野更年轻，性格还更冲动。

还是因为现在找上他的单独代言越来越多，他也越来越少地和其他人在一起，和她在一起？他离她、离他们都越来越远了吗？

还有个问题许寻笙一直不想去问，因为她从来都是个随遇而安的性子。可如果周围人看他们的目光越来越探究，且网络上一旦有什么对他们捕风捉影的消息，这会令许寻笙心头一紧……那么她就会无法抑制地想到一个问题：今后他们俩的关系，到底要怎么维系？什么时候公开？

小野现在正是一步登天的时候，谁都知道不能传绯闻。即使没人提起，小野也没提，但公开恋情，无疑会把他狠狠地拽下来。别说岑野是否愿意，她都不舍得他这样。

继续隐瞒下去？隐瞒到什么时候？而且随着小野越来越红，她势必要被隐瞒得越来越深。甚至以后，见一面都会变成很难的事，待在同一个乐队里，是否也变得不妥。

依许寻笙的本性，很不喜欢这样的生活状态。爱情若不能坦坦荡荡，自在舒服，多少甜蜜都会变成不甘和痛苦，就像她以前和徐执一样。

这问题无解，一想便是心烦意乱，丝丝缕缕缠绕。许寻笙深吸口气，按下心头不安，睁开眼。

天空、远山、溪谷和树木全都寂静无声。还是只有她一个人，在这幕天席地之间。可许寻笙有种什么样的感觉呢？她已隐隐感觉到了，今后自己和岑野之间的困难，会有千重万重。尽管还不知道那些具体是什么，可她明白，会有很多事即将到来。她虽性子清简，却也不单纯，同时也能想到，会有一些人，不愿意看到小野继续这么掏心掏肺地爱她了。

思绪至此，许寻笙意外地发现眼眶竟有些湿热。于是她慢慢睁大眼睛，按捺下去。心想，她才不管，她也不理，除了小野。只要两个人一直在一起，她谁也不会去搭理。

岑野又哪里会知道，许寻笙心里会有这么多的担忧。今天于他而言，依然是星光闪耀、众人瞩目、新鲜有趣。新的广告拍摄了一整天，执镜者是国内一流摄影师和商业广告导演，跟着他们，岑野也学了不少新东西。从清早时，导演一直蹙眉；到傍晚时，人家一见他就笑。岑野心中也自有份得意——只要自己用心，又怎么会做不到？他就是要拼命，哪怕现在已经真真切切感觉到红了，那只是个开始。他就是要一路大红大紫下去，让所有人都彻底敬仰、彻底服气！

拍完了，散场收工，刘小乔打发岑野去休息一会儿。他回到贵宾休息厅，旁边还有两个主办方的年轻姑娘做助理，给他端茶倒水。她们看岑野的目光，都是羞涩闪光的。对于她们的殷勤的、小心翼翼的伺候，岑野只是微微一笑："我没什么事需要你们帮忙，你们也去休息吧。"

两个姑娘连忙说："没事的小野，我们不累。"

岑野偏了偏头，似笑非笑："可是我想一个人待会儿。"

她俩顿时笑了，是那种完全被男孩的一个小动作、一句话都给打动了的宠溺的笑，连忙说："好的，那你好好休息，我们不打扰了。""我们就在隔壁，有任何需要叫我们。"

岑野点点头，看着姑娘退出去，带上门。偌大的金光灿灿的休息厅，就剩他一个人，归他一个人，没人敢进来随意打扰。他心中忽然有些百味杂陈，想起之前每一次演出，和兄弟们挤在黑暗或是狭窄的休息室里，满是别的乐队留下的烟味和体味，等待演出到来。

现在也不知道坛子在干什么。他今天来录制这个价值1000万的代言，大家也都知道了，至少表面上，也都没说什么。能说什么？他自己都不知道要说什么。

还有许寻笙，今天一天都没能跟她联络。其实他想过要带她来的，又怕她无聊。她应该是根本不喜欢这种场合，也不喜欢漫无止境地等待他，而且他也不希望旁边的人会用各种探究的目光看他身后的这个女人。想到这里，岑野心里莫名有点焦躁，下意识掏出手机，点开她的微信头像，心念一动，点开朋友圈。居然真的看到她发了今天新的照片。

山峰、蓝天、溪涧、竹排，还有阳光穿过树枝照在石头上的影子。只是没有她。她从来都不喜欢自拍。

她一个人去了？

岑野心中顿时说不清是什么感受，心疼、愧疚、嫉妒、生气……还有某种被人丢下后的极度郁闷。他给她发短信："回基地没有？"

许寻笙回复很快："回了。"

"好玩不？"

"还不错。"

岑野看着那几行字，过了一会儿回复："没我陪，上天入地，好玩个屁。"

那头，许寻笙看着这条明显怨念十足的短信，忍不住笑了。原来丝丝绕绕如同窗外暮色缠绕的心情，也一下子明朗了许多。

她问："你什么时候回来？"

他几乎是立刻回复："吃完饭就回，等我。"

她说："好。"

放下手机，两头的人都是面带微笑，意摇神驰。

有人来敲门，岑野应声，居然是郑秋霖亲自来了。岑野立刻站起，笑："秋姐，你怎么大驾光临了？"

郑秋霖笑着，笑得笃定又隐晦："小野，有人想请你吃饭。是时候和你谈谈今后的发展了。"

岑野静默片刻，说："好啊。"

岑野从没来过这样的地方，甚至连听都没听说过。中式庭院，小小的门脸，挂着"虎墨沉香楼"这么个低调古韵的招牌。车一停稳，立刻有穿着中山装的服务生迎出来，接过钥匙去泊车。两个穿红色呢子大衣，下面露出旗袍料子和光滑小腿的高挑女孩，微笑迎过来，既显得端庄，又显风流。郑秋霖对她们低语几句，她们便点点头，含笑："这边请。"

岑野双手插裤兜里，戴着墨镜，跟在郑秋霖身后往里走。其他助理甚至包括刘小乔都没有跟来。那两个女服务生看到他，神色也没有明显变化，显然是见过些世面的。

这便是岑野第一次踏足私人会所。当然此时的他并不知道，此后许多年，自己能私下自由出入的，只有这样的地方。这是后话。

他们穿过一片桃花、樱花盛开的花园，还有幽转回廊、假山水潭。岑野并不懂园林装饰，却也觉得这里的风景虽然小巧，却幽雅得很，看着特别错落有致，暗藏妙处。如今岑野也算见过些世面了，心里明白，这里绝对是个超级销金窟。请他吃饭的人，还让郑秋霖从中牵引，来头必然不小。

又走过几段回廊，到了一处古香古色的宅院前，迎面就是块巨大屏风，空着的堂屋里雕龙缀凤，若不是知道这里是会所，乍一看还以为闯入了哪家大户遗留下来的祖屋。又穿过这堂屋，走过一段镂空墙壁的走廊，才到了一处极为开阔的房间。

偌大的铺着白绢布的餐桌，并未坐人，只是摆满了精致的青瓷餐具。又一扇花鸟屏风旁，两个男人抽着烟含笑闲聊，旁边沙发上还坐着四个妙龄美女。

岑野微微一怔。

那两个男人他见过。在对战深空分裂前，对他还有过提点之恩。一个是"梁爷"，一个是"跃哥"。

之前岑野虽然对娱乐圈一无所知，却也不傻。赢了那场比赛后，立刻上网去搜索，也想办法打听了一下，很快就弄清楚了两位大佬的身份。

梁世北，双马视频副总裁、旗下网综事业部总经理，这次比赛的总导演，也是郑秋霖的 boss。之前打造过好几个红遍网络的选秀节目，也捧红了无数像岑野这样的草根新人。此刻梁爷只是抬头看了眼岑野，笑笑："来了？坐。"而后继续和跃哥说话。

李跃，Pai 娱乐集团董事兼总裁，旗下有数位顶级流量明星，亦签下了近年来好几位选秀走出来的国民巨星。他依然是上次儒雅温和的样子，冲岑野点头："小野，今天的代言拍完了？感觉怎么样？"

岑野笑着点头："还不错。"

这两位大佬，坐在一起，就是能让半个娱乐圈都震动的势力。即便他们什么话都不说，岑野也能感觉到他们作为上位者的那种气场和无端带给人的压迫感。岑野不喜欢这种压迫感，不喜欢这种人上我下的位势感。但是他能有什么办法，即使只是打了个照面，他忽然很清醒，明白过来这两人其实可以完全左右自己和乐队之后的命运。所以他只能忍着，脸上依然带着随意的但绝不轻狂冒犯的笑，跟着郑秋霖坐下来。

他也不清楚那几个女人的身份，或许是他们公司新签的小艺人，或许是这家会所的人？梁爷的手落在其中一个女孩腰上，还有女孩靠着跃哥肩膀，跃哥似乎也没太在意，招呼另一个说："还不给小野倒茶点烟？不认识他吗？"

那女孩立刻笑了，说："认识啊，当然认识！小野现在好红的，我们每个星期都在追他的比赛。"其他几个女孩也说："是啊是啊！"她立刻坐到岑野身边来，岑野笑笑没说话。

女孩给他倒了茶，又拿了支烟给他，岑野刚含上，一只纤白素手已点燃火机，凑近他的脸。岑野动作一顿，到底还是让她点了烟，抬眸看去，女孩脸蛋染上些许绯红，衣服和身材都很惹眼，能够吸引任何男人的目光。

岑野还是第一次遇到这种场合，脸还冷着，一副老江湖模样，夹着烟慢慢抽。脸却有点发烫，就跟身旁坐了团火似的，不再往旁边看一眼。谁知身旁的郑秋霖却扑哧笑了出来："不是吧小野，你连耳朵都红了。"

梁爷和跃哥全都看过来，也都被逗笑了。几个女孩也都偷偷笑着。岑野失了面子，也不慌，笑笑说："热的。"身旁的女孩却立刻说："那你怎么看都不看我一眼？"

岑野几乎是立刻答："又不是我女人，有什么好看的？"

女孩撇撇嘴，不说话了。大约是没想到，他看着这么放肆风流的皮相，居然这么古板，还舍得让女人吃瘪。

跃哥说："想吃什么菜，让秋霖给你点。"

岑野咧嘴一笑："我什么都吃。"

梁爷倒是笑了："挺好，和我一样。"于是跃哥和郑秋霖都笑了，岑野看着梁爷粗犷中透着几分凶气的模样，心想我跟你才不一样。

跃哥又微笑问："后天的半决赛，准备得怎么样？"

岑野吸了口烟，答："没什么可准备的，兵来将挡、水来土掩。"嚣张是他的本性。梁爷依然是似笑非笑的样子，跃哥却看着他说："想要赢，就得好好准备。旷左的实力其实在深空分裂之上，只是一直以来有些另类而已。他们的主唱玄麟，一出道，就是你现在唱歌的境界。加上现在非常流行糅合古风的东西，他们的评弹摇滚，不好对付。"

岑野静了一下，说："谢谢跃哥，知道了。不过我只坚持自己的音乐，没什么可怕的。我该是什么，就是什么。"

梁爷忽然笑了一下，说："他现在的人气，倒是远甩旷左几条街的。"话是对跃哥说的，跃哥点点头。岑野也不知道他这句话是什么用意，喝了口茶，没吭声。

转而两位大佬开始聊别的了，岑野不懂，也插不上话，就在旁边很是无聊地听着。冷不丁感觉到身旁的女孩，往自己肩上一靠，淡香袭来，肢体无比柔软。小小一张脸，仰头看着他，手也伸过来，轻轻挽住了岑野的手臂。

岑野斜眼看了看那女孩，人家眼里清亮得很，她在干什么，自己心里也很清楚。岑野笑笑，那笑一下子让女孩怔住了，因为那是个会让任何女孩有点着迷又有点受伤的笑。岑野站了起来，甩开她的手。女孩傻眼了，立刻坐直，掩饰自己的失态。

岑野说："我去一下洗手间。"跃哥闻言点点头。

洗手间就在静室外侧，门口有几个女服务生守着，毕恭毕敬为他开门。岑野站在洗手台前，看到这里连镜子和水龙头都是镏金制成，异常精致。看着看着，他忽然笑了。心想，原本这就是他以前渴望的生活：名气、粉丝、金钱、房子……还有想怎么抱就怎么抱，想换几个就换几个的美女。这样的生活，想怎么放肆，就怎么放肆，要怎么堕落，就怎么堕落。可今天第一次有人投怀送抱，还是个极品美女，他脑子里还没反应过来，条件反射就把人给推开了。

那是为什么？

还不是因为许寻笙。家里有那么个宝贝，看起来与世无争万事看开，唯独是个剽悍的大醋坛子。想到这里，岑野忍不住就笑了。要是让她知道今晚的场面，哪怕他连人家的手都没摸一下，估计都有他好受的。

岑野不是白痴，今晚来这儿的事，自然不会跟她提，免得她乱想。但其实他今天在这里干点什么许寻笙也无从知道……

他也不想背地里做任何会让她难受伤心的事，哪怕为了面子逢场作戏也不行，他自己的心好像会先受不了。

这么想着，心反而定下来。

于是回到房间后，岑野径直在距离几朵野花都很远的一方沙发坐下，那女孩识趣，也没有再凑过来。至于这样落在两位爷眼里，会不会觉得他岑野胆小人怂没有男子气概，他也懒得管了。天大地大，老婆感受最大。

郑秋霖点的饭菜上来了，几人落座，那几朵野花倒是先离开了，显然是没有资格和他们同坐听正事的。岑野心里一喜：走了最好！

珍馐美食上了一道又一道，几乎都是岑野没吃过的。他也懒得端着，反正人家是比他高好多级的大佬，索性风卷残云般把自己那份吃了精光，吃得舒服又自在。

而他不知道的是，这份姿态落在郑秋霖眼里，对这男孩的喜爱和怜惜又多了几分。她见过了多少男孩女孩，在那两个人面前，谦卑讨好的姿态，有些作态甚至连她都感觉不堪入目。岑野却很真实洒脱，既不刻意讨好，但又谦虚尊重。哪怕你来意不明伸伸手就能捏死我，我还是只做自己。郑秋霖也在心里暗暗盼望着，今晚的"谈话"能够顺利，小野能够做出明智选择，这个圈子最好的资源即将堆在他面前，能令他彻底大红大紫，红破天际。

吃了半晌，跃哥似闲聊般地谈起："说起来，这几年选秀效果远远不如零几年，观众审美疲劳了，形式也难推陈出新，要红起来，很难。"

岑野握着筷子，慢慢吃着，听他说话。

"不过跃哥这几年还是做红了好些个超级选秀明星啊。"郑秋霖笑着说。

跃哥笑笑，倒也没有得意表情，谦和地说："那是他们本身素质就好，就像小野这样。而且咱们一直比较尊重选手，尊重观众，从不随随便便糊弄观众，他们才买账。什么是好的，什么是坏的。谁用了心，谁在圈钱。观众看似盲从，其实心里一清二楚。"

岑野笑而不语。他一直对这个如同兄长般的大人物，很有好感。可能他本身就是吃软不吃硬的性格，对梁爷倒是没啥兴趣。

"你怎么不夸我节目运作得好？"梁爷朝郑秋霖说。她扑哧笑了，说："老板，我老夸您，不是有拍上级马屁的嫌疑？"

梁爷看向岑野："你说呢？"

岑野想了想，答："节目运作得确实很好，不拘一格降人才。我想在现在的环境下，做到这样公平公正机会多多，很难。梁爷，我有幸参加这次比赛，这杯敬您。"

郑秋霖含笑看着他的一言一行，梁爷笑笑，倒也不因为这小子难得的恭顺喜笑颜开，不过也给面子，端起喝了。

跃哥说："怎么不敬我？"

岑野还没说话，郑秋霖便说："您又没有实实在在提携过我们小野，现在还不能敬。"

岑野低笑："秋姐啊……"举杯朝向跃哥，"您上次对我的点拨，帮助实在太大，先干为敬。"

跃哥开怀地哈哈大笑，梁爷也笑。气氛可谓是真的其乐融融，比上一次四人会面，却熟络放松多了。岑野想，也不知道跟他现在蒸蒸日上的人气有没有关系，才让他们现在更加看得起自己。

梁爷问："当初你怎么想到组支乐队了？"

岑野答："大学的时候就喜欢搞音乐，一个人挺没劲，就拉着兄弟们一起。"

梁爷："那现在朝暮的成员，都是你的大学兄弟？"

岑野答："那倒不是，只有赵潭跟我是发小。其他几个人，都是到湘城后认识的。"

梁爷点点头，不问了。

聊到乐队这个话题，跃哥有些感慨地说："历史上出现过很多伟大的乐队。别说国外，我们国内就有很多……"紧接着他如数家珍，列举了很多乐队的名字，那些都是岑野非常熟悉的，深有同感。

跃哥又叹了口气，说："只可惜，这几年音乐环境不好，摇滚将死，基本上没有什么乐队能真正大红大紫。哪怕是音乐圈的一线明星，揣着情怀、靠个人力量拉起的乐队，拼命刷存在感，也是雷声大雨点小，不了了之。一块耕不肥的田，谁都不知道，怎么就荒成这个样子了，谁也无力回天。"

岑野没说话，他说的是实情。可此刻岑野却不清楚，他说这个，用意何在。

"是啊。"郑秋霖也说了几个例子，就是一线明星一时血热组乐队，最后尴尬冷淡收场的例子。

"可是……"岑野开口，"如果不看好乐队形式，你们为什么又要组织这次比赛？"

梁世北抬头看着他，那目光沉静又深邃，说："因为我们双马，是国内最大的视频网站平台，也拥有最强的音乐综艺制作实力。如果我们还不做，不扶持国内新生代乐队一把，就真的没有人能做、会做了。哪怕知道前途不好，也要任性地玩一把。小野，这有关于我们这一辈人的理想和曾经对音乐的热爱。你明白吗？"

岑野点了点头，不管梁爷说这番话有几分真心实意，他说出的却也是他们客观做到的。这令岑野心头隐隐有些发烫，也有些凛冽之意。

"更何况，我们做的首先是综艺选秀，然后才是乐队这个形式。怎么着都有钱赚，能够为我们的那点小情怀埋单，反而因为推陈出新，说不定赚的比之前的选秀节目更多。呵呵，只可惜……"梁爷话锋一转，"一届比赛下来，红的乐队依然没几支，最红的，依然是其中几个人。当然，你现在是本届最红的那个，其他人就算鞭长都追不上了。我知道现在有很多代言，指名要单独找你，而不是找朝暮乐队。你的个人网络粉丝超出乐队其他人总和的十倍，你也都看到了。这是很多人一辈子求都求不来的机遇。"

说完后，梁世北就盯着岑野。

郑秋霖点头附和："对，其实很多粉丝，都是因为小野，才去粉朝暮乐队的。这样反而分散了小野的个人吸引力和人气。"

三人都看着岑野，岑野心里却是重重晃荡一下，话说到这份儿上，他如果还完全不明白，那就是装的了。眼见他们就要把话题引到那上面去，岑野的脑子里却有些空落落的。这是他第一次，真切感觉到，名利圈带给他的巨大压力：眼前是他们充满诱惑讳莫如深的话语，手里是过去从未想过的富贵荣华，身后却是兄弟。

终于，李跃开口。他的语气特别平静，说出来的话却无异于在岑野耳朵里炸开："小野，论经验，我们比你多几年、十几年，看得更多，也更远。我们都很欣赏你，不想你这块璞玉耗在乐队里，将来不上不下地尴尬。现在是个全民偶像时代。团队很难在国内一直大红，顶多只是一定范围的口碑和热度。你去看看现在国内顶级的乐队，人气有没有随随便便一个流量明星的十分之一？网友们更喜欢粉个人，她们喜欢人设、喜欢幻想、喜欢你只属于我。哪怕是韩国大热的偶像团体，还不是乐队，只是男团女团。几个核心成员回中国单飞后，是不是个个红成了超级国民偶像？之前还只是固定粉丝群知道的某某男团成员，现在却连路上小孩都知道了他的名字？

"你本身既有实力，又具备偶像明星潜质。如果单飞，我们绝对有把握，让你比现在再红上十倍、红得更久、更全面！但如果你一直留在乐队，现在差不多也红到头了。等节目播出完毕，人气只会下滑不会再上升。你看已经退出比赛的深空分裂、黑格悖论，就是活生生的例子。才几个星期过去，他们的微博热度降了多少？明年这个时候，又还能剩下多少？"

岑野一动不动，也不说话，身体每一寸仿佛都是僵硬的。他的脸色已变得很不好看，只是和那三人对视着。

梁世北这时也说话了，偏偏说的还是戳心窝子的话："我们都知道，乐队有多依赖你个人的创作能力，很多歌曲都是你一个人词曲包办。除了许寻笙偶尔写点词曲，其他人其实都依赖着你。既然这样，你还有什么必要组乐队？"

"不是这么算的……"岑野低喃一声，忽然语气变得硬邦邦的，"那我和他们的兄弟情义呢？就这么甩掉他们，一个人出名发财红下去？"

梁爷不怒反笑，说："错！他们如果讲兄弟情，就该厚道点，看清现在的形势，让你单飞，而不是成为你的累赘。这一路你带给他们的东西，已经够多了！"

岑野说："瞎扯。"

梁世北的脸色一下子变了。郑秋霖心想这下完了，平时看岑野很机灵圆滑，真没想到关键时刻，他居然有胆子敢跟梁爷叫板，明明知道梁爷一句话就能让他从节目里淘汰出局。她立刻出声："小野，你给我闭嘴。"

岑野看她一眼，到底忍着没说话。郑秋霖马上说："梁爷，小野性格冲，人直，但这也不正是我们当初看中他、粉丝喜欢他的原因吗？他要是一点个性魅力都没有，任人揉捏没有想法，又能有多大的价值空间？您和跃哥想要打造的是一个超级明星，而不是普通的流量明星。您不也是发自内心赏识他吗？而且他的话也不是冲您，更多是心里难受吧。那些兄弟有的都跟了他好多年，哪里是想散就散的，总要给他点心理缓冲时间。"

梁爷的气这才减弱几分，"哼"了一声说："你倒是越来越会做我的副手了。"

郑秋霖心里也寒了一下，但岑野是她着力捧的，如果真的就这么谈崩放弃，也是两败俱伤，得不偿失，之前所有的工作都白做了。正犹疑着，跃哥却出声打了圆场："我看这样，折中一下，等小野单飞了，也不要解散乐队，乐队还是可以跟着他，作为他的专属伴奏。这样今后你好了，乐队其他人也跟着好。你要分给他们多少收入，我们不管。但我们出面签约的、力捧的，只能是你个人，你也只能以个人名义正式出道，你看行吗？"

岑野心头一跳。一丝混沌贪念，随着李跃的话，在脑子里快速攀升。心里有个声音在对他说：说不定这样真的可行，成全了他自己，也顾了把兄弟！可几乎是立刻，他就把这念头强压下去，并且感到几分懊恼。

若说他完全没有预料过今日场面，那是扯淡。那么多单独代言找上门，对于现在自己和其他人的发展差距，他比谁都清楚。可是离开朝暮单飞？他真的从来都没动过这念头。

岑野的脸色依然僵着，于是那三个人就察觉，明明很清秀灵活的男孩，原来冷酷下来，也可以足够冷酷，他的心到底有多野，根本不属于看任何人脸色。

岑野望着李跃诚恳温和的眼神，没有说话。郑秋霖赶紧推了他一把说："还不明白吗？现在是娱乐圈最牛的 Pai 集团老大，愿意签你过去力捧，你还犹豫什么？"

岑野却看她一眼，淡淡笑了："秋姐，难道我就非签不可？没人捧，我和兄弟们就一定红不起来了？"

话都讲到这个份儿上了，姿态还这么硬。梁爷已经不看他了，低头在看手机，半点耐心都欠奉的样子。

李跃却一点没动气，无奈地看看大家，笑笑。看岑野的目光，就像家里长辈看着负气小辈似的，他依旧温和沉稳地说："小野，我是非常有诚意，也很有信心地在和你谈合作。这样，你不用急着做决定——今天就给我们答复。我们也都理解，这是个非常艰难的决定。不如你回去后，先了解一下，看看我手下那些艺人，我对他们怎么样，他们是不是都在我手上商业价值和前途拓展了几倍还多？

"有些事，你毕竟年龄不大，经历得不够多。我知道你重情义，这样很好。如果你今天真的一口答应下来单飞，撇掉兄弟，我心里多少还会有点看轻你。只是人生有些问题的答案，跟情义没什么关系，譬如你究竟是个什么样的人，又能承担起什么，什么是你应该用尽一生去追求的。这些难道你就应该为了顾全兄弟情放弃？世上没有这样的兄弟情义。

"每个人的人生都会有那么一两个重要决定，你会为这些决定，付出自己都难以想象的代价，或者发生你之前想都不能想的改变。有的人，他选择孤独走下去，不是自私，而是他这辈子注定应该走那么一条路。

"你回去，好好想想这事。想清楚你现在如果放弃，放弃的究竟是什么，而你应该得到的又是什么。想好了，再给我们答复。"

<第二章>

一票之胜

话都说到这个份儿上，岑野也不想待在这里了，皮笑肉不笑地说："行，那我先回去了。"

梁世北头都懒得抬，低头看手机。李跃笑笑，点头，郑秋霖说："我安排车送他回去。"两位大佬都不置可否，两人便离开了包厢。

重新清静下来，李跃说："行了，别摆脸子看手机了。我倒真没想到，这小子会一口拒绝。之前看他一直很聪明。"

与刚才在岑野面前的冷漠不同，梁世北哪里又真的会为一个小人物动气，只是不想给他面子而已。他笑笑说："野心有，脾气，也够冲。"

李跃给两人都满上杯茶，斟酌了一下，说："不好掌控。不过真性情也好，只要让他过了心里那一关，谁真心给他好前景，他自然死心塌地。这小子值得我花这么多精力，一定要把他签下来。"

梁世北说："你就非要逼着他单飞？其实现在朝暮也挺红的，虽说乐队只能红到那个份儿上，签了也有钱赚。他要真的不肯单飞，我们签下朝暮也不是不可以。强扭的瓜不甜。"

李跃摇摇头，说："你这是害他，也是瞧不起我。乐坛多一个可有可无的乐队，有什么意义？能对音乐圈、娱乐圈格局有什么改变？所谓时势造英雄，现在的时势，就是全民偶像时代，粉丝经济。他有无可限量的才华，但只有搭着偶像这艘快艇，才能让所有人都看到他。他可以比偶像更红，比实力派也更强！我也可以造出一个前所未有的巨星，既撑起半死不活的音乐圈，又有足够人气扛起整个圈子的压力和挑战。这么有意思的事，我为什么不去做？不去让整个娱乐圈都因为未来这个人震上一震，反而要我退而求其次保一支乐队？他犯傻，难道我也跟着犯傻纵容他浪费自己的才华和前途？放心，他终究会签的，我有这个直觉。只是……还差点火候。"

说完他就看着梁世北。

在人前，李跃是儒雅好说话那个，梁世北是脾气坏、架子大那个。但人后，这一对大佬、好朋友，李跃才是更加偏执的那个，他有自己的坚定目标和对这个圈子的看法，并且认定了就绝不妥协。他既然这么坚持，梁世北也有些被打动，心想左右也不过废掉一个朝暮乐队，笑了笑说："行，我回头再让秋霖敲打敲打他。"

回基地的车上，气氛很沉闷。

除了司机，这辆保姆车上只有岑野和郑秋霖。岑野一直望着窗外，脸色便如同夜色般黑。郑秋霖看着他软硬不吃的样子，气不打一处来。可他占了情理，到底是被逼急了的那一方，她又骂不了他。

僵持了一会儿，郑秋霖说："你还是太年轻了，要是再长十岁，没人会像你这样选择。"

岑野没吭声。就是这份沉默，令郑秋霖心中一动，觉得这孩子不是不懂其中道理，只是心里过不去。于是她笑笑，从另一方面入手："你以为你们乐队其他人，没有想要单飞的？"

岑野看着她，眼眸漆黑，一时倒叫郑秋霖吃不准他心里到底有没有数了。但她还是说道："我听说张天遥和桃萌娱乐，已经在走合同的阶段了。拿到冠军后他就单飞，自己出道。桃萌虽然能力一般，关系倒有一些，把我们这边的高层关系都搞定了，并且还会有一系列通稿洗白，你们乐队还是会散，你就一点没看出来？"

岑野回到房间，脱掉外套往椅子上一丢，瞥见床角还有一瓶前天和赵潭买回来的啤酒，就地坐下，拎过来，靠在床边，咕噜噜往喉咙里灌。

一口气灌了半瓶，胃里发胀，他放下瓶子，望着窗外，突然间心里难受烦闷极了。

以往若是遇到这么糟心的日子，譬如被许寻笙无视，譬如输了比赛，他要么沉溺于打游戏不管不顾，要么蒙头大睡个昏天暗地。

可这事儿不同寻常，他也不是曾经的自己。只能这样一个人待着，竟无可排遣无人可说。

喝完了一整瓶，还是烦躁得很，几个念头在心中翻来覆去：机会、名利、兄弟、女人、得罪、过气……一时哪里想得出解决办法，浑身疲惫至极，刚想去冲个澡一睡了之，却收到许寻笙的短信："没有喝多吧？"

岑野握着手机，站在一室昏黄寂静的灯光中，忽然间心中浮出一丝酸楚、一丝欢愉。

许寻笙坐在桌前，正在临字帖，那是她无聊时的消遣。短信发出去不到一分钟，她又低头看了看，没有回复，心里有点烦躁。

却有人敲门，"咚咚咚——咚咚——"深夜也敲得响亮，完全不管不顾周围人是否被打扰。许寻笙连忙走过去，心情亦刹那好了起来。

打开门，她一怔。今夜归来的岑野，看着和平时有些不一样。

高高的漂亮男子，衬衣有点乱，有几颗扣子没扣，露出白皙精瘦的胸膛。一只胳膊搭在门框上，短发几乎遮住眼睛，眼睛里微光沉敛。

许寻笙还没说什么，他已自己走进来，顺手带上门。

许寻笙自有自己的矜持和羞涩，亦不想叫他看出自己其实等了他一个晚上，本来心里就有些失落。便又在桌前坐下，提笔写完那字帖，同时问："今天怎么样？"

岑野没有回答，坐在她身后的床上。其实每每看到她云淡风轻无牵无挂的表情，连他回来了，她想的还是先把字帖写完，多少让他有点吃味儿。他多想她也像别的女孩那样，缠着自己、离不开自己，多些热情依赖的感觉。

不过这念头也就是想想而已。他静了一会儿，也不想回答她的问题，走上前，双臂按在她身侧，低头往她的长发里探，说："别写了，陪陪我。"

许寻笙手一顿，放下笔。他已开始在一口口舔她的耳垂，那气息似乎比平日更沉默火热。

许寻笙浑身发颤，刚想推开他，却"啊"了一声，原来整个人竟被他一把打横抱起。他人瘦，却比她高大很多，手上力气也不小。抱着她走到床边，放在腿上，又是一阵禁锢着的厮磨探寻。

许寻笙动也不能动，身子发软被他紧扣。男孩眼睛里沉沉的，充满侵占欲，动作又快又狠又急。只弄得她轻轻喘息，无法抵抗，怎么推也推不开。

岑野今天不知怎的，特别冲动。越和她亲热，越觉得一股热血淹没心头，仿佛能够压制住所有烦恼，让它们都滚得远远的。天地之间，只剩下一个温软可人的许寻笙，被他掌控在怀里，完全掌控。这种放肆的、终于长嘘口气的感觉，实在太好，暂时不用面对那一切。而某种更加强烈刺激的冲动，不断贯穿全身，邪念无可抑制地滋生。想要更多地侵占她、欺负她，让她彻彻底底属于自己。

可他到底还是不敢的，也知道她现在多半不肯，于是更觉焦躁煎熬。

他不管她轻抵自己胸膛的小手，亲着她的脖子，一只手也探入衣服，揉捏抚摸。许寻笙现在已经不会拒绝这种程度的触碰了，只是红着张脸，十分柔顺地依偎着他。有时候被捏疼了会轻呼出声，软软说一句："你……轻点……"这副十足的女人娇态，却更让岑野心神恍惚、血脉偾张。他横下心来，刚想拉着她的一只手，往他某一处用力按去，却听她柔声问道："小野，你今天……遇到什么烦心事了？"

岑野的手一下子顿住，人也清醒了几分，抬头看着她，她的脸颊绯红，眸光却清亮温柔。岑野忽然感到心就这么颤抖了一下，就像干涸的飞鸟猛然望见了两汪清澈诱人的泉水，欲望也没有那么疯狂上头了。

可那些话、那件事，怎么对她说得出口？他已经快要烦死了，以她非黑即白我行我素的性子，跟着朝暮乐队本就是出于情义，根本不在乎什么前途、名利。若让她察觉他的为难，没有当机立断一拍两散，会不会就此看不起他？

她在他心里就跟尊女神似的，他不想叫她看不起。

而且他还是她男人，被人给逼到绝境了。被大人物拿捏得死死的，一点反击的能力都没有，甚至都快走投无路了，实在没脸跟她说。

于是他若无其事地笑笑，说："我有什么可烦心的，还不是在那里应酬。无聊得很，也想你想得很烦躁。"

许寻笙听他又没个正形，便也就没再追问，伸手刚想轻抚他的头发，动作陡然一顿。

岑野察觉了，循着她的目光望去，这一看只看得心惊肉跳：他的衬衫袖子上，残留着一抹红色，稍微一分辨，就看得出是半个口红印。

岑野恨不得在心中把那朵野花骂个半死。这口红什么时候蹭上的，他都没注意。

"你别误会……"他话还没说完，许寻笙已从他腿上站起来，径直往前走，紧抿着唇，脸上没有任何表情。屋漏偏逢连夜雨，大醋坛子翻了。岑野心道，哭笑不得。刚想把人拉回来哄，许寻笙快步走进厕所，"啪"一声居然反锁上了。

岑野失笑，走过去，靠着门，听了听，里头一点声音都没有。他又敲了两下门，还是没有回应。

"你都不听我解释就翻脸啊？"他说。

"你解释。"她冷冷淡淡地答。

他便把晚上饭局的情况说了一下，包括那女孩的投怀送抱和他的直接甩开，只是没提他们想让他单飞这桩大事。最后说："没有人比我更守身如玉了。今晚那情形换哪个男的不半推半就，起码也会逢场作戏一下。只有我不怕落他们的面子，直接把人给掀了。都做到这一步了，你居然还吃飞醋？"

"谁说我吃醋？"许寻笙还是淡淡地说，"我困了，想洗澡睡觉了，你回去吧。"

"别闹了。"岑野说，"听话，出来，我道歉还不行吗？"

许寻笙没有回答他，半晌后，里头响起淋浴声。岑野等了好一阵子，她还是没出来，摆明了是要跟他杠着。他终于也有些火了，那压抑了半个晚上的排山倒海般的烦躁情绪，仿佛又有冒头的趋势。

岑野点了支烟，站在洗手间门口，闷闷抽着，听着里头水声停了，但人还是没出来。一支烟抽完了，他丢进垃圾桶，说："许寻笙，我也会有脾气。"走了。

许寻笙听着外头门响的声音，重重一声，就跟砸在她心上似的。她脑子里刹那空空的，走到厕所门口，心中竟涌起个念头：说不定岑野是故意打开门，人其实还在房间里，在诱她出来。可耳边响起他刚才那句气话，心又凉了半截。

她打开门，果然没人了。她慢慢走到床边坐下，惶惶然发了一会儿呆，忽然心里特别难受。

她是不是太蠢了？做错了？看到那个口红印，脑子里就一片空白，一时间竟有了怕什么就来什么的感觉，也不知该怎么应对。她向来也不会冲人发脾气，所以下意识就冲进了厕所，一个人待着。

小野刚才的那些话是真的吗？她觉得是，小野不会干那样的事。与其说她担心的是小野出轨，还不如说又诱起她心中不安的，是那个唇印背后代表的一切——那个她已不太熟悉的，小野身处的世界，名利、诱惑、女人、狂妄野心……

那些种种，已越来越多地将他包围。他越来越耀眼，也离她越来越远。哪怕她现在也有了名气，与他相比，也黯然失色。她今后只怕再也不能和他并肩，像以前那样一起走在音乐的路上。可许寻笙怎么可以不与自己所爱的人并肩？这样的念头，会令她隐隐感到失落，亦隐隐羞愧。更不想被他察觉。所以一急之下，就把自己关在厕所里，不想面对他。

可现在，他被气走了，真的对她发火了，许寻笙心里像被塞进了无数根凌乱的茅草，烦躁梗塞无比。她在床上躺了好久，也静不下来。要她现在去找他道歉，那是无论如何拉不下脸面，也迈不出如此有勇气的一步。过了一会儿，她擦了擦眼泪，闭眼拼命睡觉。

天没亮许寻笙就醒了，这一夜睡得自然不好。今天亦是排练的日子，她洗漱穿戴完毕，刚准备出门，却有人敲门。

依旧是咚咚——咚咚咚——的固有节奏，仿佛暗号，她心头一震，几乎是立刻跑过去拉开门。

那人换了身衣服，一扫夜晚的颓靡深沉，站在晨光里，看着清爽帅气。却没来由地大早上戴了副墨镜，更显脸色白净。于是许寻笙便看不清他的眼，也不看到他的情绪，他却可以肆无忌惮地在镜片后直视着她。

"走了，该去排练了。"他说，"我把他们也叫起来了。"话虽然这么说，他人却进来了。

许寻笙："哦。"转身拿包，就听到他在身后笑出了声："宝宝，不会还在生我气吧？"

一声"宝宝"叫出，许寻笙心里刹那一震，好多情绪都在心里无声翻滚。她站着不动，结果一只长臂伸过来，替她把双肩包拿起，嗓音就在她耳边："是我的错，怎么能让别的女人碰到我的衣袖呢？半根毛都不该让她们碰到！下次……我一定注意，别气了，成吗？"

许寻笙转过身，抱着他的腰，把脸埋在他衣服里，眼眶阵阵发酸，轻声说："小野，对不起。"

岑野也沉默了一会儿，摘掉墨镜，摸了摸她的脸，哑声说："别说对不起，你这个样子，我感觉心真的要碎了。以后不管多生气，都别不理我了，成吗？"

许寻笙心里更难受，胡乱点点头，可那句"你也不要一发脾气丢下我就走"，却怎么都说不出口，像是怕泄露什么脆弱又卑微的心思。最后只是更紧地抱着他。

而岑野这么抱着她，却觉得堵在胸口一晚上的气，终于顺遂。那些无法对人提及的委屈，仿佛也得到一时安抚。又狠狠地亲了她几口，笑逐颜开，揽着她的肩往外走。

结果一到门口，恰好看到隔了几扇门，赵潭和辉子从房间里出来。那俩看到大早上岑野从许寻笙房间出来，立马笑得特别猥琐。

"早，许老师！今天天气真好。"

"小野，起得这么早啊。看着精神不错，佩服佩服！"

他们意有所指，许寻笙也不会完全听不出来。只是刚与岑野和好，心情还有些起伏，也就没理会。岑野却直接抬腿，给他俩一人屁股来了一脚，说："我刚才到她房间叫她去训练而已，就你们两个思想不纯洁！"

可那两个哪里信，笑得更猖狂。又跟岑野勾肩搭背窃窃私语了几句，内容自然是不宜许寻笙听到的。然后许寻笙就看到岑野抬起头，一字一句对他们说："我、当、然、很、强。"

那俩一阵大笑，倒也不敢对着许寻笙放肆什么，就是那种男人之间心知肚明的笑。许寻笙都快听不下去了，岑野恰好转过脸，和她对视一眼，讪讪一笑，丢下两兄弟，晃到她身边来。

那两个也识趣，走到前面去了。

岑野说："没和他们说什么，只不过这种事吧……一个男人怎么能容忍别人质疑？"

许寻笙不吭声。

可她哪里又能理解他的脑子是怎么长的，岑野竟露出几分淡淡的凝重神色，说："不吹牛，我真的很强，以后你就会更加知道我有多喜欢你。所以我根本就不可能去碰别的女人。"

一番话说得两个人心头都发颤。岑野又在这时把墨镜扒拉下来，挂在鼻梁上，露出眼睛，那双眼原来深沉又清亮地望着她。许寻笙别过脸去，不看他。他只伸出根手指，轻轻在她脸上刮了一下。明明什么都没有再说，一个小动作却叫许寻笙的心都微微抖着，难以自持，心里涌起阵阵甜蜜和酸楚。又想，明明这样好啊，他这样好，她也这样喜欢着，昨晚为什么两个人会闹成那个样子？

她再也不想那样了。小野，我们就这样一路安安稳稳走下去，好不好？

她轻轻握着他的手，他立刻反握住。熟悉的力度传来，许寻笙却感觉到心里发酸发甜也发苦。

等快到演播大楼楼下时，他俩离前头的兄弟也有了一段距离，岑野冷不丁来了句："我暂时不想再接单独一个人的代言和活动了。"

许寻笙一怔，望着他在晨光里，已变得冷酷平静的容颜，她没有说话。

等他们四人到了训练室，没多久，张天遥也来了，又是一身看着价值不菲的新行头，笑着和大家打招呼。

岑野眼睛都对他没抬一下。

训练开始。

很快，许寻笙就察觉到，尽管今早温柔来哄她和好了，岑野身上从昨晚回来就开始郁结的低气压，其实并没有消。她怎么看出来的？他一开嗓，尽管还是动听得不行，可总感觉多了几分颓靡压抑。他身上闷闷硬硬的那股劲儿，许寻笙隔着三米看着他的每个小动作，都能感觉到。

但是，和上回训练时冲兄弟们发火又不一样。今天他肚子里的气，好像主要是冲自己，而不是冲别人。没有再对别人严厉苛刻、阴阳怪气。遇到有谁哪里做得不好，他也只是平平静静的，非要你重来。一遍不行第二遍，二遍不行第三遍。很固执，但是也很沉闷。所以兄弟们除了觉得他今天颓点，也没觉得有什么不对。

只有许寻笙不这么想。小野有心事，她能深深地感觉到。

他对自己才是真苛刻，有几处真假音转换，许寻笙觉得已经接近完美，他居然冷冷笑了，说："比陆小海的巅峰状态还差点。"然后就拽了麦克风，一个人对着墙，反复练习。他就这么反复折腾自己，直唱到喉咙都哑了，就见他丢掉话筒，就地在台阶坐下，摸出根烟，沉默地抽着。而其他人，早就在一旁轻松地刷手机、吃零食了。

许寻笙望着他的背影，直直的消瘦的背，微微弓着。她拿了杯饮料走过去，在他身旁坐下，递给他。他接过，仰头喝了一大口。

"怎么了？"她轻声问。

他没看她，直视前方："没什么，有点累。"

许寻笙说："你今天很拼。"

他笑了，说："必须的，旷左那么强，不努力点，怎么拿冠军？"

于是许寻笙想，莫非他真的是因为冠军压力？不然也找不出别的原因了。否则谁能给小野气受？他气别人还差不多。这么想着，她有些释然，把头轻轻靠在他肩上，故意逗他说："小野，你以前不这样。"

"什么？"

"你以前谁也不怕，也不会紧张。现在怎么有点胆小啦？"

岑野静了静，说："我现在也不会怕谁，拼了命拿到冠军，没人能拿我怎么办。"

许寻笙一怔，抬头找他的眼睛，却只见他如寻常那么吊儿郎当笑着，看不出什么

027 | <第二章> 一票之胜

端倪。

　　而她也只能这样靠着他，别的什么也做不了。两人都安静了一会儿，岑野大概察觉了自己对她的冷淡，手指轻轻摸了下她的下巴，说："在想什么？"

　　许寻笙说："你。"

　　许寻笙大概体会不到，岑野听到这个字时心里那重重牵扯的感觉。他压低声音耳语："想我干什么？我不是陪着你吗，嗯？"

　　许寻笙刚才也是脱口而出，此刻被他追问，又在大庭广之下众逼得这么近，脸也有点红了，起身刚想走，他已一把将她拉回来，手揽在她肩上，让她靠在胸口。

　　"瞎担心。"他说，"凡事有我，你跟着就好。"

　　"好。"

　　这时，张天遥站起来，说："下午没事了吧，我走了。"

　　赵潭摆了摆手示意 OK，辉子正玩手机连头都没抬。张天遥的目光又落在不远处背对着他们的那一对身上，心中讥讽地笑了笑，自己也不知道在笑什么。刚想出门，就听到岑野问："你去哪里？"

　　张天遥扭头看着他，岑野身子和脸都半转过来，虽在问他，却根本没看他，冷冷盯着地面。

　　张天遥还有点没觉出味儿，觉得有些奇怪。因为平时没有排练时，他去哪儿，岑野从来不曾过问。他心里忽然动了一下，手心莫名发汗，答道："出去呗。"

　　岑野很浅地笑笑，看他一眼，那眼眸漆黑幽深无比，问："和谁出去？"

　　张天遥心里忽然有点来火，又有些心虚，这时赵潭、辉子也看着他们，大概也觉得有点奇怪。张天遥不冷不热地答："朋友呗。"说完也不等岑野再说什么，飞快拉开门出去。走出了一段路，才感觉内心那烦躁紧张的情绪渐渐消退，剩下的，便是层层叠叠覆盖过来的，对岑野的强烈厌恶和怒意了。

　　这么想了一会儿，他忽然冒出个念头——曾经在乐队里，自己和岑野是最要好、最投缘的，甚至不输他和赵潭。到底是什么时候，他对这个昔日兄弟，只剩下厌恶了？

　　张天遥心里忽然更加烦躁，甚至感觉有些事难以面对也不愿深想，心想反正要走了，反正以后不用屈居于他之下，赛后多半也不会和他们再有什么交集了，便加快步伐离开。

　　屋内，岑野一口气喝干饮料，用力把瓶子捏瘪，砸进垃圾桶里。

接下来几天，岑野就带着乐队，昏天暗地地练习。张天遥从不缺席，毕竟拿到冠军对他来说也很重要，但岑野基本不怎么搭理他了。

岑野整颗心都沉浸在训练里，强迫自己不去想别的，也不管别的。他憋着口气，也存了个无比固执的念头——只要乐队表现足够优秀，只要能在全国观众面前大放异彩！难道主办方就能强行把朝暮淘汰？只要能凭实力拿到冠军，人家拿捏他们，得更费劲吧？说不定也有了更好的谈判资本和两全其美的发展机遇！

他这么想着，也不准自己去试想夺冠失败或者别的更难以预料的情况。日日废寝忘食，眼里只剩下比赛。

岑野这些翻滚难言的心思，许寻笙自然都不知道。只是看着他这么拼命，虽然理解他为冠军如此，但总觉得他有哪里变得不一样了。具体是什么，又抓不住，哪怕他对她依然温柔宠溺。

而且总觉得他有些事，没有对她说。可以许寻笙的性子，你不说，我问了几遍，你还不说，我自然从此沉默不问。只是这样的一段日子，他和她单独相处的时间也几乎没有了，尽管他望向她的眼神，依旧柔软真挚，可每当许寻笙从背后望着他刻苦练习的孤独样子，望着他时常的沉默，既感到心疼，又觉得心里不知何时起，多了个很小很小的口子，里头又凉又静，仿佛钻进了一团摸不清的东西。再不像从前，两个人亲昵贴近得没有半点距离。

岑野的发狂努力，郑秋霖也看在眼里。她一句话没说，也没有继续逼着他给选择。因为她知道，时机还不到，再强压只怕岑野会反弹得更厉害。

可她内心深处，也有些怜惜少年人身上的这股劲儿，抱着一丝非常罕见的温柔念头，她想，就让他身上这股纯直桀骜的气质，再多保留一点时间吧，看他能挣扎到什么时候。

终究，他们会让他认清现实、磨掉棱角，接受安排，去走那条应该走的路。他也的确需要一番磨砺，才能沉淀出一颗真正的巨星之心，明白一将功成万骨枯，一切理应如此！

半决赛对敌旷左乐队当晚。

还有一个小时，朝暮就要登台。岑野自己有间单独的化妆室，这会儿就在里面休息，乐队其他人也没有来打扰，他们在外面的大休息室。

岑野靠在张躺椅里，灯光调暗，喧嚣声都很远，仿佛自成一个安静的小世界。

他盯着眼前的虚空，神色与眼神同样迷离沉静，仿佛背负着千斤重担跋涉了好几天的战士，现在终于要丢掉包袱上场杀敌，他的心中竟然一片平静，不喜不悲，只有迷惘。

忽然间，他有点想念许寻笙，想要拥抱她、亲吻她，从她身上得到温暖的甜意。其实她就在与他一墙之隔的地方，可他刚才走进这里时，却没有提出让她也进来，他跟自己说是因为人多眼杂不方便，而刚刚他走进来时，许寻笙也低头在看琴谱，似乎没有在意。可他心里其实很清楚，并不是因为那样。

不为其他，这几天，他有点无法直视她那漆黑沉亮的眼睛，怕被她看透自己的心事和挣扎。他想先集中注意力在比赛上，或许等过几天，得到了喘息的机会，甚至有可能他自己把问题解决了，再跟她说。

现在怎么说？他自己都不知道要怎么说。更不想被她看清自己这段时间的举步维艰、孤注一掷。

手机响了，是岑至打来的。

岑野的心竟微微一沉，半点前几日和哥哥通话时的意气风发都没有，响了三四声，他才接起，语气已是轻松平静无比："哥？"

岑至笑着说："小野，我今天正式办完离职手续了，跟你说一声，大概再过几天，就过来跟你报到。"

岑野静了一下，说："好啊。"

岑至没察觉出他的情绪有什么异样，笑着又说："本来可以明天就过来的，毕竟你现在在半决赛，很重要。但是家里有点事……你嫂子她，怀上了。"

岑野早知道他们两口子想要孩子，只是一直没上，现在一听，心中也涌起一阵由衷的欢喜："太好了！哥，行啊你！我要做叔叔了？"

岑至说："是啊，不过才刚两个月，你先别和爸妈说，等稳定了再说。"

"好。"岑野顿了顿，又说，"嫂子现在怀孕了，你把原来干了七八年的稳定工作辞了，来我这里，我才刚起步，肯定还有风险，嫂子她肯吗？"

岑至却笑了，说："说实话，一开始她是有点担心。但我说服了她，正因为我们要有孩子了，哥肩上的担子更重了，所以更要出来和你一起闯，为他们谋求更好的生活。别担心，她现在也是全力支持我，这两天也是要张罗一下她身边的事，后天我就来基地找你。"

挂了电话，岑野默坐了一会儿，忽然一脚狠狠地踹在旁边的椅子上。

比赛即将开始。

许寻笙一抬头，就看到岑野从里间休息室出来了。颜色鲜亮的演出服已经换好，妆也是完美的，因此显得他的脸色挺正常。可许寻笙一看就知道他不太对劲，因为他连她都没有看，直接走到刘小乔身后，等待出场。

其他几人都没太在意，整理好衣服，跟在他们身后，许寻笙也默默跟着。一路岑野没有跟任何人说话。

他们照例在舞台后方候场，虽然看不到舞台正面，旁边有液晶电视，可以看到实况转播。每个人都屏气凝神，听着前方的观众发出欢呼，听着主持人热情洋溢地介绍今天的赛制和参赛队伍，听着无数人高呼"朝暮""小野"和"旷左"。

然后镜头落在评委席，介绍除了常驻评委外，今天的两位特邀评委，在最后的结果判定上同样占据重要一票。

"知名歌后，十张白金唱片得主……××女士……"

"著名乐评人，音乐圈公认的伯乐，一手捧红了无数耳熟能详明星的金牌制作人，同时也是 Pai 娱乐集团总裁——李跃先生！"

岑野盯着液晶屏，忽然觉得这世道真讽刺。

没人知道，岑野的心就这么一点点沉下去。他想的是，自己之前那么不给面子地顶撞了他们，尽管李跃当时也没生气，今天就成了重要评委能够影响朝暮生死。这意味着什么？是要警告他，还是已经打算对朝暮下手了？

岑野的心里已冷寂一片，看着旷左率先上场。

上台的几个男人，貌不惊人但气质桀骜，是那种一看就沉淀过岁月痕迹的脸和身形。所以在很多女人看来，会觉得他们很有味道，这也是他们为什么拥有一帮死忠粉丝的原因之一。他们穿着深色的质地非常考究的衬衫、T恤，其中两个清瘦男子戴着墨镜，手里拿着的却是评弹乐器。主唱玄麟用手势向现场敬了个礼，现场观众爆发出热烈的掌声欢呼，几位评委也颇有兴致地看着这支不同寻常的乐队。

玄麟抬起脸，闭上眼。舞台全暗，只有幽幽的蓝色背景光，两束光打下来，一束打在评弹乐器者身上，一束打在主唱身上。清新如江南水调般的琴声响起，宛如一曲幽香入梦，观众压抑着尖叫，为它安静下来。玄麟张嘴，轻轻唱着，竟是妖娆如女人般的嗔笑喜怒。他的嘴角，却带着不羁笑容，完全是一副你奈我何的摇滚模样。

许寻笙心头一跳。将中国风融入乐曲的人很多，但摇滚乐队见少，而且很多人只是模仿的皮毛。可玄麟一曲江南调，浑然天成，圆润轻灵，听得人耳朵都要叹息。这一下先声夺人相当成功。

观众也都不是聋的，也许不像专业人士听得出子丑寅卯，却也听得出他有多不同、多么好。咏叹暂歇，全场喝彩。玄麟微微抬了抬眉眼，还是那副你欠我三百万的跩样，歌声却半点不含糊，一把非常醇厚沙哑的男声响起，却偏偏还暗藏着缠绵轻巧，仿佛一只手抚住每个人的耳朵。

而他那张原本五官清淡的脸，在独聚一身的灯光下，便显出几分男人的深刻硬朗。许寻笙想，或许这就是音乐与灵魂的魅力。

冷不丁身旁有个声音说："又看老男人入迷了？"

朝暮所站之处，灯光偏暗。许寻笙转头，身旁岑野的脸是模糊的，面容淡淡。

许寻笙轻轻摇了摇头，示意自己没有。

他却目视前方，自顾自说道："马上就把他也干掉。"

许寻笙终于忍不住微笑，这样的小野，戾气十足，还是大醋坛子，一点就着。可也是她熟悉的、怜惜的。

而后，就感觉到他的手动了动，自然是不能握手，手背却触到了她的。然后就这么轻轻挨着，他一动不动，眼睛还沉沉地看着前方。那里头藏着她已无法看清的深深抱负，也藏着一抹从未改变的温柔。

许寻笙站着，也是一动不动，手就这么和他不着痕迹地挨着。心底深处，却有某个雾气弥漫处，仿佛渐渐开出朵小小的花来，雾散花在，他也依然在。一切都好，她就什么也不会害怕了。

许寻笙的注意力重新回到旷左的表演上，只是越听，越觉得他们独特。他们的评弹调与摇滚不是割裂的，不是徒有虚名的噱头，而是从一开始就贯穿其中。每一句旋律，都带着小调轻慢悠长，可又拥有爆发的力量。玄麟的唱法也是如此，一句歌词唱得千回百转，分明有着评弹古调的风姿，可那极具力量的嗓音、放肆的歌唱，分明又是一身硬骨的摇滚！

许寻笙顿悟，他这是将评弹的唱功糅合进演唱里。这可不是简简单单能做到的，背后不知下了多少功夫琢磨尝试。所以他们出来的，完全是独特的东西，全世界大概独一家了。每一首歌，一听就知道是旷左，再也不是别人了。

若说前面的演唱技艺臻熟圆浑，完美得叫人心旷神怡，耳目一新。那么到了高潮，他们带来的竟然是一场华美盛宴。三弦琵琶急速不停，当真应了那句"大珠小珠落玉盘"，吉他、贝斯如同跑车飞速奔驰，鼓点一声声奋力砸下。也许是因为评弹也是两个男人，高潮满满的都是阳刚之气，仿佛整个舞台烈焰盛开。而玄麟的歌喉毫不逊色，仿佛火海中的一叶扁舟，迎着火舌而上，也引领着这把点燃了整个场地的火焰，烧到更高、更远的地方。

一曲终了，玄麟丢掉话筒，气喘吁吁，望着台下放肆地笑。全场沸腾，观众纷纷起立鼓掌。知道听完他们的演奏，观众最大的感觉是什么吗？是爽，美到极致的爽。因为他们把至美的东西，融合进最热血最疯狂的音乐里去。而旷左乐队每个成员的表情，也证实了他们的自负和无悔。

哪怕是一路过关斩将、如今的夺冠最大热门朝暮乐队，此时众人心头也是一凛，不敢有半点掉以轻心。

评委发言：

"太完美了，我第一次听到这样的表演，有人把评弹这么完美地融到现代歌曲中去！今天的收获真是太大了。"

"不愧是旷左，独一无二，这几乎是比赛进行到现在，我见过最独特的表演了。"

"你们今天的表现，真的无可挑剔。我今天完全成为你们的粉丝。"

……

镜头最后移到了特邀评委李跃脸上，岑野盯着他。

李跃先是非常专业地点评了他们的技术和表现，听得观众们阵阵掌声。末了，他微微一笑，说："我见过的，将古风和摇滚结合到这个程度的，只有朝暮乐队曾经的古琴版《城兽》，可以与旷左媲美。"

观众们的注意力仿佛这才回到了另一支队伍身上，爆发出更热烈的掌声，亦开始有很多人大喊"朝暮""小野"！声势比之前旷左表演时还要壮大强烈！台上的旷左乐队成员，表情倒没什么变化，显得胸有成竹、来者不拒。

甚至连主持人都颇为深沉地说："接下来上场的另一支夺冠大热门——朝暮乐队，想想都觉得很刺激，这真的是比赛以来，最让人捏一把汗的巅峰对决！"

舞台再次安静下来。许寻笙跟着他们，走上舞台，指尖仿佛都有血脉在跳，而观众都安静得有些异常，大概也都很紧张，不知道今晚到底会是个什么结果。

许寻笙今天弹的乐器同时有两架，古琴和键盘，一左一右在她面前。然而要表演的却不是主打的中国风，而是这几天，以小野为主的做了非常大的改编的歌曲。他这些天几乎不眠不休破釜沉舟，拿出来的，又怎么会是普通的东西？这首歌的气质与他们之前的表演完全不同。但是，许寻笙心里清楚，小野这样，也比较冒险，甚至有点激进，但乐队没人能劝他，而且也不知道该不该劝。许寻笙心态倒是最平和，不破不立，他们已表演过太多次相同风格，如果没有新东西出来，怎么不断干掉这条路上的强劲对手？

"难道朝暮今天的表演也是中国风？"有女评委嘀咕，并且透过麦克风清晰传出来。

人家没问岑野，岑野却笑了，拿起麦克风说："单纯的中国风都是我们玩剩下的，今天要玩点新的。"

评委们都是一怔，笑了，这小子也太狂了，居然就这么打旷左的脸。台下观众却就是喜欢这样的人物，全都兴奋不已，爆发出更加热烈的笑声和喝彩。

表演开始。

当许寻笙的古琴、张天遥的吉他、赵潭的贝斯，一起弹响第一句旋律，几乎在场所有人，都感觉出不同了。若说朝暮以前或者大多数乐队的前奏，要么徐徐道来，要么一鼓作气，大多也都循着约定俗成的路子，风格比较稳定。可今天他们的演奏，空灵、婉转中居然透着一丝诡异，那不仅是琴音，反倒是像有人在你耳边窃窃私语，为你引出一个绝对不寻常的故事。

而当岑野一开嗓，与之前的所有演唱都不同，他的嗓音从未轻薄细腻到这个程度。所有人都听得安静下来。这个开场，虽然不如旷左夺人眼球，却也很新鲜，因为你根本不知道，他后面要带着你往哪里去。

之后的一段连贯演唱，岑野的嗓音始终这样轻巧而任性，一句句快速细碎的演唱，听着似乎没什么章法，可听着特别舒服，就好像大鱼大肉之后，给你来了道清淡小菜。然而只有评委和观众中欣赏水平较高者，才能听出来，岑野的歌声无论厚度、广度、高音，都在逐渐加强。他带来的，是非常非常有难度的演唱，哪怕是之前的玄麟和陆小海，都不一定敢这么唱。只是他太大胆，各种技巧又运用得太细致纯熟，技巧就像不存在一样，只令人觉得溪水贯通，浑然一体。

所以，当许寻笙弹奏出几个高亢复杂的古琴旋律，张天遥重扣吉他，岑野的嗓音一下子拔高，他夺下麦克风，几乎是随着乐曲摇头晃脑，是嘶吼，是质询，也是控诉，观众竟然不觉得任何突兀。那是一种什么样的感觉呢？当他满脸满眼都沉浸在铿锵旋律中，你的心仿佛也随着怦怦跳动。那不是简单的好听或者不好听能够概括的，因为当他身在其中时，你也会沦陷进去，出不来了。

而后，却转为一段哀怨凄迷的演唱。岑野微微弓着背，对着麦克风，声音忽高忽低地唱着。如同一个人，在走钢丝。钢丝之下，是万丈深渊，可是他却依然抬起头，用清澈的双眼，仰望星空。

台下有一群人不约而同静默鼓掌。

岑野在这时，露出一个近乎迷幻的笑容，在他同样近乎迷幻的咏叹调中，所有乐器仿佛也跟着他开始诉说。好像有很多个声音，在讲各自的故事。又好像只有一个声音，他引领的万魔之音。

音乐和歌声，就是这样走向平缓，走向宁静。仿佛一片盛开过万种妖花的湖面，终于归于平静。许寻笙他们都抬起头，音乐使然，每个人的脸都透着清冷。岑野慢慢抬起头，双目空空神色张狂，望着观众，却又像是什么都没有看进眼里。

这不是一个典型的煽情的高潮和结尾，而是将繁华诡丽归于古漠平寂。在短暂的静默后，观众们爆发出阵阵掌声，只是其中还有不少人，表情都有点茫然。所以掌声并不如旷左表演时那样排山倒海淹没一切。连几个评委，表情都有些凝重。

而坐在最边上的李跃，跟着观众们，一下下缓缓重重地拍着掌。他看着这群大胆的年轻人，尤其是那个蓄意反抗他和梁世北，甚至竟敢在半决赛就反抗观众的岑野。他想自己真的没看错他，他竟然敢这么唱，哈哈，他竟然这么唱！

但他的目光并没有在这小子身上停留太久，就落在了舞台角落里的许寻笙身上。他想这个不声不响却颇有才气的女人，这个有能耐让两个天才歌手都栽在手上的女人，三年来，倒没什么变化。

许寻笙其实早早也看到了李跃，但一开始她并不确定是不是自己认识的那个人。毕竟他的变化挺大的：发型变了，穿着变了，气度、身份都变了，简直判若两人。但后来她仔细打量，发现眉眼间分明还是那个人。

当初徐执乐队的贝斯手，和他一起出车祸重伤幸存的那个人。李跃本就比徐执大好几岁，是乐队的老大哥，只不过当初李跃忙于乐队的商业合作，许寻笙为数不多的几次去乐队探望，也很少见到他，所以刚才一时才没认出来。

徐执过世后，许寻笙本就不关心这个圈子，跟他往日的兄弟们也断了联络，却没想到，当年的最佳贝斯手摇身一变，已是娱乐圈大佬。

至于他能不能认出自己，又会不会因为前缘在评分上有所偏颇，许寻笙根本不会去想、去在意。若哪天正面遇上了，礼貌地打个招呼；没有机会再遇上，也就罢了。

岑野一曲唱罢，浑身舒坦，一时竟感觉连日来压抑心头的闷涩愤怒，一扫而光。他直视着台下，直视着李跃，是某种挑衅，也是探究。

那天他几乎当面拒绝了他们的邀约，这几天也没理会。或许这在大佬们看来，已是冥顽不灵，不识抬举了吧？可他今天偏偏要唱自己想唱的歌，不管观众能否听懂，不管评委是否赏识。因为他知道，懂的，自然会懂，而自己这一幕高处不胜寒的表演，必然留在这个舞台的历史上。

触及李跃清亮幽沉的目光，岑野有些自暴自弃地想，所以，是要淘汰掉了吗？五个评委，这家伙手里就有一票，而且还不知道他是否能影响其他评委。

不管是什么，来呗。

约莫是察觉到这小子眼里的放肆，李跃却忽然笑了笑，转过头去，不看他了。

"小野、小野……""朝暮、朝暮……""旷左、旷左……"

观众一阵喧嚣后，评委开始投票，五票三胜。

第一名评委：

"朝暮今天的演出其实到达了一个不可思议的高度，可能会有部分观众听不懂，也可能他们的表演没有那么煽情、那么激情。但是我完全被小野征服，我投给朝暮。"

岑野弯起嘴角一笑，台下一阵欢呼。

第二名评委：

"朝暮今天的表现确实独特，但我认为在音乐感染力和整体表现上，我更倾向于旷左。"

舞台另一侧，旷左的人鞠躬。

第三名评委："……我投给朝暮。"

第四人："……旷左。"

场面忽然显得有些安静，观众们全都望向了原本不太惹眼的李跃，主持人也笑了："李老师……"

李跃先是看了看身边的评委们，笑道："你们这是把我架到了火上啊。"他是什么地位，评委们不管名气多大全都得赔笑着。但面对全场目光，李跃不慌不忙，也没有什么为难之色，拿起话筒说："我这票投给……"

岑野盯着前方地面。

李跃却顿住了，目光淡淡环视一周，看得所有人安静下来。而后他先盯着旷左，说："旷左的表现一如既往，没有让人失望。古典与现代的完美结合、特别稳定的发挥，带给我们一场精美绝伦的视听盛宴。如果是百分制，他们今天的表现在我看来能打 95。"

观众一片欢呼，当然也有朝暮的粉丝都安安静静的。

李跃又看向岑野，这小子现在看都不看他一眼，性格倒是放肆到边了，难以驯服。他也不恼，反觉隐隐兴奋，脸上却不露分毫，说：

"我们常说用音乐表达快乐、痛苦、思念、反抗……表达的方式其实有很多种，有的直抒胸臆，有的隐忍晦涩。但在我眼中，最高级别的表达是什么，是完全超脱于任何套路。爱一个人，可以是疯子在唱歌；反抗命运，可以是孩子的哈哈大笑；而拼了命地去挣扎，去得到自己梦寐以求的东西，那种爱欲交织、缘孽沉沦的感觉，也可以用歌声表达。

"今天，小野做到了。他今天的音乐形式太高级了，还有些超现实，也许不是大众喜闻乐见的节奏感强、易传播的作品，但是他深深感动了我。我好像看到了二十岁的自己，站在一个迷茫的十字路口，却始终没有忘记过去奋斗、去爱。

"这一票，毫无疑问，我投给朝暮乐队，投给小野。"

掌声雷动之中，岑野心头阵阵震动，看着远处评委台上的男人。而他的目光亦不着痕迹地隔着许多人落在他身上，清亮漫然。仿佛在说：你小子只管任性，只管去做自己。我讲话算话，哪怕你还不肯驯服，亦欣赏你。在这个舞台上，只要你敢唱自己想唱的歌，我就能为你的才华埋单。

<第三章>
少年模样

赢了旷左意味着什么?

意味着夺冠路上的最大竞争对手已经扫除,意味着朝暮这支来自湘城半年前名不见经传的乐队,昂首挺进全国决赛,争夺年度总冠军。谁都知道另一对半决赛的两支队伍,实力比这边都要弱上一流。也就是说,只要朝暮决赛发挥不失误,没有意外、没有黑幕,冠军已是头顶枝头上的果子,抬起手就能摸到。

因此这晚比赛结束,朝暮的每个人,在几名工作人员的簇拥下,几乎是喜气洋洋往宿舍走去。一路碰到的所有人,工作人员、别的乐队……都在用羡慕尊敬的眼神看着他们,仿佛看到的已是明日冠军。

许寻笙刚经历了这场大赛,知道赢得很艰险,靠的是李跃最后决定性一票。不过她觉得朝暮本就优于旷左,小野优于玄麟,应该赢。只是现在脉搏还仿佛在身体里叫嚣跳动着,心情是大战之后的空旷、恍惚与喜悦。所以之前与岑野的那点疏远还有对他的担心,似乎都变得不值一提了。

他们一群人兴高采烈、勾肩搭背,许寻笙走在最边上,揽着她肩的自然只有岑野。不过他今天虽然话不多,许寻笙也能感觉出他眉眼透出的喜悦和兴奋。只是快走到宿舍楼下时,岑野说:"我想起还有点事,回训练室一趟。"

他经常一有灵感就偏执狂似的跑回训练室,所以大家并不在意。赵潭说:"今天都赢了半决赛,冠军指日可待,你大半夜还去训练室干什么?"

许寻笙则看着他："要不要我陪你？"

岑野摇摇头，对赵潭说："别废话，把我老婆安全送回宿舍。"

赵潭："滚吧，就三步路。"

许寻笙跟着他们又往前走了两步，回头，看到岑野一个人，逆着人流，径直走回那幢大楼。人流见到他竟都纷纷让开一条路，他的头却微微垂着，不知在想什么。

李跃当完了评委，又留下来和网站的人谈了点事，在他们提供的贵宾厅里休息了一阵，助理来敲门，说："李总，朝暮乐队的主唱岑野在外面，想见你。"

李跃早知道他今晚一定会来，微微一笑："让他进来。"

岑野一走进去，就看到这位气质清雅的行业大佬，背着手站在窗边，手里端了杯茶，慢慢喝着。见他进来，也只是温和一笑，问："找我有事？"

"嗯。"岑野自顾自地在沙发坐下，见面前放了杯热气腾腾的茶，李跃说："晚上喝点红茶挺好，刚给你泡的。朋友给的正山小种，试试？"

若说以前的岑野是个大老粗，喝茶就是牛嚼牡丹，这一年来跟着许寻笙耳濡目染，倒也认识和喝过不少种茶。他端起浅抿一口说："这种茶香味独特，我也挺喜欢的。"

李跃笑笑，在他面前坐下。两人一时没说话，李跃似乎极有耐心，目光亲切地等着他开口。

岑野："你为什么把票投给我？"

李跃端起茶喝了口，说："理由我在现场不是说过了吗？"

岑野："你真是这么想的？"

李跃："自然。"

岑野低着头，盯着自己交握的双手，没说话。

他的父亲是工人，根本不懂音乐，在儿子的音乐路上，父亲给予的也只有拳头和怒斥。哥哥岑至虽然很疼他，对音乐也是全无兴趣，从来和他不能有任何交流。岑野大学学的也不是音乐，所以这一路走来，都是靠自己摸索、天赋硬撑和盲目学习，从来没有过任何专业人士或者师长，对他进行点拨和肯定。

呵……现在最赏识他的这个人，却希望他单飞踹掉兄弟跟他走。

再回想起与李跃的几次见面。一见点拨，二见宽容，三见却是在千万人面前，力挺他的音乐。他是真的懂他的音乐，所以才能在观众面前，将他的音乐内涵、他的渴求都一一狠辣剖析。而那些，正是岑野孤独地引以为傲的东西。有些甚至连赵潭等都不一定能真正理解。而现在，李跃却通过自己的口，让所有人都领略到了他的灵魂。以至于今天在获得通往决赛的那张珍贵投票和赢得比赛退场后，岑野的心仿佛还被一种灼烫的情绪包裹着，浑身血脉也在蠢蠢欲动，难以平静。人说知己难寻，除了许寻笙，岑野还是第一次对一个人生出这样的感觉，而且也许因为大家都是男人，对很多东西的理解更一致，那种投缘的感觉更强烈。

于是岑野总觉得自己不能就这么走了，得来见李跃一面。可见了又怎样？难道就这么丢掉兄弟投奔他？

岑野说："你知道我不会因为你把票投给我，就答应单飞签你的公司吧？"

李跃却也淡淡地说："你现在也知道，我不会因为你不签我的公司，就把原本应该属于你的票，不投给你吧？"

岑野没吭声，心里百般不是滋味。

李跃却长叹了口气说："但是我也只能帮你到这一步，冠亚军赛不是我能决定的。小野，后面好好比，不管输赢，不管你是否签我，希望你都记得我这个朋友。音乐是你的生命，也曾经是我的，希望我们以后还可以交流、联络。当然，只要你改变主意，随时来找我，我这边的大门永远为你敞开，永远以最优厚的条件等着你！"

从李跃的休息室出来，岑野原本抱着的"和你说个清楚明白我就不亏欠你"的心态，非但没有如期望的烟消云散，心中反而还涌起一股难以抑制的冲动和欲望。这欲望令他相当烦躁，一时间也不想再审视自己的心——此时到底想往哪个方向走。

他疾步走出一段，就看到郑秋霖一人倚在深夜的栏杆旁，手里夹了支烟。看到他，她笑笑："和李总聊完了？"

岑野闷不作声，走到她身旁，也摸出根烟，刚想点上，郑秋霖的火机已凑过来，替他点了。

岑野："谢谢。"

"不客气。"郑秋霖似笑非笑地说，"再过个几年，说不定我这个秋姐，连给你点烟的资格都没有了。"

岑野笑了："哪能啊，不管今后我是好是坏，遇到秋姐，都得给你点烟。"

这话让郑秋霖听着也舒服，她抽了几口，说："跟李总聊得怎么样？"

岑野的心还是凌乱一片，不想深谈这个话题，只淡道："不怎么样。"

郑秋霖看一眼他的神色，竟像是洞悉了他的情义两难全，笑笑说："李总确实是这个圈子不可多得的伯乐，我也很少看到他这么看重一个人。"她又轻叹了口气，说，"小野，你知道比赛到现在，我最欣赏、最看重的就是你吧？"

岑野点点头。

郑秋霖语调缓慢地说："这么多天，你不声不响，我们也都看在眼里，让你去考虑清楚。但如果你还是下不了决心，过几天，可能也要说再见了。"

岑野心头一震，听她说道："其实这场比赛，本来我们是想让旷左晋级的，因为旷左和玄麟都已经跟我们签约了。也许他们的商业价值比你们差点，但也是货真价实的有实力，而且比你们更独特。我们为什么不把这场比赛的冠军或者亚军给他们？深空分裂，所谓的乐队王者，不肯和我们签约，他们被你们淘汰了，我们又有什么可惜的？"

岑野冷笑："那今天为什么还让我们晋级？"

郑秋霖叹了口气，说："跃总不愿意，非要保你们进决赛。他使了书生性子，哪怕被你伤了面子，还非要护你这块璞玉，梁爷也没辙。毕竟我们和他的 Pai 娱乐是有持股关系的，里头的关系错综复杂，你也不用多问了。所以说，小野，你真的亏欠了跃总一个很大的人情。知不知道为了你赢得这一场，连跃总那边也是要替你还这份人情的。你倒好，现在也没什么表示，你想对得住兄弟，可对得住我这一路关照，对得住跃总吗？"

岑野不吭声，只是扯起嘴角笑笑。

郑秋霖也不管他的沉闷，继续说道："小野，你真的考虑清楚了？说实在的，你那天挺不给梁爷面子的。他是谁？顶级流量明星和大导演都要给足面子，你却要得罪他？

"现在进入决赛的另一支队伍，也已经跟我们签约了。你既然不是我们的人，冠军必然是他的了。你们和我们网站的独家合约，还剩下几个月。梁爷发话了，如果真的不愿意签约，那那些代言、资源，以及好的曝光条件，我们为什么还要给你们，不给自己的签约歌手？你可能觉得无情，但站在我们的立场，也是可以理解的吧？哪有胳膊肘往外拐的道理？

"那你们今后发展怎么样，我们也顾不上了。几个月后，咱们好聚好散，我们也不会特别为难你们。只是这个圈子，几个月的无作为和零曝光，意味着什么——人气会大打折扣，观众和粉丝会很快忘了你，很快会有新的人替代你们成为网络热点。说到底，现在就是个偶像时代、流量时代。现在因为一部剧、一台综艺，红了几个月，很快就不红了的小花、小生难道少吗？一代代跟韭菜似的拔了又长，前浪拍死在沙滩上。

"你现在固执地坚持一个乐队的形式，替整支乐队做了清高的毫无益处的表态，到时候怎么办？我们双马视频国内一家独大，以后只要跟我们有关的合作，你们肯定不能沾了，毕竟人要脸树要皮，我们也是有脸面的。那相关合作方自然也会考虑这一点，不会用你们，这我们也没有办法。本来现在捧乐队的人就很少，到时候谁为你们埋单？哪怕有人想借你剩余的人气捧一捧，提出的条件一定比我们现在苛刻很多倍，你能受得了？

"到时候你会眼睁睁看着你们人气一直下滑，一个月、两个月、一年、两年……你和你的那些兄弟，只能接着不入流的代言，回不入流的平台表演。难道还会有第二次机会，让你们翻身？知不知道你们这几个月挣的钱，几乎比国内任何一支乐队一年甚至几年挣的都要多？你们真的回得去吗？

"小野，你很聪明，也很善良，有原则，你是这支乐队的核心和灵魂。你要想明白这个道理，你好，他们才好；你不好，他们同样没饭吃。慎重考虑清楚，究竟怎么样，才是对你、对他们都更好的选择？你认为他们真的想跟着你硬扛下去吃苦，一朝回到解放前？还是去掉乐队这个名头，依然有钱赚，有好日子可以过？"

这天夜色已深，岑野说是回了训练室，却一直没有音信，许寻笙也不想再发短信，总是问他回没回来。月色很好，很大、很明亮，笼罩着整片基地。她心里总有些不宁，就一个人出来走走。

哪知到了经常和岑野去的小山坡，却见一个熟悉的人影坐在那儿，旁边扔了几个空啤酒罐，那人还拿了罐在喝。这些天来许寻笙见他大明星气势一天比一天足，这会儿却仿佛又恢复了昔日穷困潦倒臭小子的模样。

她轻轻喊了他一声，走到他身边坐下。岑野浑身一震，转过脸来，眼里仿佛都浸着酒气："你怎么知道我在这里？"

许寻笙说："我哪里知道，随便走走，就撞见你了。"

他静了几秒钟，把她搂进怀里，轻声说："小跟屁虫。"

许寻笙："我没有。"

他就笑了，继续喝酒。

许寻笙说："为什么一个人在这儿喝酒？"

他说："清静。"

他不想多说，她亦不愿再多问，只是心里，总有些叹息。

过了一会儿，却听他问道："你觉得我到底是个什么样的人？"

许寻笙把头靠在他肩上，想了想说："聪明、有才华、好看，脾气不太好、脸皮不太薄。是个好人。"

然后就听到岑野低低笑了，捏着罐子又喝了一口，偏头看着她，说："跟着我，后悔过吗？"

许寻笙说："从来都不。"

他忽然就用力握着她的脸，狠狠地亲。他的嘴里满是酒气，还有林子间清冷的气息。许寻笙低低喘着，抗议："好大的味儿……"他也不理，亲了好大一会儿，又发疯把自己喝过的酒送到她嘴边，他一口，也灌她喝一口。就这么舌唇相触地把剩下的半罐酒喝完，两人最后也分辨不出到底是彼此谁嘴里的味道和气息。

然后岑野把她抱到身前，双臂绕过她的脖子，将她整个禁锢在胸口，紧紧贴着。若说这些天来许寻笙的心里有许多次的不安，现在这一刻，能与他这样依偎，也变得安心至极。

他又难耐饥渴般吻了一会儿她的长发还有脖子，后来把脸埋下去，抵着她的肩窝，低声问："宝宝，以后我做任何决定，你都会信？"

许寻笙转过身，撩开他的短发，摸着硬朗眉骨，轻声说："如果你永远用这样的眼神看着我，你做的任何决定，哪怕是错的，也会成为我的信仰。"

岑野半晌不说话，眼中亦是幽幽暗暗。他猛地将她推倒在草地上，像只小兽般扑了上来。许寻笙知道情动时分的小野，往往是蛮横不讲理的，她只能像身下的那些野草般，任由他发狠蹂躏。

可为什么，今夜，她感觉到他的手那样焦急用力，他的睫毛也一直在不安颤抖。

岑至没想到，他们会派车到家楼下来接。以至于他上车时，抬头看着楼上的宋岚雪，即使隔得挺远，也能感觉到她眼中的惊喜。

来接他的司机是个小伙子，白色雅阁，不赖的车。看着郊区的风景一点点接近，岑至忍不住问："小野最近怎么样？"

司机忙说："您说的是……岑野老师？"随后失笑，"他可是大明星，我哪能知道他的事？不过听说他们最近刚赢了一场，应该挺好的吧。"

岑至心里很高兴，司机察言观色，问："您是他的什么人啊？"

岑至答："我是他亲大哥。"

司机"呀"了一声，说："有眼不识泰山。"岑至忙和他客气了两句，过了一会儿，司机又美滋滋地说，"今天岑野的亲哥坐了我的车，真是太荣幸了。待会儿能跟您合个影吗？"

岑至哭笑不得："跟我合什么影？我又不是名人。"

离了市区，路两边绿意越来越浓，田野辽阔，蓝天白云，岑至越发觉得心旷神怡，对自己辞职的决定也更有了信心。

昨晚在那个狭窄的一居出租屋里，两口子对于未来，充满了忐忑的憧憬。宋岚雪还是有点不敢相信："小野现在真的挣了有一千万？"

岑至说："小野从来不对我说假话。他说有，肯定是有的，前几天还叫我爸妈去看申阳别墅。"

宋岚雪啧啧两声："他们说得没错，这些明星挣钱真是太容易了。这世道，真不公平。"

岑至笑笑，并不理会媳妇的牢骚，说："就算小野明年还只挣 1000 万，我拿两成，就是 200 万。更何况他现在越来越出名了，而且有我过去给他管那些事，明年肯定挣得更多。"

宋岚雪足足有几秒钟不作声，而后靠进老公怀里说："你要是一年能挣几百万，我真是……这辈子怎么样都甘心了，做梦都不敢想。"

岑至心里也隐隐激动着，抱着她说："小野有情有义，现在赚钱了想着我，当然他身边确实也需要个可靠还有能力的人帮他，还有谁比亲哥更合适？我这份工作也不好做，以后凡事都要替小野好好考虑，什么都帮他打理好。我们兄弟俩，才能一起好好挣钱，让全家人过上好日子。尤其是你和孩子，要让你们过上衣食无忧的富贵生活。"

……

所以现在，岑至一心想的，就是尽快熟悉工作，进入角色，让小野能感觉到他的作用和支持。

车停在基地门口，司机立刻下车，替他拉开车门，岑至看到一个陌生女孩站在那儿，冲他笑。这人正是郑秋霖的助理、暂代岑野经纪事务的刘小乔。

"岑至老师吧？"刘小乔问。

岑至还是第一次被人称为老师，心想估计是他们这个圈子的习惯，忙客气地说："叫我岑至就好，你是？"

刘小乔说："我现在算是小野的助理吧，专程在这儿等您，接您去吃饭。"

"哦！"岑至看了看周围，"小野呢？"

刘小乔失笑："岑老师，小野现在可不能随便出现在基地外头，或者跟我们一起坐车去吃饭，那样第二天说不定就会上热搜。他和乐队其他人先过去了，我是来接您的。"

饶是岑至在职场奋斗数年，也从没来过这样的地方吃饭，幽静低调的园林、古朴雅致的楼阁，一路都有气质温文的服务生引路关照。他和刘小乔走过一片水榭，来到一座小楼前，门口甚至还有荷叶水池，养着数尾锦鲤。

岑至见过些世面，心想在这地方吃一顿饭，怕不是要上万，小野现在发展还真是不错，跟半年前一个天上一个地下，想想都让人心里激动。

刘小乔熟门熟路地带他进去，这地儿本就是岑野让她定的，一是给哥哥接风，二也是给乐队杀入决赛庆功。刘小乔心里其实也蛮欣慰的，她毕竟带过小野一段时间，眼见着他行事越来越有格局、气度，自然与有荣焉。

岑至一走进去，首先看到的是几张熟面孔：小野、赵潭、张天遥和辉子。他虽然没有和这群人碰过面，电视里也见过很多次。还有坐在小野身边的女孩，面容比电视上更清晰清秀、瘦瘦白白的女孩，小野的一只胳膊还搭在她椅背上，应该就是他女朋友许寻笙了。

岑野立刻站起来，笑了。岑至走过去，两兄弟抱了一下，赵潭喊："大哥！"辉子张天遥也跟着喊："至哥。"岑至和他们一一打了招呼，目光最后落在许寻笙身上。

其实这姑娘乍一看气质有点冷，是不太容易接近的样子。岑至打心眼里不喜欢冷艳的女孩，他喜欢宋岚雪这样热热乎乎知心体贴的。他心里也有点意外——原来小野喜欢这种女孩子？

但他看到许寻笙的脸似乎红了，她那双异常清澈的眼直视着他，喊道："至哥。"岑至有点意外，原来这女孩没有看起来那么冷傲。

岑野把许寻笙肩一搂，说："你喊什么至哥，跟我喊大哥。"然后笑着说，"哥，这我女朋友，许寻笙。"

一顿饭倒也吃得精致又舒服。席间，几个男孩聊到前几天的比赛，都颇为得意，显然对过些天的决赛，踌躇满志。岑至发现，弟弟一个人，倒显得深沉些，平静地喝着酒，或者逗弄一下身边的女友，并没有和他们一起吹嘘，大多数时候只是静静听着。岑至便留了个心，他觉得岑野似乎有心事。

而刘小乔一直笑着招呼饭局，照顾到每个人，聊到比赛，也能和他们分析几句，心思玲珑。反倒是弟弟身边的女友，本来应该是她以女主人的姿态招呼大家，却不怎么爱说话。虽说有人问她她也回答，但往往也是问什么答什么，不与人多开玩笑，似乎也不太关心周围的人和事，这让岑至暗暗皱眉。

而且整个席间，几乎都是岑野在逗她，低声和她说话，给她夹菜，她却很少黏着岑野。虽说看弟弟的样子，还挺乐在其中的，但岑至做哥哥的，自然感觉弟弟有点太宠着这女人了。

他们的关系，跟岑至原先预料的，也有些不同。在岑至心中，岑野现在已大红大紫了，不知多少女人想投怀送抱，许寻笙和他一支乐队的，两人暗中恋爱了，岑至心想着可能是朝夕相对日久深情，弟弟接受了这个女人，也无可厚非，总比外头来路不明的贪图他名声富贵的女人要好。可现在一看，居然还是弟弟上赶着追人家，这多少让岑至觉得不可思议。想来还是岑野年纪太轻，没什么恋爱经历，一下子就被人吃得死死的了。

不过，既然是岑野喜欢的，而且看起来还很认真在交往，只要许寻笙对小野好，踏实跟着他，岑至自然也不会过问弟弟的私事。

吃完饭，大家分两辆车，从后门离开。回了基地，岑野把许寻笙送到房间里，说："我去和哥聊会儿。"

许寻笙点头。

那晚两人在山坡亲密过之后，岑野又恢复了以前的老样子，甚至比以前还要黏她，一有机会就拖着她亲热说话。就跟上了瘾似的，那些事越说不出口，越烦恼，对她的瘾就越大，仿佛在聊以慰藉。

此时他看着她乖乖的样子，心中一动，故意逗她："可能会聊得比较晚，今天就不回来睡了，你自己早点休息。"

许寻笙微笑："越来越会做梦了。"

她不讽刺还好，这么不冷不热一刺，岑野心头一麻，更是有几分酥软感。他抓起她的肩就把她抵在墙壁上，压低声音，头靠过去，说："再说一句试试？信不信今天我就做给你看？"

许寻笙心头一跳。这段日子，她也能感觉出来，岑野在某方面对她的侵占越来越多、越来越深入，就跟着了魔似的，很多时候都弄得她快求饶了，他却还是不餍足。她也不知道是不是一直因为自己守着底线，他压抑太久，忍了太久。以他的性子，就快忍不住，所以如今讲话才越来越露骨。

许寻笙低下头，不吭声。岑野用手指抬起她的下巴，两人就在没开灯的房间角落里，这么对视了一会儿，岑野到底心软了，轻笑说："看把你吓的。"松开她，去开门。

许寻笙心里居然莫名有些愧疚，伸手抓住他的 T 恤。

岑野没动，只感觉到她柔软的手指，跟猫爪子似的轻挠了一下。挠得男人的心软成一片，多想就这么留在她身边，不去想也不去面对那些烦心事……他却没有转头，说："心软了？我可不是道德君子，你再留，我就和你办正事。"

许寻笙的心都快跳出来了，觉得这个人也太口无遮拦了。她一下子松开他的 T 恤，说："你胡扯什么？我是想说，如果有什么烦心事，就跟你哥聊聊，别一个人闷在心里。"

过了几秒钟，岑野才侧过脸，笑笑："我能有什么烦心事？我现在要风得风要雨得雨，什么都不在乎！"

岑野来到岑至的房间，后者正在跟宋岚雪打电话，笑着说："这里什么都挺好的，放心，我会照顾好自己，也照顾好小野。"

岑野在窗边坐下，听着哥哥爽朗的声音，抬头看着夜色，点了支烟。

岑至挂了电话，在他对面坐下，问："怎么了？"

岑野猛吸了两口，一时竟难以启齿。岑至伸手，揉了一下他的脑袋，说："跟我还别扭什么，刚才吃饭就看出有点不对劲了。你现在是大明星，我就不是你哥了？我巴巴地辞了工作跑过来，就是要替你处理一切烦心事的。是工作不顺利，还是谈恋爱？"

岑野说："工作。"

"怎么了？"

岑野闭上眼，用夹烟的手指按了按额头，说："他们要我单飞。"

……

岑至很快就把来龙去脉问了清楚。听到弟弟受到威胁、丢掉冠军、雪藏、封杀……

他自然感到愤怒，但他也在心中权衡利弊，很快意识到，如果对岑野自己来说，单飞无疑是更好的选择。

于是他不动声色，问："你是怎么想的？"

岑野却只说："我从没想过丢下兄弟，更何况……笙笙还在乐队里。"

这下岑至心里就有点小计较了，他想了想，说："这样，你先别管这事，决赛还是要好好准备。我先和郑秋霖接触一下，把该谈清楚的都谈清楚，我们再做决定。"

岑至去找郑秋霖时，后者就像料到了他这位明星哥哥会来，桌上摆好了数份合同文件。

彼时正是阳光明亮时分，岑至好歹在职场摸爬数年，也是独当一面的沉稳人物，他不动声色，就跟没看到那些合同似的，在郑秋霖对面坐下，两人客气寒暄了几句。郑秋霖倒也欣赏这位哥哥的练达，其实比起跟那些不知天高地厚的傻小子们沟通，和岑至这种人打交道，她反觉简单省心。

见他一直不入正题，郑秋霖大度一笑，开门见山："小野考虑得怎么样了？"

岑至笑笑说："本来挺动摇的，被你这位他向来尊敬的姐姐威胁过，现在都快钻牛角尖了。"

弟弟吃了亏，是男人就要扳回一城。郑秋霖也不生气，解释说："局面总是要跟他解释清楚的，总比事后给他一刀要好，不是吗？"

岑至想，这大概就是所谓的真小人，好过伪君子。虽然他心里挺看不起这些娱乐公司的做法，但他更在意的是弟弟的前途。

郑秋霖像是洞悉他的想法，把文件往前一推，说："看看合同吧。因为小野的强硬态度，我们又把合同修改了一遍，再也没有比这更优越的条件了。你是他哥哥，你来衡量得失，最合适不过。"

岑至接过合同，仔细看着，一个字都没有放过。郑秋霖就在边上，缓缓抽烟喝茶，气氛倒也融洽。

看完合同，岑至心里已有了计较。在今天来之前，他已上网搜集过很多相关资料甚至找了律师咨询，所以心里大概有数，他也不说自己能不能说服岑野签约，而是就着合同，把自己还不满意的地方，一条条提出来。郑秋霖兵来将挡，一条条要么解释，要么谈判，要么不让步，要么退让。

这样谈了大概有一个上午，郑秋霖眉梢眼角已隐有笑意，岑至的表情却依然严肃着。

郑秋霖问："能说服他吗？"

"还不知道。"

郑秋霖想想，说："小野是个重情的人，有些事他还没有真正感受到对自己有多重要。我有个办法，让他看清楚自己的心，没办法再坚持。"

许寻笙觉得，今天岑野训练时，有些心不在焉，倒不像前段时间那么消沉，神色似乎轻松了些。只是训练间隙，他一个人坐着，还频频看手机，也不知道在想什么，而他哥哥，今天训练并没有到场。

"喂，小野，至哥今后是不是当咱们整支乐队的经纪人啊，还是当你一个人的？"辉子问。

岑野看他一眼，笑笑："随便啊。"

辉子想了想，居然一本正经地说："他做咱们乐队和你的，等我们发展更好时，我也把一个表姐忽悠过来，自己人，用着放心。小野你挺聪明的。"

岑野含着烟，没多说话。

许寻笙起身离开键盘，站在窗前活动十指，岑野盯着她的背影一会儿，喊道："笙笙。"

许寻笙回头，他依然不顾形象地坐在台阶上，长腿大张，看着痞气又清冷。

"过来。"他说。

许寻笙走到他跟前，他伸手一拉，让她蹲下来。四目凝视，他今天似乎一直若有所思。

"让我哥也做你的经纪人，好不好？"他握着她的手，小声问。

许寻笙："都行。"

他的眉头一展，有了笑意："不怕我们兄弟俩把你卖了啊？"

"你舍得卖，我替你装袋。"她把他曾经的话又还给他。

岑野就用那双幽黑的眼盯着她，而她清晰可见在他白皙的脸庞边上乌黑的发丝。他今天穿了件松垮的卫衣，露出一小片锁骨轮廓，他现在也越来越会穿衣，怎么样都精致好看。

结果这精致的家伙，却一手搂过她的脖子，狠狠亲了一口，说："斤两太轻，我随随便便就能抱起，卖不出什么价钱，还是留着自己用。"

许寻笙瞪他一眼，有些嗔怪的意思。岑野笑，又在她脸上摸了一把，许寻笙怕他当众再干出点什么，起身走了。而岑野例行逗完女友后，神色慢慢静下来。

他又低头看了眼手机，岑至终于来了短信："完事了来我这里。"于是他直接起身，拉开门就走了，甚至没和任何人打招呼，包括许寻笙。赵潭几个倒是没在意，许寻笙却注意到了，望着他身后那扇晃动的空门，那隐隐不安的感觉又涌上心头。

这是岑氏兄弟俩，就岑野的签约问题第二次密议。但相比第一次，岑至明显显得胸有成竹很多。

他并没有立刻把合同拿出来给弟弟看，怕引起他的叛逆心理，而是在岑野又点起一根闷烟后，取走那烟，又揉揉弟弟的头说："少抽点烟，你才多大年纪，整天烟不离手。"

岑野说："没有，训练时都不抽的，也就烦心时抽会儿。"

"你烦什么心？"岑至说，"现在是全国知名的公司想签你，人家那么欣赏你。这样的机会，别人求都求不来。"

岑野看一眼哥哥，没说话。

岑至又说："我知道你过不了心里那道坎儿，你哪里是只顾利益不顾兄弟的人？但是，义气也要有个限度，就跟古人不能愚忠一样。郑秋霖是不是跟你分析过，你单飞的话，坛子他们今后的发展不一定会差，反倒是如果死扛到底，你们整支乐队都会玩完儿。你心里也知道，人家说得没错，对不对？"

岑野非常鄙夷地笑笑，侧头看着窗外，却也没有出声反驳。

"而且你真的愿意放弃吗？"岑至说，"我知道音乐是你的梦想，是你的命，比其他什么都重要吧？难道你要为了所谓的兄弟情义，或者是许寻笙，就放弃梦想？两者比较一下，孰重孰轻，你真的想清楚了吗？小野，单飞不是自私。对方的做法虽然强势，也心急，但那个跃总有句话说得没错：有些人，有些天才，他只有单飞，才能走得更高、更远。难道你那些兄弟，还有女朋友，不了解自己和你的差距？如果今天换成他们任何一个，他们会不会拒绝单飞的机会然后任由自己的才华泯灭浪费掉？就这么废掉自己的前途，他们会吗？"

岑野答不出来，过了一会儿，轻声说："别人我不知道，但是许寻笙不会。"

"可现在也不是要你抛弃她啊，"岑至无奈笑道，"只是职业发展的选择。你也不要因为爱情，影响了事业上的判断。小野，哥哥比你年长几岁，见过的人和事确实也比你多。意气用事的结果，往往不是无愧于心，而是事后的两相埋怨和憎恨。你想要这事儿不影响和女朋友的长远感情，反而要把感情和事业分开，公平看待，而不是搅在一起，互相影响。"

岑野不吭声了。

岑至自己也感觉火候差不多了，说："事业、梦想、爱情、兄弟……无论从什么方面考虑，你其实都没有选择。"

岑野轻声答："我恨的就是没有选择。"

岑至怔了一下，一时居然无言以对。而后他拍拍弟弟的肩，说："郑秋霖给你安排了个粉丝见面会活动，我已经替你答应了。不是别的，也没有收入，你去看看那些喜欢自己的人，再做决定。今天说这些，是我作为你的经纪人和大哥的全部意见和判断，必须跟你表达清楚，但无论你做什么决定，是单飞还是继续坚持，我都和你站在一起。"

而许寻笙是在岑野出发去参加粉丝见面会当天，才知道这件事，还是听赵潭说的。他们都不以为意，因为岑野的个人活动之前也有过很多。

许寻笙练了一会儿琴，手顿住。她想起，岑野不是说过，以后……再也不接一个人的代言和活动了吗？

岑野的粉丝见面会，郑秋霖早就有想法要做，所以这次临时组织，虽然有点仓促，但也没什么压力。

你岑野不是困于兄弟情吗？我就让你看看那些更多、更珍贵、更不易的情谊，再看你怎么取舍，看你能辜负谁。

……

活动会场定在市区的一家著名剧场，挺高大上的。午后时分，岑野搭乘保姆车，在贵宾通道前停下。脚下是条红毯，道两旁摆放着整齐的花篮。岑野凝望着花篮上的一个个应援牌："岑野全球后援会""小野资讯站""小野湘城后援会""小野北京后援会"……他以前从未追过星，现在看到这些，意外又新鲜。

连和他一起来的刘小乔都吃了一惊。虽说眼前的阵仗比不得那些顶级流量明星，但岑野才成名多久，并且见面会也是临时举行，粉丝们做到这样，已是非常不易。

"这些是谁准备的？"岑野问了她个挺傻的问题。

刘小乔笑答："当然是粉丝，你晚上也会看到他们的各大公众号上传图片的。"

岑野点了点头，没说话。

步入会场，活动还没开始，岑野在休息室里待着，看着屏幕里转播的粉丝入场画面。

他成名太快，其实都未曾仔细看过这些年轻女孩的脸。偌大的会场入口，每个人的脸看起来都很兴奋，那是一种奇妙的情绪，仿佛一个群体，成百上千人，被同一种情感点燃。岑野便这么面色沉冷地看着她们。

对于这次粉丝见面会，郑秋霖的说法是：无论你的选择是什么，是退是进，都应该好好看看那些喜欢你的人，也给她们个机会见到你。而岑至没说什么，只拍拍他的肩说：听从你自己的心。

可他们不知道，我向来是铁石心肠，岑野这么想着，我哪有那么容易被一群陌生人打动？

过了一阵子，粉丝入场完毕，各方准备就绪，岑野准备入场。

这次，郑秋霖也算是费尽心力，请了平台最好的一位主持人来压阵。岑野站在后台，等到主持人一上场，台下就爆发出一阵欢呼。

"告诉我，你们今天想要见到的人是谁——"主持人如是问。

无数的声音，一起喊出那个名字。非常响亮，那是所有人用尽全力喊出的声音，震得岑野的耳膜都微微作响。

"上场！"刘小乔向他示意。

岑野慢慢吸了口气，走上舞台。耀眼的光芒笼罩过来，台下欢呼一片，目之所及，全都是情难自抑的脸庞。而那一片光芒，将他与粉丝们分隔开，也将真实和虚幻划出一道界限，真真正正的，如在云端。

"谢谢你们，来参加今天的见面会。"岑野慢慢说道。

全场安静下来。这场地大概纳容三千人，全都环绕在舞台周围。岑野不管往哪个方向望去，都是一张张相似而不同的脸，很多很多双温柔的、激动的眼睛，她们就像连成了一片，成了夜幕上的点点繁星。岑野的心情其实是有点飘忽的，既不紧张也不随意，可某种温柔的情绪渐渐笼罩着他。

"这是我第一次的粉丝见面会。"他笑了笑，"希望不是最后一次。"

她们约莫反应了一下，才听清他在说什么。几乎很多个声音，在四面八方响起："不要！""不会！""小野，这当然不会是最后一次！""会有很多很多次。"

岑野一抬手，全场又逐渐安静下来。

"开个玩笑呢，"他淡淡说道，"你们还当真了。"

所有人又都笑了。

"第一首歌，《城兽》，献给你们。"

岑野想，真是奇怪，明明是唱过很多遍的歌，相信今天来的人，也都听过。可为什么当他报出歌名，那么多人那么激动，就好像这一生从未听过他的歌唱。

今天的安排是演唱四首歌曲，与粉丝们互动游戏三次。内容比较简单，时长预估一个半到两个小时。因为是他单独一个人，所以用的伴奏带，当然他也自带了把吉他。

岑野坐在高脚凳里，慢慢弹着吉他，也许是少了现场乐队，整首歌被他唱得安静清朗了几分。而当他唱至高潮，抬头看着她们，居然看到很多人都捂着脸在哭。

虽说与深空分裂一战后，岑野自觉演唱功力提升很快，可以说一日千里，可没想到会像今天，随随便便就唱哭这么多姑娘。于是他对着台下笑了，做了个擦眼泪的手势，有人尖叫出声，很多人破涕为笑，而他一直抬头看着她们，微微笑着，就像看着自己认识很久的朋友。

一曲终了，他解下吉他，掌声雷动。但她们有个很奇怪的反应，不是欢欣鼓舞，不是与有荣焉，而是在他沉默站起时，开始喊他的名字：

"小野！"

"小野！"

"小野加油！"

"小野，今天只是开始！你一定会越来越好！"

直至主持人笑着做了几次安静的手势，那些个大声对他喊话的女孩才都含着泪停下来，然后主持人开始宣布第一轮游戏的规则。

岑野站在他的身边，有点走神，他没有看粉丝们，也没有听主持人说话。他想，挺奇怪的。以往在郑秋霖、刘小乔，甚至在他们这些刚刚出道没有见过多少世面的"明星"印象里，这些粉丝狂热、简单。尽管前一段时间，他挺享受她们的热爱，也时常被感动。但心底深处，多少还是觉得追星的女孩们，有点幼稚。

可今天，他明明没说别的什么话，演唱也很稳定，为什么她们中的一些人，却像是察觉了他的情绪，所以刚才隔空拼命对他喊话。

没有人是傻的，岑野想，她们居然了解他。

这……是不是，很在意一个人才能做到？哪怕现在他是偶像，她们只是抬头仰望他的粉丝？

　　一点点酸涩的情绪，从岑野心底开始蔓延。他想起与梁爷和跃哥的那次谈话，他们不动声色地抛出条件，而他只是冷冷笑着，抬起头，却看到窗外夜色里，树枝静静摇晃。他想起跃哥说：那是你注定的人生，我不会因为你不跟我签约，就不把属于你的票投给你。但是冠亚军赛，我真的没有办法了。还想起郑秋霖站在走道里，指间香烟静静燃烧着，清清冷冷地说："冠军肯定是他们的了，之后几个月，好的代言和合作机会，我们肯定也不能给你们。站在我们的立场，你也能够理解吧？"

　　……

　　有两名幸运粉丝上场了，岑野抬起头，望着她们笑了。与岑野想的有些不同，原以为会是特别大方、开朗、狂热的女孩，却是一个戴着眼镜很是清秀，一个相貌特别普通看起来相当木讷。

　　"有什么话想对小野说吗？"主持人亲切地问。

　　清秀的那个姑娘，接过话筒，声音竟然颤抖得厉害："想对……小野说，加油，拿冠军！我们真的特别特别光荣，粉了一个这样厉害的偶像。"女孩眼睛里泪光闪烁，但到底忍着没有往下掉。另一个普通得丢进人群里就看不到的矮小女孩，则在擦眼泪接过话筒后，举起又放下几次，居然说不出话来。台下的姑娘们都很温柔，全都鼓掌给她加油，然后她才开口，声音比刚才的姑娘颤抖得更厉害："小野……我特别佩服你……你原来什么都没有，只有颜值和才华……"

　　女孩结巴成这样，台下有人笑出声，但立刻停下，代替它的是阵阵掌声。岑野温柔地望着她。

　　女孩的神色却很认真，没有笑，继续说完："你靠着自己的努力……成为……成为这么厉害的人。我……也会很努力，努力考上自己喜欢的大学，永远为你打call！"

　　台下爆发出热烈的掌声，欢呼着："好棒！""你好棒！"

　　"好的，恭喜两位幸运粉丝获得奖品。"主持人说，"要不，小野和她们抱一个吧？"

　　台下惊呼一片，两个女孩更加羞涩紧张，岑野说："为什么不可以呢？"把话筒丢给主持人，主持人手忙脚乱差点没接住。他双手一揽，把两个女孩都抱在怀里，也不知道是哪里来的冲动，轻轻拍了拍她们的背。女孩们哭得更凶了，台下的人却都安静下来，仿佛屏气凝神看着这一幕。岑野抱着她们，抬起头，冲着台下，嚣张又灿烂地笑了。

　　只要看清他笑容的人，都忍不住含泪欢呼。

第二首歌、第三首歌……第二个拥抱、第三个拥抱……

郑秋霖今天也到了现场，她坐在观众席后排的角落，没人注意到这位表情肃冷的中年女性。只不过今天见面会的氛围，跟她设想的有些不同。她原以为岑野心里憋着股气，哪怕为粉丝们动容，气氛也是相对有距离感的。没想到今天整场氛围这么温馨感人。

不过，她看过的人和事已太多。意外之余，第一个念头是，以后等小野见的多了，也就习以为常了，不会再感动。第二个念头是，很好，像小野这么至情至性的一个人，今天被彻底感动、彻底牵绊，要走，只会更加艰难。

其实此刻，岑野脑子里什么都没想，他只是专注于眼前，专注于演唱，专注于她们的一举一动、喜笑哀愁。说来奇怪，他对她们唱着歌，脑子却频频想起许寻笙。他不知道这是一种什么样的心情，或许因为她和她们同样温柔。

于是他唱得更加忘我，更加快乐。当他唱起那首写给许寻笙的《初见》时，她们仿佛也被他的快乐感染，起初的羞涩和紧张一扫而光，只是跟着他的吉他声，全场一起合唱。

而到了最后一段女声独唱时，他抬起头，看到她们全在笑，可眉眼间居然有庄重认真的神色。他听她们齐齐唱道：

风从樱花树间穿过

雪落在纤细枝头上

……

我想陪你念经哪，我想陪你去远方

他单手扬起，落下一串漂亮音符，她们唱毕，他笑了，她们也全都笑了。

"唱得不错。"他说，"你们这是逼小生没饭吃啊。"这里的小生，自然就是许寻笙。

她们全笑得东倒西歪。

岑野连休息都不愿意，端起旁边的水喝了一口，说："要不再来一首？"

"好！""耶！"吉他和弦再次清亮地响起。恍惚间，岑野忽然意识到一件事——这是不是他这么多天来，最快乐没有忧愁的一段时光？

呵……造作啊……

时间渐渐接近见面会尾声，刘小乔在台下提示岑野，唱完这首歌，就可以说几句，退场了。

岑野的目光扫过她，没有什么表情和回应。

一曲终了，几轮游戏也都做完了，岑野并没有放下吉他，只是抬头，而台下的她们，也都安静地望着他。主持人正打算登场，做一个圆满的收尾。

"其实还有一首歌……"岑野忽然开口，"从来没有公开唱过。"

所有人低声惊呼，主持人抬头止步在台阶上。

岑野微微低着头，发梢遮住眉眼，可所有人都能看到他仿佛很开心地笑了："这首歌，甚至还没有起名字。我或许会在过几天的决赛上唱，但今天，突然很想先唱给你们听。不是我写的，别人写的，但是我非常喜欢。"

掌声和欢呼声同时爆发。主持人笑笑，退下场。坐在后排将一切尽收眼底的郑秋霖，也只是安静看着、听着。

岑野轻轻弹响吉他，也许是经过他和许寻笙一起改编的前奏太温柔，每个音符都带着情意，她们已忍不住惊叹鼓掌。

草长莺飞惶惶又一春
你依然是少年模样
天高地厚寒夜最难眠
孤茶当酒谁与我伴
……

是什么在召唤着他、昭示着他所渴求的人生？为什么，在万众瞩目下弹唱着这首歌，心情就这么平静下来。从此他的心，不再愧疚，不再愤怒，不再难过，也不再犹豫彷徨。

……想，赴难关
难关有人为我挡风寒

眼睛里有隐隐湿意。

……他想翻过这座山
山下有人不怨不悔予我所求一马平川
……

那么多人，在他眼前掉泪。她们看他的目光，充满崇拜、热爱，可也有怜惜和共鸣。岑野心想，她们爱的是谁？是他，还是那个她们想要成为的自己。这世界那么宽广，有好、有坏、有喜、有愁。有坚守也有辜负。可到底什么才是对他来说最重要的？

是他一直一直，不想放弃的那件事吧。

流年，慢回转
等我一人一马一草一春再从深夜来

许寻笙的这首歌，并没有多么激烈的高潮，当他慢慢弹下这缓缓旋律，全场寂静，她们全都在用心听着。而当他抬起头，泪光一闪而过，她们全都盯着他，疯狂地鼓起了掌，大概是从未想到过，这么多天来，始终在台上桀骜不驯的小野，居然会有眼泪，而且是在她们的面前。那一瞬间，几乎所有人都想，是值得的，喜欢这么一个人，是值得的。所以从此，都会无怨无悔。

"那么今天的见面会……"岑野慢慢地微笑说道，"就到这……"

<第四章>

朝暮不复

"小野——"

隔着人群，忽然有个人站了起来。所有人都转头望去，岑野抬起头，现场导播也扬了扬手，空中的摄像机立刻追了过去。

那是个相貌甜美的女孩，看起来有二十来岁，斯文，有书卷气。她手里拿着张纸，见万众瞩目，她的脸颊发红，可眼神却坚定。有人把话筒递给她，她的声音却同样颤抖：

"小野，我是你的全球后援会会长，我叫黑土，你也可以叫我阿土。从你还在湘城唱歌时，我就粉你了。今天，我想代表后援会全体成员，对你说几句话。"

掌声雷动，岑野解下吉他，站了起来，走到台边，说："你说啊。"

顿时大家都笑了，会长也笑，居然正儿八经拿起那张纸，念了起来：

"小野，我们是野火，只属于你的一片火焰。当然我们当中也有人自称野花，你这么叫我们也不介意。"

岑野和所有人都笑了。

她继续念叨："听到你要开粉丝见面会的消息，我们都特别紧张，特别激动。因为你那么好，我们不知道要怎么做才匹配得上你的见面会，才能让你为我们也感到光荣。

"所以我们连夜去准备了花篮，还有很多应援牌，还有大家想要送给你的礼物，都交给工作人员了。希望你回去后，能够看到大家的心意。

"我们说不出太多花哨的话语，只希望你好好的，开开心心，好好比赛，拿下冠军。

但是没拿到也没有关系，因为你已经是我们心中的冠军。

"你不仅是我们的偶像，还是我们的榜样。你让我们看到了努力的意义，让我们看到了一个人为了追求梦想，可以做到什么样的自己。所以我们也会很努力，不光是努力为你打 call，还要努力好好生活。正能量追星，和你一起成长在今后的岁月里。

"你在江城樱花音乐节上的表演，我们中有人也去了。你在那里说，明年这个时候，你会让全场只看朝暮乐队的表演，只看你一个人。现在我们想对你说，你已经做到了。而明年的樱花节，你也会看到野火们的力量，你去哪里，我们就燃烧到哪里。

"小野，好好的。写出更多好听的歌，拿到更好的成绩，万水千山，万千星光，从此我们的心中，只为你。"

……

岑野独站于台上，身后屏幕播放着他参加每次比赛的视频剪辑、在排练室的一笑一攣，他用手指夹着铅笔，头发乱得像鸟窝，坐在桌前埋头写歌；他砸了湘城区的亚军奖杯；他在赛后疲惫地坐在地上，抽一支烟……最后是他在夜色深重时站在樱花音乐节的那个舞台，握着话筒，邪气地笑道："……明年，你们只看我……"

所有人站了起来，拼命鼓掌，喊小野的名字，很多人哭了出来。可岑野脸色平静，像是什么也没看到、没听到。

连坐在后排的郑秋霖竟然也用力眨了眨眼，然后自嘲地笑了，擦掉了一滴眼泪。这些女孩子还真是，用了真心啊。

也不知从何时起，她们开始齐声喊道："冠军、冠军、冠军、冠军！"

岑野就这么站在那里，听他们这么一直喊着。某个瞬间，他抬起头，扬起手，她们渐渐安静下来。

听到他轻声说："好，冠军，就这么说定了。"

保姆车返回基地时，已是暮色降临时分。郑秋霖和刘小乔都没有在车上，除了司机，只有岑至陪着岑野。

岑野像是疲惫至极，靠在椅子里，闭着眼睛，无论车辆颠簸、停停走走，他像是一点没感觉到，眉宇沉沉。但岑至很明确地感觉到，他没有睡着，只是沉默，只是闭着眼不想睁开。

"什么感觉？"岑至问。

岑野沉默了好一阵子，睁开眼，看着窗外远方缓慢落到地平线以下的太阳，天空已被染成带着淡紫的金黄色，而路上的每个人、每辆车都行色匆匆。他现在却已可以这么安静安稳地凝视着这一切，然后得到这世间所有人梦寐以求的一切，得到最珍贵的所有。

他忽然笑了，是带着点自嘲、带着点悲伤的笑："忽然觉得自己何德何能，走到了今天。"

这天晚上，乐队一起吃饭，辉子问了声："小野还没回来？"

张天遥笑笑说："大型粉丝见面会呢，能那么快？"

许寻笙看他一眼，大家也都沉默。似乎自从有单独代言和活动不断找上岑野、他一人人气远胜他们四人总和后，提到此类话题，大家的话都不多。

吃完饭，许寻笙回到房间，看了看时间，给岑野发了条短信："回来了吗？"

他回复了："回来一阵了，来我这边。"

许寻笙心想，现在正是饭点，既然回来了，怎么没找他们一起吃饭？之前有几次，他一人出去活动，回来也跟没事人似的，找兄弟们吃饭喝酒，所以大家才渐渐淡然。

但许寻笙也没有多想，走到他的房间。房门已经给她开着，他拿着手机躺床上，一看就是打游戏很专注。

许寻笙在床边坐下，看了他一会儿，觉得看不出他今天是高兴还是不高兴。他的妆已卸得干干净净，穿着白色 T 恤、黑色长裤，依旧是干净好看的少年。

"吃饭了吗？"她问。

岑野头也没抬："和我哥一起吃了。"

许寻笙站起来："没什么事我先回去了……"手已被他抓住，他丢掉手机，一把将她扯进怀里。

似乎这个人，从来不懂什么耐心礼貌，总是这样急匆匆地强行抱她。许寻笙坐在他腿上，他揽着她的腰，手娴熟地摸进她的衣服里，嘴一直吻着、咬着。直至许寻笙已神魂颠倒，他却像是故意地，贴在她耳边说道："宝宝，别忘了你的话。以后不管我做什么决定，哪怕是错的，也是……你的信仰。"

这话说出来，都让两个人心头发颤。许寻笙点点头："我不会反悔。"

他静了一会儿，忽然低低笑了，说："那我决定了，就是今天晚上。"

许寻笙反应了几秒钟，才明白他是什么意思，心头一惊。他已握着她的一根手指，送到嘴里，来回地舔。这动作实在太过肉麻，许寻笙被他舔得全身发颤，想把手抽回来，他的手猛地一紧，又揽紧她的腰，哑声说："我不是在开玩笑，不想再忍了。"

许寻笙心慌意乱，更觉得他今天有点不对劲，看着若无其事，实际却透着心急，好像急着想要证明什么、占有什么。

她还没想好怎么应对，人就被推倒了，她低呼一声，岑野已爬上来，压在她身上，双臂撑在两边，低头看着她，眼神深沉执拗得可怕，手却坚定不移往下探去。

许寻笙都快羞死了，拦着他的手哀求："小野，不要在这里……"

他低声问："你不愿意是吗？"

许寻笙说是也不行，说不是也不行，避开他的目光，说："不是的……我……我有洁癖，如果我们要那样……我希望是在我家里，或者你家里，都可以。等拿了冠军，回湘城再……我不想在这里……"

岑野心里却有些恍恍惚惚的，因为她真的松口了！答应把自己彻底交给他，她那样的女孩，答应这种事，是不是意味着这辈子都要死心塌地和他在一起？他忽然觉得开心，觉得满心温暖又欢喜。

虽说现在箭在弦上，再次被她拒绝，让人多少有点狼狈。可转念一想，岑野心中又对她是满满的怜惜，也懊恼自己考虑不周全。她这么好的女孩，与他的第一次怎么能在这种房间，这么草率。他现在什么都买得起、用得起了，当然要给她什么都是最好的第一次。以后那些更好的未来，他都要送到她面前、让她看到。

等他处理好乐队的事，再跟她专门耐心解释，她会理解的，会支持的对不对？她说不管他做什么决定，都会是她的信仰啊！

这么想着，人到底清醒下来，兀自笑笑，有些艰难地从她身上翻下来，说："好，说定了。等拿了冠军的第二天，我们就回湘城，去你家。宝宝，我们说定了，到时候我就会真的要你。你是我的，这辈子都是。"

许寻笙被他说得心头阵阵发热，两人只是握着手并肩躺着不动，她想：是的我是你的，这辈子都愿意是。

对于张天遥在饭局上似有似无的言语挑拨，赵潭其实有点反感，有点不爽。

虽说岑野独自一人去赚钱，也比他们红很多，但赵潭一直就觉得，这个兄弟跟自己不一样。他有天分，而且是很高的天分，同时皮相、气质也比其他人出色太多。

而他赵潭，说实在的，对自己有几斤几两，心里其实很清楚。他不过是普通人家的儿子，他爸妈还是好吃懒做的赌棍，弹奏贝斯完全靠自己勤学苦练，还有岑野对他一路提点帮助，否则他现在肯定还一无所成，是芸芸众生中一个庸碌之辈。

扪心自问，全中国像他这样水平的贝斯手，不说上千，估计也有几百吧。自幼性格沉稳的他，其实比其他乐队成员更早认清，如果没有岑野，这支乐队根本就不会有今天，所以他现在其实挺知足的。

小野自己出去接代言挣钱，最初赵潭确实有那么点失落，但他和小野是什么交情，过命的交情，他稍微一想也就想通了。而且看着小野越来越好，他也替他高兴。岑野也向他明确表示过，他自己多挣的那些钱，将来团队发展有需要，随意取用，他根本不在意。就冲这，赵潭觉得岑野一直是把乐队放在首位的。

所以对于张天遥时不时的阴阳怪气，还有辉子的摇摆不定，赵潭看着，心里只是冷笑，心想，朝暮乐队万一哪天真的要散，也是散在你们手上。小野有多拼命，为了这支乐队，从草根走向全国知名，你们难道都忘了？

这天夜里，吃完晚饭，赵潭在房间里整理些曲谱，也是为了几日后的决赛。没多久，许寻笙来了电话。

"许老师。"赵潭笑着说，"什么事？"

这时许寻笙已经逃脱了岑野的魔爪，回到自己房间。岑野大概也是怕夜长梦多，把持不住，放她走了。许寻笙答："那首新歌的谱子，我已经改好了。"

赵潭说："那我过来拿？"

许寻笙答："不用了，我待会儿想下楼散步，顺便给你带过来。"

"好哪！"赵潭笑着又问，"小野回来了？"

许寻笙也笑了："回来了，我刚才已经见着他了。"

赵潭很上道地"哦"了一声，不多问了。

刚挂电话没多久，就有人敲门。赵潭道："来了。"走过去开门，站着的却是岑野。这家伙双手插裤兜里，神色凝重，看一眼赵潭，自己走了进来。赵潭心想许寻笙也要过来，索性半掩着房门没有关。

赵潭回到桌前，继续看曲谱。岑野在边上坐下，半晌没说话，赵潭有些稀奇地笑了。虽说以前这小子也经常跟他窝在一起，无所事事，但自从有了许寻笙，哪里还会跑到他这里报到、发呆？而且随着他的名气越来越大，似乎也没有什么时间，能这么空闲地和兄弟待着。

赵潭放下曲谱，说："说吧，什么事？"

岑野还是沉默。奇怪的是，这么短短的对视几秒钟，于岑野而言，却刹那安静无比。

他看着赵潭的脸，忽然觉得兄弟的容颜，其实熟悉又陌生。

岑野说："坛子，我最近遇到一些事，我们的乐队，遇到了一些很难处理的情况。"

赵潭没说话，只是看着他。

岑野原本准备了很多话语，那些理由，那些他绕不过去的坎儿，可看着兄弟的眼睛，忽然间什么都说不出来。只有某种情绪，仿佛从很遥远很遥远的地方，一下子朝心头重重袭来。原来这是他压抑了许多天，不敢去深想的画面。而今天，终于真的要面对。

岑野忽然什么都不想解释了，只是慢慢说道："乐队，要散。"

赵潭虽然敦厚，却并不笨。脑子里蓦然闪过许多念头，最后看到岑野那双清冷沉静的眼睛。是从什么时候起，总是懒散浪荡的小野，有了这样一双眼睛？

一股凉意，缓缓从赵潭心底升起。那个他从来不愿意深想，也不敢深想的念头，就这么撞进心里。他的脸上没有一点表情，问："你要单飞？"

岑野仿佛感觉到，有一把钝刀，在自己心口凌迟，那么缓慢地一下下拖动着，刺痛无比。可他也知道，憋屈了这么多天，今天是了断也是解脱。他有些急躁地说："算是吧。"

赵潭沉默，岑野也不说话。

门口，握着几页曲谱站在阴影里的许寻笙，也一动不动，没有声息。

赵潭忽然笑了，是那种带着嘲弄和愤恨的笑容："这不是刚决定的吧？所以你憋了这么久，等了这么久，就是想以后自己单飞，不再和我们一路？我、辉子、腰子……甚至还有许寻笙？"

岑野脸上的肌肉无声翕动了一下，心里却像被塞进一团破烂的棉絮，他近乎有些负气地说："对，你们，还有许寻笙。"

周围特别安静，所以他们的声音，特别清晰单调地传来。许寻笙的脑子里忽然变得空空的，她记得刚刚在岑野房间里，他还黏着她软硬兼施想要跟她发生最亲密的关系。她记得他每一天每一个用情至深的眼神，那眼神从来真实无悔。

可转眼间她站在这里，却听到他想要单飞，而且想了一段时间了。他要离开团队，离开一路和他同甘共苦的兄弟们，他背叛了他们，还有她。

她想，难怪他这些天会这样，沉默、消沉，有心事却也不愿意对她说。

原来如此，原来如此。

　　许寻笙觉得一切都变得不真实，包括他的声音、他的态度。她的脑子好像一下子根本反应不过来，一切感觉都好像还延迟未到，只有茫然、不知所措。她脑子里浮现岑野的脸，含笑的、冷漠的、傲慢的、生闷气的脸，每一张生动的、让她心动的脸。是从什么时候起，他变成了隔着一扇门、在几米之外、那个背对着她坐着的，平平静静，冷冷淡淡，和最亲的兄弟摊牌谈判的男人？

　　是注定，也是预感。你心底最担心的事，它终于发生。许寻笙连呼吸都变得空荡荡的，她听不到自己的声音了。

　　屋内，岑野说："坛子……"

　　赵潭什么都没说，站起来，根本不想再听他说一句，离开。

　　岑野坐着没动，也没有抬头看这个兄弟离去的背影，其实他比谁都清楚，纵然有千种理由、百般苦衷，但最后做出这个选择的是他，他也清楚到底是什么让自己最终做出这个决定。所以哪怕赵潭现在揍他一顿，也无话可说。

　　赵潭的脸色阴沉得可怕，走到门口，看到许寻笙，竟也没有半点惊讶，冷冷一句："你也听到了？"他直接走远。

　　屋内的岑野听到这句话，猛然转头，对上门外许寻笙那双乌黑安静得不见底的眼睛，还有她从未有过的恍惚的面容。四目相对，岑野的眼里刹那闪过震惊与强烈悔意，许寻笙却已转身快步离开。

　　赵潭再次回到房间，已是夜里十一点多。他以为岑野肯定走了，哪知一进去，就看到人还坐在原处，一动不动，就像几个小时压根儿没挪动过一下。

　　赵潭心里百般不是滋味，他不看那家伙，径直走进洗手间。但即便是眼角一点余光，也能感受到那家伙身上一股颓废到死的气息。

　　赵潭轻轻在心里骂了一句，在洗手间里稀里哗啦搞了一阵，再出来，掀开被子倒在床上，而后双臂枕在脑后，望着天花板。

　　岑野还是背对着他坐着，两人都静了一阵，岑野说："我没有别的选择。"嗓音很哑。

　　赵潭脸色青白，依然没说话。

　　岑野却自己开始说了，从梁、跃二人第一次和他见面说起，说他们现在有多不看好乐队团体，说他们坚持这是个偶像时代。

　　还有郑秋霖提出的种种诱惑和威胁。

"先是雪藏。"岑野说这些话时，语气竟然是很平静的，甚至连嘲讽都懒得有。因为这些话、这些事，已经在他心里憋了千百遍，早麻木了，"等经纪合约到期后，咱们的人气也大打折扣，然后可能就是封杀。现在双马视频在国内网络平台一家独大，哪怕只是半遮半掩的，郑秋霖说得没那么明。但她其实说得没错，一支选秀后人气下滑的乐队，不会有什么好的机会。"

赵潭听得心越来越凉。可他能说什么？反抗吗？屈服吗？平日放荡不羁谁会输给谁，可现在说的，关系他们今后的命运，在真正能掌握他们生死的行业大佬面前，意气算什么，转眼就被人捏死。

"当然……忘了说，这次比赛的冠军，肯定没戏。"岑野笑笑，"会给他们的签约乐队。"

赵潭已坐起来，点了根烟，用力抽着，说："就真的没有别的办法？离了他们，我们以后真的不能活？"

岑野抬手捂住脸，说："有办法你跟我说，我马上照做。坛子，我已经想得很清楚了。我也是为了你们，今后跟着我有饭吃，还有现在这样大把大把的收入，才答应签约的。我也不想放弃现在大好的发展机会，我不想再回头了，你想吗？而且答应签约，不是说就任他们摆弄了，我们可以谈到最好的条件。

"而且我也有自己舍不得放弃的东西，为了那些东西，为了我的粉丝，我不能退，也不想退，我想要继续往前走。坛子，如果你有其他能选择的办法，你告诉我，有吗？"

赵潭半晌说不出话来。

哪怕如今朝暮乐队一夜爆红、红极一时，某些事、某些人，于他们而言，依然是陌生而充满不安的。黑幕、雪藏、过气……这些词都曾听闻，可如果亲身遭遇了，那到底会是一种什么样的生活。如果换成年长的或对这个行业更熟悉的人，或者能想出周全的办法。可二十出头什么也没有真正经历过的他们，又如何能想象，他们能真的扛得过去。

而且哪怕是赵潭，心里也隐隐有个念头，其实那些人说得没错，现在是个偶像时代、流量时代，乐队有当红的，可哪里还有乐队能像许多年前的那些人，红遍大江南北？朝暮乐队又凭什么认为可以一直红下去？会一直红下去的……是小野吧。他单飞了，确实一定会比现在红得更厉害，而不是仅仅作为朝暮乐队的主唱存在。

赵潭想：可即便这样想着，感觉到了认命的意思，为什么我的心里，还这么难受？你问我有没有别的选择，那么我是要选择保全我们的名字，死扛下去，最后可能又回到过去那无人知晓的生活；还是选择丢掉名字，从此只作为你小野的陪衬存在，陪你无声无息、无光无影地站在越来越高的舞台上？我的梦想，难道就不重要？虽然那梦想与你的相比，渺小很多，也无力很多。

两人沉默了很长时间，想起的，不约而同竟都是从乐队成立之初，到现在的种种。

刚成立时，几个兄弟穷得要死，那时候张海还在，还没有背叛。他们去酒吧驻唱，对着个酒吧经理也得老老实实，恭恭敬敬。然后在那一个个寒冷的冬夜里，赢得酒吧里或多或少的听众的嘘声或者掌声。到了半夜散场，大家走在空无一人的街道上，尽管又累又饿，可却亢奋得很。那时候觉得天很高、很远，脚下的路也还有很长，他们守着一个虚无缥缈的梦想，满身满心寒气，却好像什么都不怕。

还有开始参加比赛，一轮轮过关斩将，跌跌撞撞。有过赞美、有过批评，他们开始有了粉丝，甚至有了后援会。被黑幕过也被青睐过，输过也赢过。一次次的比赛中，大家磨合得更好，"朝暮"不再是一个名字、一句口号，分明是他们二十多年的人生里最大的念想，是他们的精神灵魂。一旦登台，所有人就是一体。他们越战越红，越战越强，全世界都在看他们，可现在，冠军前夜，他们眼前，只剩下分崩离析一条路了？

……

"给支烟。"岑野淡淡地说。

赵潭没有抬头，把烟盒和火柴丢给他。岑野也点了一支，慢慢抽着，说："还有件事，张天遥已经跟另一家公司秘密签约了，他原来准备拿到冠军后就单飞，自己出道，连网站这边都搞定了。"说完他嘲讽地笑笑，"如果我们坚持拒绝，倒也有个好处，就是腰子的如意算盘落空，拿不到冠军，只有亚军。不过……对他以后的发展，应该影响不大，他反正要走。"

赵潭骂了句脏话，心却更是沉了几分。这更印证了梁、跃二人的观点，连张天遥都要出道了——他不过唱功尚可，词曲创作一塌糊涂，唯独皮相不错，却也是乐队里人气第二人。可见现在，真的是个偶像才能活的时代。

原来他们本来就要散了，赵潭终于痛苦地对自己说。比起张天遥，被逼到绝路的岑野的选择，又有什么错？

……

"我只想要拿到冠军。"赵潭抬起头说，"拿到本应该属于我们的冠军。其他的，随便怎么样吧，散就散。可这样的机会，一辈子只有一次。哪怕今后音乐圈也没有赵潭这个名字，哪怕以后不做音乐了，我也想让所有人看到，让生下我的那两个人也看到，我这样平凡的一个人，也曾经是全国冠军。"

岑野说："好。"

赵潭继续抽烟，不说话了。岑野又说："以后不管和他们签什么合同，不管他们怎么分配收入，腰子走了，剩下四个人，四个人平分。不管我今后发展到哪一步，都这样。"

赵潭却轻声说："决赛之后，我留不留，还要再想想。就算留下，也不用这样，我只会拿自己该拿的那一份。"

从赵潭的房间出来，岑野到了许寻笙门口，站了好一会儿，却没有敲门。脑海里，浮现的是她那一瞬间的表情，还有她低头快步离去的样子。已经是午夜，走廊里静悄悄的，留下的选手原本就不多了。岑野背靠着她的房门，闭了一会儿眼，离开。

这个夜晚，许寻笙几乎没怎么睡，快天亮时才合眼眯了一两个小时，然后就醒了。尽管很累，却死活睡不着，心里恍恍惚惚的，就像有片深不见底的湖，快要让人沉溺了。她却连碰都不敢碰一下，因为一碰下面仿佛就有刀在割。

她还是按照平时的作息起床、洗漱、穿衣、下楼吃早饭。她这个人，心里动静越大，表面看起来就越静，就像是要强行把某些情绪给压制下去。所以以前，母亲、朋友，都会觉得她少了点人情味儿。

吃完早饭，她照旧上楼去了训练室，可心里是种什么感觉呢？仿佛随着时间一点点推移，那片湖，越来越安静，越来越看不清下方的东西，却也能让人越陷越深，就快爬不出来了。

训练室的灯居然全开着，所有乐器也都接通了电源。那人没坐在麦克风前，而是坐在她的键盘前，一只手轻轻搭在上面，也不知道来了有多久。

仅仅只是一瞥，许寻笙瞧见他白皙明净的脸，双眼下却有明显的黑眼圈。

许寻笙视若未见，在会议桌旁坐下，打开歌谱本，但好一会儿，也没有翻动一页。

而岑野别的什么都没干，就一直盯着她。

尽管许寻笙不想承认，可每次岑野这么巴巴地一声不吭盯着她，某种熟悉的、赖皮的、心软的情绪，就这么丝丝涌上心头。可这一次，怎么能一样？她想起昨天的话和他的样子，只觉得陌生。

在她心里，小野也许桀骜，也许冲动，也许并不缺野心和城府，可说到底，他是个至情至性的人。她以为自己已经真正了解了他的心，所以从未想过他会选择离开单飞，今后自己一个人走。哪怕她也在乐队里，他依然做出了这样的决定！

还有他问过她的话：是不是我做任何决定，哪怕是错的，你也会支持？

……

原来，他早就动了这样的心思。甚至故意向她要那么一句承诺作为退路。一想到这一点，许寻笙的心里就更加郁闷难受。

而岑野看着许寻笙看似平静，实则冷若冰霜的脸，心窝也跟被人打了一记闷拳似的。昨晚那一幕被她撞见，其实也叫他觉得难堪，想解释，可又有点百口莫辩的味道。但他哪里受得了跟她一直这么僵着？他起身，走到她身边坐下，手往椅背上一搭。

许寻笙起身就要走，他用力一扯，手劲太大，差点把她扯倒，到底还是给拽得坐了下来。许寻笙脸色一变，说："松手。"

岑野答："我不。"反而改抓为握，熟门熟路地紧握住了她的手。那手心相贴的温热纠缠感，居然叫两个人心头都是微微一震。

可那又如何？于许寻笙而言，从昨夜到现在，岑野就远远站在她心底那片风雨欲来的湖水正当中。

"打算什么时候单飞？"许寻笙淡淡地说，"我好按时离开。"

岑野脸色阴沉，盯了她一会儿，才答："你捅我的心干什么？就不能听我解释一下？"

许寻笙不出声，可就像那阴云正中刮过一片清风，生出空隙，她竟也暗暗心生希望。

岑野马上得寸进尺，把椅子又往前拖了一截，身子几乎和她挨在一起，仿佛这样心就能踏实一点。不过他看着她依旧冷漠的脸色，心中到底不安，先柔声哄道："昨天你听到的那句话，我不是那个意思。别误会，我怎么会丢下你，去哪里都不会丢下你。"

许寻笙抬眼看他，那眼神清澈透亮，却像是能看透他的心。岑野心里仿佛有根刺轻轻插着，笑了一下说："你不信我？"

许寻笙到底不忍，转过头去，淡道："你说。"

岑野心里亦不是滋味，三言两语把昨天对赵潭说过的话，又概述一遍，然后说："我觉得，现在这样是最好的决定。"

所以说，男人和女人，总是不同的。在兄弟赵潭面前，岑野可以把自己的沮丧、无能为力、走投无路和野心通通暴露。他会说：我没有别的选择。

可在许寻笙面前，他却会说：这是最好的决定。

直至今日，他也不愿意暴露半点脆弱挫败，只是轻描淡写，仿佛自己对于一切依然毫不在乎，仿佛一切都只是深思熟虑之后的慎重选择。

所以许寻笙听完他的寥寥数语后，非但没有被打动，反而心更凉了。

手依然被他握着，许寻笙慢慢抽出来，他没有动，也没有再强行挽留。

许寻笙平平静静地说："他们威胁又怎样？人气大跌少赚点钱又怎样？难道就不能生活了？天无绝人之路，不走走看怎么知道走不通了？你为什么一个人决定了整支乐队的命运？凭什么你想走就走？"

岑野半句话说不出来，她向来温言软语，可一旦犀利起来，整个人便透着种冷硬气质，难以靠近。

"你……"许寻笙顿了顿，到底还是说出那句话，"说到底你做出这样的选择，为的是自己的前途，我们都不重要。"

岑野整个人都怔住了。尽管两个人坐得还很近，可谁也没有再碰谁，明明几寸不到的距离，他却像瞬间被拉至离她很远很远的地方。

过了一会儿，他忽然轻笑出声，是非常讽刺非常冷漠的笑容，他说："就算是又怎样？今时今日我为什么不可以选择保全自己的前途？许寻笙，我的感受、我的人生在你眼里，难道一点都不重要？最重要！"

他一下子就起身，走出训练室，门在他身后"砰"一声撞上，脚步声渐远。

许寻笙一动不动。过了一阵儿，她抬头望着窗外，蓝天寂静，流云在飘，树枝在摇，原来再也没有比此刻更孤独难过的时分了。

岑野整个人就跟霜打的茄子似的，哪怕现在，是他和 Pai 娱乐、双马视频两个业内最有实力的公司签约的重要时刻。

签约地点不在别处，就在 Pai 集团总裁李跃的办公室，可见重视程度。梁世北没来，派了郑秋霖当代表。此外还有李跃手下专门的艺人总监，几个人坐着，言笑晏晏地喝着茶。

而岑至则和郑秋霖带来的一名律师，一起一行一行地仔细看着合同。

唯独岑野，坐在他们当中，眼睛却盯着窗外，有几次他们跟他说话，都没反应过来。

窗外，风很轻，有片孤零零的叶子，挂在树梢上飘。岑野就一直盯着看，也不知怎的，出了神。

李跃和郑秋霖不是没察觉到他的不对劲，但是都没明说，而其他人只当他大牌冷傲，也不敢说什么。毕竟现在李跃要给他的，是公司顶尖的资源和明星位置，加上他现在的人气，谁都可以预见这位天才歌手今后前途只怕无可限量。

岑至把合同看完了，拍拍弟弟的肩膀，示意没有问题。一旁的工作人员笑着把笔递过来。

这一刻终于到了，一时间屋子里没人说话，全都看着岑野，看着他手里的笔。李跃微微含笑。

岑野整个人却像是莫名停顿了一下，才接过笔和合同，高瘦的背微微弓着，随意翻了几下。他翻得那么快，没人觉得他真是在看内容，可他的手指却停在签名页，眼睛盯着，笔在手里转着，就是不落笔。

岑至也察觉出弟弟的异样，但不好当着他们的面说什么，只拍了一下他的肩，微笑说：“合同我都核对过了，没什么问题。”

岑野没吭声，就像没听到他哥哥的话似的，还是保持原样不动。郑秋霖盯着他，目光复杂，其他工作人员则有些不明所以。

就在这时，李跃忽然笑了出来，说：“差点忘了，小野，还没带你去看我们公司顶楼的小高尔夫球场。都在屋子里憋这么久了，要不先跟我去看看，感受一下公司福利，待会儿回来再签。小孙，你再准备点水果茶点，大家都辛苦了，放松点，先吃点东西再接着来。”

艺人总监几乎是立刻出声：“跃哥，要不还是先……”显然是对暂时搁置合同有所忧虑的，李跃却一笑置之。

岑野丢掉笔，站起来，跟在李跃身后，从阳台上的盘旋梯上了顶楼。而其他人不约而同，都没有跟上去。

顶楼，有风，阳光照耀。岑野双手插裤兜，跟随李跃站在一段竹木走廊里，眺望远方。

楼顶的高尔夫球场当然是不规则的，只是一小片绿地，供人闲暇赏玩而已。但在北京寸土寸金的市中心，已是非常非常难得。周围是复古的木廊环绕，供人休憩品茶。旁边有湾清澈的小鱼塘，鱼塘旁围绕的就是几小块高尔夫绿地，起起伏伏，颜色鲜亮，视野又开阔，站在高高的此处，自然十分心旷神怡。

李跃并没有真的带岑野打高尔夫，只是亲自拿了功夫茶套具，两人坐在一方木桌前，泡茶喝。

岑野双手接过茶，说："谢谢。"脑子里想起的，却是另一位爱饮茶的女子。又想起自己之前还想着，要买套最好的功夫茶具给她，却都还没有付诸行动。这么想着，萦绕在心头一两天的那份苦楚和悔意，仿佛又如藤蔓滋生。

脸上，却不动声色。

"景色不错吧？"李跃问。

"嗯。"

李跃看着远方，说："我刚来北京的时候，什么都没有。和你一样，干过乐队，很长时间要看人脸色混日子，你现在，可比我当年强多了。"

岑野抬眸："你还干过乐队？"

李跃笑了："是啊，难道不像吗？我年轻的时候，也是摇滚青年好吗。"

岑野笑了，举起茶杯："敬摇滚。"

"敬摇滚。"李跃与他碰杯，喝了一口又说，"我不像你这么牛×，短短一两年就红透半边天了。我那时在好几支乐队混过，虽然也不断积攒人脉，感觉就快要一飞冲天了，最后一支乐队，更是在全国范围内小火了一把。那时我是贝斯手，哪知道老天爷故意整我们，眼看就要跟国内最大的经纪公司签约，又出了事故，乐队解散。所以我才改行，进了经纪公司干幕后，渐渐才走到现在。"

岑野笑笑说："有句话怎么说的？祸兮，福之所倚。正因为你改行，才有现在的Pai娱乐，还多了位金牌制作人和伯乐。"

李跃笑了："哟，这还没签约，就学会拍点马屁了，我真是受宠若惊。"

岑野笑出了声："我才不拍马屁，说的是心里话。"

李跃静了静，伸手拍拍他的肩，又问："对于合同是不是有什么疑虑？不妨跟我说一说，这是大事，想清楚再签约，不能急。"

岑野心头一暖，却没吭声。

李跃打量他的神色，看向远处，说："你不说我也知道，是不是在担心今后你那些兄弟？"

岑野"嗯"了一声。

李跃似乎也斟酌了一下，才说："其实你们不必把解散这个情况，想得太糟糕。张天遥肯定是要走了，赵潭作为贝斯手还不错，以后我让他做你的御用贝斯手，如果有和你同级别甚至级别比你高的艺人演出，我会给他机会，他的待遇不会差。今后如果他再提高一下，也不是不可以考虑给他出一张独奏专辑。你看呢？"

岑野握着茶杯，用力点头："好。"

"辉子，说实话，他的水平确实不上不下，不过给你现场伴奏也凑合。你只要肯给他一口饭吃，我绝不换人。"

岑野没说话。

"至于许寻笙……"李跃笑了，"其实我还有个想法，本来想等你签约了，时机成熟了再提出，不过现在提前跟你透露也无所谓，你也可以替我向她暗示一下。我们Pai娱乐想把她也签下来，作为一位民谣歌手，单独推出。"

岑野先是一怔，笑了，若有所思："怎么个说法？"

李跃说："其一，在你们乐队，除了你，虽然张天遥人气更好，但我其实更看好许寻笙。"

岑野一竖大拇指："有眼光，腰子？呵……怎么和许寻笙比。".

李跃微笑不变："是的，相信你作为乐队核心，其实也很清楚他们每个人的实力差距。许寻笙呢，外形、气质不错，唱功其实也很好，我也看过你们的一些歌，歌中不少部分，她都有参与创作，这就非常难得了。她如果作为流行加民谣歌手出道，前程至少不赖，就是不知道她的性格……愿不愿意。"

岑野笑了："连你都知道她性格像根木头了？"

李跃说："我怎么会不知道？说不定我比你们都更早认识她，不过看她的样子，好像没认出我。"语气间有些感慨，岑野却是一愣，再想起李跃刚才说过的组建乐队的经历，忽然间像是明白了什么。

李跃像是并未察觉他的失神，叹了口气说："这就是我要跟你说的为什么要签许寻笙的第二个原因了。不知道她有没有跟你们提过那个人，但跟你讲也无所谓——她以前有个感情很好的男朋友，叫徐执，和我是一支乐队的。结果出了车祸，他过世了，我重伤，所以乐队才散了。我以前还叫过她弟妹呢。

"我这么说你别不高兴，徐执是我见过的完全不输你的音乐天才，不仅是乐队的灵魂，几乎就是神了。如果现在没有死，前途也只怕是不可估量。许寻笙可以说是那个人一生的挚爱，现在我既然和她故人重逢，当然想着要帮她一把。"

岑野没有说话，李跃便看着这个年轻人的手指，握住茶杯边缘反复摩挲。而后岑野抬头笑了，笑得有两分奚落："都几百年前的事了，你还替徐执念念旧情啊？"

李跃叹了口气，也不生气，说："呵……说起来都是逝去的青春。你要是见过那两个人在一起时的感情，见过许寻笙那时的样子，也会和我一样替他们惋惜的。"

……

如今身居高位的李跃，确确实实还记得当年在徐执租住的那个房子里，第一次见到许寻笙的样子。

那时李跃瘦得不行，也留着叛逆长发，人也晒得黑黑的，也难怪多年后在舞台上远远一瞥，许寻笙似乎没有认出他来。

那时候，兄弟们当中就徐执家里有钱，租了个大房子，大伙儿干脆就很厚脸皮地在他那里蹭住。有一天许寻笙就来了，那是一张非常青涩好看的脸，看起来也就十八九岁，长发、长裙，眉眼嫩得都快滴下水来，符合每一个文艺青年梦中情人的样子。

"那时候我们一群人打牌……"李跃目光变得悠远，"多羡慕主唱啊，就他有个心爱的女孩，坐在怀里，还非要当着我们的面亲热，哈……而且她年纪那么小、那么听话，还在读大学，为了徐执，三天两头逃课从学校跑出来。是不是想象不出许寻笙也会有那么为爱疯狂的时候？这些年，她是不是都没有男朋友？"

岑野不说话。他觉得自己今天大概是疯了，居然坐在这里听人回忆当年徐执和许寻笙点点滴滴的情史。自己和许寻笙的关系，主办方的人都对外瞒着，李跃身居高位，不知道也不奇怪。

岑野分明半点也不想听，那个许寻笙初恋时喜欢上的老男人，现在都死了，有什么好听的？有什么值得他嫉妒？可某些事，某些晦涩难堪的感觉，很早前就在心里扎根，此时重新被人翻起，引诱着他，一声不吭地听下去。

他想起最早时自己满怀欣喜地跑到她的工作室，以为自己是让她偷偷喜欢的男人，她却无知无觉、斩钉截铁地说：我这辈子唯一爱过的人，就是徐执。

也想起两人好的这段时间，她大多数时候，都是云淡风轻的样子，情绪似乎永远不会为他有太大起伏。连生气时，都是沉默躲避的。他怕极了她的沉默，如果她会对他大吵大闹、胡搅蛮缠，也许他的感觉都会更好……还有两人间的最后一步，她始终不肯松口，到前几天才勉强答应今后兑现，可她当年和徐执……而现在，他要在兄弟和前途间做出选择，她竟然半点不理解，也丝毫不考虑他的感受。

这一路他都在努力证明，证明自己不比那个老男人差，证明许寻笙现在的眼光绝对没问题，也想要不断求证，不断确信，她是真的深爱自己。并不是那段传说中的爱情，才是她这一生中真正的挚爱。

可原来当年，连旁人都看到，他们爱得死去活来。她可以为了徐执，跑到乐队里去混，连学业都不顾，这要多喜欢才能做到。可对他呢，他求了多少次，才求得她进乐队，陪在自己身边？

还是……不够喜欢吧。这念头一旦升起，就感觉心口阵阵锥痛。

寻笙，如今你对我的爱，有没有半点伤筋动骨的深刻，可不可以和徐执相比？岑野发现自己竟然不敢去比较，其实一直不敢去比。这念头更加让他觉得心底发寒。

往更深了想，李跃的那句话——徐执是完全不输你岑野的音乐天才，同样是主唱，同样是创作型音乐人，同样弹得一手好吉他，那把吉他现在许寻笙还给他用了。岑野明知不应该，却连胃里都已阵阵发疼、不舒服。

李跃似乎起了谈兴，完全没有注意到岑野沉默的脸色，说道："徐执如果还活着，乐队应该也混得不差吧，说不定也会有我这样的人，去劝说他单飞。不过徐执这点不如你，他是个特别理想主义、高傲的人，许寻笙和他特别像，认死理，他可能不会同意单飞。所以我估计，你的事，许寻笙作为乐队成员也会不理解吧。不过不要紧，她的后路，我现在不也替她铺好了？就当是为了徐执。"

顿了顿，李跃又黯然说："徐执跟我说过，本来他们打算等许寻笙一毕业就结婚的，两个人都说好了，她啊，是徐执的心头肉。结果马上就出了那事。他如果还活着，说不定都有孩子了。"

岑野已站起来，像是不想让李跃看到自己的脸色，背对着他走向楼梯："跃哥，我休息好了，下去吧。"

李跃也站起来，笑道："行，听我唠叨了一大堆往事，烦了吧？现在签吗？"

岑野低着头，头发遮住眼睛，忽然笑了笑，说："签呗。我不是理想主义，和徐执不一样，我很清楚自己想要什么，并且一定要得到。"

李跃一怔，也笑了。

后面岑野又喃喃自语了一句，李跃就没有听到了。

彼时，岑野站在这个城市的楼顶，阳光有些刺眼，风呼呼在耳边吹着，他轻声说："他的心头肉？谁还不是谁的心头肉？"

< 第五章 >

伤人伤己

这天晚些时候，还有个签约后的小型庆祝酒会，参加的人不多，也就是 Pai、双马视频的一些高层领导、几位签约艺人和岑野岑至两兄弟。

不过这晚参加酒会的人，都觉得岑野和他们想的有些相同，又有些不同。人们常说玩摇滚的男人大多放荡不羁，可在这晚的种种交际里，那个如今红极一时的男孩，却显得礼貌、得体，跟在李跃身后，该敬酒敬酒，该说客气话，在哥哥的提醒下也会说上一两句。大多数时候，男孩笑得洒脱又漂亮，还带着点傲气，于是见着他这晚容颜的人，都会觉得，他就是众人想象中那种前途不可估量的明星模样。

但也有人发觉，在酒会进行时很多次的空隙间，小野往往落了单，没有理睬那几个女艺人，也没和经纪人哥哥待一块儿。他要么独坐在沙发一隅，闷闷地喝着酒；要么去了阳台趴在栏杆上，神情寂寥得叫你不敢靠近。

这个男孩，身上有种叫作孤独的东西。哪怕今夜灯红酒绿、一切璀璨光芒只因他，可你依然能感觉得到，他人在这里，却又没有完全身处此地。

而这时候，岑至站在窗帘旁，隔着玻璃门，望着弟弟又高又瘦的身影。他不是别人，他完全能感觉出这小子满身都是绝望的气息，这让岑至疑惑不解，可隐隐又能觉出是为了什么。他刚想推门出去，和弟弟说上几句话，肩膀忽然被人拍了一下。岑至转头，看到李跃若有所思的脸，李跃也在盯着岑野，摇了摇头，说："欲速则不达，我相信以小野的悟性，自己会想通的。他今天签了约，已经是做出了非常理智的决定，现在让他自己待会儿比较好，不要给他压力。"

岑至凝望了弟弟一会儿，终究没有动。

而此刻在岑野眼里，这夜景又是怎样的呢？他站在这座北京市中心的高楼上，眼前是从未目睹过的繁华灯火、梦想之城。很多车在路上穿梭，很多高楼灯光辉煌，那么多人都在奋斗。他想，又有几个人，能够达到自己现在的高度，而且前途似锦，星光璀璨。

可他心里总觉得空空的，像是原本踏踏实实存放在心头的那一片花海，不知不觉就消失了，消失得一干二净。现在还剩下什么东西呢？剩下的叫作理想、叫作欲望，还有理智和冷酷。它们是火热的，可也是冰冷的。当他真的能够触碰到它们的这一天到来时，发现它们其实不带一点温度。它们只是在那里，永远在那里。你若有幸得到，那就付出相应的代价，价格公道，童叟无欺。

岑野的眼眶忽然有些发热，他有些不太想面对这样的自己，可又怜悯此刻的自己。而那个人，他从未像此刻，觉得自己也许是握不住的。他总是在她面前大大咧咧，总是表现得好像热情似火、舍我其谁。可现在，有些事被局外人李跃无意间撞破了，再加上那晚，她近乎轻蔑地说他：说到底你做出这样的选择，为的就是自己的前途。

他终于还是被她看轻了，对不对？

岑野慢慢吸了口气，那口气感觉有半个夜空那么重，重重叠放在心头，再也散不了。他举起酒杯，一干而尽。

而当他再次走进酒会厅，五色灯光照在那张英俊得能让数万人疯狂的脸庞上，他已露出惯有的、冷淡的、不羁的笑容。

我什么都不在乎，他对自己说。

这晚，许寻笙总是睡不着。

白天，原本约好乐队排练的，岑野却不知去哪儿了，赵潭他们也不知道，打电话也没人接。这让几个男孩都有些隐隐的焦躁。那时许寻笙就想，他们这支乐队，什么时候变成这个样子了？她恍惚还记得一起去东北参加地区赛，记得刚来北京参加全国赛时，大家一起废寝忘食、同生共死，每一天都很累但很快乐的感觉。可是是什么时候，他们成了现在这个样子？

张天遥冷嘲热讽了几句岑野，便坐在位子上看手机，没多久嘴角又带上了神秘的笑。辉子有些垂头丧气，也是看了会儿手机，大概是看到自己那些粉丝的留言，不一会儿似乎又将他们的排练以及对岑野的怨气，忘得一干二净，又或者，是根本没有以前那么在意了？而许寻笙的目光不经意间跟赵潭对上，竟都看懂了彼此的目光，因她看到了他眼中同样的隐忍和疼痛。

然后赵潭的神色很快变得平静，变得沉默，没有怨恼，也没有嘲讽，只有些许无奈。他很快对大家说，岑野可能是被郑秋霖叫走了，接不了电话。"否则小野不会这么没交代的。"他说，而后勉强组织大家排练了一会儿，干脆就散了。

于是许寻笙立刻明白，赵潭已经作出决定，他决定留在岑野身边。

他已想清楚，明白自己想要什么、能得到什么，以及将要失去什么。他对于一切已经接受，或许也已经宽容。这就是赵潭，岑野最忠实的兄弟。

可她呢？又该何去何从？

如果小野的乐队，今后没有她的位子，那么本就无心在娱乐圈发展、无意走向公众视线，只是为了那一份生自冬夜寒雪中的质朴情谊，意气横生，才加入乐队的她，还有什么理由留在这里？

难道今后真的要成为小野的隐形女友，聚少离多、苦苦等待着这份不确定的爱情能够有开花结果的一天？抑或是作为现场伴奏人员之一，就这么附属于他，以此作为自己一生的事业？

不，那不是她想要的人生。她没办法那样活着。她从不愿意附属于任何男人。

夜幕深深，如同一场终将降临的清秋大梦，许寻笙躺在床上，窗帘没有拉上，堪堪遮住半边月光，基地上空什么也没有，只有一片寂静的墨蓝色，依稀还有几点星光。许寻笙痴痴望着，有些答案已浮现心头，可是不愿去想。平生第一次，恍恍惚惚，固固执执，却不知该何去何从。

那几个字，怎么都不舍得让它出现在脑子里。

于是烦恼更多，仿佛一汪深深浅浅的溪水，缠绕心头。那溪水深处，有个人的名字在跳动，仿佛星辰般明亮闪耀，就这么映在心头。

小野，小野。

我以为我可以什么都不管，只在乎你的。她对自己说，我以为此情诚挚，此情纯洁，发于我们相处的每一天、每一夜，那么缓慢、那么温柔地渗进我的骨肉灵魂里。

我以为，什么都不能令它改变。

"咚咚咚——"一阵急促的、凶狠的、根本不给人任何余地的敲门声响起。许寻笙一惊，几乎是立刻跳下床，跑了几步，却又停住，一时竟不敢去开门。

可那人敲得不依不饶，过了一会儿，节奏又慢了点，仿佛又敲得有些可怜。

"大半夜，敲什么敲啊？"有人在楼道里骂道。

"滚回去！"岑野骂了一声，隔着门都能听到他满身的戾气和冷酷。也不知是忌惮他的凶狠，还是他的名声，对方立刻一点声音也没有了。

许寻笙听到他的声音，心头却更加发酸。她深吸口气，又整理了一下头发和衣服，她穿的是套棉质家居服，既不难看，也不暴露。她走过去打开门。

那人就这么站在门口，手臂还如往日一样，撑在墙壁上。那双眼，深深望着她，头发微微乱着，脸上还有刚刚出席过某项活动之后的精致妆容。外套没穿，里头是件镶金片的低调却绝对大牌的 T 恤，衬得他的脸英俊无双。可他身上还有浓浓的酒气，隔着几步远都扑鼻而来。而他的眼睛里，安静、深邃、迷茫、阴沉，都有。

这是许寻笙第二次撞见他喝醉酒，而上一次，她的感觉十分不好。这让她隐隐有些不安。她挡在门口，不让他进来，说："你是不是喝多了？先回房休息吧，有什么事，明天再说。"

岑野却冷冷一笑，一把推开门，手往她腰上一带，关门走了进来。

许寻笙一下子就挣脱了他的手，往前躲了几步，他倒没有再纠缠，走到床边，直接倒下，看起来似乎疲惫倦怠至极。他用手背挡住脸，呼吸缓慢。

许寻笙在离他一两米远的地方站着，看了他一会儿，听到他闷闷地说："笙笙，我口好渴，给我倒杯水。"

许寻笙万没料到他这么凶恶失控地闯进来，第一句话说的却是这个。她怔了一下，转身走向茶水台，慢慢给他倒了杯温水。她的眼眶忽然阵阵发烫，那酸楚意味一直往眼睛深处钻。她很慢很慢地呼吸了几次，才压抑下去。

"怎么这么慢啊？"他在背后轻声说。

"来了。"许寻笙听到自己的嗓音干涩，端着茶杯，走到他身边，递到他手里。他接过水杯，就坐起来，一口喝干，然后抬头看着她。许寻笙几乎只触碰到他目中余光，就移开视线，看着地面。

两人这么静静对峙了一会儿，有一只手，慢慢地、偷偷地握住她的手。那只手指尖微微有茧，手掌柔软，如他一般赖皮和温柔。许寻笙低着头，眼泪滑下来，掉在地上。他看着她的泪水，也不说话，只是紧紧握着她的手。

过了一会儿，他一把将她拉进怀里，用力抱住。许寻笙想要挣脱，却挣脱不了，这样纠缠了一会儿，他忽然暴吼一句："挣什么挣？就这么……就这么不想要我抱吗？"

许寻笙万没料到他会这么说，明明心里知道他或许是醉了才会这样，可这难道不是他醉了后的心里话？还没等她反应过来，他已抱着她扣在床上，身体压着她，用手按着她的双手，低头，就这么直勾勾地看着她。

许寻笙不动了，也就这么直直地，眼睛里不带一点暖意地看着他。她的眼眶还是红的，泪痕还在脸上。岑野看着她的样子，只觉得又心疼，又没有任何办法。她又是那样的表情，冷冷的，仿佛从不会让谁真的走入她的心，除了徐执。

"你看看我……"岑野哑着嗓子说，"你看看我，我是你的男朋友，我是小野……"

许寻笙的表情好像就在这一刹那崩溃了，她此刻悲伤的表情是那么生动，她咬着唇，红着眼，泪水滚滚而落。可岑野此刻的心里，却心酸无比，也欢喜无比。他一把将她整个抱进怀里，让她的脸像平时那样，伏在自己胸口。他看着她，爱怜得如同看一只受伤的小动物。他轻轻摸着她的脸，说："你是爱我的，对不对？你说过会一直喜欢我，永远也不变的，你答应过的，你不会反悔的。许寻笙她跟别人不一样，从来不会反悔。"

这半痴半醉的话，令许寻笙的眼眶更酸了，她轻轻抽泣着，人被他紧紧抱着，就快喘不过气来。她的双手得到了自由，他的腰就在触手可及的位置，她有种强烈的冲动，想要回抱住他的腰。可那如水潭般深重、混浊、悲伤、无望的情绪依然埋在心头。她动不了，她回抱不了，她感觉到自己的指端在轻轻发抖，在刚刚触到他的腰身时，仿佛已经僵硬得像块石头。于是她心里更加发恸，她把脸更深更深地埋进他的胸膛，听着他悸动的心跳，这个对她而言，世上最熟悉，可也最陌生的男人的胸口。

她的小野，那个对着她笑背着她哭会抽烟会颓废会热血会牛气冲天的小野，那个总是在寻找今生归路的男孩，他现在终于成了真正的男人。他再也不是过去那个人了，可她，还执拗地站在原处啊。

这么静静抱了许久，久到两人的心似乎都重新沉寂下来。似乎也有那么一点，两人都不敢轻易触碰、可又偷偷渴望着的希望和温暖，重新在两人的周围滋生。

岑野轻轻摸着她的长发、摸她的脸，还有那幼嫩得诱人的脖子。他觉得找不到比此刻更合适的时机了，于是他以尽量平和的语气说出："我今天和 Pai 签好合同了，改天我再和腰子、辉子说。"

许寻笙没动，也没说话，只是低着头。

岑野摸了摸她的脸，有点凉，于是他的心中又隐隐生出不安，这不安令他焦躁，也令他隐隐有些恼火。他忍耐着，尽量以平静的语气问："你还是会为这个怪我吗？"

许寻笙闻着他身上那藏在浓浓酒气里隐约的清淡气息，这种熟悉的气息，总让她脑子里莫名冒出个念头：她好想闻这气息久一点，再久一点。可世间总有聚散，总有改变，又有什么是真正能被她留住的。她轻声说："啊，不怪了，那已经不重要了。人总要选择自己要走的路，其实我也能够理解。小野，今后你一个人出道，听说他们那个圈子，有很多机会，也有很多龌龊手段。保护好自己，不要受伤，不要冲动，你的性格太意气了，别再吃亏了。"

岑野听着她的语气，竟像是离别交代似的，他整个人都蒙了，他觉得不可能的，许寻笙怎么可能想着离开他呢？呵……他乱想什么呢。浑浑噩噩的脑子还没有想明白些什么，话已出口："我知道，别操那么多心。再说，不是都有你看着陪着我吗？"他的语气显得很轻松，许寻笙却没有抬头，也没有搭腔。

岑野忽然觉得，时间好像过得很慢很慢，周围的空气也是，好像它们变成了一根一根细细的丝线，在无形中缓慢地流动着，萦绕在自己的四周。而那个女孩，此刻还在自己怀中，他还摸得到，他还看得到，他还感觉得到。他的眼眶里忽然被什么东西填满了，可是某种无力的、被人抛弃的感觉，还是不着痕迹地如同黑色藤蔓，在心头无声地攀爬，越爬越高。

偏偏他的语气却轻松无比，就像是什么都没察觉，什么都没听懂。他低下头，在她侧脸上轻轻亲了一下，好甜啊，他想。这辈子哪里还有让他觉得一个吻都这么甜的女人。

"笙笙啊……"他轻声唤道，"我爱你。我从来没真正爱过谁，这辈子就想要你一个，你知道的。"

许寻笙双手捂住脸。

然后，某种愤怒，某种痛苦，某种再也压抑不了、忍耐不了的情绪，就这么漫过岑野心头。可内心越压抑，他的表情却更加平淡寂寞。他只知道此刻自己好想要这个女人，想要得到她，想要和她再也不分开，想要她永远在自己面前哭，在自己面前笑。

想要笙笙她永远也不离开小野。想要那份从冬雪降临的夜晚，就如同漫天雪花般，一片一片将他淹没的爱情，永远也不会有冰雪消融、满目空空的那一天。

他将她再次压在床上，深深吻下去。他的动作既温柔又狂野，还带着某种毁灭的冲动。他毫不留情、毫不犹豫地开始扯掉她的衣服，许寻笙一下子清醒过来，脸上犹是满满泪痕，整个人都慌了："你干什么？小野，你干什么？不要这样！"可他动作快得很，力气又大，态度又决绝，居然叫他真的把上衣脱了下来，露出她皎洁白滑却又纤细丰满如同美玉般的上身。许寻笙这样暴露着，整个人都慌了，在这样一个夜晚、这样的对话下，他却这样对待她，这不仅让她感到害怕、感到失望，还感到羞辱。可那个痛苦的男人，那个迷茫的孩子，已经开始粗鲁地揉捏、亲吻她的身体，迷迷惘惘，嘴里还念念有词："宝宝……宝宝……别躲……给我……"

"你不要这样……"许寻笙哭泣道，"小野，你不要这样！"

可在岑野眼里，此刻心爱的女孩又是什么样的呢？她梨花带雨，她娇怯柔软，她想要反抗、想要逃离。可是他没有别的办法，只是不想让她真的走。她怎么会想到要走呢？他从来没想过会有这一天。而此刻，那白皙光洁得如同梦想般的身体，唾手可得。某种压抑了许多天的欲望，也在酒意和强烈的情绪下，渐渐冒头。他渴望她，他知道。从见她第一面起，就从灵魂深处渴望着。

许寻笙，真真正正属于我。爱我，怜惜我，理解我，不要放弃我，不要像我生命中那些过客。请你成为那世间最美好的一抹颜色，我心头唯一的那缕白色月光，请你永远为我扎根停留。

所以他根本听不到许寻笙的话语，也罔顾她的哭泣。他的眼睛里，只有自己的极度渴望，从还没跟她在一起时，就在梦中都极度渴望的一切。所以他的手缓缓地探向她最隐秘的深处……

"啪——"一个响亮的耳光，脆生生地打在岑野脸上。

他整个人都停住，一秒钟后，根本都不抬头看她一眼，手指继续强势地往里插。许寻笙在此刻绝望透顶，眼前的男人已陌生得让她认不出来，那张脸到底已被什么浸没，看起来那么阴暗，那么陌生。

"你给我滚！"许寻笙爆发出一声从未有过的尖厉嘶吼，扬起手又是一个巴掌，比之前那个更重，狠狠砸在他的脸上。"啪"的一声过后，那张俊脸几乎是立刻红了。

他的动作终于停下了。

他趴在原地没动。

天之骄子，万众明星，被人连扇两个耳光后，此刻全身僵硬得如同雕像，满是狼狈不堪。他抬起头，看着她，目光阴沉冰冷得如同被大雪淹没。许寻笙泪流满面，几乎是立刻提起裤子，又扯过被子，挡住被蹂躏过的身体。她想自己真的认不出他了，认不出眼前的小野。小野他，去哪儿了？

岑野静了一会儿，似乎也不再执意对她做什么，他只是看着她，明明只有一个瞬间，却像看了天荒地老那么久。他的唇角忽然弯起，是那种很放肆、很轻浮，也很危险的笑容。他慢慢地说："徐执可以，我就不可以？许寻笙，你到底把我当成什么了？你是我的女人，不是那个死人的。我想什么时候睡，就可以什么时候睡！那才是天经地义，那才是真心实意！你明不明白？我的……我的……你明不明白？"

我的心，我把你放在胸口的那颗真心，总是云淡风轻的你，总是令我忐忑忑忑的你，明不明白？

许寻笙简直不敢相信自己的耳朵，她再看着咫尺之遥那张熟悉的脸，终于明白一切都已经无可挽回。在那巨大的失望和悲痛到来之前，她已转身不再去面对。她不敢去细想那份心情，也不想再面对这糟糕的一切。她让自己的脸彻底沉下来，看着他，眼神却像已望至很远的地方。她说："滚，小野，你给我滚。再也不要出现在我眼前。"

岑野说完了那番话，也只觉得脑子里空空的，隐隐作痛。忽然间他发现自己原来孑然一身，什么也没有，并且也了无牵挂。他不去看她的脸，不知怎的，就是无法去看。他忽然冒出个念头，原本他来，是想对她说，Pai 有意让她单独出道，可话还没出口，就成了现在这个模样。而且他其实心里隐隐也明白，就算真的说出这些话，清高如许寻笙，就真的会走这条路吗？除了他，除了朝暮乐队，这些年，她那么个孤单安静的女孩，又真的让谁走近过？

这念头闪过脑海，岑野又感觉那隐隐的、无法压抑的钝痛即将袭来，将他彻底淹没。而他，也已不想再面对。他只想逃，只想在此刻逃离她的身边。于是他不再看她，又像是眼里什么也看不到了。他从床上起身，从地上抓起自己刚才脱掉的 T 恤，又伸手将刚才打开的裤子拉链拉好，一言不发，也没有回头，走出许寻笙的房间。

门在他身后"嘭"一声被关上，声音震得整个房间都嗡嗡作响。然后天地之间，方寸之地，只剩下一个衣不遮体的许寻笙。她痴痴望着那扇门，眼泪终于肆无忌惮往下掉，哭到两只眼睛好像就快睁不开了。于是她把脸埋进手臂里，浑身瘫软无力，这辈子好像都没有办法再抬头往那个人所在的方向望上哪怕一眼了。

岑野醒来时，天已大亮，头隐隐作痛，喉咙里干得像要哑掉。他盯着天花板，看了一会儿，又伸出手指，摸了摸身旁雪白冰凉的墙壁。他发了好一阵子呆，感觉整个人都已被掏空。自己都不知道自己是怎么下了床，洗漱，又换好衣服。然后他坐在窗前，对面就是那茫茫的山和无尽的天空。

他点了支烟，不停地抽。说来也奇怪，他都抽了这么多年烟，从高中就开始了。今天却被烟这老伙计呛了好几口，狂咳之后，剩下的只有心烦意乱。岑野把烟头丢掉，拿起手机，开机。

未接来电和短信一股脑涌了进来：岑至问他起床没有，郑秋霖让他醒了之后回电话，还有李跃的未接来电，赵潭和辉子问他在哪儿的……岑野盯着这些看了好一会儿，然后把手机丢桌上，整个人趴下去，把脸埋了起来。

有些事，完全不能想。那一幕一幕，想起来就是撕心裂肺的痛。他心里有强烈的爱，还有恨，恨她冷言冷语，恨她不肯服软，恨她无动于衷。也恨她，把他的一颗心，就这么打碎在巴掌里，把他的脸面踩碎在脚下。

又这么坐了一会儿，岑野已将眼中的那层湿热水光慢慢压抑下去，表情也已恢复阴冷沉默。这时手机响了，又是李跃打来电话："小野，醒了？"

岑野慢慢吸了口气，低笑出声："跃哥，你说。"

"收拾一下，下午跟我飞上海。"

岑野一怔："有什么事吗？"下意识不想去，脱口道，"后天就是决赛了，我还得排练……"

李跃静了一下，才回复："决赛不用紧张，你明白的，正常发挥就行了。我这边有个投资人，算是我的老板吧，我们过去跟他谈谈合作，他也挺想见你的。一会儿我让助理把订票信息发到你手机上，不要迟到。"

挂掉电话，岑野没有马上动，又这么默坐了一阵，猛地起身，拉开行李箱，往里面塞了几件衣服和日用品，就算收拾妥当。

等岑野拎着行李箱打开房门，岑至和一名助理早已在门口等着。行李箱立刻被助理接过，岑野戴着墨镜，双手插进裤兜，走在最前面，面无表情地下楼。经过那扇房门时，他透过黑暗镜片，看着那毫无动静的紧闭的房间，心底仿佛有一处地方快速凹陷下去。然后他转头看着前方，依旧是没有一点表情。

楼下早有保姆车等着。如今他出行，基地里都会有一些工作人员，远远地偷偷地想要看他一眼。哪像几个月前来基地报到时，还要带着一群兄弟拖着行李箱到处找报到处。而现在基地内外，到处挂着的活动海报上，他总在最醒目的位置。岑野的嘴角忽然自嘲地一勾，助理替他拉开车门后，他脸色冷漠地上车。

一路疾驰。

这次他和李跃去见大投资老板，岑至并不方便跟着去，此刻只是坐在他身旁，絮絮叨叨说着合同的一些后续注意事项，叮嘱他跟人见面要注意如何如何，还汇报了网络上一些有关他的新闻和热度数据，可以说十分尽职尽责。岑野一声不吭地听着，盯着窗外飞速倒退的建筑，其实一个字也没听进去。

"小野，小野？"

岑野骤然回神，看到哥哥正盯着自己，目露探寻："怎么魂不守舍的？"

岑野说："没什么，哥，你接着说。"

岑至又看他几眼，这才说道："工作都说完了，你看看还有什么要交代给我的事？"

岑野刚想说没有，忽然间心头一动，某种他并不想去直面的情绪和猜测，隐隐浮现。他甚至不能多去想一秒钟，因为那东西就像黑色洪潮，瞬间就能把他给埋死、憋死在里头。

他还是大刺刺坐着，腿却不自觉地快速抖动，他的手指抵着下巴，抬起又放下，抬起又放下。就在岑至以为他没什么要交代的事时，他却轻轻开口："哥，你帮我办件事。"

岑至一怔。

……

"这不合适吧？"岑至压低声音，震惊地说，看着弟弟执拗无情的面目，一时却也猜不透，他到底在想什么。

岑野依然盯着窗外，语气却固执得很："哥，听我的，就这么办。有什么后果，都是我和她的事，我会担着。我明天就能回来，出不了什么事。"

他忽然伸手轻轻捂住脸，便也挡住眼睛，说："哥，算我求你……"

许寻笙一晚上都没睡，天亮时才头沉沉地昏睡过去，醒来时，已经中午，破天荒第一次。

她仍是觉得，一切恍然如梦。昨晚发生的所有好像是假的，可惜它们是真的。她忽然不知道自己在这段生命中的位置，也不知道他所站立的位置。

她如往常般安安静静起床，穿衣，洗漱，安静得像个游魂。待她站在镜子前，低头刷牙，忽然间喉咙一阵哽塞，眼泪便掉下来。她抬手擦了擦，看着湿润的指尖，再看看镜中狼狈的自己，伸手捂住脸，过了好一会儿，才放下。

茫茫然的，她觉得肚子里有点饿，要下楼吃点东西，刚要拉开门时，竟感觉心头一颤。

她极慢极慢地拉开门。

楼道里永远不变的灯光照了下来，橘黄色，这一次她的门前，空空如也。

她关上门，知道那个人的房间就在背后。她往前走了好几步，慢慢回头，看到他的门口停着辆保洁的小车，有个保洁工在进出换毛巾床单。他人不在。

在食堂里，她也是吃得食不知味，身边来过谁、有谁在注意自己，她全然没有察觉。根本吃不下什么，她却忽然想起，小野总是担心她吃太少，还笑言说手感不够丰满。她当时下意识反问：你还要多丰满？然后就看到他眼中坏坏的深深的笑。泪意突然就袭上来，可是许寻笙怎么肯在人前掉眼泪，闭了好一会儿眼睛，喉咙里阵阵发堵，再度睁开。她端起几乎没怎么动的食物，送至餐具回收台，默默离开。

一下午的时间，她便是非常沉默地度过了。原本今天乐队要排练，她根本不想去。而他们居然也都没有人找她。她便坐在房间窗前，望着茫茫无际的远山，还有幽静天空。时间也不知道怎么过的，她就这么一直坐到日落西山，坐到整个世界仿佛都陪着她寂静下来。

心里，就像有个洞，深深的鲜血淋漓的洞。岑野的手就一直按在洞口，那双手白皙修长，那双手干净利落，那双手为她所爱。现在，是不是什么都不剩了？

也不知这样坐了多久，她忽然听到一个声音，那是钥匙插进门孔里转动的声响。这基地修建有些年头了，虽然都是使用门卡，但原来的钥匙孔都还留着。

门口有人。

许寻笙一怔，刹那心跳仿佛都停止，呼吸也都忘却了。是谁在开门，是他吗？一时间她竟无所适从，既怕是他，可内心竟还有一丝奢望，盼着，是他。

是他再一次，厚着脸皮装作什么都没发生，过来找她了？

她很慢地，很慢地，转头回望，盯着那扇一动不动的门，眼泪无声流下。

在钥匙的声音转动两圈后，那人停下，脚步声响起，竟像是远去了。

许寻笙这么纹丝不动，坐了好一会儿，起身，走向门口。她想要拧开门看一眼，发现拧不动，又试了试，才发觉门打不开了。

她心头一惊，一个不可思议的念头涌进脑子里——难不成，刚才那人，是把她反锁在房间里了？她用力敲了一阵门，可是楼道寂静，一点回应也没有。

许寻笙猛地往后倒退两步，反应过来，跑到床边，拿起内线座机，拨打总台。

"嘟——嘟——嘟——"总机二十四小时有人值班，以往只要响几声就有人接起。可今天她打了好几遍，响了很久，那头也没人接。许寻笙倒吸一口凉气，谁，把她锁房间里了？而偏偏这么巧，基地总台始终没人接听她的电话。

许寻笙默坐了一会儿，并没有发怒或者慌张，只是脑子里一片茫然坐着，等她察觉时，发现眼泪已在手背上滴了一大片。她用手捂住自己的嘴，不让自己哭出声音。她拿出手机，打给那个人。

响了好几声，才有人接起。

那头的人，不肯吭声。

许寻笙努力压抑着哭意，很慢很慢地说："是不是你让人把我关在房间里的？"

他不吭声。

那头还有很嘈杂的声音，人声、广播声，有人在旁边说："小野老师，这边，请上车。"

"岑野，你不要这样。"仿佛用尽全部力气，许寻笙才说出这句话。

他直接挂了电话。

放下手机，许寻笙双手捂脸，低头，哭，一直哭。窗外的天黑了，星光升起，月亮也是弯弯的一钩，挂在山峰之上。

知不知道，你知不知道？

我心似明月，明月照山川。

山川永无语，梦里失清风。

在上海的这一个下午加晚上，岑野整个人都浑浑噩噩的，仿佛像个机器人似的，在李跃的引荐下见人、对人笑、寒暄。聊的内容好像都没什么问题。可整个人其实浑浑噩噩，无人知晓。

直至华灯初上，繁华降临。岑野跟着那群人，到了个热闹又快活的地方。幽暗华丽的灯光照在头顶，他坐在雍容华贵的庭院里，面前是仿欧式古堡的栏杆，还有一片幽静湖水。他恍然惊觉自己在何处，然而也只是沉闷坐着，不与任何人说话，只是让服务生上了一杯又一杯的酒，不停地喝着。

李跃来过他身边，对他说了些什么。啊，是了，这是大投资方老板搞的 Party，专程为他这未来的大明星接风。李跃又拍了拍他的肩膀，说了些什么，岑野笑笑，举起酒杯和他碰了碰杯，一饮而尽。李跃笑笑，起身走了，走到庭院门口，窗帘厚厚重叠一层层，繁华富丽，他搂住一个年轻女孩的腰，也不知是逢场作戏还是早有关系。

岑野笑笑，收回目光，闭目靠在沙发里，一只手还插在裤兜里，抓着手机。自从那个电话后，她再也没有来过电话，或者发过短信。赵潭和辉子也得了叮嘱，不要给她开门。至于张天遥，他今天也外出了，不在基地。至少今晚，她是离不开的。明天……明天中午，等他回了北京，再说。

这么想着，胸口忽然涌起一阵剜心般的痛。她要走，她要离开他。也许她其实从不曾真的在意，才可以这么轻易放弃。岑野知道不可以再想下去了，再想下去……他不可以在人群中流眼泪。他深深吸了口气，又吸口气，再从旁边的侍应生盘子里拿了几杯酒，猛灌下去，脑袋有点发烫，胸口也是，仿佛这样，那疼痛的感觉就一下子不见了。

然后他就闭上眼，无法控制地想，坐在这世间最灯红酒绿、繁华腐朽的一个角落里，开始回想。想和她的初遇；想她坐在琴后弹得眉目自在飞扬的样子；想她一开始和他们参加音乐比赛，穿着那么好看的卫衣休闲裤，露出一小截叫他心慌意乱的腰；想她低下头，几乎不敢出声，颤声说"是你，那个人是你……"岑野用拿着酒杯的手，捂住眼睛，眼泪终于还是掉下来。

冷不丁大腿上一沉，他飞快用手背一擦眼睛，睁眼一看，约莫是他们之前介绍过的一个小明星，穿着华丽闪光的晚礼服裙，露出一大片光滑白皙的背，腰细得大概只有一握，脸大概也只有巴掌那么大。女孩也端着酒杯，大概是被人推到他怀里的，旁边还有两个女孩在笑着说：

"你那么崇拜小野，想和他说话，就说啊。"

"是啊，小野老师，Mandy可喜欢你了。"

她们约莫也喝得有些醉了，脸都红红的。

岑野并不知道，独坐在庭院里的自己，在外人的眼里看起来，有多英俊，有多颓废，又有多动人。以至于那女孩跌坐在他大腿上，尽管嘴里说着对不起，可看着他睁开眼睛，看着他迷茫的深深的双眼，一时竟也忘却了呼吸。

这个男孩，抑或是男人的眼，太好看，也藏着太多东西，那是会让任何女孩都沉沦的东西。女孩怔怔望着他，在幽幽灯光下，男孩的每一寸轮廓，都带着生动的朦胧。这个男人，忧郁，危险，漂亮，蛊惑。

而这份蛊惑，女孩真真切切地感受到了。她的两个朋友也停止了说话，因为她们看到 Mandy 伸手搂住了这位新近崛起、红透半边天的主唱的脖子，微微合上半醉的眼，便要吻上去。性感的红唇，就要吻上那轻抿的，据说是现在让无数少女肖想的薄唇。两个女孩忽然无法呼吸，仿佛要吻他的，就是自己。

可 Mandy 却看到，迷离的灯光下，岑野忽然笑了，是那种冷漠的、放肆的、坏到极点的笑。他在她耳边轻声说："这儿也是你能坐的地方？滚！"

他一把推开了她。

女孩被推了个趔趄后被朋友们扶住。她又气又急，简直不敢相信自己所见，毕竟她虽然还没有大红，但凭自己的姿色和资质，早已是被公司大老板重视和要力捧的宠儿。若不是今晚醉酒，她也不至于对这个根基还不稳的新明星投怀送抱。可人家竟然半点脸面都不留，就这么羞辱了她，还推她。

女孩恨恨地走了。两个朋友不明所以，又看了岑野几眼，跟了上去。

岑野根本就不在意，他还跟嫌脏似的，拍了拍自己的裤子，而后靠在沙发里，继续发痴。某个瞬间，他的眼角余光，似乎感觉到哪里有光线闪了一下。他转头望去，却只见会所的二楼阳台上，有几个人影，但并没有什么异样。他哪里又在意得了那么多，继续喝着闷酒，一个人，疼痛又苦涩地放纵着。

许寻笙收到那张照片，是在次日早上七点。"滴"一声轻响，划破满室寂静。她拿起手机，看到那是一个陌生号码发来的信息。

照片拍得很清楚。柔和灯光下，他坐在沙发里，双臂搭在扶手上。一个女孩坐在他腿上，搂着他的脖子。他的嘴角带着笑，眼神清亮，不知道在对她说什么。女孩眼神迷离，身体柔软得像妖精，露出一大片的背，看起来是那么心甘情愿，仿佛是在朝拜自己的偶像。而从拍摄的角度，看不清他的唇，究竟有没有落在她脸上。

许寻笙盯着这照片，看了好一会儿，然后删除，放下手机时，脸色已是不喜不悲。她站起身，箱子昨天已经收拾好了，只是迟迟没有把拉链关上。此时她蹲下，慢慢地将那一圈拉上，听着"刺啦刺啦"的声音，忽然间心里空得好像什么都没有了。

什么都没有了。

她整个人好像都在往后退，退到了一个安静的、平静的，没有喜、没有悲，也没有小野的世界。她知道自己即将背离什么，即将成为什么样子。而她早已没有别的路可走。她拉好箱子，低头看了看箱子，应该还能赶上今天回湘城的高铁。她没有给赵潭或者辉子打电话，因为知道是徒劳。她直接打给张天遥，现在大概是岑野最讨厌的人和他最不对付的人。

　　张天遥听着是在一个吵闹的地方，响了七八声，他才接起，他的声音有些犹豫，压得很低："许寻笙，有什么事？"

　　许寻笙平平静静地说："腰子，帮帮我。"

　　张天遥在那头彻底怔住了。

　　而后，他刚刚签约的唱片公司总监们，就看到这个悟性不错、相貌不错、心机不错的男孩，放下手机，连连跟众人道歉，然后坐上车，风驰电掣般走了。

<第六章 >

朝不见暮

许寻笙拎着箱子，坐在门口床边数着时间。没多久，就听到楼道里响起脚步声、说话声、争执声。她想小野大概彻头彻尾地疯了，居然还安排了人，守在楼道里。一想到这儿，眼睛就一个劲儿发烫。可是当张天遥终于成功推开门，两人相见时，许寻笙抬起头，已是一脸平静。

"多谢。"她轻声说。

张天遥盯着她，说："小野还派了个人，挡在这一层，不过我的助理把他拦下了，车在楼下。"

许寻笙拎着箱子，跟在他身后。可往前走了几步，张天遥自己却迟疑了，望着她轻声说："你真的要离开他？"

许寻笙抬起头，慢慢吸了口气，微微笑了："是啊。"

张天遥见她眼里竟然闪着光，一缕发丝顺着脸颊落下，依旧是当日初见时温婉模样。只是瞎子都看得见，那双清澈的眼睛，有多么红肿。她的手紧抓着箱子拉杆，抓得紧紧的。张天遥的心里没来由地烦闷无比，也不知是为了谁，索性接过她手里的箱子，也不问了，只是默默朝前走。

一个人出现在楼道尽头。

两人止步。许寻笙说："腰子，你先下去。"张天遥看了眼那人，到底没说什么，点头，经过时，张天遥轻声说："至哥，岑野他不能欺人太甚了。"

来人正是岑至，他没吭声，看着许寻笙，目光复杂。

许寻笙在岑至面前站定，静了一会儿，说："就跟他说，是我求了张天遥，让我走的。"

岑至还是没说话，这个女孩聪明至此，一时竟会让男人说不出话来。

许寻笙又轻轻一笑，笑得那么落寞又平静，只看得最初对她印象普通的岑至，都心惊了一下。她说："其实，至哥，我不在他身边，对他的发展更好吧。他今天要是回来了，又要闹，可我是一定会走的。你觉得我和他的结局，会比现在更好吗？"

岑至忽然就想起了弟弟之前在车上的样子，想起他用手捂住脸，想起他用近乎卑微的语气说："哥，就算我求你了……在我明天回来之前，不要让许寻笙走。她这一走，我就再也追不回来了。那我还要签约干什么，还要出名干什么？我不能没有许寻笙……"

也想起之前李跃对他这个经纪人提点过的话，他说，小野，真的是前途无量，只要好好雕琢，绝对能红至近年来音乐圈没人达到过的位置。只是小野这个人啊，太重情了，情深不寿，必受其害啊。而且他现在位子还没站稳，绝对不能传绯闻，否则粉丝失望，人气必然大跌，会影响他一辈子的发展。

岑至也想起含辛茹苦的母亲，想起沉默寡言的父亲，还有自己满怀期待的妻子。最后想起的，是那么多年、那么多日夜里，看到弟弟小野一个人，或抱着吉他，或趴在桌前，写得两眼发红，唱得歇斯底里。熬了那么多年，弟弟才走到今天。

……

岑至闭上眼，又睁开，然后平静一笑，慢慢地侧过身体，让开了路，说："小许，你们俩的事，说到底旁人也不能掺和。不管怎么样，今后如果有什么事，随时联系我，我都会尽全力帮你。"

许寻笙点了点头，什么都没说，走出他的视野里。

许寻笙并没有马上上张天遥的车，而是去了郑秋霖办公室。

看到她，郑秋霖似乎并不意外，但又似乎有所思虑。许寻笙开门见山说："郑导，因为身体不太舒服，明天的决赛，我可能不能参加了。"

郑秋霖静了静，说："我知道，小野已经跟我说了。我会安排一名键盘手顶上。"

许寻笙也静了一会儿，说："还有，我个人想和你们马上解约，如果有违约金，我愿意支付。"

郑秋霖静默片刻，没说别的，却只是问："真的想清楚了？"

"是的。"

"Pai 娱乐那边也想签你，作为民谣歌手出道，小野跟你说过吧？真的不考虑？"

许寻笙眼睛盯着桌面，只是轻轻摇头："不考虑。"

郑秋霖到底叹了口气，而后抽出烟给自己点了一支。两人都不说话，就这么静静对坐了一阵子。郑秋霖抽完一支烟，再看眼前温婉清丽如水的女孩，一时间心里也有些唏嘘。但她向来都是个冷酷理智的性子，察觉自己心软了，立刻止住。她从抽屉里拿出份解约函，放到许寻笙面前，说："这段时间你们给平台赚的钱也够多了，没有违约金，直接解约，你看看有没有问题。"

许寻笙拿起合同，看了一遍，忽地轻轻一笑，说："原来早就准备好了。"毫不犹豫签下自己的名字。

岑野是这天下午回到基地的。他的身后照例跟着几个人，替他拎箱拿行李。他照例墨镜遮眼，面无表情，只是在电梯停在那一层时，心竟像是被风吹动的湖面，不断荡起涟漪。

他抬起头，看向她的房间方向，一时也失了神，越走越近。

直至他看到她的房间门口停着保洁车，两个保洁在边聊天边打扫，他的心就这么咯噔一声，脑子里忽然也变得很空很空，周围并不安静，他却忽然听清了自己呼吸的动静，就像人踏进了一片泥潭沼泽中，即将沉陷。

他走过去，听到自己问："住这个房间的人呢？"

两个保洁惊讶又好奇地看着他，一个答："今天……没有人住啊，退房了。"

岑野摘掉墨镜，走到房间门口，看到里头空空如也，洁净如新，真的已经没有半点她留下的痕迹。他就这么站了一会儿，重新戴上墨镜，走向自己的房间。

旁人见他神色，都不明所以。待助理把箱子送进来，岑野直接关上门，然后摘掉墨镜，直接倒在床上，闭上眼，一动不动。

这么过了好一阵子，他猛然睁眼，抓起手机，拨打她的电话，一直拨一直拨，可是关机。他又给她发短信：

"你怎么走了？"

"回来。"

"我跟你道歉。"

"宝宝，我还有话要对你说……"

"宝宝，你别生气，都是我错了。回来好不好？"

"许寻笙，你真的要和我……"最后两个字，却怎么都打不下去，岑野的呼吸逐渐急促，眼泪一下子迸出来，他看着自己一个一个拼音输入：分手。

这条短信发出去了，他用手捂住脸，就这么直挺挺躺着。不断有人打来电话，他看一眼，是岑至，是赵潭，是郑秋霖，是其他人。他直接把手机丢到一旁，不理会。

"滴……"手机响了一声，他转过头去，一时间竟不敢去拿手机，怕是她的短信，又怕只是别人乱七八糟的短信。然后他终于一把抓起手机，看到屏幕上的那两行字，忽然只觉得整个世界都寂静下来，所有景物通通褪色。只有那行黑字，无比清晰地浮现在眼前。

他一把将手机砸在墙壁上，"啪"一声碎成几块，他一动不动，终于像具死尸。

她说："岑野，别再找我了。好好比赛，替我拿到属于朝暮的全国冠军。"

朝暮……

朝朝暮暮，陪你共度。

许寻笙，你说过的，要一直陪着我喜欢我的。

现在，我做错了什么，你不肯了，你不肯要我了。

宝宝，宝宝。

我真的……就快要呼吸不过来了。

你说让我别再找你了，那我怎么办？你都陪了我这么久了，突然反悔，是我搞砸了，我知道，是我把什么都搞砸了。我什么都不要了，什么梦想什么巨星什么人气都不要了，只要能继续跟着你，好吗？

……

岑野是红着双眼，拉开房门的。可一打开门，很多人都在。

岑至在，赵潭在，辉子在，刘小乔在，郑秋霖也在。他们全都欲言又止望着他通红的双眼。

岑野居然还笑了笑，说："怎么都来了，别挡我，我有事。"

赵潭和辉子对视一眼，拦着没动。岑野没好气地说："让开！"

岑至一把抓住弟弟的肩头："小野，你要去哪里？还有半个钟头就是明天决赛的彩排，不能缺席！"

岑野不吭声，轻描淡写地说："我不去哪里，马上就回来。"

"你不能去。"郑秋霖只说了这一句话，"所有人，都在等你。"

刘小乔也目露怜惜，说："小野，你别冲动，明天就是总决赛了，真的不能在这个时候离开……"

岑野忽然就发飙了，往后退了一步，朝他们吼道："那我想的人就不重要？许寻笙就不重要？她走了，她被我逼走了！"

岑野自己都没意识到，眼泪掉了下来。所有人都望着他，神情晦涩，像是都不忍说破什么，又像是在静候着什么。岑野也就这么怔怔站着，面前有这么多人，却像什么人都没有。

过了一会儿，他才好像终于清醒过来，清醒地意识到了自己所身处的一切，清醒自己其实哪里也不能去。他忽地苦涩笑了，然后慢慢蹲下身。如今被万人宠爱、万人仰望的超级新星，就这么如同丧家之犬般蹲在那里，脸深深埋进一双手掌里，很久都没有再抬起头。

原来夏天已经到了。

还不到中午，湘城的太阳已经很大，只是在阳光中站一会儿，便觉得眼发晃、背发烫。许寻笙穿上了短袖、棉布裤子，头发只绑个简单马尾，整个人都清清爽爽的。她从一大早上起，就开始大扫除。湘城如今雾霾重，快半年没回来了，屋内屋外都是一层积灰。唯独院子里种的绿植花草，拜托了邻居老奶奶浇水，长得正好。樱花树的开花季她已错过，另一棵桃树上已结满不大不小的果子，今年会是个丰收季。学生们都爱吃她种的桃子，虽然不是很甜。今年她回来了，等通知他们恢复上课时，估计那些桃子又会被他们抢得精光吧。

也不知怎的，正在门口那条木廊上拖地的许寻笙，心口就这么隐隐一疼。她抬头看了眼阳光，眼睛被光白灼成一片，于是周围景物仿佛都远了。

那条短信之后，再无回音。

于是从那一刻起，岑野和朝暮，都真正成为过去吧。她便这么静静想着，手握紧拖把，低头一直干活，干活。

忽然就这么从北京回到湘城，从那五光十色的舞台回到平静的生活，这么孤单的一天下来，不与任何人讲话，只是一个人不停忙碌。其实也是她以前有时会有的生活，可今天，那种恍如隔世的感觉，就特别深刻。似乎吉他的旋律，还总是隐隐回荡在耳边，似乎走到哪里，身后都会忽然有一个人喊"笙笙"。屋里屋外只有她一个人，那种世界忽然空了很大很大一块的感觉，就特别明晰。

古琴就在桌上，曾经蒙了一层灰，也被她仔细擦掉了。手指轻轻拂过琴弦，却一个音都无法再弹。她甚至涌起个念头——这辈子，不知道还能不能弹古琴了。

地下室里空空荡荡的，她的那些乐器，还跟着他们在北京。不要，也好。

中午许寻笙出门去买了点菜，给自己做了简单的一菜一汤。晚上便接着吃没有吃完的菜饭，天热，不用再开烤火器了。她捧着个碗，搬了张板凳，就坐在厨房里，慢慢吃着。

暮色降临时分，有人发来短信。她恍若未觉，直至把饭吃完，碗都洗干净，才低头拿起手机。此时家家户户似乎都已亮起灯火，还有电视的声音传来，特别特别热闹。唯独她的家里，没有开电视，也没有开任何平板或电脑。

她看到那条短信，就在朝暮乐队的群里，赵潭发来的，@ 了她。

"许老师，我们今晚决赛的直播地址（笑脸表情）。"

此外，没有人说话，张天遥不说话，辉子不说话，那个人也一直没说话。

许寻笙的手指停在半空中，顿了好一会儿，退出了这个群。她放下手机，夜凉如水，起身走了出去。

许多条熟悉的路，曾经一个人走过很多次，也曾和人一起走过很多次。此时树全绿了，枝叶茂密，路上车流如梭，行人如织。她安安静静地一个人走，并不知道会走到哪里去，也不知道接下来的人生还会遇到谁。她只是悄然走着，走过繁华，走过僻静，走过流浪的人，也走过人群。

最后不知不觉，她走到了热闹的、五光十色的江边。那时这里是片广场，曾经有人穷得没饭吃时，还在这做过苦力。她抬头望去，一条长长的江道上，旁边开满了夜宵店，有很多人，很吵，但他们看起来都特别快乐。

许寻笙以往从来不太爱往这种地方走，今天却慢慢走过去，走进那片繁华吵闹当中。如若此刻有人注意到她，就会察觉她的不同。那个女人衣衫素洁而讲究，面目清冷，一双眼痴痴又冷冷，只是这样安静地从每一家店铺，从每一桌客人旁经过。

直至到了某家门口放着大型液晶电视的店铺前，她才慢慢停下脚步。

电视里正在转播最热门的综艺选秀节目，最近几乎所有人都在看，都在讨论，更何况据说今晚争夺冠军的一支乐队，还来自湘城。有不少吃饭的客人在说：

"就是那个，那个男孩。"

"好帅哦。"

"他们现在好火啊！"

"今晚肯定拿冠军。"

"就快拿到冠军了，比分已经拉开了，实力悬殊很大哪！"

许寻笙静静站了一会儿，想接着往前走，可一双腿仿佛已不是自己的了，丝毫不动。可那是千般万般抵不住的诱惑，她无法不抬起头，看向屏幕，看向那个人，看他终要目标实现的样子。

这一夜舞台上的灯光，是她见过最璀璨精美的一次。每个人站在上面，都像是真正的明星。赵潭在、辉子在、张天遥也在，角落里还有个她认识的网站的键盘手老师在顶替她的位置。今夜的他们，依然不会有任何软肋和纰漏。只是今夜过后，这支华美的乐队，这支承载过一些人梦想的乐队，也将不复存在。这会是他们的最后一次演出。

那个人，就站在舞台正中。

白色的无比庄重、无比闪亮的西装，正衬他意气风发、英俊无敌的样子。还不止如此，她终于见到了首席造型师为他所藏的"撒手铜"，即他妖气冲天的模样：细致的眼线，乌黑的不羁的发，轻咬的薄唇，绝无半点娘气，反而显得冷漠又张狂，灿烂又蛊惑。他抱着吉他，开始忘我弹奏，眼中全是冷傲锋芒。舞台上所有人皆成背景，舞台下所有人为他痴狂颤抖。今夜，他就是即将加冕的王。

她有没有对他说过？以前，有没有对他说过？

其实他在舞台上的样子，能令任何人看一眼，就移不开目光，就像此刻这样。

也就是这一刻，满场观众欢呼，连许寻笙身边的食客们都在鼓掌的这一刻，他对着镜头，露出依然是平时那样可爱的、讨人喜欢的笑容。许寻笙终于明白了，明白站在舞台上那位明星，真的已经离她而去了。

他也已决意离开她，朝前走，不再回头。像她一样。

泪水渐渐漫过许寻笙的眼眶，明明已经痊愈了一天的泪腺，仿佛又在此刻止都止不住，而她只是静静忍着，静静站着。画面上那人的笑容，几乎转瞬即逝，而后他拿起麦克风，说："最后一首歌……"

他顿了顿："写词的人，没有起名字。我想，就叫它《万重贪念》吧。"

许寻笙站着不动，耳朵里所有声音仿佛都退去，江水退去，黑夜退去。她眼里只有那个万丈光芒的舞台，小野站在上面，万千星光，凝聚一身。他落下手，身后所有乐器随着他起奏。在一段意外古朴悠扬的旋律后，他靠近麦克风，轻启声线：

　　草长莺飞惶惶又一春
　　你依然是少年模样
　　天高地厚寒夜最难眠
　　孤茶当酒谁与我伴

　　许寻笙用手捂住脸，哭了出来，可唇边却笑着。她知道，小野这首歌唱得非常非常好，声线柔和，情意绵绵，就像歌词中所写的春日莺飞花开，宛如天籁，送入人的耳朵里。

　　啊……
　　问斜阳
　　斜阳不语独照青苔泛
　　想……
　　赴难关
　　难关有人为我挡风寒

　　最后那句，她原本是轻轻柔柔唱出的，可如今到了岑野口里，却略有些沙哑滞涩，原本清亮的情意，变得低沉，却更动人。
　　满场观众都安安静静地听着，甚至连这湘江大码头上的所有人都停下了交谈吃喝，都在听。听这个不平凡的男孩，到底哪里不平凡，在今春走上了全国之巅。

　　深深，切切，疯疯，淡淡
　　他想见你多回头
　　回头望断江海如思思念覆我万重贪念
　　天天，眼眼，慢慢，远远
　　他想翻过这座山
　　山下有人不怨不悔予我所求一马平川

　　唱这一段时，岑野一直没有抬头，可是摄像头始终追着他不放。于是包括许寻笙在内的所有人，都可以看到男孩的眼中，浅浅盈盈地泛起水光。这一段，他唱得很慢，仿佛一个字一个字从肺腑中吐出来。

　　许寻笙已是泪流满面。

　　他想见你多回头
　　他想翻过这座山
　　他依然是那个孑然一身的少年
　　思念如江海覆灭心中万重贪念
　　可他还是想为你赴难关
　　为你这一生挡风寒

　　"春风，抬头看——"

　　一个高亢的、清亮的、极致的声音，仿佛穿透整个舞台，穿透这金属躯壳，直破云霄，冲进每个人的耳朵里。

　　"看我孑然一身痴痴惘惘却等梨花开。"

　　然后音律再上、再上，经过了他改动的词曲，原本清淡柔和的收尾，此刻在吉他、贝斯、键盘和鼓的齐声奏鸣下，分明呈现出无比华丽、无比璀璨的高潮乐章。

　　流年，敢回转
　　看我一人一马踏破一城今生为你来

　　更高的、更辽阔、更激昂的嗓音，仿佛瞬间贯穿、覆盖整个现场。画面中的男孩闭着双眼，握着话筒，用尽了全部力气，唱出这华美、悲恸至极的声音，嗓音绵延之久，嗓音清越之美，超乎任何人想象。所有人都站起来，忘我鼓掌，也有很多人都哭了，被他的悲怆之音唱哭了，每个人眼睛里看到的都是那颗最璀璨、最动人、最悲伤的星。哪里还有人看到什么竞争对手，看到亚军。只有他，今夜只有他，只有朝暮乐队，排山倒海，撼天动地，所向无敌。

　　只有许寻笙，站在距离液晶电视远远的、没有任何人的暗暗的角落里，哭得已看不清画面。而不知什么时候，舞台下的观众静了，码头上的人们的声音也小下去了。麦克风重新到了那个天之骄子的手里，也不知主持人问了什么，他抬起头，双目空空，笑容安静，仿佛只是在说今天天气不错，他说："刚才这首歌，献给我爱的人。"

掌声雷动。

许寻笙拼命捂着自己的嘴，哭声很小，可太疼了，她的心太疼了，她慢慢蹲下来，一动不动。旁边有人经过，问她有没有事，她只是恍恍惚惚摇头，依然低着头，看泪水纷纷滴落在地面。

而屏幕里，终于已有人，将年度冠军奖杯交到了岑野手里。赵潭他们都站在他身后，他低头看了一会儿奖杯，然后举起，高高举起。全场观众欢呼，画面中也闪过评委们一张张欣慰的脸庞。然后岑野就把奖杯，交给了赵潭，张天遥、辉子，他们都轮流拿着奖杯，个个欣喜不已。

不知什么时候，许寻笙恍恍惚惚听到旁边有人在惊呼：

"哎，岑野哭了。"

"那个冠军主唱哭了……"

许寻笙慢慢抬起头。

其实在泪水模糊的视线里，这些也不太看得清了。她想，小野其实今天不该哭的，这样庄重的场合，哭会显得明星架子有些端不住了。

可镜头偏偏还追着他不放，画面中的新晋巨星，那个惊才绝艳的歌手，他用手捂住自己的脸，可泪水依然从他的指缝中急速淌下。他的嘴唇在轻轻颤抖，他在全国亿万观众面前，哭红了双眼，赵潭拍拍他的肩。这一路走来，从未在观众和粉丝面前展现过任何脆弱，永远勇敢、永远牛气冲天的小野，却在此刻毫无征兆地哭了。

此刻若有人看到那两个人，便是一个在舞台上，一个在码头无人知晓的角落。一个在北方，一个在南方。一个在金光云端，一个在茫茫人海。两个人，不在一起，却都哭得不能自已。

……

年少的时候，我们总是太轻易就失去一个人。

明明当初那么好，那么热烈，那么渴望。可怎么一转头，彼此就已面目全非，渐行渐远。

然后你走向你的阳关大道，我走向我的寂静小桥。

于是今生，若再无一春可相逢，我心里那个洞，便再也填不满了。渐渐地，随着年华轻逝，随着人生茫茫，于是我也会，把它忘掉吧。

今生若无一春，能再相逢。

那么我这一生，也就这样，灿如鲜花静如死水般度过了。

秋风呼呼吹着，吹得体育馆上空的广告板猎猎作响。清洁工四散开在打扫场地，足以容纳数万人的场馆此刻空空荡荡。岑野的巨幅海报还挂在最醒目的位置，工作人员正在收起。

刘小乔穿着黑色风衣，在场馆里站了一会儿，随手捡起一支已经不亮的荧光棒，在手中转了几圈，然后丢掉。

她抬起头，看着眼前的空旷，仿佛还能感受到昨晚数万人齐唱、欢呼、落泪的疯狂场景。只是哪怕是她——如今身为天王巨星的执行经纪人，看到这极盛繁华之后的萧条冷清，也有种说不出的落寞滋味。

想起来，那个人，也是一样的吧。那么多粉丝眼中的神，她的老板，华语歌坛如今最璀璨的一颗星。

刘小乔又点了支烟，一边抽，一边自嘲地笑笑。心想或许是平时听小野唱歌太多了，受那么多痛彻心扉、让广大歌迷感同身受的歌词影响，又或许是老板本身带着点……隐隐约约的忧郁，连带着她这个身边人，都有了些伤风悲月的可笑情绪。

"在看什么？"一道低沉嗓音，在背后响起。

"在想我们现在是不是红得太嚣张了。"刘小乔头也不回地答。

来人笑笑，站在她身旁，高高的个子，沉稳内敛的眉目，正是岑野亲哥岑至，此时和她一起看着这如同大军退去后的场馆。只不过此刻的他，身上衣着穿戴皆是国际名牌，历经娱乐圈两年历练，相貌更显得棱角分明，眼睛里清亮又深晦。如今圈内任谁都知道，岑野的亲哥兼经纪人，是个值得尊敬和重视的人物，再不是当年刘小乔派车接来网站基地、忐忑谨慎的圈子新人。

"不进则退。"岑至只用四个字，表达他的态度。

刘小乔微笑。岑家的男人，身上似乎都有野性。岑野表现在音乐上，岑至则表现在对事业的渴望上。

只可惜，这么好的男人，已经成家生子。

"和赞助商谈得怎么样？"刘小乔问。

岑至也摸出根烟，刘小乔凑过去给他点上，他看一眼女人精致的妆容和白皙手指，没有推拒。他抽着烟说："顺利。现在想要赞助小野演唱会的品牌数都数不过来，我自然可以照自己的想法开条件。"

刘小乔娇笑："别太狠了。"

岑至也笑："不狠怎么替小野挣钱。"

刘小乔伸手拍掉落在他肩头的一小块纸片，岑至转头看她一眼。女人比起他的老婆，要年轻个好些岁数，能干程度更是天差地别。刘小乔个头娇小，但身材极为丰腴玲珑，巴掌大的脸。虽然相貌顶多算清秀，却自有一番风韵。岑至没吭声，只抬手刮了刮她的脸，说："走吧，大经纪人。"

岑至名义上是岑野的经纪人，刘小乔是执行经纪，算起来算是他的下属。但在实际工作里，他俩更像是搭档。男人的手指像是很随意地碰到自己的脸，刘小乔轻声说："手上有烟味儿。"岑至笑而不语。

两人一起并肩往场馆外走。其实每次岑野有重要活动，两人事前事后都会来仔细踩点，好像这样心里才踏实。但也正因为有他们的联手掌控，再加上 Pai 娱乐的力捧，岑野单独出道至今，几乎是乘风破浪、毫无纰漏，一路走至娱乐圈一线，甚至是近五年来很少有音乐人能达到的人气与口碑皆爆发的顶尖位置。

"他起来了？"刘小乔问。

"嗯。"岑至答，"刚助理给我打电话了，他们直接去机场，和我们会合。"

"……他昨天又那样了？"

岑至没说话。

机场出发厅，人来人往，通透明亮，忙忙碌碌。只不过很快有人注意到，今天肯定是有什么大明星要来这个机场，因为有很多年轻女孩拿着横幅、鲜花，左顾右盼，神色兴奋，散布在各个入口处。

大概刚过中午，一辆黑色奔驰保姆车缓缓在一个入口停下。周围的粉丝们几乎闻风而动，全围了过来，但又不敢靠得太近，怕耽误心中那人的出行，所以都隔了几米远，激动地盼望着。

两个保镖先下了车，似乎对这样的情况已见怪不怪。岑至和刘小乔随后下车，几人一边挡着热情的粉丝，一边护着车门。

然后一个穿着一身黑，只是衣袖、胸前点缀着几段彩色色带，低调而不失个性的年轻男子，戴着墨镜下车。粉丝们立刻爆发出欢呼和尖叫，纷纷喊他的名字："小野！

小野！小野！"

　　那人起初脸色是冷着的，仿佛不管身旁围绕着多少人、多少摄像机，都不会令他停留。尽管戴着墨镜，你也能透过他乌黑的头发、白净的皮肤、漂亮清秀的鼻子嘴巴、高大的身材，感受到他样貌中依然存有的少年感。

　　而他往前走了几步，却停了下来。

　　众人不明所以，所有粉丝都静下来，巴巴望着。岑至小声问："小野？"

　　这时有人察觉出异样来，因为岑野左前方，站着个脸颊通红、眼含泪水的女孩。她拄着拐杖，有一只裤腿空荡荡的，大概二十岁，手里捧着张专辑，望着岑野，身体微微发抖，已激动得说不出话来。

　　岑野忽然笑了，是那种非常灿烂的、干净的仿佛没有半点忧郁的笑。他在那残疾女孩面前站定，伸手拿过她手里的专辑，又从反应飞快的刘小乔手里接过笔，低头一边签名一边说："辛苦了。"

　　女孩捂住双眼，哭了出来。旁边很多女孩不知怎的，也很想哭。望着近在咫尺的那个人，那张脸，只觉得恍然如梦。这是她们的偶像啊，是那个出身贫寒，却一直很努力，很有天分的华语巨星。他一向是低调的，个性的，却总是对粉丝很暖。她们只觉得喜欢上他，是自己短暂的人生中最正确、最不悔的事。

　　"小野！小野！"很多人更冲动地喊他的名字，旁边还有些人想把自己的签名本或专辑递过去给他签名，随行人员立刻都拦住了，而他只是抬起头，环顾一周，对她们很淡地一笑，淡得就像绿树枝丫下遗落的一缕春光，转身走进了机场。

　　喧嚣留在背后，人群也渐渐远去。在众人的簇拥下，岑野一路直入贵宾候机厅，走进贵宾专属通道，上了飞机头等舱。当他踏上飞机时，几名空姐几乎都滞了一秒钟，才齐齐出声："欢迎乘坐×航。"他的嘴角泛起一丝笑，只是没人看清，墨镜后的双眼，始终沉静。

　　岑野坐的是头等舱第一排靠窗位置，岑至在他身旁。周围坐的是刘小乔、助理和几名保镖。其实即便是他出行，头等舱有两个人陪着也行了，其他人可以坐经济舱。但岑野不，他必须要求前后左右都坐满自己的人，他很不喜欢有人打扰窥探。刘小乔索性就听他的，每次出行，都尽量这么安排。

　　老板的性格，在某些方面，其实是有几分孤僻的。刘小乔这样想，但从未说出口过。

　　飞机平稳起飞，客舱灯光变得柔和，空姐逐个为头等舱旅客提供服务。她先来到岑至身旁，询问了他的饮食偏好，然后整个人都显得有些局促，将一双拖鞋小心放在岑野脚下，声音有些紧张地问："岑先生，您看想喝点什么，中餐我们提供……"

岑野回答了她的问题，然后微微弯腰，脱掉运动鞋，穿上拖鞋，舒服地往后一靠，摘掉墨镜。空姐见这位巨星面容平静，真人居然比电视上还要好看，心里更激动了。她鼓起勇气，把一个本子和笔递到他面前："岑先生，可不可以给我签个名？"

旁边的岑至睁开眼，皱眉刚要阻止，弟弟已经接过笔，龙飞凤舞地在上面签了名字。空姐欢欣鼓舞地接过本子："哇，字太好看了。谢谢！谢谢！"她连声道谢，红着脸走了。

岑至笑笑，随口问："整天都遇到这样的事，粉丝想要你签名，合作的大老板也要签，路人都要凑上来签，烦不烦啊？"

他本意只是打趣，却见弟弟转了一下指间的笔，轻飘飘地说："无所谓，我现在还挺喜欢写字的。"

岑至失笑，别人不知道，他可很清楚，弟弟从小不好学，要不是因为走星途也不会练签名，他喜欢写字？母猪都要上树了。

见哥哥嘲笑，岑野似乎也自觉牛皮吹过了一点，露齿一笑，把笔一丢："睡觉。"

从华东某城市飞回北京的时间，是两个小时。岑野戴着眼罩、耳塞，迷迷糊糊睡了一会儿，忽然在某个瞬间，飞机一个颠簸，他醒了过来。

尽管困意不减，头还有些疼，他看着眼罩里一片黑暗，却怎么也睡不着了，索性摘下眼罩、耳塞，周围灯光已调暗，几乎所有人都在闭目沉睡。岑野握着眼罩发了一会儿呆，调亮了自己头顶上方的灯，又从裤兜里拿出个十分小巧的本子和半截铅笔，打开 MP3 戴上耳机，低头开始写写画画。

也不知道过了多久，直至飞机又开始颠簸，身旁有人拍了拍他的肩，岑野抬起头，看到哥哥用口型告诉他："下降了。"岑野点点头，关掉 MP3，摘下耳机，又拿起刚刚写的一段旋律看了一会儿，将本子和笔都放回口袋里。

飞机一直下降。

这样的琐碎时光，又是百无聊赖。岑野喝了口水，闭目靠了一会儿，睁开眼，看着窗外气流翻滚，云层暗暗沉沉。他就这么凝视着，直至城市轮廓渐现，飞机落地。

一出机场，一行人就上了辆白色宾利。岑野喜欢豪车，怎么舒服怎么拉风怎么来，家里也停了四五辆车，这是谁都知道的事。他现在反正有几辈子都花不完的钱了，谁又能拦得住他随心所欲。

　　岑野靠在车子后座，岑至依旧在他身旁。车窗外熟悉的景色一闪而过，岑至正在他耳边汇报一些重要工作。

　　"××卫视那边的真人秀，李跃的意思，也是让你参加，报酬也不错，收视率高，能够提高你的国民度。而且你有歌傍身，不管你在真人秀里表现如何，都不会影响你的人设，只有好处，没有坏处。"

　　岑野似乎还是漫不经心的，轻轻"嗯"了一声，嘴里嚼着口香糖。自从正式出道，为了照顾粉丝的感受，也为了歌喉，他早把烟戒了，现在只是习惯要嚼糖。

　　"万一我在节目里暴露出本性，粉丝们大规模脱粉甚至转黑怎么办？"岑野忽然似笑非笑地问，这下车里所有人都笑了。

　　岑至颇有信心地说："不会。我敢跟你打赌，只会涨粉，而且会涨得很漂亮。"

　　前排的刘小乔也附和道："是啊，小野你是真性情，你本来的样子就很吸粉的，要不电视台那边怎么那么想让你去，公司也极力赞成？"

　　面对他们的夸赞，岑野只是笑笑，但也没说话，对这桩事，是没什么异议了。

　　岑至又说了几个合作意向，都是音乐方面的，电影、电视剧想要约他写歌演唱。把情况都说了一遍后，岑至说："来找的电影有三个，电视剧有五个。"

　　岑野问："都是什么类型？"

　　岑至一顿，笑了笑说："什么类型不是最重要的。电影有一个是汤三哥导的，他今年国内外拿奖拿到手软，逼格也够高，这次合作的也是影帝。另外几个电影导演和主演一比就逊色很多。至于电视剧，暂时别考虑，大荧幕优先。"

　　岑野沉默了一会儿，似乎对这些事也不是很上心，说："行，就按你说的。"

　　工作汇报结束，车内重新安静下来。岑野又望了会儿车外的云和树，只觉得无聊，便打开手机。因之前在飞行，屏幕上多跳出几条新消息。

　　这是他的私人手机号，知道的人很少。上面几条都是合作过的制作方老师或者音乐人发来的，岑野微微笑着，一一回复。

　　后面一条，是个女人发来的。姜昕盼，一个也许比他还要红一点点的女人，影视收视女王。岑野其实跟她也只因工作见过几次，礼貌性地加了个微信。本来岑野不想加的，但当时刘小乔的眼珠子都快瞪出来了，于是他只好接过姜天后的手机，扫了她的二维码。

　　之后她也时不时给他发微信，她比岑野大三岁，语气总像个圈内的普通朋友，也像个调皮的年轻女孩，于是岑野基本还是会给她回复。

姜天后是实实在在的倾国倾城色，演技又好，与某位影帝交往过一段时间，后来和平分手，除此之外，似乎没有什么不好的传闻。

即便岑野对她没什么兴趣，也无法不记得初遇的酒席上，那个女人既有少女的皎洁清纯，又有成熟女人的光彩风情。她穿一身深紫色闪亮露背晚礼服，那一身白皙似牛奶的皮肤，还有娉婷玲珑的身段，称得上是当晚最惊艳的人。而当她抬起头，看见了对面坐着如今娱乐圈最红的歌手新天王，露出了一丝诧异和好奇的神色，那双剪水大眼里，清澈流光，也难怪诸多国际知名导演，都称赞她"眼中有日月"。

后来姜昕盼邀请过一次岑野去参加她的私人聚会，岑野人在外地，推辞了。

今天她发来的短信内容是："小野，演唱会怎么样？"

岑野回复："不错。"

她几乎是很快回复："我有看网上的视频哦。"

岑野回复了个笑脸。

她又问："好久没碰面了，今晚要不要一起吃个饭？"

岑野盯着这条短信看了一会儿，回复："不巧，今晚还有工作没做完，改天吧。"

说完也没管她是否还会回复，把手机丢到了一旁。

< 第七章 >

湘城金鱼

车一直往郊区开，离开城市，离开环路，到了一片风景秀美、交通方便的园林前。沿着绿意丛生的小路一直开，远远就看到一整片白色洁净的高墙，低垂的绿植趴在墙头。铁门缓缓打开，司机将车停进车棚，旁边还停着其他几辆岑野的爱车。

这幢别墅是岑野去年买的，年初装修好，今夏已入住。平时这里就住着岑野、用人和保镖。岑至在附近的一个小区买了套三居室，妻子和孩子都在那边，方便他两头跑。今天刘小乔半路就下车回家，只有岑至跟着弟弟过来。

兄弟俩一进客厅，就看到桌上放着个很大的包装精美的礼盒。用人说："是李总派人送来的，祝贺岑先生演唱会成功。"

兄弟俩都笑笑，岑野上前，三两下拆开包装，露出里头的吉他盒。他的眼神变得专注，小心翼翼把吉他拿出来，轻轻赞叹了一声。

尽管岑至不懂吉他，也看得出这把吉他已经很旧了，但是保养得很细心，且形状和图案也很特别，从未在市面上见过，肯定是把名贵的古董吉他。转眼间岑野已抱着吉他，一屁股坐在桌子上，哪有半点巨星形象。他轻轻拨弄了几下，眉目舒展开，看来颇为喜爱。

"跃哥够大方的。"岑至笑道，"该表彰的时候，绝不手软。"

"嗯。"岑野头也不抬。

自从两年前，岑野签约 Pai 娱乐，就跟坐火箭一样，一飞冲天，确确实实成了公司最大的摇钱树。这两年他几乎都没有什么休息日，365 天连轴转工作，当然，该兄弟俩的那份，李跃一分也没有少过他们。

到了今年，岑野在娱乐圈、音乐圈已是扎扎实实地站稳顶级流量和实力派的位置。恰逢跟 Pai 的第一次合同也到期了。双方洽谈续约，岑野这边的谈判资本当然更多，最后双方同意合资，为他成立了专属工作室，岑野和哥哥都占了相当数量的股份，不过名义上，工作室还是属于 Pai 旗下。双方算是保持了一个非常体面、良好和双赢的长期合作关系。

当然，从今年开始，岑野肯定赚得更多，话语权也更大，基本上算是掌握了个人发展的主控权。

所以今天，在他本月连续开了四场演唱会后，李跃送来这把吉他作为贺礼，既是昔日和现在名义上老板的嘉奖，也是合作伙伴的礼物。

工作室还有些案头工作，岑至去书房了。岑野提着吉他，放到了自己专门的收藏室里。一打开门，各种名贵吉他就摆了十几把，还有全球限量的耳机诸如大奥 I 代、II 代之类，AKG、BOSE、森海塞尔等品牌的顶级耳机更是无一遗漏，另一扇墙边，还有音乐史上顶级乐队的绝版白金唱片等。把收藏室新成员放好后，岑野找了把椅子坐下，慢慢地转了一圈欣赏周遭，心中竟有些好笑。

之前，刚得到这房间里每一样东西时，他都难抑心中兴奋，恨不得抱着它们睡觉。渐渐地，东西堆满了屋子，他的感觉却越来越淡。再名贵的收藏，如今在岑野心中也难起波澜。

坐了一会儿，他来到走廊，太阳还没下山，到处光线都很好。只是别墅里特别静，尤其他回来了，用人们都不敢大声说话，于是整间屋子里好像没有半点声响。在不同城市连唱了四场，他其实也感觉好累。那种累不是说嗓子哑了或者身体不适，而是整个人都不太想动，像是疲惫浸入了每一个细胞，仿佛所有精力都已耗尽在舞台上，今天亦不想再工作。

他在屋子里转了转，居然是无事可做、无人可诉，最后便进了二楼卧室边的游戏室。

这游戏室刚装好时，也是令他兴奋的，一有空就泡在里面，现在也只是偶尔去玩一下了。

哪像当年，抱着个破手机也能玩一整夜。

涂成深蓝色的墙壁上，挂着环绕式音箱，前面是巨大的投影屏幕，下方放着各种游戏设备，电脑、各式手柄、4D 游戏眼罩等。岑野最后选择了一款最普通的桌面游戏，投影在屏幕上，拿起手柄玩着。

也不知道玩了多久，直至窗帘外隐约都暗了，岑野打了通关，眼睛也有些累，就把手柄一丢，游戏和投影都没关，人是直接坐在地板上的，也不嫌冷。他把头歪在沙发上，随手扯过条毯子裹身上，倒头便睡着了。

如果全国数以百万计的"野火"粉丝里，有人看到这一幕，只怕会为自己的偶像心疼到掉眼泪，会觉得这个已经二十五岁的男人，这个已经在娱乐圈占据大好河山的家伙，却依然像个根本不会照顾自己的大男孩，就这么粗糙地对待自己。

这一觉却意外地睡得很沉。梦里好多画面，都模糊不清，演唱会数不清的荧光棒，粉丝们的尖叫，很多陌生人在面前晃来晃去。这一切让梦里的岑野也有了一丝烦闷。

后来，他就看到那个人了。

场景不知何时变成了一片树林，看起来倒很像他家小区的那片林子。阳光非常温柔地从树的枝丫间照射下来，映得整个地面都闪闪发光。她坐在一条小溪旁，正在低头挑拣脚边的一些石头，是准备去刻章吗？她完全还是昨天的样子，长长的、微卷的黑发，颜色柔暖的毛衣，厚厚的毛呢裙子，下面露出精致的圆头小皮鞋。

岑野看着看着，忽然心里就高兴坏了。

"你来我家了啊？"他问她，"你肯来了？"

他急切地想要走过去，想要靠近，想要跟她说话，说好多好多话，脚下却一个踏空，仿佛掉到了很深很深的地方。他猛地一个挣扎，满身冷汗，睁眼醒来。

梦里的景色太确切，感觉太真实了，就像他刚刚真的在暖烘烘的阳光下，触到了那个人影。以至于此刻，岑野望着眼前昏暗寂静的房间，还有墙上闪烁的光影，过了很久，脑子里还是一片混沌。等他反应过来时，发现自己脸上竟然是湿的。他低下头，用手背抹了两下，渐渐地心绪也平静下来。他想：已经有很长时间没有梦到她了，甚至也没有想起她了。不知为什么，今天又梦见了。

他走出游戏室时，神色已恢复正常。别墅里早已亮起灯，他下了楼，用人见到他，问："岑先生，现在吃晚饭吗？"岑野也觉得有点饿，点头，又问："我哥呢？"用人答："哦，大岑先生说回家吃饭，吃完再过来处理工作。"

岑野便不再说话。他其实并不觉得工作非得连夜做完，哥哥大可在家多陪陪老婆孩子。但岑至是个工作狂，他也劝不住，就懒得劝了。

晚餐很快端上来了，四菜一汤的家常菜。岑野拿起筷子吃了几口，觉得嘴里没味道，也没什么胃口，心思一动，抬头看向旁边的酒柜。

他起身，打开柜子取了瓶酒下来，叫用人去拿个杯子。用人犹豫了一下，到底不敢说话，去了。

岑至从自己的新家开车到别墅，只需要五六分钟。等他再次来到别墅，已是晚上八点多。其实岑至也可以把工作带回家做，但一方面，老婆和孩子会受影响；另一方面，岑至现在也不太爱待在家里，甚至有点后悔当初把房子买得这么近。不过他还是想多看看孩子，所以吃完饭后，逗弄了一会儿孩子，就在宋岚雪隐隐委屈的目光里，告知她工作实在没忙完，就过来了。宋岚雪没有办法。

而且这本来也是实话。

停车时，田园独有的夹杂着香甜的夜风，轻轻吹来。望着天空中市区看不到的满天星辰，岑至的心情倒愉悦不少，随即又想起：刘小乔这小妮子，现在也不知道在干什么。

他靠在车旁，给刘小乔发了几条短信，她也很快回复了。你来我往地说了几句俏皮话，到底谁也没肯先越过那条线。但这样岑至更感觉有滋有味、心潮澎湃，末了收起手机，走进别墅。

一进客厅，旁边就是餐厅，岑至隐约闻到酒味，见用人正在收拾碗碟，他皱眉问："他又喝了？"

用人唯唯诺诺地点头。

"喝了多少？"

"……一瓶半。"

岑至压着心头隐隐的烦躁和忧心，走到垃圾桶旁，看了眼里面的空酒瓶，又问："吐了没？"

"吐……吐了。"

"有没有给他吃醒酒药？"

用人立刻点头："吃了。"脑海里不由得浮现刚才的画面，喝醉了酒的小岑先生，却是很好照顾的，一声不吭，几乎也不做什么，就是一个人闷头待在那里，给他醒酒药也能听话地吃。这时候，这位大明星，反而像用人见惯的年轻、老实的男孩子。

岑至这才稍稍放心，径直走向二楼主卧，轻轻推开门。床头开了盏柔和的台灯，满室寂静。岑至在床头坐下，早已成年的弟弟，和他一样高，躺在床上那么大个人，头发却乱糟糟的，脸上也显现着醉酒后的苍白，早已不省人事。

岑至心里有些烦，也有些无力感。要说小野什么都好，勤奋、敬业、聪明，也知分寸，现在几乎是所有圈内人交口称赞的明星典范。只除了一样，只有最亲近的身边人知道。

岑野酗酒。

晚上只要空闲下来，第二天没工作，他就会要酒喝，而且一喝就会喝很多，喝得彻底醉死过去。昨天开完演唱会他就喝了个大醉，今天又是这样。

这样下去，谁的身体受得了？也就是岑野仗着年轻身体好乱来。岑至他们想拦，也不可能每次拦住，小野一旦横起来，天王老子都不认。他们只能尽量看着、提醒着、管束着，避免情况进一步失控。

好在岑野永远把工作放在第一位，从来没有因喝酒影响过正事。

岑至端详了一会儿弟弟的脸，他也想不明白，为什么会变成这样。

如果说岑野真的压力大、有心事，需要借酒消愁，那也应该是朝暮乐队刚解散、那个女人走的那段时间。那时候，岑野确实整个人二十四小时都是低气压，不要命地工作，很长时间都看不到一个笑脸，但也没有酗酒，而且那些人和事渐渐也就过去了。随着钱越挣越多，岑野的地位越爬越高，他也开始结交新的圈内朋友。岑至也看到了，弟弟开始尽情享受金钱和地位带来的成就、快乐。

所以岑至觉得弟弟已经淡忘了，而且岑野之后一次也没有提起过许寻笙，仿佛生命里从来就没有这个女人存在过。人嘛，就该朝前走。而且岑至相信，如今得到的一切，绝对不会让弟弟后悔。

只是最近几个月，岑野忽然开始喝酒。起初是一杯、两杯、半瓶、一瓶……之后每次越喝越多，明明看起来没什么心事，却莫名其妙把自己灌个大醉。

岑至也见过别的酗酒的人，知道说到底都是因为心理压力太大，才会对酒精产生依赖。他猜想，一定是因为这半年工作太累，小野又站在了比去年更红的位置，全娱乐圈瞩目，才会有无法排解的心理压力。

这倒也不是什么解决不了的问题。岑至想等这段时间的巡回演唱会开完了，就想办法让岑野多休息放松、调养身体。但一想到接下来还有几个城市要去，也不能让他马上休息，岑至心里有些歉意和心疼，伸手又给弟弟披了披被角。

岑野的手机就丢在枕头边，岑至刚想替他收起，别吵到他，屏幕突然亮起，弹出一条推送。

是个知名小视频网站推送的头条，岑野平时爱逛这个网站。岑至无意间瞟了眼标题和小小的封面图，刚想把手机关掉，整个人突然顿住，看了眼熟睡的岑野，走到一旁，又把视频点开了，音量开到最低。

视频不长，两三分钟就放完了。岑至愣愣地站了一会儿。

他没想到有生之年，还会看到那个女人的消息，而且是在知名网站的推送里，并且恰恰被岑野的手机接收到。

幸好现在，是他看到了。

岑至看了眼床上熟睡的人，脑海里浮现的却是那个女人走的那天，很清秀明艳的模样，只是安静站在那里，就宛如一枝深谷幽兰。她的眼睛是通红的，语气自始至终都很平静，可哪怕岑至并不太喜欢她，也无法不注意到那双真正心碎的眼睛。只是那天的她，岑野并没有及时赶回来看到。

岑至想了一会儿，删除了这条浏览和推送记录，又把 App 关掉，手机关掉。

明天又会有数不清的新消息推送，旧消息很快会被淹没。岑野和那个女人已经是两个世界的人，他们不会有什么交集了。

华灯初上，湘城的夜晚总是热闹非凡，尽管已是深秋，天气倒也不十分寒冷。街两旁停满了私家车，各种餐馆、夜宵店里坐满了人，旁边酒吧门口，还有好几个揽客的小伙子在徘徊。

许寻笙背着吉他，穿了件厚毛衣和裙子，下公交后沿着街边慢慢地走。她这样的装束，在这条街上并不少见，因为酒吧驻唱歌手皆是如此。不过当她路过另几家酒吧时，依然有男人不停对她吹响口哨，或者轻声喊：

"嗨，美女，去哪儿啊？"

"你在哪家驻唱？"

嗓音中带着几分浮光夜色的味道。

许寻笙眸光清净，不闻不理，只是往前走。

"熊与光"Live House 就在一幢旧写字楼的地下一层，既是酒吧，也是表演场所。一年半前开业，现在已成为湘城紧追黑咖 Live House 的知名地下乐迷聚集地。所以当许寻笙下了楼梯，就看到 Live House 外间已聚了不少人。过道旁有小窗，围着铁栏杆，卖票的小妹看到许寻笙，笑容灿烂："姐，你来了？"

许寻笙点点头。

不知道是不是她的错觉，总觉得卖票小妹今天看她的目光格外闪亮，而且那些候场乐迷，也有不少人在看她，窃窃私语。许寻笙心想他们可能是对表演歌手好奇，也不理会，一挑 Live House 入口处的帘子，走了进去。

熊与光 Live House 比起别家有很大不同。虽然是老地下室改造，保留了很多管道、糙墙，有重金属工业感，但老板却把整个空间拾掇得干净通透，无数扇通风窗转动着，沙发上的靠垫、半墙上嵌放的绿植，以及墙壁高处奇形怪状的挂画，都是文艺风的点缀。所以许寻笙能接受在这样的环境演唱。

她径直走往后台，她到得早，今晚另外几名歌手还没到，倒是老板大熊坐在那儿拨弄吉他，身后跟着个小弟。

看到许寻笙走进来，放下背上吉他，那两人偷偷对视一眼，又见她姿态从容如常，从随身挎包中拿出个小保温杯，慢慢喝着自制的养生茶，显然是对那件事还一无所知。

大熊拍了拍小弟的肩，让他先走，幕布后就剩他和她了。大熊把吉他往边上一放，问："这两天没怎么上网？"

许寻笙很少说废话，看他一眼，算是默认。

大熊笑得有点难以形容，说："阿笙，前两天有酒吧客人，把你弹唱的视频发到网上去了。"见她依然眉目平静毫不在意，大熊接着说道，"结果……你懂的，歌太好人太美，上了网站的热门推送。据说现在那个视频还很火，一会儿你要是看到很多乱七八糟的人来围观，别生气。当他们不存在好了。"

许寻笙正喝水的手这才一顿，看着他："很多吗？"

大熊说："平常门票只能卖个一两百张，今晚卖了四百，就被我喊停了。不然还会更多。"

然后就看到许寻笙也没有多大情绪起伏，摇了摇手里的杯子，那手指又细又白，好看得足以吸引任何男人的注意。她把水喝完，嗓音还是慵懒的："四百也很多了，站都站不下，不怕场面彻底乱了啊？"

大熊淡淡笑着说："我的地盘，我还做不得主？"

许寻笙微微一笑，也就不再问了。后台的灯光微弱，她就站在墙边，越发显得纤瘦安静，乌黑的长发披落肩头，露在毛衣外的下巴、脖子、十指，都莹莹如玉。

大熊这么静静地凝望了她几秒钟，说："你要是讨厌这么多人围观，要不要……戴个帽子上场？"他从抽屉里拿出顶鸭舌帽，递给她。

许寻笙没有转头："不用。"

大熊怔然。蓦然想起当年比赛时，许寻笙在他的印象里，总是一顶鸭舌帽，长发披落，既俏又美。那是顶半旧的男孩戴的帽子。

后来再重逢，确实再也没见她戴过鸭舌帽。

自从黑格悖论当年从全国决赛淘汰后，这支已经辛苦打拼了十年的乐队，并没有维持太久，大概也把那次比赛当成了乐队的绝唱。几个月后，乐队解散。大熊用这些年的积蓄，开了这家 Live House。他在湘城人脉广，又有绝对一哥主唱地位，邀请了很多朋友过来演唱捧场，酒吧很快一炮而红。

他也联系邀请过许寻笙，原本也就是抱着尝试心态，以为以她的性格，不会得到回应。没想到许寻笙居然来了，而且一唱就是一年多，已成为"熊与光"的常驻实力唱将。这个秀气淡雅的女子，甚至在湘城地下音乐圈，也积累了相当的人气和粉丝。只不过因为她当年参加全国赛时一直没露过正脸，现在也没用"小生"的艺名，用了别的名字，而且毕竟是两个圈子，时间又过去这么久了，所以知道她就是当年如同昙花一现般红极一时的朝暮乐队键盘手的人，其实不多。

很快就到了开场时间，一支新乐队上台演唱，许寻笙坐在后台，听到格外热烈的欢呼声，倒也惊讶了一下。看来今天来的人，确实很多。

没多久，到她上场了。她抱着吉他，大熊为她弹键盘，还有个鼓手，所有阵仗仅此而已，简单却足够。

大熊替许寻笙掀开帘子，走出去时，看到台下满满簇簇的人头，许寻笙还是怔了一下。看到她出场，人群明显骚动了起来，很多人在低语，幽暗的光线里看不清他们的表情，但是也有很多乐迷在喊她现在的昵称："金鱼！""金鱼！"尤其是前排的那些死忠歌迷。

许寻笙也没有太动容的表情，只是浅浅一笑，在麦克风前坐下，轻声说："谢谢大家。"她的嗓音天生柔美纯净，仿佛有某种叫人宁静的魔力，场面很快平静下来。她轻轻拨动琴弦，说："第一首歌，《无鳞鱼》，送给你们。"

舞台上有一束光，打在她那一方小天地里。键盘响起，鼓轻轻捶着，很缓慢的节奏，却像击在人的心上。许寻笙的吉他弹得非常清亮悠扬，朦胧的灯光下，你只见她清秀得如同远山云霭的脸，有一缕发丝垂在吉他上方，她的葱葱十指拨动在琴弦上，也仿佛小小的精灵在跳动唱歌。

你说你是孤岛的鱼

脱尽鳞片的鱼

你说想到对面孤岛去

看看那里风景多美丽

是否有不一样的光影

是否有另一只无鳞的鱼

大海的波折一路难尽

多少暗涌席卷身躯

你终于到了那座孤岛里

孤岛依旧没有无鳞的鱼

我想告诉你

孤岛那边孤岛无尽

我也愿为你退去鱼鳞

你去吧，你去吧

尽管大海一路波折难尽

依旧一路把你追寻

带你看遍世界新奇

停下脚步看看周围迤逦

看看关于孤岛的曾经……

　　若说台下原本只有小半是她的歌迷，大部分都是来凑热闹的，可是第一曲唱罢，全场刹那宁静之后，爆发出欢呼和掌声。当然也有很多人举着手机在拍，闪光灯不断亮起，但台上的人依然好像完全不在意，一曲唱完后，只浅浅笑着，那双眼里仿佛盛着溪流般的光泽。她将发丝捋到耳后，依然只是轻轻柔柔的嗓音："谢谢大家。第二首歌是……"

　　……

　　她演唱完当晚的三首歌后，是在全场齐声大喊"金鱼""金鱼"的欢呼声中下台的。迎接她的，则是大熊一众人等含笑关切的表情。而她只是无奈一笑，脸色终于也有了几分绯红，背起吉他，与他们道别，从后门悄悄离开。

　　其实别的驻唱歌手也问过她，为什么叫"金鱼"这个艺名。许寻笙则想起初次在这里登台那天，大熊问她在通告板上写什么名字。

"还是叫小生吗？还是别的？"大熊迟疑地问。

当时许寻笙静了一会儿，抬头看见卖票小妹的窗户后，放着很小的一个水缸，里面有一条红色小金鱼在游来游去。当时阳光从窗户照进来，波光盈盈，那尾鱼仿佛也是活在光芒里的。

"金鱼。"她说，"就叫金鱼吧。"

酒吧歌手叫什么的都有，什么大熊、开心、二狗、纶纶，所以她叫这个艺名，并不特别。随着乐迷越来越多，这个名字也叫开了。

深夜，终于有些冷了，许寻笙搭乘末班公交车回家。小小的院子里，秋意浓浓，好几棵果树上都结满了果子，地上的菜也长得肥厚油绿。刷成蓝白两色的房屋，依旧是老样子，只是显得旧了些。唯一的不同是，"笙"工作室的牌子不见踪迹。

许寻笙穿过院子，打开家门，开了灯。屋内显得宽敞但并不空荡，一角放着两架古琴，只有两架，其他的琴她已转卖出去。客厅里添了张很大很舒服的布艺沙发，还有个占据了小半个客厅的巨大工作台，放满了她的各种手作，旁边是满满当当的书柜。

许寻笙把吉他摘下，放在墙角，洗了手脸换了身衣服，下楼。

通往地下室的楼梯，她也重新装过了，原来就是水泥台阶，现在包成了全木的，包括地面，也铺了木地板。墙刷成了奶黄色，天花板上挂着形状错落的小灯，所有乐器都已不在了，中间有张木桌，是她用来画画的。四周放满了画，画的有湘城、南都各处景色，岳麓山上日出云开，南都小巷屋檐落水。多是水粉，也有线描，人物很少画，画了的也比较简单，譬如画人的一只手、一个背影、一个侧脸。

离木桌最近的一张画，颜色最鲜亮，是许寻笙今天画的。她走近看了看，干了一大半了，她比较满意，又看了看其他画，安安静静地矗立周围。不见得画技高超，却是叫她心满意足的。

站了一会儿，她关灯上楼。

自从结束了工作室的古琴教学，她只需要每周三去驻唱，时间好像变得空闲了很多。于是她就自然而然地做了很多自己感兴趣的东西，譬如手绘笔记本、明信片、毛笔、印章，等等，自己用不完的，就放到网上售卖。大熊还把她的手作售卖消息挂在了 Live House 里。大概是"金鱼"渐渐小有名气，那些物品每次她做了，基本都会抢购一空，所以现在，维持生计基本不成问题。

今天就是她每半旬一次的上货销售日。白天她就把链接放到网店里了，一天也没怎么看，现在在电脑前坐下，大致翻看了一下，她做的每样东西数量本就不多，基本卖完了。

这时她还没什么睡意，她做事仔细，便拿了个本子，将每个订单记下来，准备明天发出。她刚记了两笔，阮小梦的电话来了。

那时候阮小梦和她做了几个月的室友，后来比赛结束，两人也一直有联系，再后来阮小梦所在的乐队也因为看不到前途，解散了，她就跑来湘城，找许寻笙玩了一段时间。许寻笙自然倾心倾力招待，把这原本失意的姑娘温暖得不行，加之大熊的Live House 刚做，需要人手，阮小梦干脆就留下来，既在酒吧驻唱，也干活。

不过这段时间，阮小梦和大熊、许寻笙一起在干另一件事。

电话一接起，阮小梦兴奋的声音就传来："笙笙啊，快夸我！"

"怎么了啊？"

阮小梦得意地说："在我坚持不懈的努力和对那群工人的死缠烂打下，咱们的工作室基本已经搞定啦！当然了，这也离不开大熊的英明领导和你的创意设计咯！明天你们就来看看，过几天就可以录歌了！"

许寻笙也很惊喜："确实收尾很快，太好了，那我明天约大熊一起来。"

阮小梦："呜呼……等你们哦。我还在工作室旁边发现了一家特别好的麻辣烫，明天就带你们去吃……"

她哇啦哇啦说着，只说得许寻笙整个耳朵里都热闹起来。后者嘴角一直带着浅浅的笑，直至阮小梦说完挂了电话。

做个工作室的想法，是大熊提出的。现在三人皆是无牵无挂，也没有什么在事业上谋得进取的心，但对音乐的热爱都在，否则大熊不会开 Live House，每天让新的、老的乐手能在自己这里讨口饭吃。许寻笙不会去驻唱，阮小梦也不会来投奔。

后来三人讨论了一阵子，干脆自己做个工作室，简陋不要紧，慢也不要紧，赚不赚钱也不要紧。只要有套最基本的设备，可以录制自己唱的歌，小规模分享给乐迷，就够了。

所以也是前前后后准备了大半年，工作室才进入收尾。今天阮小梦终于把现场最后一点活儿，也盯着工人们干完了，于是急不可耐地来表功报喜。

是大家一起努力要做的事，许寻笙心中也有几分欣喜，便接着继续看网页上的订单。然后她发现一个陌生账户，买了很多东西。

账户名叫作：荒野里有没有风吹过。收货地址在北京。

头像是一片青山绿水，毫不起眼，网购消费级别却很高。这人定了三个笔记本、五张明信片、三支笔，还有两枚印章。许寻笙的手作使用的材料好，价格并不便宜，这么买下来，一个订单就快两千块了。

许寻笙想了想，给这个人发消息："你好。"

那人在线，过了一阵回复了："你好。"

许寻笙："我是遇笙手作店的店主，看到你买了很多东西，谢谢。"

荒野里有没有风吹过："不客气。"

许寻笙正在敲字还没发出去，那人又发了条信息过来："我看了介绍，所有东西都是你亲手做的？"

许寻笙删了原本输入的字，回复："当然，都是我手工做的。拿到后你可以仔细看一下，如果不满意，只要没有使用过，都可以无条件退货。"

那人回复："好，我不会退货。"

许寻笙觉得这人有点意思，笑了笑，又写道："我看你买了三支笔，新毛笔使用前请先用手轻轻把笔毛捏开，再浸透清水，然后挤净……"

她刚想继续发别的货品的使用注意事项，那人却说："我工作很忙，这些你说了我也记不住。"

许寻笙一顿。

他说："你能不能把这些写在一张纸上，夹在里面，这样我收到后可以慢慢看。"

许寻笙："好的。"

他有一阵子没再说话，许寻笙刚想发个再见的表情过去，他却又说话了："谢谢。如果好用，下次我想每种批量多订一些，可以用来送人。"

许寻笙却回复："我每个月做的不多，种类和数目也不确定。所以不接批量订单，抱歉。"

他说："那如果我就是想多买一些怎么办？"

许寻笙想了想，回复："如果我有空，尽量给你做。"

他几乎是立刻问："你很忙？忙什么？"

许寻笙怔了一下，那人大概也是感觉这样问一个陌生人不太妥当和礼貌，很快又把消息撤回了。许寻笙也就没吭声，过了一会儿，看他没有再说别的话，她就说了句"再见"，不再管他了。

一个城市中，总有那么个地方，闹中取静，如同避世之所，留给那些想要追梦的人，一个摇摇欲坠的乌托邦。

天云街位于河西大学城附近，早年是加工制造厂和仓库的聚集地，后来没落了，仓库大多被废弃，被改造成各种艺术工作室，反而成了一处新风景。

熊与光录音工作室，就位于这条长街的尽头，位置偏僻，房租便宜，几乎是静悄悄地开了张。

这天下了点小雨，天云街崎岖不平的石板路湿漉漉的。两旁老旧的土墙，千奇百怪的店面，更有种时空交错的感觉。

许寻笙下了公交车，从包中拿出雨伞，撑着一路走来。听着细细雨水打在伞面上的轻微声响，心中一片宁静。

她还挺喜欢这条街的，尽管那些重金属风格、光怪陆离的涂鸦，一直都不是她的所爱，可不知怎的，现在每当她安静地站在这样一条风格很嚣张的街上，就觉得安心和喜欢。

她走到工作室门外，隔着落地玻璃，看到大熊和阮小梦已经到了。见到寻笙，两个人都露出笑容。

"笙笙，看看，我这个监工做得怎么样？"阮小梦一刻都等不及来表功，把她的手一拉，在工作室里转了一圈。大熊只坐在那儿，慢慢抽着烟，笑看着两个女孩。

虽然装修简单，却胜在清新雅致。许寻笙说："很好啊，小梦立功了。"阮小梦很得意，大熊说："阿笙现在已经不当老师了，你怎么还跟个小孩子似的，一门心思想要许老师夸奖？许老师，你说是不是？"

阮小梦朝他做了个鬼脸。

许寻笙看着一边，却没有像往常那样搭话。

三人又合计了一下，把工作室几处需要调整改进的地方讨论了一下，但也不急，现在工作室已经可以用了，来日方长。

"老娘都等不及了，"阮小梦说，"快去试试录音室。"

阮小梦浑身还带着搞地下音乐的人的气质，时常言语粗鲁，大熊却很少说脏话，更像个普通的沉稳的男人。但她一口一个老娘，许寻笙和大熊也不在意，三人进了录音室。

阮小梦以前是玩贝斯的，大熊和许寻笙更是几乎什么乐器都会。三人捣鼓了一阵，便尝试着录一些小样。先是大熊唱，他原本在湘城就是数一数二的主唱，能战胜他的人屈指可数。此时他抱着吉他坐在那里，阮小梦在外间操作设备，许寻笙在他身旁，弹着键盘。

他又唱了自己最爱的那首《拆梦》，也是当年黑格悖论最广为人知的单曲。已经三十岁的男人眉目中已没有反抗和悲伤，只有温柔的回忆。他的眼里有细碎闪动的光，歌声或是千回百转，或是情绪激荡，令两个女人的表情都沉静温柔下来。

一曲终了，他的手指离开琴弦，人静了一会儿，才抬起头，对她们笑了。许寻笙只是微笑，阮小梦大声鼓着掌，说："哎哟，不错哦，大熊，宝刀未老！"

三人又听了听刚才录制的小样，虽然算不得完美，还有杂音和不清晰之处，但他们干这个本就是为了兴趣，根本不觉得遗憾，反而觉得这样更加有趣，干脆就不调、不重录了。

接下来是许寻笙唱，另外两人为她伴奏。此时已是午后，雨下大了，淅淅沥沥打在门口雨棚上。可三个人也不在意，权当是天然伴奏了。只是暗暗的天光，与屋内灯光交织，坐在灯下的许寻笙，脸上的轮廓仿佛也有了某种肃穆柔和的光。她轻轻拨动琴弦，唱的是自己后来写的某首歌，比起《拆梦》的起起伏伏，她的歌则平缓很多。大熊和阮小梦，一边弹奏着，一边抬头看她。若说大熊的歌唱得让人心里不平静，她的歌则唱得你彻底安静下来。

她轻轻诉说着自己的每一天、每一个梦想、每一件心事、每一个期待，昏黄灯光洒在她的指尖，雨在她的身后一直坠落。于是你忽然连自己的呼吸都听不见了，只有那个孤独的女孩，坐在那里，整个阴暗的屋子里，仿佛只有她那里有光。而她终于也泄露出平时安静外表外的一点情绪，她的目光空空又悲痛，那些掩藏已久的心事，仿佛在她可以容下整片天空的清澈双眼里一闪而逝。

最后一个音符落下时，她的双眸已恢复清明，抬头笑看着他们。他们俩却都静了一下，然后笑着鼓掌。

三人趴在一起，安安静静听许寻笙刚录的小样。大熊把半张脸埋在胳膊里，听得很专注，偶尔抬头看向许寻笙，却迅速不露痕迹地移开视线。阮小梦手托着下巴，某个瞬间，当她抬起头，看到对面的许寻笙只是安安静静坐着，好像听得很专注，可那双眼又像在走神，不知道到哪里去了。

阮小梦忽然就想起了很久前的一件事。大概还是一年前，她已来了湘城投奔许寻笙，正好赶上她要结束原来的工作室。

阮小梦当时觉得奇怪，问："教小孩子音乐，人清闲、待遇又不错，而且你这么温柔，好像很喜欢小孩子，为什么不接着做呢？光靠给大熊酒吧唱歌，能挣多少钱啊？那会很辛苦的，哪有现在舒服？"

那时许寻笙丝毫不为所动，继续做手头的事，过了好久以后，才仿佛自言自语般说了句："我只是觉得，继续那样生活下去，会很寂寞。"

不知怎的，听到这句话，阮小梦心里很不是滋味。有些事你不是当事人，不能深刻体味其中感觉。可阮小梦看着当时的许寻笙，依然安静，依然美好，依然仔仔细细、一声不吭地过着每一天，却突然替她觉得难受。

许寻笙从来不提从前，一次也没有提过那个人的名字，就好像什么都没发生过。

可她与他的那场倾城之恋，从湘城到北京，从初赛到全国之巅，哪怕阮小梦只是个不太清楚内情的旁观者，也觉得惊心动魄。那个人现在已站在华语音乐之巅，是他们一辈子都摸不到的人物了。可阮小梦有时候会想，那位新天王，知不知道，当年在那个成就了他的基地里，那个一路陪伴他的温婉女孩，曾为他羞红了脸，破天荒地强硬表态：谁也不可以追他，那样她会很生气。

……

那现在呢？

阮小梦看着许寻笙。察觉到她的目光，许寻笙抬眸，对她露出个清亮的笑容。阮小梦想，现在，有了他们这些朋友，有了与以前截然不同的生活，她还会觉得寂寞吗？

应该，不会了吧。

许寻笙和他俩一块吃了晚饭，就回家了。天已渐黑，又是一个宁静独处的夜晚，她洗澡换了衣服，又收拾了家里，时间还早，才八点多，便坐到电脑前。

这个月的手作都卖完了，她想要上网说一声，免得还有人巴巴来买。她刚打开网页，忽然弹出广告。

许寻笙动作一顿，下意识移开目光，并没有仔细去看广告上那人的样子。

当红的手机品牌，那人穿着红色外套，她只是匆匆一眼，也见面容清俊、眼神犀利。如今这样的广告牌，大街上随处可见。有时候许寻笙经过时，甚至还听到有年轻女孩在念叨他的名字，语气热切而骄傲。仿佛在这个世界上，一夜间所有人都知道了他，听过他的歌。

许寻笙移动鼠标，关掉广告。

她有几天没上网了，倒是吃了一惊，自己主页里多了一千余条评论，再点开一看，都是因为之前上了热门的那条视频循着找来的。

她现在用的，是自己当年最早的账号，连当时……乐队的人都不知道。只是因为要售卖手作，才重新拿出来用，她有时候也会放一些自己新写的词曲，或者 Live House 的播出通告。这一年多来，渐渐有了些粉丝，但是人数不多，平时评论也就一两百条。他们的每一条评论，许寻笙都认真回复，甚至和那些追随一年多的粉丝，渐渐都熟悉了。

她还挺喜欢这种感觉的，在自己的一方小天地里，并没有太多人关注，只和真心喜欢自己音乐和手作的人有一些交流，但也是隔着网络的，不会太靠近。

这个微博账号她改叫"无鳞鱼"。

此刻她粗略看了下评论，就有些不太高兴，因为全都是些凑热闹来的网友，她原来熟悉的那些 ID 翻了半天也没看到一个。这些陌生人的语气也很突兀，譬如说"小姐姐，我好喜欢你，今天开始粉你"，或者说"美女，下次去酒吧看你演唱"。好在许寻笙也是经历过这样一段日子的人，最后只是付之一笑，决定今天不发微博，免得再招人关注。

之后一段时间，她应该都不会发。直至这一波小小的热度过去，那些人都兴致过了、散了，她再和自己真正的乐迷来收复失地。

这么想着，就觉得自己很机智，网上的信息也就没什么好看的了。她刚要关掉网页，却在私信箱里看到一个有点熟悉的 ID。

"荒野里曾有风吹过"。

许寻笙想了想，想起那天在自己店里买了一堆东西，还聊了一会儿的客人，正是叫类似的名字。她拿出手机翻看了一下，那人在购物网站上叫"荒野里有没有风吹过"。

她心念一动，点开了这人的私信。

"发货了吗？"

许寻笙愣了一下，心想这人真是奇怪，为什么不在网店留言，却跑到她的博客来。她回复："发了。"

她又点开他的头像，还是相同的青山绿水，微博却是空的。他关注的账号有两三百个，有美食、有音乐，还有旅行号，粉丝只有五六个，全是系统助手之类的。

"店主，你为什么叫无鳞鱼？"他又发过来。

许寻笙："这是我一首歌的歌名。"

"哦。"

他又说："那首歌我在网上听过，词曲不错，唱得也好。不过，如果最后一个高潮前伴奏处理得更丰富点，效果会更好。"

许寻笙愣了一下，又思索了片刻，回复："加贝斯或者吉他？"

他回复："贝斯更好。"然后居然直接给出了两句简谱。

许寻笙看着他的话，又闭上眼在脑子里想象了一下，竟然觉得很不错，于是微微笑了，对他说："似乎有点道理。"

那人发了个笑脸过来，说："岂止是有点道理，我是行家。"

许寻笙："哦……你也是搞音乐的？"

他回复："我擅长幕后制作。"

许寻笙顿时信了个七八分。之前看他的地址，是在北京的别墅，他又在她这里买了毛笔、宣纸、印章之类的年轻人不爱玩的玩意儿，微博和购物账号无论是头像还是ID都毫不起眼，应该不是个张扬的人，且做幕后能在北京买别墅，那也不简单，肯定有丰富经验，年纪估计也不小。

许寻笙说："幸会。"

那人又问："什么时候再出新单曲？"

许寻笙犹豫了一下，虽然跟这人聊过的话屈指可数，可她感觉这人还挺耿直的，直接就指出了她歌曲中的不足，包括上次问她东西是不是亲手做的，她说是，他就立刻说：我不会退货。

你真诚洒脱，我自然也会以诚待之。哪怕信错人，也问心无愧。这是许寻笙一贯的处世原则。于是她回复道："昨天刚录了个小样，你要听吗？"

那头的人隔了一会儿，才回复道："好。要不加个微信，比较方便。我的微信号是 ××××××。"

虽然感到不可思议，她怎么这么快就和网店里的一个客人加了微信，不过许寻笙并没有再犹豫，直接加了他。他很快就通过了，然后发了个笑脸过来。

许寻笙觉得，这人虽然每次讲话直愣愣的，但其实挺和善。她先把小样发给他，又点进了他的朋友圈。

确实如他所说，自己是搞幕后的。因为朋友圈里有很多乐器、唱片照片，以及他的评价，当然还有一些风景照，只是没有这人的照片。然而许寻笙也不关心他长什么样，看了一会儿，就又退出来。

这时他却说："我现在身边有人，晚点等清静的时候仔细听，好吗？"

虽然只是文字，许寻笙也能感觉到他的语气温和耐心，心没来由地微微一跳，说："好的，不急。"

他又说："再晚我都会听。"

许寻笙没说话。

他兴许是在忙了，也没有再说话。等许寻笙上床打算睡了，手机却一响，又是他发来的。

"我听完了。"

许寻笙："洗耳恭听。"

他似乎斟酌了一下词句，因为许寻笙这头一直看着他在输入，最后却只发来短短一句话："我也就听了十七八遍。"

许寻笙忍不住笑了，几乎可以想象出，那人肯定也在那边微笑。她回复："多谢捧场。"

他却问道："你的歌这么好，又录了小样，考虑过投给唱片公司吗？"

许寻笙回复："不考虑。我和几个朋友，打算做独立厂牌。"

这回隔了好一会儿，他才回复："独立厂牌挺好。"

许寻笙怔了怔，觉得他的反应哪里有点不对。但还没细想，他又问："资金情况怎么样？如果需要，我手头也有些闲钱，可以投资。"

这让许寻笙愣了一下，她看着他发来的消息，直觉告诉她，这人是认真的。于是她想了想，反问："你可以投多少？"

他回复："可以投个几百万。"

这让许寻笙着着实实吃了一惊，别说她根本就不打算找人投资，因为本来就是为了兴趣做工作室，有了投资就会有约束和压力。再者就算缺钱，她也决计不会接受一个陌生人的投资。而且这个人，也有点太不把钱当回事了吧。

于是她说："我和你开玩笑的，我们不缺钱，不需要投资。不过，我们才聊过几次，你就敢信我？"

他过了一会儿，回复："我也不知道为什么，和你才说过几句话，就感觉好像已经认识很久了。"

< 第八章 >

心系彼此

以前岑野不知道，北京的深秋，是真正当得起"秋高气爽"四个字。天这么蓝，仿佛大半年的雾霾都是人的错觉。风从京郊山野中穿梭而来，从每一栋高耸的楼房间经过，吹走所有落叶和昏黄，只剩下一片澄透透的天和温暖的阳光。

Pai 娱乐搬了新办公楼，租下了东四环更宽敞，但丝毫不减奢华的地儿。此时岑野坐在顶楼的玻璃窗旁，手托下巴望去，满目都是金黄的暮光。

李跃坐在老板桌后，正在听艺人总监汇报，岑至也在，此外还有两位集团副总。若说坐姿，大概就属岑野最肆无忌惮，一双长腿伸得老远，人也窝在沙发里。但大家已见怪不怪。岑巨星私下里有多懒散倦怠，工作上就有多努力拼命。这样的艺人，捧都来不及，谁还真的会去计较年纪轻轻的他有些小毛病、小任性。

倒是李跃，看出岑野今天似乎对什么都没有兴趣，那双眼痴痴地，就一直看着外头，仿佛那些钢筋水泥建筑有什么吸引他的地方。等开完会，大家散了，李跃特意把岑野留下，屋内就剩他们两个。李跃在他身旁沙发坐下，说："累了？"

岑野看向他，点点头："今年大年初一开始就在外面跑，最近每个星期至少去两个城市。觉不够睡。"

他这么说，李跃就理解了，笑了，递给他支雪茄，岑野摆摆手，这玩意儿味道太冲，而且他已经戒烟了，从决定戒那天，就再没摸过。他这辈子做过的任何决定，就从来没回过头。

李跃欣赏的就是他的毅力，谁能想到当初在舞台上那么张狂和有才华的小子，还有如此决绝坚韧的心性，也难怪他这两年能红得发烫。要是换了别人，哪怕有他的才华和脸，也不一定做得到。

李跃也不劝了，自己点了支抽，岑野便笑了："跃哥，你坐远点，别让我抽二手烟。"

李跃也笑，说："去你的。"

两人已是如此熟络。

含着雪茄，李跃又慢条斯理地给两人泡了功夫茶。他发现岑野这小子虽然是野，却很喜欢喝茶。每次他泡了好茶，他都安安静静在一旁看着，捧着杯子喝上不少，上次还连招呼都不打，就把他珍藏的一罐极品茶叶给拿走了。

想到这里，李跃就笑了，把茶放到他面前。岑野也不客气，现在的他喝茶早已不像当年牛饮，慢慢地小口小口品着，只觉得茶香入舌，慢慢浸进肺腑，而他轻抿嘴唇，总会没来由地有种心满意足的感觉。

喝了茶，也该谈正事了。当家天王哪怕累，也不能颓下来，李跃还得让他继续拼命向前跑。他笑着说："知道你这一年多很累。其实很多人，能红到你去年那个份上，就已经在享受和消耗人气了，反正再撑个三五年也不成问题，这辈子钱也赚够了。"

岑野没说话。

李跃又说："但是你和他们不一样。我知道你要的，不仅仅是现在这样。我要的，也不止现在。要红到前所未有的高度，真正踏上神坛，从此睥睨整个娱乐圈，这些年，又有几个人做到？多少小鲜肉前仆后继，两三年冒出一拨，又埋没掉多少？更何况你还是搞音乐的，更难。"

李跃拍拍他的肩，继续说："再坚持两三年，有时候憋的就是这一口气，一直努力，等上去了那一步，你就和其他流量明星区分开了，再也没有人可以替代你。那时候，就可以松一口气了，你可以接你想接的合作，格调怎么高怎么来，给你的薪酬还会越来越高。所以，集团这边精心给你选择和谈好的真人秀，你得去；演唱会，今年要开满三十场。若是换别人做到这样，已经很好了，你不行，就算你接了我安排的这些工作，你还得自己写新歌，出新专辑，而且必须是推陈出新的好东西。我这边所有人都会配合你，给你找更好的资源、更好的制作老师。

"开弓没有回头箭，小野。我说句矫情的话，你现在不是在实现自己一个人的梦想，是我们所有人的，还有你那些粉丝的。我们要一起创造娱乐圈的一段历史，一个新的最高点。可能在外人看来，你是最光鲜的那个，但是我们大家都知道，你其实是最辛苦的那个。坚持下去，现在苦一点，未来有无限前程等着你。"

岑野手握茶杯，没有抬头，静默片刻后，点点头。

而当他离开后，李跃亦在窗前站了好一会儿。对岑野说的那些话，虽然鼓励鞭策的成分多，但也是他的肺腑之言。打造岑野这样一个前所未有的顶级巨星，是他的心愿，也是他的野心。在他看来，这也是娱乐圈史上值得永远记下的一笔，所以他不容许任何人破坏，哪怕是岑野自己，李跃也会想办法，让他一直走在正确的路上。

既然在李跃那里表了态，接下来 Pai 那边与他们对接的工作，自然也不轻松了。这天回到别墅，岑至在书房，把所有邮件浏览了一遍，又仔细记在笔记本上，便去找岑野。

岑野哪儿也没去，就在自己房间，拿着手机靠在床头，也不知在看什么，脸上有一点笑意。

岑至站在房门口，倒是怔了一下。尽管也时常看到弟弟笑，可像此刻这样有点入迷和走神的笑，总让岑至觉得，很久都没有看到过了。

岑至轻敲房门，岑野抬头，放下手机："哥，有事？"

岑至点点头，走进来坐下，岑野也懒得起身，双臂枕在脑后，靠坐在床上，微笑说："说呗。"

他今天没喝酒，也算是好事。岑至这样想着，拿出笔记本说："接下来的几个演唱会地点，基本确定了，跟你商量一下。海市、成阳、深市，还有湘城。"

岑野看着他，目光淡淡的，没有说话。

岑至其实今天找他来就是为了这个，看着弟弟没什么反应，他开门见山说："湘城卫视在全国是数一数二的，这你也知道，一直想要你去，而且湘城那边提供的条件也是最好的，毕竟是娱乐之都。Pai 那边的意思是想接，但还是要看你的意思。"

岑野的舌头在嘴里转了一圈，脸颊微微翕动，吐出两个字："去呗。"

岑至静了静，轻声说："你已经两年没回过湘城了。以前的邀约，你也全都拒了。"

岑野说："已经无所谓了。"

岑至点点头："那就这么定了。"

岑野转头看了眼窗外，深秋的夜，北京星光点点，这里很幽静，远处就是山川和原野，一切都寂静极了。

过了一会儿，他转过头来，却发现哥哥也有些出神。察觉到他的目光，兄弟俩对视一眼，岑至终于开口："我前天加班到半夜，经过你的房间，看到你还没睡，一直在看那个视频。我之前也在网上看到过。"

岑野没吭声，忽地笑笑。岑至即便是他的亲哥哥，一时也摸不准这个笑容的真正意义。

可岑至直视着他的双眼，坚定地说："小野，有的人，过去就过去了，这两年不是也挺好的吗？不要一时冲动，她根本就不适合你。"

岑野看起来还像是没什么表情，目光清淡，神态无谓，他说："那你觉得谁会适合我？"

岑至说："要么，就找个地位、名声跟你匹配的女明星，谈恋爱是互相加成，大家都是功成名就也犯不上互相算计，粉丝也能勉强接受，将来做了娱乐圈夫妻典范，结婚了也能继续共同发展。

"要么，就找个彻底跟这个圈子没关系的贤惠、优秀的女孩，遇到合适的，就谈一谈。但对外公布，肯定要等你的事业更上一个台阶，甚至是功成名就，打算退休之后。到时候尘埃落定、公布恋情，在大众眼里也是一段佳话。但绝对不能是……她那样的，以前是你的队友，又在乐队解散时人间蒸发，算是圈内人但又根本不红，现在只能在一家小酒吧驻唱。这些，全都是我们的对手，那些想要把你从高处狠狠拽下来的人能够做文章的内容。而且你的粉丝也绝对不能接受这样一个背景太复杂的女人，你信不信她们中的很多人能够一夜脱粉？这件事上你千万不要行差踏错，会严重影响你的事业！"

岑野沉默了好一会儿，说："哥，你说的这些，我都明白。"

他这么说，岑至自然觉得弟弟全听进去了，心便放下。见他露出几分倦色，岑至起身，嘱咐他早点睡，便走了。

深秋的湘城，夜里已有几分凉意了。许寻笙虽然没开烤火器，因为觉得实在太夸张，但还是抱了条毯子盖在腿上。她坐在电脑前，查看之前发出快递的情况。

到那个"荒野"的订单时，她停下来。按说发北京，这两天应该已经到了，可物流记录显示还在北京仓库耽搁着。想了想，她拿出手机，看到"荒野里曾有风吹过"的头像，微微一笑。

"东西收到没有？"她问。

他很快回复："收到了。"

许寻笙："那就好，我看物流记录还没有派送，所以来问一下。"

他却说："白天收到的，我不在家，底下的人收到了，还以为是什么奇奇怪怪的东西，差点扔掉。"

许寻笙笑了，回复："收到就好。"

他没再说话，许寻笙也把手机放到一旁。过了一会儿，却又响了，是他发来张图片，是两行钢笔字，写在刚从她这里买的笔记本上。

白日依山尽，

黄河入海流。

最简单的诗句，小学生都学过。许寻笙看那字，写得还像模像样的，刚劲有力。虽然在她眼里看来还有诸多不足，但也算得上能够入眼了。

他问："写得怎么样？"

许寻笙这时候老师的职业病又有点发作了，慷慨地赞扬道："不错！"

他过了一会儿说："我练了很久。"

也不知怎的，这句话让许寻笙莫名发怔，对方这样平平淡淡的一句话，却忽然令她感觉到某种极细微的难以捉摸的情绪，在这夜里，忽然滋生。

她说："哦。"

他却又发了个笑脸过来："给我看看你的字，应该写得非常好？"

既然对方不怕献丑，许寻笙也不扭捏，旁边正好有笔墨，她研磨了几下，提笔写了同样两句诗，看了看，还算满意，拍照发给他。

那人足足沉默了有一分钟。

"你还会写毛笔字？"

没等她回复，又发了句话过来："也对，你连毛笔都自己做，怎么不会写毛笔字？我现在脸已经掉地上了，能不能把刚才发给你的图删了？"

许寻笙又被他逗笑了，早已不知不觉放下鼠标，键盘也推到一旁，一手端着热茶，一手拿着手机，专心致志和他聊天。

"你写字还有点急，以后可以尽量写得左紧右松，上紧下松。"

"依、尽、黄、海、流这几个字写得不错。"

"反倒是比画简单的字，写得不太好看。再多练练基本笔画比较好……"

她耐心地给他指出了毛病，她发一句，他就回一个"好"字。最后满满一屏，都是她发的一句句话，还有他一连串的"好"。

最后她说了句："没了。"

他依然是："好。"

许寻笙看着手机屏幕，又笑了，他一时也没有发什么过来。两人都"静"了一会儿，又是他先开口："以后拜你为师，跟你学写字。"

许寻笙摇摇头，回复："我哪有本事做你的老师。"她觉得这人既然干了很多年幕后，音乐造诣必然很深，那天也是一针见血指出她音乐的不足，加之讲话又有成年男人的风度诙谐，想必年龄肯定比她大，可能还大不少，说不定都算是她的前辈了。

他也没有再继续拜师话题，而是说："回头我可能去湘城出差。"

许寻笙愣了愣。说实在的，她这辈子没交过什么网友，而且这个人，还是在她店里买东西的顾客。但她又是个落落大方的性子，现在人家提到了，她不说什么，又觉得太过小气。索性说："好，如果来了，我请你吃饭。"

那头却过了一阵子，才回复："金鱼，这是你说的，一言为定。"

阳光和煦得如同一个个跳动的精灵，穿过屋檐，漏过树梢，落在灰石铺就的天云街上。

偶尔有人经过。熊与光工作室地处僻静，音乐悠扬，是一处与世隔绝的好地方。

许寻笙今日无事，做了饭给阮小梦带来。讲实话阮小梦原本不太喜欢她做的口味，太清淡，哪怕东坡肉都是香香软软的，没放点辣椒。可每次她做吧，阮小梦不知不觉总能吃掉一大碗，于是此时阮小梦便拿起双筷子，轻敲空碗，说："宜家宜室，谁娶了你可真是有福了。"

许寻笙只是起身收拾碗筷，眉梢眼角都有浅浅的笑："多谢夸奖。"

阮小梦往桌上一趴，盯着她说："喂，我发现你这两天心情很好哎，有什么好事我不知道？"

许寻笙摇摇头。

阮小梦还是觉得不对："肯定有什么事。"

许寻笙说："难道我平时看起来心情不好吗？"

阮小梦怔了一下，笑着说："那倒没有，就是……"就是这两年来，你哪怕笑，也从未太开怀。

许寻笙把桌面收拾好，又泡了两杯茶过来，说："我自己种的菊花，试试。"如今许寻笙在阮小梦眼里就是无所不能的现代小龙女般的存在，阮小梦端起茶杯用力一闻，夸赞："好香啊！"

许寻笙看着她夸张的反应，失笑，却又微微怔然，端起杯子慢慢饮。阮小梦看着她。

原本阮小梦是个非常粗枝大叶的人，一点也不敏感，可这样朝夕相处下来，她也能感觉到，许寻笙身上其实藏着一种淡漠疏离的气质，那气息时不时出现，又不着痕迹地消退。于是你就会察觉，这时的她，其实谁也无法真正靠近。

阮小梦不知道，是不是因为许寻笙刚才又想起那个人了，才会这样。

"我这几天，确实认识了一个有趣的人。"没料到许寻笙这样说道。

"啊？"阮小梦的八卦之血立马沸腾了，一双星星眼望着小姐姐，"说说看说说看，是不是男人？"

许寻笙莞尔一笑："应该是男的吧，来我店里买东西，讲话很有意思，而且还跟我讨论过音乐。"

阮小梦问出最关键的问题："帅不帅？"

许寻笙奇怪地看她一眼："我怎么知道？"

"你让他发照片啊！"

许寻笙失笑："我不关心他长什么样。"她也知道阮小梦是什么意思，不紧不慢地说，"他是做幕后的，大概已经做出一定成就了，我估计起码三十大几，四五十岁也有可能，你就不要抱任何期望了。"

"啊……"阮小梦失望地撇撇嘴，"他想老牛吃嫩草？别理他，你才二十五呢。"

许寻笙伸出手指在这姑娘眉心轻轻一点，说："虚岁二十六了。人家没你想得那么龌龊，我们只是神交而已。"

阮小梦对那个"老男人"已全无兴趣，想了想又说："反正你要是交男朋友，一定要让我帮你审核把关。"许寻笙这么好，她可不想这位挚友被什么不入流的男人给带走了，要知道许寻笙的前任可是……

许寻笙却低头轻抿口茶，说："其实我……"

阮小梦："什么？"

许寻笙露出有些自嘲的表情，阮小梦很少在她脸上看到这样的神色。然后她说："其实我觉得以后不找男朋友，不结婚，也没有什么关系。"

阮小梦愣住了。许寻笙却像在说没什么大不了的事，神色平静。

阮小梦却觉得心底没来由地发凉，沉默了一会儿，说："我今天来的路上就看到广告了，你看到了吗？那个人下周要来湘城开演唱会。你如果想去看，我陪你。"

许寻笙垂下眼，于是阮小梦只看到她细密的睫毛下，眸色沉静。她端起茶杯，又喝了一口，说："我不去。"

离开工作室，正是傍晚时分。许寻笙站在公交车上，看着夕阳将一扇扇窗都染得金黄。公交一路走走停停，经过商场，商场外墙上挂着一幅幅明星代言广告。许寻笙曾经很仔细地看过，后来就再也不抬头看了，今天却如同鬼使神差般抬起头。

他代言的广告就挂在第三个位置，那是国际知名耳机品牌的代言，他穿着银色的套头衫，耳机挂在脖子上。染成浅棕色的蓬松短发下，是那张好像没什么改变的脸。那双清澈的、深深的眼睛，仿佛正透过镜头盯着你。许寻笙手抓公交车里的吊环，一直看着，直至公交拐了个弯，再也看不见。

公交车停靠在下一站，她还没有下车，抬眸望去，公交站牌上正是他代言的那个手机广告。这一次他眼睛里有很浅的笑，高高的个子，窄瘦的腰身，是和从前一样精神好看的少年。

公交车驶出站台，前方路旁是一排门面。当公交车经过最后几间时，有店铺里的音乐传来，是她所熟悉的天籁之音："……只要有一道光照耀，我就可以乘风破浪……"许寻笙目光平静，恍若未闻。

还没到家，她就提前下了车，体育馆站。

手机上她已看过，所有坐席的票全部售罄。今晚体育馆应该没有演出，清冷无人。她走至体育馆旁，夕阳恰好落在场馆旁，照得整片地面都浸着光。她走得很慢，过了一会儿，有个男的走过来问："要票吗？下周岑野演唱会。"

许寻笙没有理他，继续往前走，一直走到场馆的一个入口。此时所有门都封闭着，也没有人，只有风吹动着地上的落叶。她抬头看了一会儿，又有人凑过来："美女，要票吗？二十五号岑野演唱会，什么位子都有。"

许寻笙看他一眼，说："我只要一张看台票。"

那人笑了，掏出票给她看，说："看台票898，美女，不是我跟你说，现在岑野太火了，这些票加价都买不到，好多人抢……"

许寻笙看了看他手里的票，票面价是398元。那人见她不声不响的，也没什么表情，以为这单生意多半要黄。哪知她掏出钱包，把钱递给了他。

许寻笙回到家，洗了手、脸，换了家居服，走到书桌前时，顿了顿，从包里将那张门票拿出来，放进抽屉里，便去做晚饭。

一个人，吃得也十分简单，她煮了点花菜，切了些豆腐和肉丁，只等饭煮好便下锅一炒。

她拉了把椅子，坐在厨房里，闻着渐渐弥散的米饭香味，刚拿出手机，看到条未读微信。

荒野："在干什么？"

许寻笙微微一笑，回复："在做饭。"

他许是在忙别的事，过了一会儿才说："你还会做饭？一定很好吃。"

许寻笙："我不知道算不算好吃，不过今天中午有人吃了一大碗。"

他半天没有回复，许寻笙便放下手机。等她把饭菜都装好，放到桌上，一个人坐着，却见他又发来了短信："谁这么捧场，被你收买了？"

许寻笙笑了，一边吃一边回复："和我一起做工作室的朋友，她口味很刁的，才不会被收买。"

他立刻发了个笑脸过来。

许寻笙自己也觉得挺难得的，这人虽然只聊过几次，也未见过面，甚至不知道姓名身份，但也许正是因为没有这些顾虑，反而聊得挺投机。而且他讲话自自然然的，既不会让她感到不舒服，又仿佛有种天然的亲近。就像他上次说的，一聊就感觉像是认识很久的朋友。

想当年……许寻笙怔了怔，她和朝暮乐队的那几个男孩子，也是过了好些天，才熟络起来。不过她想，人的相处，本就是如此吧。哪有什么定数，有的就是能一下子聊到一起去，有的半天也话不投机。

"你在干什么？"许寻笙问。

其实，和一个陌生人聊天，这对于许寻笙而言，也是从未想过的事。她心里隐隐有知觉，知道或许是因为每一个深夜里，周遭都太安静，她确实感到寂寞，常常坐在那里，不知道要做什么好。而这个人出现了，像个突然到来的朋友，他温和有礼，进退有度，于是让她的生活也有了几分跳动的色彩。于是和他聊天，渐渐竟成了深夜里的习惯。

他回复："刚下飞机，有点累。"

许寻笙说："那你好好休息，不打扰了。"

他说："并不打扰，坐车去酒店，有点无聊，再聊一会儿。"

许寻笙却不知道要跟他聊什么，盯着手机，又夹了几口饭吃，他却又发过来："你住在湘城哪个区？我如果去湘城，抽空去吃你答应的那顿饭。"

许寻笙笑了，回复："我住河西。"

他说："哦，听说湘城有条江，你家里可以看到吗？"

许寻笙心想这人确实是个有钱人，回复："我买不起江景房，住的是一楼。"

他又过了一阵子才回复："一楼挺好的，我也喜欢一楼。我家院子里种了很多花草，都是用人弄的，还挺好看，下次拍照给你。"

许寻笙回复："我家花园大部分被我弄成菜地了，就不拍照给你了。"

他说："你还会种菜？你还有什么不会的？"

许寻笙又笑了，笑完之后，却有些发怔。

他问，你还有什么不会的？

也曾经有人，乃至一群人，对她说过相同的话。

许寻笙只发了个笑脸过去。

他又说："回头见面吃饭，把你家属也带上。我请。"

她回复："我没有家属，你来湘城，自然是我请。"

他倒也没跟她客气，说："好，我现在也没有家属，就一个人，给你省钱了。"

"你什么时候会来？"她问。

过了一会儿，他回复："可能还要过一段时间。"

说到一夜爆红，许寻笙目睹过不止一次，自己也算是经历过。但她万万没想到，自己和大熊他们玩票性质传上网的单曲，居然能登上音乐平台热门排行榜。

这天她打开电脑，就看到网上又有上千条评论，她愣了一下，心知不太正常。上次被人传小视频到网上的热度，果然如她所料，很快过去了，包括她的微博也被"收复"，重新成为她和一小撮乐迷的独家地方。现在怎么又卷土重来了呢？

她扫了眼评论，都是夸赞她新单曲的，并且有很多人纷纷表示，要去播放平台的排行榜上为她打call。她又打开几天前上传的音乐平台，首先看到的是总热度榜前五名，上面至少有三个位次，被同一个人的歌曲占据。而她的那首歌，就在旁边的新曲榜上，排在了第三名。第一名，还是那个人上个月新推出的一首单曲，他们中间只隔了一位歌手。

许寻笙看了几秒钟，关掉页面，这不是她想要的成绩，也不想再离他那么近，被他看到，但是想到不过是区区一个网络播放平台，他如今是天王的级别，也许根本不会注意到。而且她用的是"金鱼"的名字，想想便也觉得无关紧要了。

她心如止水，不为所动，别人却坐不住了，几乎刚关电脑，就接到阮小梦的电话："笙笙！你红啦！简直一夜蹿红，令人眼热！真是没想到，我们这个工作室太成功了！"然后许寻笙也听到大熊在旁边笑的声音。

许寻笙笑道："红什么红，这种排行榜也不是很难上，过几天就下来了，别太当真。"

阮小梦却说："不是的！有好几个网络大Ｖ都转了你的歌，还有几个知名乐评人也都发微博夸了，你以前的表演视频也被翻出来了，这首新歌还在微博热搜上挂了一会儿尾巴呢，不过现在掉下去了。"

许寻笙没说话，既不为此兴奋，也不会去烦恼。

那头却是大熊接过电话，笑着说："别理那咋咋呼呼的家伙，她都开始幻想当你经纪人，穿超短裙在网上露脸了。不过你的歌能红，我也不意外。是金子总会发光，更何况是钻石。"

他的嗓音温和平静，许寻笙只是笑笑说："我已经开始后悔被你俩带上船了。"

大熊哈哈笑了，说："快过来，咱们的厂牌也算是一炮而红，以后饭应该有的吃了。今天我请客，庆功。"

除了他们仨，大熊还叫了几个帮他们做后期的兄弟，天还没黑，就在海鲜大排档坐了一桌。许寻笙到时，就看到几个男人已经抽烟、喝着啤酒，上了几样小菜。阮小梦看到她，连忙招手，许寻笙坐到她身旁空位，大熊隔着些许烟雾，微微对她笑着。许寻笙也笑，说："嫂子呢？"大熊把烟含嘴里，说："她不来，应该在加班。"

许寻笙说的嫂子，正是大熊的女朋友，两人据说已处了快一年，只是大熊很少带她参加这个圈子的活动。

所以大家也没在意，一个哥们笑着说："许仙女，这一下你可真红了，以后别忘了哥几个啊。"

另一个凑上来笑着说："你需不需要经纪人？看我行？要长相有长相，要才华有才华……"话没说完，被大熊一掌按住脸，推开了："别糊弄人家。"

那人瞪大熊一眼，半真半假地说："大熊，还护着呢？我可跟你说，你现在是有主的人了，别吃着碗里望着锅里的啊？"

大熊看许寻笙一眼，没好气地说："少胡说八道，再胡扯给我滚。"那人哈哈笑着，倒也不敢再乱开玩笑了。

许寻笙只是低头微笑，自己夹菜不紧不慢地吃着，听着他们聊天，听着阮小梦被他们逗得嗷嗷叫。大熊的这帮朋友，年纪都和他差不多，大多数也都成家，开玩笑也都有分寸，平时哪怕聚一起玩，结束时间也不会很晚。除了大熊，他们都得回家陪老婆、带孩子。

和他们在一起，感觉和两年前跟那群人在一起时，是完全不同的，很多时候，大家看待问题会更现实，更成熟，也更平和。没有那么多意气风发、同甘共苦和生死情义，只有随性度过的寻常时光而已。

抽了个空当，大熊还是对身边的许寻笙说："刚才我兄弟开玩笑，你别介意。"

许寻笙只是笑："为什么要介意？"

大熊笑笑，盯着杯中晃动的酒液，过了一会儿喝了一大口，感觉那冰凉液体流淌过喉咙、流到肚子里，那股冷冽畅快的感觉，便似乎冲散了原本的一些苦涩之意。

是啊，她为什么要介意，他这话说得确实多余。

他没有再看许寻笙，脑子里却想起曾经在北京基地的那个晚上，自己跟她说：如果他对你不好，记得我还在等你。

后来她和那个人真的分了手。大熊辗转知道她回了湘城，心里竟也百般不是滋味，喜也有，怜惜和替她不值也有。过了好几个月，才尝试跟她联系，原本只是抱着试一试的心态，邀她来 Live House 表演，没想到她居然答应了。

第一晚表演之后，他执意开车送她回家，很多情绪已经快要按捺不住，到了她家门外，还没等他开口，她已平静说道："大熊，我们不可能。"

于是大熊知道，一旦开口，朋友都没得做，她绝不会再来 Live House，哪怕当她重新站在舞台上时，整个人看起来终于有了几分鲜活气息。

……

又过了大半年，大熊交了个女朋友，企业职员，不懂音乐，相貌、收入、性子都不错，对大熊更是一见钟情。两人就这么稳稳当当处了下来。大熊对这个女朋友，也是该做的都做到位，有时候也会心疼那个温柔娇俏安分的女人。有时候也想着，再处一段时间，是该成家定下来了。

也是在他交了女友之后的一段时间，许寻笙同意加入工作室，和阮小梦三个人，如今成了最志同道合关系坦荡的伙伴。

……

"也许会有人来联系商业合作。"许寻笙想了想说，"你们都帮我推了。"

大熊望着她点头："我有分寸。"

阮小梦把他俩的肩膀一攀，说："对，咱们是独立厂牌，自由自在，想怎么玩怎么玩，绝不再被那些人啊、利益啊给绑架了。这才是真正的音乐！真正的梦想 house 永不言败！"

饭吃得差不多了，天刚黑下来，几个男人约着去打会儿牌，阮小梦也想去，拉着许寻笙一块。许寻笙摇头："我不会。"

阮小梦："我可以教你。"

许寻笙说："我不想打。"她性子向来执拗，阮小梦只好作罢。

许寻笙一个人打了的士，却不是回家，而是径直奔向体育馆。她从未看过演唱会，哪里料到车堵得厉害，眼看时间快要到了，最后一千多米，她决定走过去。

人山人海，无论馆内馆外。

许寻笙看着这一切，觉得很陌生。那些女孩成群结队，举着同样的灯牌、横幅，有的甚至衣服都一样，她们脸上都带着或骄傲或兴奋的笑，看着年龄也都很小，她们都在期待今晚见到那个人，哪怕只是远远望一眼。

许寻笙随着人流，走进场馆里。抬头便见足以容纳几万人的场馆里，灯火通明，这是一个太开阔的舞台和世界，令她有些许怔忡。那人的巨幅海报，就悬空挂在舞台正前方，而大屏幕上，正放着他此次巡回演唱会的宣传短片，这还是许寻笙第一次看到。

他穿着白衬衣和黑色长裤，像个真正的男神，在一个阳光朦胧的房间低头写歌；他头戴耳机，一脸冷酷，穿行于人群中；他站在不知哪场演唱会的舞台上，灯光全灭，他穿着闪光的演出服，背后数盏灯突然往天空投射，他开始唱歌……一个特写落在他脸上，他原本只是双目沉沉盯着镜头，可眼睛深处竟慢慢浮现笑意。

屏幕里的他笑了，场馆里许多粉丝开始欢呼。随着短片继续播放，这样的欢呼时不时雀跃响起。

许寻笙忽然心生一丝悔意，她不该来的，来了就会真的看到他，虽然隔着很远很远的距离。她真的还想看到他吗？

或者说，是否能看见，已经不重要了吧？

许寻笙买的是最便宜的看台票，现在也快坐满了。她找到自己的位子，刚坐下没多久，全场灯光熄灭，观众爆发出欢呼，身边每一个人，好像都兴奋得不行，除了她，坐在最高最远的一排，几乎没有光亮的角落里。

灯光亮起。

那灯是一盏一盏，砰然亮起的，如一道道射线，张牙舞爪地占据了你的整个视野。十余名伴舞寂静矗立在台上，而在他们身前，一个穿着黑色棒球服、戴着鸭舌帽的年轻男子，低头握着麦克风，也是一动不动。

全场爆发出最热烈的欢呼，"小野、小野——""岑野、岑野——""岑爷、岑爷——"的呼叫声此起彼伏。

而后是绚烂如同万道流星坠落般的光线，同时绽放于舞台上。许寻笙不知道那是怎么做到的，只是粉丝们的欢呼更加狂热，然后很快安静下来，仿佛都屏气凝神等待着这一场华丽的演出。那舞台上有光，也有烟，偏偏交织得妖娆华彩，天衣无缝，仿佛是一个人人向往的梦幻之境。而那个人就是梦境中的主宰、隐藏其中的王子，翩翩而至。

一流的舞者开始为他伴舞，音乐流畅多变，正如他现在在音乐圈高高在上却又灵气四溢的风格。他随着音乐，身体开始慢慢摆动，与那些舞者整齐劲爆的动作相比，他的举手投足一看就是随意的，没有什么规律，很随意地迈前一步，很随意地跟着舞者们同一个方向摇摆，只是大致和顶级舞者们相符。

却偏偏他是众人中最出彩的那个，不仅因为他最英俊，站在最前面，还因为哪怕舞姿不够专业，他的整个身躯、整个灵魂，仿佛都与音乐融于一体，天地之间，仿佛只有他。

许寻笙脑子里忽然闪过很久以前的画面。简陋粗犷的地下室里，几盏灯、几个人，他们放着音乐，那个小野，也这样跳着舞，哪怕穿的是最便宜的衣衫，也很意气风发。他的动作总是随性洒脱，嘴角噙着一丝无所顾忌的笑，还有他望着她的，那双灼灼如桃花的眼睛，总令她看得失了神。

大屏幕里终于出现他的特写，也是许寻笙今晚第一次，看清他现在的样子。

头发依然是中分，还是那么短，只是以前都是很随意蓬松地耷拉着，如今每一丝头发仿佛都经过了精心打理，柔软而不失形状。

许寻笙之前看到广告牌，他的头发染成了浅棕色，现在又染回了黑色。那张脸更显得白皙，轮廓清晰。他望着前方，眼神坚定，年轻男子的容颜上，全是傲人锋芒。

许寻笙忽然明白过来，这样一个男人，其实已经很陌生很陌生了。

在人群中，在欢呼声中，在满场巡回照耀的灯光中，她忽然就彻底安静下来，安静地看着这个完全陌生的世界，看着舞台上那个自己已不太认得的男人。

挺好的，有个声音在她心里说，这样，也挺好的。

她忽然变得有些恍恍惚惚，也有些心不在焉了。那些埋藏在心中很久的情绪，好像终于也有了个解释和退路。她慢慢地、轻轻地笑了，起身刚想离开。

然而那一道声音，仿佛从梦中、从回忆里穿出的声音，就这么来到了耳边。

灯光把房间又照亮

梦才做了一半

谁在夜路上慌张

吵醒了这扇小窗

烟又不知道往哪放

午夜茶水已凉

打开天窗想眺望

却见夜空云雾茫

她不是水中月

手一捧就能得到

我却是镜中人

年年月月凝望

爱不是迷迭香

迷惑我失去方向

她却是一场梦

离开都无预兆

我十指滚烫

弹奏属于孤独的乐章

我跟跟跄跄
走在一往无前的路上

别胡思乱想
哪有那么多地久天长
睁开眼回望
我这一生这样就很好
……

许寻笙回到家，已是子夜。没料到深夜里已经这么冷，她的衣服穿得不够多，手脚已冻得冰凉。

进屋后，她直接打开烤火器，坐了好一会儿，直至身上暖和多了，才去洗澡，换了睡衣出来，披了件很厚的棉衣。

哪怕她现在睡得比以前晚，现在也早过了她睡觉的点，脑子里空空的，却了无睡意。她拿出手机，却看到条短信。

是荒野发来的，就在几分钟前："睡了没有？在干什么？"

他这么晚居然也没睡。若是平时，许寻笙便回复他了，可今天只是把手机丢到一旁。

深夜里，一切都太安静，静得让人心生恍惚。偶尔有小区里夜归的车辆经过，灯光照在门外花园里，然后又消失或熄灭。许寻笙坐了一阵，才发现自己脑子里什么也没想，就这么坐了好久。可她还是不想睡，不想到床上去，不想闭上眼安安心心地失去意识，然后又一夜到天明。仿佛这样一天过去，一生也就这么过去。

一眼瞥见旁边还放着枚刻了一半的章面，她拿过来，又拿出工具盒，把台灯移过来，慢慢地开始刻。

其实也没有刻多久，一个笔画也没刻完。

脑子里忽然就响起了今晚演唱会听到的一些声音，那个清亮醇厚如鹰高鸣的声音，还有后来，粉丝们伴随着他的万人大合唱：

别胡思乱想
哪有那么多地久天长
睁开眼回望

我这一生这样就很好……

许寻笙手里的动作停下来，然后视线有些模糊，看到一滴水，落在了章面上，慢慢晕开，然后那些泪就越掉越急，根本没有任何预兆。她慢慢将章紧紧攥在手心，听到自己近乎哽咽的声音。有多久没有哭过，她自己都记不清了，好像从那天在码头看到他夺冠起，她就再也不准自己想起，再也不落泪了。

明明今天看演唱会时已感觉离那个人千万重山那么远，连他真实的脸都根本看不清，她此刻的眼泪却像失去了控制，根本无法停止。

她不想让自己哭出声音，不想失控。

她放下章，把脸慢慢埋下去，埋到手臂里，一动不动。

演唱会一结束，岑野就在随从人员的重重保护下，离开场地，乘车前往湘城最昂贵私密的酒店。

一开始路上还有粉丝的车跟随，后来也被相关人员劝阻离开了。岑野走 VIP 电梯直接入住酒店顶层套房，岑至等人也回到房间，处理一些后续工作并休息，这紧锣密鼓、万众瞩目的一天，就算是结束了。

岑野回到房间，妆已经让随行化妆师卸掉了，他去洗了个澡，换了件款式看起来最普通不过的外套，坐在床边，看了眼手机，没有任何动静，又抬头望去，只见湘江两岸灯火璀璨，寂静悠长。他发了一会儿呆，从包里翻出把车钥匙，又戴上墨镜口罩，动作很轻地出了门，没有告诉任何人。

VIP 电梯叮的一声停在地下车库，这大半夜周围也没人，他目不斜视地走向前面一辆很普通的黑色轿车，车是他之前嘱咐一个保镖准备的，连岑至都不知道。

路上车已非常少，过了江，很快就到了那个岑野闭上眼都能描绘出轮廓的小区。也不知道是不是天黑的原因，才短短两年，那些楼宇仿佛明显老旧了一些。岑野的手牢牢按住方向盘，在经过小区入口岗亭时，里面的保安抬头张望，岑野下意识侧过脸去。

他以前哪里会开车，也买不起车，可这条路却不知走过多少遍。他缓缓驾车行驶，深夜小区里一个人也没有，连亮灯的窗户都很少。远远地，他却望见了那个院子，还有熟悉的蓝白相间的门窗，灯还亮着。

岑野的车速依旧很慢，慢慢逼近，然后，就能看清院子里光线暗淡的那些树和菜地，还有门口那几级石板台阶。门廊上的一根根木料，是白色的，看起来虽有些旧了，却白得很干净。他也看清了那扇窗口，橘黄的灯光显得朦胧温暖。

在看到桌上趴着的那个人时，岑野的脑子里忽然一片空白，然后他把车无声熄火，单手还握着方向盘，摘掉墨镜和口罩，静静地，隔着十几米远的距离，隔着扇半开的窗，看着里头。

那个人就趴在桌上，身上披着件很厚的外套，露在外面的衣袖却是件全棉睡衣。长发带着微微的卷，披散肩头，也落在桌面上。她的头顶是一盏灯光，手边还丢着些刻章的工具。她看起来还是老样子，她的生活也是老样子，完全没有半点变化，她好像就这么趴着睡着了。

岑野看着看着，也不知道到底看了多久，就用手捂住了脸。他重新戴上墨镜，泪水却从墨镜下淌出，流进他的指缝里。他努力不让自己发出一点声音，可是泪水却止都止不住，一直不停落下。

两年了，他在心里说，原来你已经离开我整整两年了，许寻笙。

<第九章>

荒野爽约

按照原计划，第二天岑野会飞到另一个城市，准备下一场演唱会。

但这天中午，岑至推开弟弟房门，却见人还在床上，行李丢得满房间都是，也没叫助理提前来收拾。

岑至觉得有点奇怪，走到床边，岑野人醒着，在玩手机，精神看起来不太好。

岑至柔声问："怎么了？"

岑野把手机一丢，揉了揉额头说："感觉累，身体吃不消。要不我在湘城再休息一天，明天去杭城？"

这倒也不是不可以，只是岑至心里总感觉哪里有点不对劲，但一时也搞不清楚。他便点头："那你好好休息，我今天先去杭城，小乔他们留下陪你？"

岑野点点头。

岑至又去倒了杯水给他，问："需不需要找医生来看看？"

岑野："没事，就是累，别叫医生，免得又出新闻。"

岑至便不说什么了。

他走之后，岑野又躺了一会儿，看着天花板。其实他很久没有哭过了，作为一个男人，他从小就很少哭。上一次，还是两年前的乐队杯决赛。现在眼睛感觉有点胀，有点涩。他的嘴角泛起丝苦笑，起床。

到了衣柜前，他站了一会儿，都是从北京带过来的衣服，最后，他选了件自认为最帅但又不夸张的穿上。

慢吞吞吃完了早点，估摸着岑至也该飞走了，岑野避开刘小乔和保镖，拿着那部私人手机，回到卧室，找出赵潭的号码。

想起来，也有一两个月没和他通过电话了。

赵潭很快接起："哈喽，小野。"

听到他的声音，岑野心里一阵没来由地舒畅，只是两个人再也无法像从前那样，讲话百无禁忌。岑野笑着说："坛子，最近忙什么？"

赵潭也笑着："忙着在家里养膘。"

岑野也忍不住笑了。

两人笑完，赵潭问："你在干什么？工作肯定很忙吧。"

岑野微不可察地停顿了一下，答："在开演唱会。"

赵潭："喔呜……太厉害了。以前的梦想，你终于实现了，恭喜。"

岑野笑笑，没说话。

当年决赛两个月后，朝暮乐队正式解散，掀起许多风浪，是是非非早已牵扯不清。张天遥宣布单飞，传奇键盘手小生不知所终，但是赵潭和辉子依然站在岑野身后。

岑野恪守承诺，每场演出，必定由他们两人出场伴奏，字幕单上也坚持一定要有他们的名字，并且他从自己的收入中拿出一部分匀给两人，他们的收入远比一个顶级贝斯手或是鼓手丰厚。其间，岑野也要求公司送两人继续深造学习，把最好的培训资源和发展机会都给他们。

其实赵潭的专业水平一直比辉子要高，众所周知，跟岑野的关系更铁，但是一年后，赵潭提出了辞职。岑野当时正处于推出第二张专辑的关键时期，心里也很不是滋味，但赵潭执意要走。后来那个晚上，两人拎了一箱啤酒，来到当年网站封闭训练基地外的空地上，深夜无人，也没人能认出岑巨星。

岑野问："为什么一定要走？"

赵潭低着头，晃了晃手里的半瓶酒，说："其实我并不喜欢现在的生活，这两年多亏你，钱也挣够了，我想退了。"

岑野好久都没说话。

然后赵潭哭了，说："其实朝暮解散时，我就想走了。小野，你没有做错，我不怪你。这条路你一个人走，真的比带着我们，走得更好、更成功。呵呵……我也算陪你一年了，看着你越来越好，现在，我也想去寻找自己的梦想了。"

　　岑野猛灌了一大口酒，却笑了："一个、两个，都要走。"

　　赵潭拍拍他的肩，然后抬头，和他一起望着天空。那里繁星点点，曾经多少次，有一帮兄弟，甚至还有一个姑娘，一起抬头眺望过。

　　"腰子这半年已经没动静了，跟我们谁都没联系过，我看大概是过气了，那小子野心太大实力不行……"赵潭嘀咕道，"也不知道他现在怎么样了。还有许老师，一点消息都没有了……"

　　岑野看着天空，没吭声。

　　赵潭约莫真的是醉了，还要接着提那个谁也不能在岑野面前提的人，他说："小野，你是真的傻，当初怎么能让她走？我今天就把话放这儿了，你这辈子，哪怕挣再多钱、再出名，也遇不到许寻笙那么好的女人了……失去的你再也得不到了！"

　　赵潭醉倒在了地上，所以没有听到岑野后来的喃喃低语。

　　那时月色很静，风也很轻，周围一点声音也没有了。岑野沉默了很久，说："你以为我想让她走？可是我从来都留不住她。"

　　赵潭走后，辉子一直在。今年岑野成立工作室后，也给了他一点股份。鼓手的报酬加上每年股份分红，足以让这位老兄弟过上非常优裕的生活。

　　……

　　也许是都或多或少想起了从前的事，电话两头的人都沉默了一会儿，岑野又问："在湘城吗？"

　　赵潭笑着说："不在，我妈身体有点不舒服，过来陪着他们俩。这不我一回来，拿点钱孝敬上，我妈身体就好多了，我看也出不了什么岔子。不过最近反正没什么事，就在老家多待一段时间。"

　　赵潭走的时候说过想回湘城，岑野才这么问，却没想到他回老家去了。想起之前多少年，赵潭和家里关系紧张，可现在父母眼看着年龄大了，关系反而有改善了。这个岑野并不多问，赵潭自己觉得好就好。

　　岑野说："有什么需要说一声。"

　　赵潭说："不会跟你客气。"想了想又问，"你今天打电话是找我有什么事？"

　　岑野说："没事，你不在湘城就算了，下次再聚。"

　　"你去湘城了？"

　　岑野轻轻"嗯"了一声。

　　赵潭静了静，也没有多说什么，两人又聊了几句，挂了电话。

岑野握着手机，躺在床上，发了会儿呆，又将手机在手里转了几圈，忽然起身，走到外间。

保镖、助理都在待命，刘小乔站在窗前打电话。岑野抬手敲了两下门框，于是所有人都看过来。

岑野说："这次带过来的衣服，有些我不太喜欢。小乔，你安排一下，我想去自己挑几件衣服。"

所有人面面相觑，刘小乔："可是……"

岑野已关上房门，声音隐约传来："准备好就出发。"

刘小乔感到有点头大。因为之前岑野要置装，要么是她把服装目录拿回家里来看，要么是大品牌的人直接把衣服送过来试。偶尔岑野想亲自去逛街，那也得提前一两天，挑选人少的合适商场，做好万全准备。哪里像今天，他老人家心血来潮就要出去逛街，还是在人生地不熟的湘城？

不过刘小乔干的就是经纪人的活儿，向来训练有素，擅长应对各种突发状况，以及老板的奇葩要求和怪脾气。而且她也不至于为这样的事去找岑至拿主意，岑野非要去，谁又能拦得住？她飞快做出种种安排，有把握出不了什么岔子，就去敲岑野的房门了。

"小野。"

"嗯？"那人的声音听起来懒洋洋的。

刘小乔笑着说："都安排好了。你可以去逛街，但是时间不能太久，一个小时必须撤，而且要配合我安排的街拍摄影师。"

"没问题。"

"去城东的海王广场可以吗？新商场，人少。"

"随便。"

刘小乔心想，听起来这位对于逛多久、去哪儿逛，都不在意，只要去就好。可能他真的是这段时间压力太大，想出去透透气吧，倒让刘小乔有点同情这位年轻的天王巨星。

可这时她哪里会想到，一天下来，岑野会任性地惊动了整座湘城呢？

一个小时后，海王广场男装区。

店铺外聚集着越来越多的人群，很多人都举着手机在拍，远远地还能望见有不少人在往这边跑。而几名店员还有店里其他客人，全都面带笑容，看那人在那里挑衣服。刘小乔汗都要下来了，见岑野戴着墨镜若无其事的模样，她凑过去，低声在他耳边说："走吧，不然待会儿走不了。"

岑野这才抬头看了看外头，于是立刻闪光灯一片，他居然还很难得地冲大家挥手笑了笑，于是很多人都惊呼出声。

"你不是最讨厌被人这么围观吗？"刘小乔说。

"他们看看怎么了？"岑野说，"我又不会少几斤肉。"

刘小乔："……"她这才后知后觉地发现，岑野今天特别好说话，竟像是愿意被众人围观了。

他挑了几件衣服，放到收银台。收银员小妹脸都红了，声音也打颤，报了价格。助理今天也是一头雾水，马上跑去刷卡。岑野便一手搭在收银台上轻轻敲着，一手插裤兜里，又看了眼外面的人群。这时刘小乔发现，他没有笑，隔着墨镜也看不到他的眼睛，他只是静静望着人群，也不知是在看哪里。

收银小妹双手把票据和衣服递给岑野，他笑笑，助理立刻拿走了。收银员问："岑先生，我们可不可以……可不可以跟你合个影？"

刘小乔刚要开口拒绝，岑野却已说："行啊。"

两个收银员一左一右，满脸通红。岑野摘下了墨镜，引来外头的人群再次尖叫，他双手插口袋里，望着镜头，慢慢露出笑容。

好容易杀出一条血路，离开商场，上了车。除了岑野，其他人都松了口气。刘小乔转头望去，只见岑野一直望着窗外，没什么表情。精挑细选的几件衣服丢在脚边，他也根本没看一眼。

不管怎样，算是完事了。刘小乔笑着问："饿了吗？我已经让酒店准备好午餐了。"

岑野像是没听见，刘小乔也不在意，刚想着手安排别的事，忽然听到他轻笑着说："不想回酒店吃，我要去吃火锅。"

所有人："……"

这一天暮色降临时，阮小梦跑许寻笙家来蹭饭吃。

许寻笙是食不言寝不语的，拿着筷子捧着碗，吃得也慢。阮小梦一手拿着手机，一手往嘴里塞饭菜。忽然间她动作一顿，看了眼如大家闺秀般低头吃东西的许寻笙。

阮小梦停在那里，迅速刷着手机，忍了忍，终究没忍住，说："你今天看网上消息没有？"

许寻笙："没有。"

"我是不想说，但我实在忍不住了！"阮小梦把手机往她面前一放，"今天全湘城都在偶遇你前男友！"

许寻笙抬起头，目光落在她的手机上，那个名字也清晰进入视线里。

阮小梦念叨："'湘城偶遇岑野''岑野海王广场''湘城××火锅''岑野湘江'……一个人，承包了四条热搜！感觉他今天在湘城去了很多地方，不知道在干什么，他现在可真红啊……"

许寻笙没说话。

原来他今天还在湘城。这种感觉有点奇怪，一个已经离你很远很远的人，突然又出现在你身边的新闻里，而且去了你所熟悉的地方。

阮小梦还在兴奋，说："还有粉丝在江边偶遇他，和他拍的合影……"

她说得随意，许寻笙看过去，江边小道上，旁边都是花草，三个女孩簇拥着他，全是兴奋难抑的神色。岑野穿着件深蓝色外套休闲裤，很合身，很帅。他笑得也很开心，很温柔。

许寻笙移开视线。

阮小梦这才后知后觉地说："喂，你现在看到他的消息，还会不会……不开心？"

许寻笙说："不会。他现在过得这么好，我挺替他开心的。"

三天后。

接近半夜，杭市展览馆附近依然是车水马龙、人声鼎沸，这都是因为某个人的到来造成的。

后台，很多人还在忙碌。那人在一群人的簇拥保护下退场，身后那扇门还传来山呼海啸般的声音。

哪怕是见惯了明星的场地工作人员，也忍不住抬头看他。那人刚刚在台上那么光芒万丈、魅力四射，此刻却没什么表情，只是有些倦色。然而他是那么鲜亮醒目，于是你忍不住就会看向他。

岑野坐进保姆车里，化妆师动作利落地给他卸了妆。助理递了个面包过来，他摆摆手不要。又一场演唱会终于在这厚厚的夜色里尘埃落定，车把岑野和他的核心团队载回酒店休息。

今天的上座率和现场效果依然让人满意。岑至看着手机上各方面的反馈消息，手搭在岑野椅背上，笑着说："现在没几个人的演唱会效果能和你相比。等这一轮唱完你就可以专心参加××卫视的真人秀。我们已经在商定合同细节了。"

岑野没什么反应。

岑至当他是累了，但有些重要事情还是要跟他商量，又说："目前我们在谈的电影主题曲就是名导汤三哥的合作了，是个悬疑动作片。他们的要求是希望劲爆一点，而且最近说唱挺火的，他们希望有可能的话加入点说唱元素……"

话没讲完，就听见岑野低低嗤笑一声。

岑至顿了顿，说："我知道这不是你擅长和喜欢的风格，也不喜欢别人让你乱加东西。不过重要的是能和汤导的这个品牌建立联系。至于歌，只要你写的过得去，我估计他们也不会有意见，他们要的也是你的流量和人气。"

岑野把衣领一拉，遮住半张脸，闭眼往后一靠，说："回头再说，我睡会儿。"

岑至也不多说什么，拍拍弟弟的肩膀，去忙别的了。

然而岑至哪里想到，仅仅过了一夜的工夫，岑野突然就有了自己的主意，把李跃和他安排的这些商业计划，全都推翻了呢？

天空像只黑色的巨兽，趴在窗户外头。岑野洗了澡，坐在床边，却没有睡意，极度亢奋之后的大脑和身体，仿佛还不甘平静。那些吵嚷的声音和刺眼的光线，好像还在他脑子里。

当他在数万人面前演唱，他就变成了那个热血沸腾、忘乎所以的自己。一切都不重要，世界也不重要，只剩下音乐，让他成为那个小宇宙的中心。他是这样热爱，热爱音乐，热爱梦想，热爱为他疯狂的她们，也热爱自己。

可是当一切结束，满身疲惫的他，坐在这里，却会感到，整个世界变得很安静，其实从头到尾只有你一个人，没什么人能够真正陪伴你。

他心里莫名有点烦，那种烦不是具体的，不是生动的，而是沉闷寂静得像窗外的夜色，令他更加不想睡。他下意识看向房间里的酒柜，这种顶级套房，总会备足了酒。

差一点就伸手。

可还有另一件事，留住了他的心思。他没有马上去取酒，而是拿起手机，点开那个名字。她并没有发新消息过来。岑野就翻看之前的聊天记录，每句话、每个字，慢慢看。

人的心，原来是这样一个自欺欺人的东西。那个人，两年不见，当年，你就用刀割去了那个伤疤，你以为再也不会痛，甚至以为有希望痊愈。

可只要稍微不经意地一碰，你才发现那伤口鲜血淋漓，与她有关的丝丝点点的痕迹，开始像一张无形的网缠绕着你、包裹着你，而你根本来不及也不愿意挣扎，就沦陷进去。

然后你才明白，自己什么时候出来过？你从未真正戒除过她，只是假装看不到，把对她的迷恋，都转移到了别的什么上去而已。

可现在不同了。和她重新有了交集，心里空的那一大块地方，好像正慢慢被填满。

看了一会儿，他的心不知不觉就静了，这个夜晚好像也宁静下来。几乎是未经思考，他给她发了条短信："睡了吗？"

这么晚，他觉得她肯定睡了。但这一条不发出去，他又不舒服，心里难耐得很。

看到"对方正在输入……"的提示，岑野的心生生一跳。

她回复："正准备。"

这么简单的话语，却透露着独有的调皮。岑野以手撑着脸，笑了，又问："为什么还没睡？"

她答："睡不着，你呢？"

他回复："我也是。"

两个人都有一会儿没说话，也许是这夜太静、这夜太好，而他的心总也找不到安宁，鬼使神差般，他对她说："我觉得很累，现在的我算是干成了挺大的事业，也挣了很多钱，但我总觉得不快乐。很多事并不是我真正想要的、喜欢的，却必须去做。有时候我会觉得……不知道这样的人生，到底是在为了什么，还在不断地去拼命。"

那头，许寻笙所住的小区，也已是夜深人静，秋意寒凉。她裹着被子躺在床上，看到"荒野"发来的这条短信，有点意外，也有些动容。

她一直以为，对方既然是做幕后的，大概已经在公司里做到了很高的位置。而这样一个比她成熟、比她年长许多的业内前辈，却对她这个朋友吐露脆弱隐秘的心思。她第一个念头就是，不能辜负对方的坦诚和信任。

灯光暗，空气也冷，她便懒得打字，想了想，把手机对着自己，说："荒野啊，我可能没有经历过你所经历的那些事，也没有做出你那样的成就，我只是个普通人，并不能去评价什么。不过我觉得，人生很多时候，有舍必有得。你选择了那样的人生，就会有让你开心的一些东西，同时也会有它附加的代价。但那些都不重要，关键是你内心真正想要追求的东西，从来没有被别的东西掩埋过、遮挡过，你一直看得到它，清楚它在哪里，并且从来没有放弃过，就好。"

岑野看到她发了条语音过来，整个人静止了几秒钟，才飞快点开。当那熟悉的温柔嗓音响在耳边，岑野有那么一小会儿只听到声音，什么内容都没听清楚。一段话播完了，他才恍然惊觉，低下头，又点了一遍播放。

然而她的话，就像是一道清澈的水流，慢慢淌进岑野心里。力量不大，却缓缓冲走了一些泥沙和污渍。他在心里慢慢回味她说的话：关键是你真正想要的东西，从来没有被别的掩埋、遮挡过，你一直看得到它。

他忽然就想起了很久前的那个晚上，也是他在这头，她在那头，也是这样温婉动人的嗓音，或许还带着些许宠溺，对他说：小野，不要和家里人生气。等你真正成功、实现梦想的那一天，他们就会抬起头，一直看着你。

岑野用力按了一下眉心，定了定神，打字回复："或许我是该静下来，仔细想想，自己真正想要的是什么。你的话，很让我触动。"

许寻笙看到他发来的文字，才意识到自己原以为会听到他用语音回复。怎么说呢，她觉得他是个直爽的人，应该不介意让她听到声音。然而他却没有。

许寻笙也没在意，大概是在这样冷清的秋夜里，她也暂时忘却了一切烦恼和尘世琐事，只剩下通透如同夜空般的心情，她不知不觉说道："以前我有个……很好的朋友，也曾经做过非常艰难的选择。那时候我不理解他，大概那时我也太冲动，把事情看得非黑即白，也太患得患失，现在我不这么觉得了。

"因为人的很多选择，没有绝对对错。他只是遵从了他的心，选择了对他而言，生命中最重要的东西。现在他过得也挺好的，我很为他高兴。所以你刚才问我，我才会有那样的感触。相信你会处理得比我和他都好。"

岑野听完这段语音，已辨不清心里是什么感受，是什么在心头隐隐翻滚，可却有什么安静得仿佛已经死去，死去很久很久。

过了好一会儿，他给她回复："谢谢你，晚安。"

许寻笙只发了个笑脸。

岑野抬头，望着窗外浓厚的夜色，白亮白亮的月亮，升到了天空最高处，那月色慢慢向外淡去，就是这样小小的一片光，照耀着世间所有。

第二天。

岑至在见到弟弟后，敏感地察觉他好像跟以前有些不同。

彼时大家都待在酒店套间里，为隔日的演唱会做最后筹备，同时处理别的一些合作。刘小乔带人去跑会场现场了。

岑至忙了一通，抬头看向岑野时，他斜靠在沙发扶手上，拿着演唱会通告在看，偶尔一拍旁边助理的脑袋，问人家一两句。

看起来和平时没什么两样，可岑至不是别人，是他亲哥，从小看着他长大。岑至觉得，岑野今天看起来……挺轻松挺快活的。

这段时间以来，弟弟身上就像多了层壳，无论和谁相处，哪怕是跟他这个哥哥，那层壳都是在的，哪怕岑野也会笑，会意气风发，会个性不羁，岑至总觉得，他并没有真的很开心。那抑郁和阴霾藏在岑野的眼神最深处，藏在他身体里头。

所以虽然弟弟对身边工作人员们从无苛待，但他身上的气场却能隐隐影响人，所有人其实都有点怕他，也都猜不透这位巨星心里到底在想什么。

可今天，岑野像是把那层壳丢掉了。那是一种奇怪的感觉，岑至看着他，觉得他一举一动，一个细小神态，仿佛都透着放松。偶尔和身旁人说句玩笑话，他脸上的笑是发自内心的。岑至甚至还看到他拿着通告，站起来，闭上眼，嘴里似乎轻哼着歌，随意地在原地转了个圈。

这一刻岑至的心情竟是感到些许辛酸和安慰，因为他忽然间好像又看到了两年前那个弟弟，那时他虽然没有成为超级巨星，没有坐拥财富和名气，但时时刻刻就是个随心所欲的大男孩。此刻，那个岑野好像又回来了。

岑至走过去，岑野睁开眼，往墙边一靠，还是副很悠闲的姿态。岑至也知道他昨晚没有喝酒，心里高兴，说："有什么高兴的事？我看你今天心情不错。"

岑野笑笑说："没什么，想通了一些事而已。有没有时间，聊聊？"

岑至自然说好。

两人到了旁边的一个小客厅里，关上门，在沙发坐下。岑至看到弟弟搓了搓手，表情却很沉静。

岑野说："我昨晚仔细想过了，汤三哥的电影主题曲我不想接。这种大导演和一大把顶级流量明星的老题材电影，还是莫名其妙的枪战，我根本没兴趣，跟我一点关系也没有。你现在去街上走走，哪有什么黑色组织和性感美女特工枪战？你上次提的几部电影梗概，我都看了，其中有个新导演，好像姓丁，拍的一个爱情悬疑片，是发生在偏远古镇的一段真实故事改编的。我上网看了原作，虽然很短，但是很感人。那让我很有灵感，我想给他写主题曲。"

岑至定定的没说话。岑野一笑，用那清亮的眼睛看着他，说："哥，我知道你要说什么，那些我都懂。但是我已经走到这一步了，几乎是拿着两年的命，拼到了现在这个位置，不就是为了梦想吗？唱自己喜欢唱的歌，走自己想要走的路。

"人气、格调固然重要。但音乐对我而言不是其他的，我只有拿自己的灵魂去写歌，才能写出触动人们灵魂的歌。那个丁导演的履历我看过了，虽然名气不大，但是内容真的打动我。他们剧组现在找的演员也都是流量不高的实力派，有那么好的内容，连我都会被感动到哭，再加上我的人气、我的歌，为什么这部电影就不能红了？为什么这对于我而言，不是更好的选择？究竟是一部大牌云集、制作不足、内容空泛的电影主题曲能给我面子贴金重要，还是一部真正触及灵魂的作品更能带给我口碑和人气，我觉得是后者。"

岑至竟半天说不出话来。诚然如弟弟所说，之前他想好的那些理由：招牌、名气、流量、曝光度，这些在岑野说的那些考虑因素面前，竟也显得不堪一击。岑至并不是一个固执浅薄的人，所以尽管此时他觉得弟弟提出的想法有种种不妥，一时却也没有盲目反驳，而是低下头，在心里认真思量权衡。

岑野说："哥，我就想这么做。遇到真正触动我内心的东西，我可以三天三夜不吃不喝，现在就去把歌写出来。我这么努力，这么累和拼命是为了什么？不就是为了过我想过的生活、写自己想写的歌？那才是我入圈的目的，并不单单只为了名利。现在这些却快要把我的目标给弄丢了，所以我才快要坚持不下去。

"还有××卫视的真人秀，我知道还没有签约，不签了。你和他们说，我确实喜欢看那个节目，也可以不要报酬给他们唱主题曲，作为嘉宾去参加一两次也没问题。但是要我接下来大半年，都去参加真人秀被全国人围观，那还不如杀了我，想想就觉得烦。

"哥，从今往后，我得按自己的心意活着，去争去拿想要的东西，钱也好，名利地位也好。这样才有意思。我想我能得到的，也不一定会比以前少。跃哥那边你要是为难，我自己去跟他说。"

此时岑至最大的感觉除了震惊，就是亲眼所见弟弟几天之间的改变。那改变不是惊天动地的，而是此时他神色笃定，娓娓道来。而岑至感觉最明显的，就是弟弟整个人，他的精神头，变得明快，变得通透。尽管依然不失一个二十五岁男人的沉稳，可原本藏在他眼里的那些灰色情绪，仿佛淡去了很多。而你会恍然惊觉，岑野，他本该如此。只是在过去的两年里，他渐渐把这个自己隐藏了起来，压抑了起来而已。现在却不知怎的，忽然就活明白了。

此后两周时间，岑野忙于巡回演唱会的收尾工作，同时让岑至把接下来的工作和合作都重新做梳理和推动。闲下来的时候，他也会拿出手机，找"无鳞鱼"聊天，不敢天天找，但基本是隔天聊一次。

有时候他会把自己写的歌曲小样发给她看，或者是新得的吉他的照片。给她看过的曲子，他都不打算发表，只是自己赏玩，所以也不担心她发现自己的身份。

而许寻笙忽然得了这么个朋友，大多数时候以交流音乐为主，有时聊聊对人生、对生活的看法，有时纯粹就是逗趣瞎聊，竟也渐渐觉得，每晚睡前都有了期待和愉悦。

无可否认，"荒野"兄有时候会带给她某种似曾相识的知己感，但又和她认识过的每个人，都有所不同。

有一次阮小梦看到她拍新插的一束鲜花给"荒野"看，神色怪怪地问："笙笙，你不会是……网恋了吧？网上可全是骗子，你人单纯，可不要上当啊！"

许寻笙倒是愣了一下，说："你不要乱说，我们只是朋友。而且，我有什么好骗的。"

阮小梦："骗色啊！他知道你是歌手金鱼，肯定在网上看过你的照片了！要不一个老男人，天天晚上闲的找你聊天干什么？我跟你讲这种老男人最坏了！很阴暗、很龌龊的！"

这个有关"老男人"的说辞却让许寻笙怔了怔，过了一会儿她只是转过头去，说："君子之交淡如水，跟你也解释不了。"

阮小梦却把她的肩一扳，问："你不会喜欢上他了吧？"

许寻笙沉默。

阮小梦顿时知道自己说错话了，刚想把话题岔过去，却听她说："我谁也不会喜欢，又怎样？"

许是因为阮小梦的话，这晚许寻笙回到家，总有些心神不宁，便坐下弹吉他。弹完后，才发觉是许久没奏过的《城兽》。她又默坐了一会儿，听到书桌上的手机一响。

这一瞬间，她的心情竟然是快乐的，那感觉就好像闻到了深夜里的一抹香，沁人心脾，可阮小梦的话又在耳边一响，她没来由地就有些恼意。

仿佛赌气般又坐了一会儿，到底还是走过去拿起手机。

果然还是荒野。

他说："今天有点烦。"

许寻笙便拿着手机，往床上一倒，手指轻敲自己面颊。即使她不想承认，可看到荒野发来的哪怕是很随便的抱怨的一句话，她心里居然也会有温暖的感觉。

仔细一想，或许是因为她现在的生活太寂寞，才会对这个网上认识的聊得来的朋友，产生了依赖的感觉？这么一想，她顿觉释然，又明白不太妥当。

暂时按下这微妙心情，她回复："怎么了？"

他说："今天我手下的编曲，搞得一塌糊涂，我发了一通火，下午走的时候感觉他们每个人都战战兢兢的。我想我的脾气可能还是要改改，再这么下去没人愿意帮我干活。"

许寻笙便笑了，他自己都这么说了，说明都想通了，也不必旁人再宽慰什么。于是她只发了个"摸头安慰"的表情过去。

他过了一会儿，发了个"一脸陶醉"的表情过来。

这倒让许寻笙静默了一会儿，阮小梦的话真的让她今天有些敏感，她想，不知道这算不算……男人有一点点撩她的表示。她对于这些，向来都迟钝。转念一想还是觉得自己被阮小梦影响，都开始自作多情了。

这时荒野又问："你今天过得如何？"

她说："挺好的，和朋友们一起在工作室玩。"

荒野："你们的工作室什么样子？好玩吗？"

许寻笙想着反正网上都有他们的照片，便挑了张今天拍的照片，发给他。画面里，大熊低头在弹键盘，她在唱歌，阮小梦在弹贝斯，背景便是工作室里清淡素净的颜色。

荒野回复："看着不错。"

过了一会儿，又说："这个是你男朋友？"

许寻笙回复："不是，我们三个是合伙人。"

荒野："呵呵。"

许寻笙看着这句"呵呵"，总觉得有点怪怪的。甚至觉得荒野的语气有点怪异的熟悉的感觉。她刚想问他啥意思，结果荒野马上又把这条消息撤回了。

既然人家觉得语气不妥撤回，许寻笙自然不会再问。她心里刚才已有了个主意，此刻便顺着话题提了出来："下周我们圈子里的朋友，会在工作室有个聚会，也算是庆祝工作室正式开启，时间是周六下午。你有空吗？如果有空，要不要过来湘城玩一趟？"

这是许寻笙自己都不想去深究的隐秘的小心思。以她的性格，这样主动约人见面是破天荒，为什么？

那被阮小梦点破的，或许是依赖，或许是好感的小情绪，让她感到不安。她想要消除不安，下意识的解决办法就是跟这个人见面，坦坦荡荡把他划归到朋友里去，和大熊、阮小梦、其他朋友一样。那之后相处，又怎么还会有顾虑呢？

所以她索性大大方方开口相邀。

哪知道她问出这句话后，这一晚上，荒野都没有再回复。

于是许寻笙心里暗暗又有些后悔，心想人家可能就只是想和她"君子之交淡如水"，根本就没存见面的念头，是她唐突了。

也只好暂时不声不响，等隔天再找机会把这一个话题给不经意地带过去。

然而到了次日早上，许寻笙起床后，发现手机里已躺了一条回复。一看时间，都是荒野这天早上五点多发来的。

他起这么早？

他说："抱歉，昨晚去洗了个澡，后来就没看手机睡了，刚刚看到。"

许寻笙心想，原来如此，那就好。回复道："没事。"

他很快又回复了："下周末有空，我过来。"

看到这句话，许寻笙的心竟就这样突兀地跳了跳。她也不太想去理会这样微妙的小情绪，发了个笑脸："欢迎。"

荒野却说："就是有件事……"

许寻笙："什么？"

他居然说："我长得比较丑，可能会吓到你。"

许寻笙失笑："怎么可能？你长的什么样，跟我与你的交情，没有半点关系。"这是她的真心话语，不过，她之前脑子里确实也会有个模糊的勾勒。最早她觉得荒野应该有四十多岁了。现在聊了一段时间，发现很多时候他给人的感觉还挺有脾气，挺有活力。所以现在她觉得，他没有那么老，应该是个三十几岁、温文尔雅的幕后人员，说不定还带着点文艺人特有的脾气和意气，所以才会让你时而感到成熟稳重，时而感到有些天真随意。

不过他现在这么说，居然不像是开玩笑，倒不排除他确实相貌丑陋，但许寻笙根本不在意这种事。

这时荒野说："那你答应我，不管我长的什么样，到时候都不会把我从你的工作室赶出来。"

许寻笙又忍不住笑了，答："好，我答应你，不管你长的什么样，都会是我的座上宾。"

李跃再次见到岑野时，望着他神色自若的面孔，有点头疼，也有点发自内心的欣赏。

两人见面就是在李跃公司单独的小厨房里，环境不见得奢华，但是安静舒适。菜品更是领导层的专属大厨做的，清淡、干净又美味。李跃吃得差不多了，抽了支烟，岑野还在颇有兴致地剥一盘麻辣小龙虾，吃得嘴唇通红、十指染油，虽然这样皮相还是漂亮，哪有半点明星的矜持。

李跃说："你把真人秀和汤三哥的电影主题曲都推了，集团这边其实挺为难的。"

岑野也不慌，把手里最后一个龙虾剥完，又拿湿巾擦了擦手，丢在一旁，喝了口水，说："跃哥，我来就是想和你说这事。"

……

关于自己选择的原因，岑野和哥哥已说过一遍，今天来见李跃前更是斟酌一番，所以现在侃侃道来，道理充分、情通理达。

李跃听完后，没急着表态，而是仔细思量再三，说："我求的是稳，你求的却是险。说实话我还是希望你按照我的想法来发展。"

岑野转了转手里茶杯，说："跃哥，你肯定比我更有经验和眼光，筹谋和想法也更稳妥有效，但说到底那些都是外在条件，我信你，你能把我的各种外在发展条件安排得最好。

"但，事是人做的。我不是说消极怠工什么的，工作起来我是个什么人你也清楚。但我真觉得没劲，工作中兴奋很少，疲惫很多。音乐和创作，如果自己先感到没劲，哪怕我再努力，做出来的东西你觉得会好吗？粉丝可能会盲目崇拜，我今天就算写首垃圾歌她们都会闭眼叫好——说实在的，这两年我写的歌里也不是没有糟粕，为了配合专辑进度，照样自欺欺人发了，粉丝带着光环看我，不挑毛病，但是大众，不会看不到。"

李跃微笑，既不赞同也不反对。

于是岑野更掏心掏肺地说道："你一直说希望我发展得更长久，我觉得人有了盼头，重新有了冲劲儿，才是长久的根本动力。可能我接十部电影主题曲、真人秀、不断开演唱会，能够不断在公众视线里刷存在感，但一首好到极致、能够打动所有人的歌，说不定就能让我走上神坛。但前提是我要有足够的时间、空间、心情，去寻找和写出这首歌。你说我求险，但不也有一句话，'富贵险中求'吗？"

岑野讲完后，李跃还是没说话，慢慢抽着烟，镜片后的双眼若有所思，晦明难辨。岑野的手指就在桌上轻轻地不断敲着，居然也是一副不动声色的模样。

"半年。"李跃开口。

岑野抬头看着他。

李跃笑了，说："给你半年时间，按你自己的想法规划、发展，集团这边只提供参考和资源。你要是能进一步，以后就按这条路子来。如果人气有下滑，那就别怪我不客气，你做不到自己夸的海口，就老老实实去给我开演唱会、参加真人秀，继续刷存在感和国民度。"

岑野嘿嘿笑了，说："谢谢跃哥。"

李跃也含着烟笑，说："我何尝不明白你说的道理，但这个时代，现在并不是你有十分实力，就能拿到十分回报。很多人在乎的是更肤浅、更快速的东西，所以我才说你的选择风险太大。尽管按照我个人的想法，我其实也希望你走那样的路。但我作为你的制作人、合伙人，我不能建议你走那条路，我要考虑得更现实，为你负责。"

岑野明白了他的意思，心头更是一热，既是感激，也是被人深深理解的知己之情。

他举起茶杯，也不多说什么，和李跃一碰。李跃看着这个跟了自己两年、知情、识趣又能干的小伙子，心里原本因为他自作主张而生的那一点不快，也烟消云散了。岑野这个人有多忠诚，又有多真性情，李跃都清楚，所以如果是别的艺人提出这样的要求，李跃说不定能懒得跟人废话。但是岑野，李跃这么个在娱乐圈起起伏伏多年的大佬，已经有点把他当亲弟弟看，所以对他的纵容，别人也没法比。

这一点，岑野也清楚。所以李跃今天同意了他的想法，他不仅不会懈怠放肆，只会比以前更拼命。

人们常说知己知己，对岑野来说，此生唯一那个红颜知己被他搞丢了，现在还不知道寻不寻得回来。音乐路上真正的知己，也只剩下跃哥一人。

所以过了一会儿，岑野话锋一转，说："我现在这样，是不是有点像你原来的那个主唱徐执，冥顽不灵啊？"

李跃看他眉眼带笑，似乎全无芥蒂，像是随口问起。李跃笑笑说："说实在的，论才华，我服他。但论到做人处事、发散魄力，他比你差远了。我要是还跟他组乐队，前些年或许还能火一火，现在这个年景，只怕大把机会都被他'冥顽不灵'地错过。当然，我也不可能一直陪他耗，肯定还是会自己发展。"

岑野没说什么，又给李跃添了杯茶。

这天回家后，岑野躺卧室里，发了好一会儿呆。

现在，未来的发展按照自己的思路来，他自然感到前所未有的轻松畅快，那在过去两年里逐渐压抑、迷失的冲动，也像是在苏醒。不过他现在想的，却是跟李跃最后的那几句对话。

今天李跃那么评价徐执，岑野其实是有点意外的。他到现在还记得当年和许寻笙分手之前，李跃对徐执的评价有多高，即使是对他的"顽固"，也抱着惺惺相惜之意。

岑野今天心血来潮提及，又或者是皮痒了给自己找不痛快，拿自己和徐执比较。虽然说几年前那耿耿于怀的心情已经淡了，却没想到李跃对徐执乃至这个人的发展都十分不屑，和当初的态度差别还挺大的。

当时吃饭时岑野没有深想，现在仔细一回味，忽然意识到一件事——

自己对于徐执究竟是个什么样的人、古漫轻兽乐队当年到底是个什么状况，以及徐执和许寻笙的关系……其实根本就一知半解，完全基于李跃那天的一番话，还有一直以来自己的猜测。

再加上这两年来，他不是没有回忆起与许寻笙在一起的种种。当时虽然想都不愿意想那个念头——徐执才是许寻笙的真爱，但自己和许寻笙相处的那一幕幕，那么多情深意重的时刻，要说许寻笙没有真心爱过他，他又隐隐不信。

岑野望着窗外暮色笼罩的天空，嘴角泛起苦笑。心结这玩意儿，如果一直不能打开，是不是就像伤口似的，永远露在外边，没有自己痊愈的一天，而如果能把真相看清楚，不管是不是自己想要的，也算有个了断，就此接受了。

而不是不轻不重地始终哽在心头。

岑野又想了一会儿，开门把一个保镖叫进来。

保镖名叫刘大江，申阳同乡，是岑野这边自己招的人，与集团没有关系。岑野平时生活本就奢侈、大手大脚，对这些保镖、随从，除了工资，还时常发一些值钱的东西，加上他并不是个苛刻的人，相反随从们有什么难事，他往往大手一挥予以方便甚至是资助，所以随从们都很喜欢这个明星老板。刘大江因为生性沉默、办事稳重、性子也善，岑野很多私事都会交给他。譬如说上次在许寻笙的网店里买东西，就是叮嘱他收货，又譬如那次在湘城安排车子，也是刘大江。

岑野说："大江，我给你放一个星期假。"

刘大江诧异地看着他。

岑野说："你去湘城，给我办件事。十来年前有支乐队叫作古漫轻兽……"他把乐队情况简单说了一下，然后说，"乐队的其他成员，现在都没听说过，但肯定都还在。你去找到他们，或者别的相关的人，把徐执出事前和乐队的情况，都给我查清楚。"

刘大江什么都不问，仔细把他说的记下来，点头说："好。"

岑野静了静，又说："尤其是徐执当时有个女朋友，叫许寻笙。只要是和他们俩有关的事，越细越好，我都要知道。这事儿你谁都别告诉，也绝对不能让人知道是我让你去办的。"

交代完刘大江，岑野去了别墅里的工作室，又看了看上次他自己相中的丁导演的剧本，依然爱不释手。这一下午，他的心思居然格外沉静，灵感也十分活跃，到太阳落山时，竟然把主题曲的曲子一口气写出来了。

他把曲子从头到尾哼唱一遍，这首曲子与他以前所有歌的风格都不同。这个电影虽是现代题材，却发生于遥远古镇，故事气质清新古朴，颇为传奇，所以他写出来的曲，竟是偏古风了。

古风，自然而然就让他想到了她。

岑野对着曲谱又盯了一会儿，觉得掌心有点发热，拿出手机，点到那个人的头像，盯着看了许久，发过去一行字：

"我这边接了个电影主题曲的活儿，刚写出了曲子，你要不要看看？"

许寻笙很快回复："好啊。"

岑野把曲谱传到手机上，心定了定，发给她。

过了几分钟，她回复："我非常非常喜欢。"

岑野握着手机，看着笑。然后慢慢输入那行字："你能不能为这首曲子写词？"

歌曲制作和发布至少是一两个月后的事，那时候词曲作者的名字都会公布。

过了一会儿，她回复："我尽力试试。"

岑野说："一定会很棒。"

她发了个害羞的笑脸过来，又问："你是明天什么时候到湘城，需不需要我开车去机场接你？"

岑野立刻回复："不用了，我自己有车。"

她说："好，那明天见。"

"明天见。"

放下手机，岑野亦浑身一松，又坐在原地发愣，笑了一会儿，刚想起身去洗澡，有人敲门。

岑至来了，面色凝重，开门见山就问："你定了明天去湘城的机票？"

岑野把椅子转过来，对着哥哥，漫不经心地答："嗯。"

岑至觉得很奇怪："之前没有行程安排，怎么突然……"

岑野笑笑说："那边有几个不错的制作人和独立音乐人，邀请我过去。我想着最近要放松一下，不就答应了呗。"这也算是实话。

岑至："怎么不提前跟我说？"

岑野说："你又不懂音乐。"

这岑至倒没话说，他知道弟弟确实也跟圈内一些音乐人、制作人有所交往，时常聚会交流音乐，这当然是对岑野的发展和专业都有益的事。只不过地点在湘城，而且岑野上周还刚去过湘城，这周又去……

岑野把刚写好的谱子，丢到哥哥面前："下午刚写好的，那个电影主题曲。明天去湘城也是和我看中的词作者交流一下，当天晚上我就回北京。"

岑至自然也看不出好坏，但此刻见弟弟忙了一下午，依然神采奕奕，整个人似乎焕发着前些天没有的光彩。岑至顿时也高兴起来，弟弟都这么说了，工作效率还这么高，他自然不再说什么，说："那这一行的安保都要仔细做好。"

岑野说："当然，这趟行程对外保密。"

周六一早，许寻笙起床准备，站在衣柜前，却发了一会儿呆。

首先看向衣柜里最漂亮得体的一条秋裙，想拿出来换上，脑子里却想起荒野的那句话：我长得很丑，怕吓到你。

万一……他真的特别丑，自己却穿得光彩照人，那这位朋友，是不是会更加自惭形秽？

但今天是工作室开工庆祝，很多朋友会到，一起开心热闹。许寻笙自然也想穿漂亮点，而且亦是与这位朋友的第一次见面……许寻笙的脸微微一热，最后还是拿了那条裙子出来换上。她又穿了高跟鞋和款式大方素净的风衣，化了精致的淡妆，心情不错地出了门。

到工作室时临近中午，因为朋友们准备的是下午茶，所以其他人还没到，大熊和阮小梦都在里面准备忙碌。许寻笙进了门，把外套脱下挂起，一转身，就见大熊端了两盘水果，站在沙发后，正看着自己。

许寻笙探寻地看着他，想着他是不是有什么话要说，他却已转身，走向厨房，也没再看她，说："大小姐，到了就快来帮忙。"

"哦。"许寻笙走进厨房，和阮小梦一起准备食物，大熊却又跑去外间待着了。

"大熊，你不准偷懒！"阮小梦吼道。

大熊答："我抽支烟不行吗？！"

他倚在门边，点了支烟，大口抽着。眼睛明明盯着街上，眼前却闪过刚才许寻笙进门脱掉外衣时，那玲珑有致的身材，素美婉约的气质，看着就让人心头发烫。抽完整支烟，他慢慢吐了口气，觉得自己真不是个东西。

随着时间一点点推移，朋友们渐渐也都来了。许寻笙坐在沙发一角，听他们弹吉他、闲聊、大笑，她也时而聊上一两句，或者照顾他们的饮食，只是渐渐有些走神。她看了看手机，荒野说他是下午两点到，现在应该正在从机场过来的路上了。

她又坐了一会儿，起身走到门口，手背在身后，慢慢走了几步，抬头往路口看看，只看到几个路人，没看到朝工作室来的人。她又站了一会儿，觉得自己站在门口迎接好像也不是很妥当，于是又进屋待着。

大概过了二十分钟，她的手机"滴"一声响，她立刻站起，拿着手机走到一旁，点开荒野发来的短信：

"抱歉，公司临时有急事，下午来不了了。"

许寻笙怔了一会儿，心里说不失落是假的，也有点复杂难辨的感觉，还是回复道："没事，工作为重。"

他没有再回复。

许寻笙想了想，又问："那你现在人到湘城了，还是在北京？"

他依然没有回复，看来是真的有急事。

许寻笙收起手机，坐回大家当中，却有些心不在焉，直觉告诉她，荒野不是个轻易失信的人，说不定真的出了什么大事。而且，这是她第一次"见网友"，她不知道别人是怎么样的，但是两人郑重其事约了首次见面，而且似乎都有期待，现在他却临时取消，总让她有些不踏实的感觉。

手忽然被人一拉，许寻笙抬起头，看到阮小梦异样的眼神。许寻笙："怎么了？"

阮小梦却抿了抿唇，把她拉到里屋，关上门，把手机递给她："刚看到新闻，岑野出车祸了，还是在我们湘城！"

许寻笙整个人都静了一静，脑子里有点蒙。她接过阮小梦的手机，目光扫过那一行行字：

半个小时前……岳麓大道……岑野……无良狗仔追车……躲避行人变道……受伤送医院，伤势不明……

新闻是刚刚才发的，配图是岑野的几张高清造型照片，还有一张就是车祸现场，一辆黑色保姆车撞上了路边栏杆，车头撞坏了一半，车里什么也看不清。

看着许寻笙静默的表情，阮小梦有点担心："你……没事吧？"

许寻笙慢慢把手机放到她手里，说："我没事，看车子撞的情况，不算严重，应该不会有大事，那么多人保护着他呢。我去厨房看看还要准备什么水果。"

最后一句转得太快，阮小梦一愣，她已走了。阮小梦呆呆地站了一会儿，再看那条新闻，岂止那条，岑野出车祸的消息已占据各大网络头条，他庞大的粉丝们已疯狂祈祷、等待着官方消息发布他的伤情。阮小梦看了一会儿，又想起刚才许寻笙的反应，明明一副淡淡的样子，可为什么她看着，就觉得堵得慌呢？

许寻笙在厨房里站了一会儿，拿出几个水果，仔细缓慢地削皮，打算再做个沙拉端出去。秋日的下午很静，阳光特别柔和地从头顶的窗照进来。削了一会儿，她的心慢慢静下来，现在她脑子里哪里还管什么荒野来没来的事，空落落的，有个自嘲的声音在说："关你什么事？为他操心，实在多余了吧？"

可是……还是不想看到他出什么事。他走到这一天多不容易，就让他一直这么好下去、红下去吧，不要再有什么祸吃什么苦了。

也不知过了多久，手机滴的一声，是阮小梦分享的一条微博。

许寻笙点开。

是岑野刚发的一条微博：

"我没事，不要担心。"

配图是一张他穿着病号服的照片，也许是刚拍的，手臂上缠着绷带，右额角上还贴了一小块纱布。他的脸色有些苍白，头发也有点乱，但表情还挺平静，眼睛里带着几分暖意。

微博刚发出两分钟，评论数已经过了好几万。

许寻笙没有去看那些网上评论，抑或是他的粉丝有什么反应，她放下手机，心里的感觉还是空荡荡的。似乎有什么东西放下去，又有什么情绪在泛滥。

然后手机几乎是立刻又响了一声，她看到"荒野"这个名字，人才仿佛慢慢回过神来。

荒野说："对不起，今天没能赶来。一切顺利？"附了个笑脸。

许寻笙刚想回复挺好，眼角余光却看到他下午那时发来的第一条短信。忽然间，一缕诡异的感觉就跟朵捕捉不住的火苗，开始在心里乱钻、乱绕。她脑子里有些发僵，心突然慌了。她动作有些迟滞地，又去打开了网上最早报道岑野出车祸的那条新闻，找到文中提及的车祸时间：下午 2 点 30 分左右。

地点，岳麓大道，就是工作室附近。

荒野发来的第一条短信的时间……2 点 35 分。

车祸后五分钟。

那人看照片并未伤到要害，但车子撞得其实并不轻，他的头上也有伤，会不会撞晕了一会儿才醒？后来被送往医院刚刚才拿回手机……这些念头胡乱闪过脑海，可是许寻笙想：怎么可能？不可能的。已经两年了，他早已大步朝前走去。而他和她的情分，早在那短短几天的矛盾爆发和冲突后，撕碎一地，一点不剩了。

许寻笙定了定神，告诉自己要理智，这不过是巧合。荒野是荒野，他不可能是那个人，他那么温柔诙谐成熟，怎么可能？这么想着，心定了一些。

可惊疑一旦在心里滋生，就像是挥散不去了。

也许是看她太久没有回复，荒野又发了一条过来："生气了？"

许寻笙竟只觉得心头一颤，深呼吸几下，强迫自己把那可疑可笑的猜想扔出脑子。她回复道："没有，刚才有点事。"

他说："哦。"

两人都静了一会儿，她慢慢输入："你的急事处理完了吗？没事了吧？"

他回复："没事，都处理好了，被人连累了，才没能来见你。我真的很想来。"

许寻笙回复："没关系。"

过了一会儿，他又说："今天真的没有办法了。下次我找机会再来，好不好？"

许寻笙的眼泪忽然没来由地溢出来，她把手机丢到一旁，没有再回复。

第十章

颁奖重逢

这天，岑野的团队在别墅里例行开会。

以往这种会，岑野其实不那么上心。大多数时候都是岑至和刘小乔拿主意，只有遇到他们决定不了的事，才会请他拍板。

今天，岑野依然是歪在沙发里，手撑下巴，一副散漫模样。他额头的伤已好了，那张脸看着完美无瑕，只是胳膊还缠着绷带，整个人气色看着有点苍白。

但是大家很快感觉出他比从前有了变化。

岑野显然认真听了每个人的发言，也说出了更多想法，这让他的这支专属团队都有些受宠若惊，于是发言比以前更积极，开会效果自然也更好。

岑至看到弟弟这样，心里自然是高兴的。他明白岑野真的开始上心了，弟弟本就聪明，现在收起意气，踏踏实实开始谋划更远的未来。虽说弟弟和他不同，对于声名和利益没有那么看重，但他依然是高兴的。

不过很快，岑至就高兴不起来了。

其间，刘小乔说完了手头几项工作，又提了句："新风尚音乐的颁奖典礼就在下星期，我按惯例替你推了。"

一名助理说："新风尚播放软件是做得不错，今年被大鹏娱乐收购，得到了一笔新投资，说不定会有新发展。不过，现在他们的颁奖礼分量还太轻，更多是些网红歌手和新人参加，以后可以再看看。"

大家就当略过这一茬了，正要继续下一个议题，岑野说："新风尚的资料给我看看。"

刘小乔把几张资料递给他。

岑野往后翻了翻。这种颁奖礼，邀请他这种级别的明星，一般会把当晚设置奖项和提名人，甚至最后获奖人都列出来，也算是表达个盛情邀请的态度。他在头一、二个奖项后，就看到自己的名字，又继续往后看完。

然后他脸色如常地把资料还给刘小乔，说："我去。"

大家都感到意外，岑至也疑惑，顺手拿过那获奖名单看了眼，目光微动。

刘小乔迟疑："可这种颁奖礼，和你同级别的明星都不会参加……"

岑野随手弄了弄胳膊上的绷带，淡淡说："管他们干什么？都是些乐坛新生力量，我这不是想去露个面，支持一下原创音乐发展吗？告诉主办方低调点，不要大肆宣传。"

他都这么说了，大家自然都没有异议。岑至看着弟弟脸色，也没说话。

会开完，众人也散了。岑至却在走廊里，叫住了岑野。

"伤好些了吗？"岑至关切地问，"别急着去工作，养好再说。"

岑野点点头，笑着说："那部电影的主题曲，我想再去琢磨下，不会用到手的。"

岑至看着弟弟明朗的笑意，直觉那次两人谈完后，弟弟确实比从前活得自我，也活得舒心多了。可是……

岑至顿了顿，说："那个颁奖礼，你到底为什么要参加？"

岑野脸色都没变一下，答："不是说过原因了吗？支持原创音乐发展。"

岑至的声音却变得压抑："小野！你上上周才去湘城开演唱会，上周又去了湘城还被狗仔盯上差点受重伤！现在又……你知不知道自己在玩火？"

岑野盯着他几秒钟，忽然扯起嘴角笑笑，转身走了。

岑至："小野，你站住！"

岑野站定，慢慢转过身，说："哥，我从来没有怪过你，以后也不会，你有你作为经纪人的立场，但是作为我哥，那天你其实不该放她走的。"

岑至反应了一会儿，才明白他说的是什么，刹那心猛地一跳，半晌说不出话来，岑野却已转身离去。

许寻笙坐在桌前，正在手绘一个笔记本封面。阮小梦趴着边上看了一会儿，既觉得精妙惊艳，又觉得眼前一人、一灯、一笔、一画这一幕，实在赏心悦目。于是她心里的某个冲动更强烈，说："笙笙，别画了，你那网店还不是想什么时候开，就什么时候开，我陪你去买条裙子参加颁奖礼吧。"

许寻笙答："我还没决定去不去。"

阮小梦："不要嘛！我还想蹭你的光，去看那些大神呢！而且大熊不是说了吗，也希望你去，对咱们的厂牌知名度有好处嘛！"她说的大神，就是网络上一些很红的古风和民谣歌手。

许寻笙被她磨得没法子，去不去她本来就无所谓，于是点头。阮小梦高兴坏了，把她手里笔一抢，拖着她就出了门。

许寻笙以前参加过比赛，但她的衣着大多简单素雅，偶尔按照主办方吩咐，穿一些颜色鲜亮、适合舞台的服装，可晚礼服还从没穿过。

两人在商场逛了一会儿，还没找到特别合适的。阮小梦下意识觉得，那些样式普通或者夸张的晚礼服，根本衬不起许寻笙，所以想为她找件令人惊艳的。

过了一阵，两人经过一家店门口时，许寻笙瞥见橱窗里的一条裙子，目光微微一顿，抬腿刚要走，阮小梦却也看到了，"哇哦"了一声，把她拖进店里。

那是条大红色的裙子。许寻笙从没穿过这样的颜色，微皱眉头，阮小梦却觉得，这条颜色虽然艳，可款式大方简洁，说不定会穿出意想不到的效果，非把她推进试衣间，加上旁边服务员也在帮衬，于是许寻笙也就从了。

阮小梦在外面等时，心想，许寻笙这人看着清高，还很倔，但很多事，只要不触及她的底线，其实很好说话。死缠烂打或哄哄她就绝对有效，性子软得很。又想，身为闺密，她要看紧许寻笙，绝不能再被男人利用这一点给欺负去了。

许寻笙很快从试衣间出来了。

连服务员都愣了愣，失声说："真好看……小姐，你穿这条裙子真是太合适了，没人穿得像你这么好看过。"

阮小梦则直接"啊"了一声，拿起手机"咔嚓、咔嚓"拍了两张。

这条裙子是一字肩的，露出半个背部，腰收得很细，下摆是不规则的，露出半截小腿。可许寻笙的皮肤很白，肢体又十分修长匀称，乍一望去，只见红裙火艳，肌光胜雪，柔嫩如脂。而她乌黑微卷的长发散落肩头，双臂修长纤细，浑身上下都有种说不出的清雅娇嫩味道。

许寻笙看着镜中的自己，微微也有些怔然，然后眉一皱，摇头："我还是不喜欢，太奇怪了。不好意思，我脱下来。"

服务员："……"

阮小梦："……"她要拿这个大尼姑怎么办啊？要怎么让她明白性感和奇怪的差别！

"真的很好看、很惊艳啊！"阮小梦不甘心，"你听我的，就穿这个去，绝对吸引全场！求你了笙笙，别糟蹋自己的美色啊！"

许寻笙听她说得好笑，却依然坚定地把裙子换下来，然后说："我为什么要去吸引全场？我自己穿得舒服最重要。"

"哪里不舒服了！"

许寻笙想了想，说："肩膀和背有点冷，颜色还刺眼。"

阮小梦："……"她只想哐哐撞大墙。

两人走出这家店，阮小梦还颇有些不甘心，嘀咕道："你不要这件，绝对找不到比这件穿着更好看的了。"

许寻笙却难得自负了一把，微笑说："不会，我穿别的衣服也会好看。"

结果，还真让她们找到一件合适的。

那是条蓝色的裙子，V字领，绝不暴露。双肩有一层薄纱，隐隐约约露出手臂，腰身也很纤细，一袭长裙上碎光点点。当许寻笙一走动，更是身姿秀丽摇曳生姿。

阮小梦又被惊艳了一把，憋出句话："你还真是浪也浪得，仙也仙得。"

许寻笙："闭嘴。"她对这条仙气飘飘的裙子也很满意，很符合她的口味，于是结账走人。

不过两人离开商场时，阮小梦想起之前那条红裙，还是觉得心有不甘，觉得那条才是第一眼真爱。于是趁许寻笙不注意，她把她穿红裙的几张照片发到微博上，配字："陪闺密买晚礼服，好看吗？"

阮小梦现在的微博，就一些朋友，还有少得可怜的粉丝关注。她刷了一下新增的十几条评论，就把手机塞口袋里没管了。

许寻笙和阮小梦逛完街，又吃了饭，回到家已接近傍晚。她拿起白天没绘完的笔记本，画了一会儿，手机响了。

她看到屏幕上的发信人名字：荒野。

她拿起一看，荒野问："主题曲的歌词写得怎么样？"

许寻笙怔了怔。

上次两人相约湘城他又临时失约后，大概是因为比较忙，他也比较少发消息来，偶尔有发，许寻笙也是含糊回复。

人的心里一旦有了猜疑，就很难挥去。而对许寻笙而言，那个猜疑，就像个冰冷昏黑的洞，她下意识地不想往洞里再看一眼。

可另一方面，荒野这个网友，给她的感觉是真实的、具体的、温暖而美好的。她还是觉得那个可能性十分荒谬可笑，甚至是十分自作多情的。也许就是巧合呢？她也不想因此错失荒野这个朋友，所以最近，她有点不知道怎么面对他。

静了一会儿，她回复："最近有点忙，还没写。"

他却发了个笑脸过来，说："懒。"

只一个字，却让许寻笙心里微微一漾。那种亲密的、细腻的感觉靠近了，危险的、未知的感觉却远了。

她回复："胡说。"

他却过了一会儿，才发了个 Word 文档过来，说："这是电影的原著小说《客从何处来》，不长，我已经看完了。如果你没有灵感，可以看看这个。"

他的语气这么公事公办，许寻笙的心又踏实了一点，说："好，我先去看了。"正好躲过了和他继续聊天。

结果这一看，许寻笙就看到了半夜，一双眼都哭红了，把其他什么都丢在了脑后。她上床睡觉后，心里还始终难以平静。又想，荒野对这个故事那么推崇，自己编曲，还邀她写词，必然也是被深深打动。于是她心里又生出几分莫名亲近的感觉。心想，他怎么会是那个人，那个人从来不爱看书的，荒野分明是另一个感情细腻的成熟男人，那天只不过巧合罢了。

第二天起来后，许寻笙连早饭都顾不上吃，趴到桌前开始写词。荒野说得没错，现在当她构思时，只觉得灵感鲜活跳跃，欲罢不能。两小时后，一首词就写完了。她把笔一丢，竟有种整个人放空了，却又很满足的感觉。

然后，也有些迫不及待，尽管心里隐隐知道有些事还没搞清楚，不甚妥，可潜意识是不肯相信、不愿深想的，她忍不住就把歌词发给了荒野。

他大约白天在忙，到傍晚才回复："读完歌词了。"

许寻笙心里有些期待，语气却淡然："哦。"

他说："眼泪差点看出来。"

许寻笙咬唇，心里也发酸。那是一种形容不出的感觉，你的感受，也是他的感受，彼此都懂。

他又问："你愿不愿意唱？"

许寻笙愣了愣。她原以为他只是找自己作词，演唱会找更知名的歌手。可又想起他提过，这部电影投资不大，也没有明星加盟，找她这样的新人来演唱也有可能。

许寻笙想了想，实在喜欢这个故事，也喜欢他的曲子和自己的词，于是答道："好。"

荒野说："要不要这么让人惊喜？我都准备了一堆说辞，打算劝你同意。"

许寻笙笑着回复："因为我喜欢。"

荒野输入了好一会儿，才发过来："看来千金难买你喜欢，以后我心里有数了。"

看着语气寻常的一句话，却让许寻笙的脸微微发烫。

然后鬼使神差的，那个不敢去碰的猜想，又从心里冒了出来。

她略一思索，问："你自己不考虑唱？"

这句话发出去，她的心似乎有片刻的茫然，然后就看到他回复了："术业有专攻，你唱这首歌是最合适的。"

许寻笙心中一定。

他又说："主创和拍摄团队已经在云南筹备了，如果你愿意，我们过去一趟见见他们，这样也能获得更多灵感。"

过了几秒钟，许寻笙回复："好。"

他又说："合同我回头让人做好发给你。去云南的时间定好后我告诉你。"

"好。"

两人没再聊天。许寻笙却觉得心里轻松了不少，甚至有些期待。仿佛一潭原本浑浊看不清的泥潭，渐渐水落石出，变得清晰。她想，荒野怎么可能是那个人呢？他这么落落大方地与她相知相交，还坦然约定了见面一起工作。他不会是那个高高在上，早已和她情断义绝的陌生人。

岑野其实知道，这样作为"荒野"和许寻笙处下去不好。且不说他自己越来越入戏，有些话已忍不住，对她半真半假说出口，等过几天他们见了面，许寻笙知道了真相，会不会因此对他更生气？

可他着实上了瘾。最初他在网上看到她的演唱视频，顺藤摸瓜找到她的微博、她的网店。他偷偷用小号关注，并且胡乱买了一大堆东西，是许寻笙先和他来打招呼的，他难道不理她？他是脑子坏了才会放过这个可以和她说上一两句话的机会。

　　结果越说越多，越聊越投机。许寻笙肯在网上这么和一个陌生人聊天，其实也有点出乎他的意料。可有什么关系呢？他才不会想那么多，因为那个对象，是他。他隐隐又有期待，是否正是因为自己，才能对她有这么一丁点吸引？

　　邀她作词、约她云南见面，而且至少有十来天时间可以在剧组相处。岑野已打定主意，不管她是生气还是恼怒，只要可以当面说话，她暂时跑不掉，就好。

　　况且……

　　他心里默默地想，自己的心意，如果见了面，她知道自己是岑野，应该就能明了。至于能不能原谅他，还有没有可能接受他……他心里并没有把握，可也存着希望。

　　希望她对小野，或者荒野，还有一丁点心软。那么那个无法无天的小野就可以复活，可以仰仗着那点心软，继续在她身边赖下去。

　　新风尚音乐播放平台今年的颁奖礼，在西南霖市举行。

　　霖市号称天府之国，最近两年却也雾霾为患。不过典礼这天是难得的好天气，蓝天白云，空气清新极了。

　　许寻笙和阮小梦抵达会场时，正是傍晚。天空呈现暗蓝色，天边染着一片残留的火霞，很多人正在入场。

　　她俩走的是贵宾通道，一路看到不少像是音乐圈的人。男的有穿西装的，有穿唐装的，甚至还有的穿着很街头嬉皮的服饰。女人则大多穿着晚礼服，或者颜色样式非常夸张的衣物。

　　阮小梦觉得，许寻笙是气质最好、最漂亮的那个。你看她一袭蓝裙，缓缓步入，肤色胜雪，姿态如兰。当她站在红毯上，抬手把耳边一缕头发捋至耳后，一群摄像师们围着她拍，而她脸色平淡，嘴角微微含笑。阮小梦都不好意思和她站在一起，感觉她哪里是来参加个小颁奖礼，简直就是参加奥斯卡的范儿。

　　也有不少人在看许寻笙，打听她是谁，只是许仙女目不斜视，挽着阮小梦的手徐徐往里走。阮小梦心里好笑，顺带觉得自己都多了几分仙气！

　　入场后，她们的座位在前场嘉宾区，但是在二十排，算是前场比较靠后了。前面坐的也都是些歌手，后面则是些媒体、观众，最后几排大约是些粉丝，举着各式灯牌。

　　阮小梦坐下后就很兴奋，指着前排的人，小声跟许寻笙说，这是谁谁谁，那个谁谁谁的歌她特别喜欢。许寻笙跟着她耳濡目染，也知道今天来的大多是网上有名的原创歌手，有唱古风的，有唱民谣的，也有唱流行和说唱的，唱摇滚的倒是几乎没有。

现在很少有人唱摇滚了。

这些歌手在网上拥有一些甚至大量粉丝，在自己的圈子里很红，大多也是自己谱曲作词。其中最红的几个大神，也会接类似于电影、电视剧、游戏主题曲的创作，但离大众知名的歌手或者偶像都还有差距。

许寻笙坐在他们当中，又在阮小梦的介绍下，认识了几个不错的歌手。她觉得挺开心，也挺自在，她愿意和这样一些坚持音乐的人在一起。

没多久，主持人上场，颁奖礼开始了。

或许在观众的印象里，颁奖礼大多隆重金贵，珠光宝气，但其实那都是规模比较大和权威的颁奖礼。像许寻笙和阮小梦眼前这个，偌大的会场，坐下五六百人，不算小，但也不算大，会场宽敞整洁，但是金光灿灿的装饰并不多。

前方舞台倒是布置了很多灯光和闪亮亮的背景，看着挺有气氛，但比起她俩曾经参加过的全国赛舞台却差远了，也就算个简单大方、略显隆重吧。

于是阮小梦撇撇嘴，轻声说："看来他们还是没有什么钱。"

许寻笙不在意，也不评价。

前排的歌手们却都振作精神，等待颁奖。

在一群 Coser 的开场舞后，嘉宾上场颁发第一个奖项，嘉宾也是音乐圈的幕后老师，看样子还有点羞涩紧张，说了个不太好笑的笑话。上台的歌手满脸笑容，接过奖杯，说了感谢词，下方一片掌声，其乐融融。于是这台颁奖礼，颇有些麻雀虽小，五脏俱全的意思。

奖项颁了一个又一个，阮小梦有点无聊，一边玩手机一边看上台的人，许寻笙也是百无聊赖，托着下巴等。

来霖市之前，主办方的人员就暗示过："金鱼，你有两个奖提名，年度十佳民谣歌曲和年度最佳新人。前一个奖，十佳嘛，肯定要上台亮相，后一个奖比较有分量，暂时保密。"也就是说，她起码能拿到一个奖。

阮小梦戳戳许寻笙的手："还有两个奖就到十佳民谣了，别紧张。"

许寻笙："我不紧张。"

阮小梦兴奋地期待着。

这时，两名嘉宾上台，准备宣布下一个奖项。主持人忽然从另一侧走上台，神色激动，双眼放光："不好意思，我不得不让颁奖礼暂时停一下。有个非常重要的好消息，要对大家宣布——"

所有人都抬起头。

主持人笑容满面，还故意深吸了口气，说："今天，我们还邀请到了一位非常重量级的嘉宾！他刚刚抵达了会场，他是谁呢？"

所有人都好奇地望着。

主持人说："他就是——连续两年占据新风尚音乐总人气排行榜冠军、下载量冠军，乐坛顶级偶像、超人气唱作歌手——岑野！让我们用最热烈的掌声，欢迎他来到现场！"

主持人刚说完第一句介绍词时，阮小梦就猛地转头，看向身边人。却见许寻笙就跟什么都没听到似的，脸上没有半点表情。阮小梦心里咯噔一下，此刻耳边已是一片山呼海啸般的欢呼，会场里所有人都在尖叫、鼓掌，前排的那些歌手也都显得十分兴奋，转头往同一个方向望去。

全场，大概只有许寻笙一人，没有反应。

一束光打在会场入口，那个人走了进来。他很少见地穿了身黑西装，里头是白衬衣，西装和衬衣领子都松松敞着，于是在年轻男子的高大挺拔外，又显出几分少年般的清瘦随意。那浑身上下流淌的气质，如同寒星照松竹，那么不可一世。

连阮小梦都看得心头一跳。

岑野一露面，会场里欢呼声更上一层楼，后排甚至有粉丝发出哭喊尖叫。可他仿佛充耳不闻，灯光追着他，身后还有几名工作人员护送。他走在万众瞩目里，却好像走在无人的巷道里，神色平静、姿态从容。

直至走到第一排正中预留的空位时，他才微微侧转身，看了看身后，嘴角露出一丝笑，挥了挥手打招呼，然后坐下。

连阮小梦都不得不承认，眼前这人，周身上下都是超级巨星的矜贵疏离气质，他已变得很陌生很陌生，哪里还能和当年倚在她们房门口，痞气谈笑、纠缠着某人的小狼狗联系在一起？

过了好一会儿，岑野引起的骚动才渐渐平息，颁奖继续。而从她们的角度，只能看到他的后脑勺。他一直盯着台上，看得极为专注，似乎对身后坐着谁一无所知。

阮小梦心里忽然发酸，转头看着许寻笙，却发现她已经低头，脸上依然没有表情，特别安静的样子，像是在发呆。阮小梦抓着她的手，说："我们不要管这个狼心狗肺的坏东西，你领你的奖，和他没关系！"

许寻笙嘴唇微动，没有说话。阮小梦还是看不清她的眼睛，那眼睛里此刻到底装着什么情绪？

颁奖继续。

嘉宾插科打诨，主持人喜笑颜开，获奖者跑上台，仿佛因为那人的到来，现场蓬荜生辉，气氛更加热烈。

许寻笙抬起头，直视前方。

她不往那个方向看上一眼，可那个人就是存在于视线一角里，总是有存在感，怎么忽略，也忽略不了。她看了一会儿，低下头，看着自己的手心。

阮小梦却没注意到她的动作，渐渐也没把岑野放在心上，而是说："喂，嘉宾上场了，马上要颁你们这个奖了，准备好上场……"

话没说完，身旁人就站了起来。阮小梦一惊，只听许寻笙低声说："你替我领。"

阮小梦："啊？"

许寻笙已弯着腰，提着裙子，往这排坐席外走去。

阮小梦急了："笙笙！许寻笙！"可那家伙充耳不闻，一路跟人轻声致歉，已走出了坐席，然后就看到她双手提着裙摆，头也不回地往出口走去。那轻盈的匆匆的身影，简直就如同一个落跑的灰姑娘。

一路也有不少人侧目，然而许寻笙的身影很快闪出会场，消失不见。

阮小梦走也不行，留也不放心，心里急死了。她下意识抬头，看向第一排的那个罪魁祸首时，却愣住了。

岑野之前一直端端正正看着前方，不管身后有什么动静，谁起谁坐，都没见他有任何反应。可这时，他的头却偏转了一个角度，并没有完全回头往这里看，但你已经可以清楚看到他的侧脸。他的眼睛直直盯着自己的斜前方，那里分明是空荡荡的墙壁，你不知道他在看什么。他就这么保持着侧转的半张脸，脸上居然和刚才的许寻笙一样，没有半点表情，唯独那双漂亮的眼珠，漆黑执拗。

阮小梦说不清是为什么，心头怦地一跳。

过了好一会儿，岑野才转过脸去，重新留给众人一个后脑勺。

阮小梦发短信给许寻笙："他好像注意到你走了……"

许寻笙没有回复。

阮小梦心里叹了口气，听到嘉宾念到"金鱼"这个名字，起身上场。

台下。

岑野看了眼那个代替许寻笙上台领奖的姑娘，有点眼熟，很快就想起是谁。他已没有什么继续看的心情，低下头，摁了摁交握的十指，忽地涩涩一笑。

又过了一会儿，阮小梦他们也下场了，主持人开始介绍下一个奖项。

岑野忽然转头看了眼坐在后一排的刘小乔，然后站了起来。

刘小乔一愣，也立刻站起。这时岑野已面无表情往外走去，一时间很多人都看过来，台上的主持人也是一呆。岑野的随行人员也都跟上，一行人很快就出了会场。

刘小乔在最后，笑着和迎过来的工作人员解释："对不起，真是对不起！岑野临时有点急事，我们先离开一下，真是抱歉！"

这种大牌肯来露脸本来就在主办方意料之外，一般也都是来露个脸就走。岑野待了这么久已经算给足面子，而且还主动提出不要任何出场费，对主办方来说根本就是天上掉了个大大的馅饼。工作人员忙说："没关系没关系，让岑老师先去休息。那待会儿他的两个奖……"

刘小乔立刻说："我们会安排人代领。"

许寻笙站在洗手台前，发了一会儿呆。忽然发现镜中的自己，看起来很糟糕，眼睛有点红，面色苍白。她掬水洗了把脸，原本空荡荡的脑子，仿佛才恢复思考。

刚才，她不知怎的，情绪就失了控。她没想到会这么见着岑野，更没想过这样一个颁奖礼，他也会来，没有别的大明星来，他却来了。

她原本告诉自己不必在意，管他作甚，也以为自己可以继续太平。

可当上台领奖的时间逼近，她才忽然意识到，自己待会儿会面对什么。上台领奖吗？一个在她看来很有意义，可是在他看来，或许不入流的奖项。他现在坐在第一排正中，是主办方和在场所有人膜拜的天神。而她，接下来会和九名新人一起走上台，被这样一个岑野审视打量。

那还不如让她去死。

至于阮小梦说的，他好像注意到她离开了。许寻笙的第一反应就是阮小梦在胡扯，可隐隐又有些慌张，但到底，她是不信的。

许寻笙深吸几口气，努力把刚才那一抹黑西装的身影，丢到很远很远的地方。她决定当这个人不存在——他现在本来就活在另一个世界里，不过许寻笙也不想给自己找不痛快，避开就好。等她被提名的第二个奖也颁完了，再回去。

阮小梦却在这时又发来短信："他走了。"

又说："你可以回来了。主办方说是他临时有急事，已经走没影了。"

许寻笙心里提着的那口气就这么泄了下去，沉默片刻，回复："我不是因为他，是因为肚子不舒服。"

阮小梦说："好，快回来吧。"

再次踏入灯火通明的会场，许寻笙的感觉却像是走在一片空旷的广场上，旁边的任何声音她都没有在意。她只是抬起头，果然看到前面岑野和随行人员的座位，空空如也。

她走到自己位子坐下。

阮小梦看看她的脸色，欲言又止。最后只是握着她的手，轻哼了一声说："他还真是耍大牌，滚蛋最好！"

许寻笙没说话。

会场外，离入口最近的停车场。

几辆黑色轿车已经发动，所有随行人员上车。岑野就坐在最中间的一辆车上，戴好墨镜、口罩。

助理问："现在回酒店吗？"

只隔着一扇墙，会场里的声音还清晰响亮地传来，另一组奖项正在颁奖。

岑野往后靠了靠，却说："再等会儿。"

助理愣住。

刚才岑野急匆匆冷着脸出来，所有人以为出了什么急事，都随着他风风火火出来，只留下刘小乔代替他领奖。也是跟了岑野这么久，助理看得出来，岑野心情忽然变得很坏，那俊脸就跟结了冰凌子似的。

现在所有人都上了车，就在阴暗、不通风的停车场里，他却又说要等会儿？等什么？

助理只好告诉所有人，再等一等。

于是几辆车、一行人，就这么莫名其妙等着。

岑野摘下口罩和墨镜，闭着眼睛靠在车椅里。于是车里工作人员玩手机的声音，还有停车场偶尔的车来车往声都渐渐远去，只剩下会场里热闹的声音。

然后他也想起自己刚刚走入会场时，只敢匆匆一瞥，却没捕捉到预想中的那条动人红裙。直至背后隐约有人焦急喊出她的名字，那一刻他后背僵直，却也不敢就这么转头与她对视，唯有眼角余光，瞥见一袭蓝裙，匆匆离去。哪怕只瞧见了一眼，他也能从那玲珑有致的身形轮廓，分辨出那就是她。

那么熟悉的轮廓，每一寸肌肤都曾在他掌下怀中呵护过，他怎么会认不出来？

一见他就跑吗？

就这么不想看到他，是不是只剩下厌恶和鄙视了？

岑野的眼眶有些发红，脸部线条却更加坚硬冷峻。

而后他低头，莫名看着自己空空的双手。哪怕这些天他步步为营，隐隐已看到希望。此刻却也心生彷徨和不确定。

今后，要怎么靠近她，才好？

我的……笙笙啊。

所以刚才他才走。她不想见他，他就只能走，把原本属于她的会场还给她。

就在这儿待着，一墙之隔。不看，只听，也好。

听她获得人生的第一个奖项，听她两年后真真切切依然绽放光芒的模样。

主持人的声音传进他的耳朵里："年度最佳新人歌手的得主是——金鱼！我们恭喜金鱼，她的几首新歌，都杀入了新曲排行榜前十呢！啊，刚才金鱼有事，让朋友代领了，现在她本人回来了，掌声欢迎……"

岑野闭着眼睛，嘴角却露出了笑，几乎是屏气凝神听着。然后，就听到那个女孩在麦克风里说："谢谢大家。"嗓音甜美沉静，一如往昔，没有任何多余的话语。大概她说完领了奖就下场。

这时岑野才睁开眼，轻声对助理说："行了，走吧。"

颁奖礼后，许寻笙和阮小梦回到酒店房间，已是夜里十点多。

许寻笙把两个奖杯放在桌上，并不再看，倒是阮小梦拿起翻来覆去羡慕了一会儿。

看许寻笙洗了澡擦干头发，靠在床上，拿了本书在看。阮小梦终究没忍住，问："你还爱着他吗？"

许寻笙没动，就像没听到一样。

阮小梦又说："还是讨厌他？"

许寻笙终于翻动了一页书，答："都不是。"

阮小梦说："我不明白。"

许寻笙却不作声了。

阮小梦知道她是不想谈，叹了口气，说："那你有什么想说的，再跟我说。"

"好。"

"那我就先玩游戏啦。"

许寻笙微笑："去吧。"

夜色安静，许寻笙的手机突兀响起。

这个时间点，许寻笙心里有数，但今天的心情实在不好，加上也没完全排除荒野就是那人的一丝可能。她静默了一会儿，才拿起手机，原来是荒野发了对歌词的修改意见过来。

于是许寻笙更加觉得他们肯定是两个人了，毕竟荒野今天还在修改歌词！

荒野说："今天我又仔细琢磨了一下，还找了几位作词老师讨论，给出了几点修改意见，你看行不行？"

语气客气又冷静。

许寻笙仔细看了一遍，回复："改得很合适，受教了。"

他发了个少年托腮而笑的表情过来。

许寻笙盯着表情看了一会儿，心情莫名有些柔软，问："你在干什么？"

他回复："改完词就没什么事了，在发呆。"

于是许寻笙脑海里浮现出一个温文尔雅的男子，坐在书桌前出神的样子，忍不住笑了。

他又问："你在干什么？"

许寻笙把手里许久没有翻页的书放下，回复："我也在发呆。"

他说："哦。"

许寻笙觉得，他肯定也在笑。

抬头望去，窗外夜色浓黑，漫漫长夜，又埋藏了多少伤与笑。也不知怎的，她打出一行字："我今天，遇到了一个人。"

发出去那一刻，心里仿佛就有什么情绪在往下陷。

他问："然后呢？"

许寻笙脑海里浮现白天那一幕一幕，那人的黑色西装、冰凉的后脑勺，最后是第一排正中那个空荡荡的座位。她说："没有然后了。"

然而荒野向来是聪明人，问："前男友？"

许寻笙："嗯。"

他问："他和你说话了吗？"

许寻笙："没有，我们没有说话。"

荒野过了几秒钟才回复："你这么好的女孩，他居然没有主动找你说话，真是个蠢货。"

许寻笙却不想再说这个了，心中一动，问："你有过前女友吗？"之前他说过，现在是单身。

他回复："有过。"

许寻笙略作斟酌，问："是个什么样的人？"

他答道："是个很好的人。那时候我太幼稚，把她气走了。"

许寻笙心里莫名其妙轻轻抖了一下，下意识打出一句话："那为什么不把她找回来？"

他却答："没有那么容易。你呢？既然和前男友重逢，想过跟他和好吗？"

许寻笙静了静，回复："不想。"

他有好一阵子，都没回复。

许寻笙本就聊得有些怅然，也不想继续，放下手机接着看书。

结果没多久，荒野又发过来，却不再继续刚才的情感话题，而是提起工作："对了，既然词曲基本定了，你有空多练练。"

许寻笙说："好。"

他又发了个笑脸过来，说："我和片方大力推荐了你，唱好点，我也有面子。"

许寻笙忍不住也笑了，说："谢谢，一定争取不给你丢脸。晚安。"

放下手机，竟觉得心情也轻松不少。

同样的深夜，霖市机场里灯火通明，冷冷清清，孤孤寂寂。

岑野原本定的就是今天最晚一趟航班，之所以连夜走，是因为明天一早还有一大堆工作。这一趟本来就是生生挤出来的行程，却没想到他那么早就提前离开了会场……改签又没票了，所以现在只能在机场干等到半夜。

岑野和刘小乔等人，待在贵宾厅的一个单间里。他坐在角落里，一直玩手机，直至那人说"晚安"，他才退出聊天程序，目光又停在手机背景上。一袭红裙，灼灼动人。

他盯着看了好一会儿，这才闭上眼小寐。

没多久，助理提着几袋餐盒回来了。刘小乔想叫岑野吃饭，可看着他的脸色，有点踟蹰。

从离开颁奖礼现场后，岑野就格外沉默。那两个奖杯他看都没看，甚至听众人恭喜时嘴角还带着讥讽的笑意——谁知道他在讥讽什么啊？

到机场后，他也一直窝在角落里，脸色不善，刚才拿着手机不知道和谁在聊天，现在脸色更臭，哪怕此刻闭着眼，脸部线条也绷得很紧，就像打上了三斤石膏。

但刘小乔没有办法，还是走过去，轻轻拍了他一下，说："小野，凑合吃点吧，你从下午到现在还没吃过东西，下飞机就赶去颁奖礼了。"

岑野眼都没睁开，语气恹极："没胃口。"

刘小乔和助理对视一眼。明明中午过来前，胃口还很好，吃了蛮多。

刘小乔又柔声劝了两句，岑野根本不为所动。

他是真的没胃口。

原本参加完颁奖礼，心情就坏到了极点。他后来好不容易调整过来，去找许寻笙聊天，也有点寻求安慰的意思，结果就聊到前男友。

她几乎是干脆利落地答：不想和前男友和好。

当时岑野脑子里都是蒙的。

现在，平静下来，心里却就跟堵了块棱角坚硬的石头。他们还叫他吃饭？痛都痛饱了，一口都吃不下。

然而他不吃，刘小乔却不能由着他，正在心里继续琢磨说辞，这时岑野轻声说："弄点酒来。"

刘小乔心里咯噔一声，只见他面色异常平静，眼眸却幽深。

刘小乔哪敢让他喝了酒上飞机，万一出什么岔子谁担待得起？脑子里急速转动，她也是个人精，明知不妥，可刚才在心里一闪而过的那念头，令她脱口而出："刚才……你走了，主办方给你颁发了两个奖，年度最佳歌手和年度卓越成就，她都一直坐着在看、在听，没有走。我替你领奖时，她还鼓掌了。"虽然只是面无表情地鼓了两下，根本没往台上看。

岑野盯着她，不说话。

刘小乔跟他也有两年，自然也是各种对付老板的小机灵，见岑野这个反应，她索性拿起双筷子，塞在他手里，给他台阶下："快吃吧，拿了两个奖呢，怎么能饿肚子。"

岑野忽然笑了，笑得挺飘忽的，人还是那副酷酷的样子，然而居然没有丢掉筷子，真的慢慢拿起一盒饭，低头吃了起来。

刘小乔松了口气，看着岑野闷声不吭吃东西的样子，百感交集。心想他到底才二十五岁，这样居然也能哄住，转念又一想，毕竟才过去两年而已。这让她忽然想起当年第一次见到他和许寻笙，两人双手紧握的样子。

这些天岑野的种种异常，她和其他身边人不是看不出来，但又能说什么，只是隐隐不安着。因为岑野早已不是当年初出茅庐、一无所知的小子，最近更是一反常态，把自己未来的发展方向牢牢掌控在手里。于是他的想法、他想要得到的，现在还有谁能拦得住？

岑野随便吃了些东西，就接到了一个电话。他看了眼来电人，拿起电话，走出了这个小休息室。他就站在门口，所以随行人员并不担心，而大半夜里，外头也没什么人了。

是他派出去的保镖刘大江打来的："岑先生，关于古漫轻兽乐队，我查到了一些情况，不知道有没有用。"

岑野却沉默了几秒钟。

那天让人去查徐执、许寻笙和李跃的当年事，倒没有什么具体的目的，就是想对当年了解得更清楚。他想无论查出什么，许寻笙和徐执的感情是好是坏，是长是短，他弄清楚了，这事儿在他心里也就彻底过去了。

可今天手下的人真的把消息送到了，他却有些踟蹰。

因为他在想，真的重要吗？他真的还需要听吗？

既然已经决定释怀，哪怕徐执是她的"曾经沧海难为水"，难道自己还会放弃？

只要……有朝一日，她肯回到他的身边，就够了。

哪怕他并不是她心中挚爱，他居然也甘愿。

这么想着，忽然觉得曾经的自己好蠢，如果早认清这一点，当年又为什么要和她置气？认了，不就不会分开了？

心里仿佛有股宁静的、温热的、微痛的水流淌过。岑野说："你不用说了，我已经不想听了。"

刘大江明显很意外："啊？"

岑野刚想挂电话，脑海里忽然冒出一个声音：

小野，如果你永远用这样的眼神看着我，你做的任何决定，都会是我的信仰。

……

心口又隐隐发疼。他蓦然生出个念头——如果……不是呢？那多年来未死的渴求，依然生长。

如果不是徐执。

如果她此生挚爱另有其人？

"大江，等一下。"岑野说，"你说，我听着。"

许寻笙没想到，这么快又看到岑野的消息。

明明这两年，两人隔断音信，仿佛隔了千山万水那么远。最近却不知怎的，听闻他的消息越来越多，避都避不开。

因为上次去霖市参加颁奖礼，许寻笙被阮小梦拉进了一个歌手群里。不过以她的性子，在群里基本就是隐形人，从不发言，只是围观。看着那些同道中人插科打诨、聊天聊音乐，她倒是觉得很有意思。

这天，有人发了条微博链接，是关于那天颁奖礼的新闻。许寻笙就点开看了看，看完后顺手又往上翻热搜，结果发现热搜前五有两条是关于岑野的。

一条，是岑野参加了某个热门综艺节目的本期节目录制。

另一条是"岑野 姜昕盼"，一个陌生的名字。

许寻笙静默片刻，心想我根本不关心那个人是谁，可就是没丢开手机，过了一会儿，却已点开了第二条热搜。

第一眼看到的就是几张动图。文字是"岑野、姜昕盼参加××节目录制，岑野撕姜昕盼名牌，岑野为姜昕盼挡雨"……

许寻笙的目光慢慢从这些文字扫过，最后落在那几张动图上，又发了会儿愣，逐一点开。

第一张，一个背影非常婀娜的女人，穿着简单T恤和运动长裤，躲在一面墙后，向外张望。

忽然镜头拉远了一些，一个矫健熟悉的身影快速从旁边小路窜出来，他穿着和女人一样的服装，一把撕掉女人背后的名牌，动作干脆利落得让人措手不及。女人愣了愣，才转过头，露出一张娇艳不可方物的脸。她嘟着嘴，很气恼的样子，可嘴角又忍不住带着笑，抬手就往那人胸口打去。

岑野任由她佯怒打着，一边退，一边笑，还故意扬了扬手里那张名牌。那是许寻笙非常熟悉的，灿烂飞扬的笑容。

第二张，天下着雨，岑野和姜昕盼手里拿着游戏道具，要运送到另一幢房子里去。姜昕盼轻咬下唇，抬头看了看雨，一脸坚定。岑野说："等一下。"脱掉外套，递给了她。姜昕盼目露感动，迟疑地说"那你怎么办？"推辞不要。

岑野却只笑笑，先冲进雨里，哪怕只穿着单薄T恤，也是个充满活力的大男孩。姜昕盼望着他的背影，愣了一下，动作很轻柔地打开岑野的外套，披在头顶，露出笑容，追了上去。

……

许寻笙关掉动图，发了会儿呆，又低头，点开微博下的评论看，结果清一色是这样的：

"小野遵守游戏规则，保护队友。不管换哪个队友他都会这样保护，请关注岑野下月新单曲，谢谢。"

"岑野真棒，人品正有风度，掐架不约，炒作不约。"

"昕盼最棒，游戏很努力，请关注昕盼十八号播出新剧《×××》。"

"啊，小野真的好帅，动若小狼狗，静若小奶狗。"

"昕盼美美的，祝节目收视长虹，蹭热度不约。"

……

许寻笙看不太明白这些评论，似乎双方粉丝都在维护自己的偶像，亦没有半点绯闻暧昧的气氛。

她丢开手机。

原来他现在依然会对人笑得那么温暖、那么好，她想。

<第十一章>

同赴云南

此时许寻笙正和阮小梦待在工作室里，各自看书、写曲，安安静静。临近中午，门被人推开，大熊进来了，望一眼她们，笑笑，身后跟着个女孩。

许寻笙和他女朋友只见过一两次，也没怎么聊过，阮小梦见得倒是多些，笑着说："大熊今天怎么舍得把女朋友带来啦？小臻，你来啦，大大的欢迎。"

许寻笙也微笑望去，只见小臻笑着也和阮小梦打了招呼，然后目光在她身上略略一停，点了点头，那目光并不热络，带着几分冷淡。

许寻笙眉目平静。

大熊说："她今天正好来这边办事，就过来一块吃中饭。怎么样，你们搞完没，一起去吧。"

小臻也笑着说："一起去吧，让大熊请客。"

阮小梦刚要说话，许寻笙先说道："不去了，我们就不当电灯泡了，待会儿我也有事。"

阮小梦说："对哦对哦，我才不要看你们秀恩爱，虐我们这些单身狗。小臻，你们就放心地去过二人世界吧。"

小臻对她笑笑，却没看许寻笙。大熊看着许寻笙："说得哪儿的话，一块儿去呗。"

许寻笙只是微笑摇头。

然后他俩就走了。走的时候，许寻笙抬起头，看到小臻紧紧挽着大熊的胳膊，头却昂得笔直，裙摆随着风轻轻摆动，没有回头。

剩下许寻笙和阮小梦，就去了工作室附近的一条美食街逛。提到美食，阮小梦仿佛永远热切，先看到路边的炒粉店，说："要不去吃个炒粉吧，好香啊。"

许寻笙却觉得没什么胃口，说道："油烟味太重，不要。"

阮小梦觉得，许寻笙有时候真的跟小孩子似的，有时候让你予取予求，有时候却怪怪的，不好说话。明明这家炒粉两人前几天还吃得很欢好吗？今天她却这么嫌弃。

阮小梦只好又拖着她往前走。

"要不炒两个菜吃？"她问，"上次你不是说这家很好吃吗？"

许寻笙还是摇头："吃腻了。"

如此又转了两三家，许寻笙不是挑这个毛病，就是挑那个毛病，神色看着平平静静，却分明看什么都不顺眼。阮小梦再迟钝也感觉出不对劲了，仙女今天心里有气了！阮小梦当街站定，说："你今天很奇怪，是不是心情不好？"

许寻笙心里忽然轻轻抽了一下，看她一眼，说："没有，我很好。"

阮小梦哪里肯信，又想了想，心里生出个猜想，犹豫地问："你不会是看小臻来，吃大熊的醋了吧？"

许寻笙一脸不可思议地看着她："你胡说八道什么？跟他们有什么关系？"

其实三人做朋友这么久，阮小梦早察觉出大熊对许寻笙有着说不清道不明的心思，加上听大熊的那些兄弟胡侃，知道他以前对她动过心。她更确定了大熊的忍耐和求而不得。

阮小梦也不知怎的，脱口而出："其实大熊挺好的，你没注意到他看你的眼神吗？如果你真愿意和他在一起，我估计就是一句话的事。"

许寻笙看了她一会儿，说："你再说这个，工作室也不用做了。"

阮小梦这才知道她真的要动怒了，连忙说："对不起对不起，我也就是胡说八道。不过我其实感觉得出来，小臻对你有敌意，她也不傻。这真是冤枉你了，你是什么人，难道会去撬她的墙角？"

许寻笙却怔了怔，说："她为什么不能这么想？我能理解她。要是我，自己男朋友跟两个女孩天天在一起合伙做事，心里也会不舒服的。哪怕那两个女孩跟他一点关系都没有。虽然这样并不对……"

阮小梦睁大眼看着她："真没想到你还是个大醋坛子！"

大醋坛子。

喂，大醋坛子。

到底要我做到什么地步？你说，我都照做。

……

那道戏谑的、宠溺的，却隐隐带着几分不安的声音，在脑海里闪过。

许寻笙定了定神，笑笑："这段时间，你多邀请小臻来工作室，我正好要去云南一趟，空间留给他们。希望她能多了解工作室，了解我们，能够放心。而且你以后不要说那样的话，大熊说过，早就对我没意思了，不然他干吗和小臻好。他是个坦坦荡荡的男人，我很尊重他，否则我也不会同意跟他入伙。"

阮小梦却想，那是你太迟钝了啊！根本没注意到大熊的那点心思，或者说根本不在意吧。算了，她也懒得提了，虽然在她看来，大熊和许寻笙其实很般配。但这两个人，大概今生真的不会有缘分了。

"不对。"阮小梦转念一想，又说，"既然不是吃大熊的醋，那你今天中午为什么这么暴躁，看什么都不顺眼？别说你没有，我又不是瞎。"

许寻笙愣了愣，是啊，她到底……在焦虑什么，气恼什么？

她抬头看了看天，很慢很慢地吐了口气，答："大概是因为，今天的天气……真的不太好吧。"

两天的紧张录制，岑野的首次综艺之旅，总算圆满结束。他态度十分配合，又敢在游戏中露出真性情，导演组对他大加赞赏，录制效果也满意，他和游戏的常驻明星也处得很好。所以这天晚上，大家一块吃饭庆祝。

当然，姜昕盼表现同样出色，人缘也好，饭局她自然也来了。

其实岑野没想到今天会和姜昕盼上热搜，他那两个举动不是节目组安排的，只是正常反应。难道看到她毫无防备的名牌，他能忍着不去撕？还有下着雨，他没可能让任何一个普通女孩淋得妆容花了或者受凉。

有了这个意外效果，岑至倒是很满意，私下对他说："这波热度不错，和姜昕盼有点牵扯没什么坏处。反正双方粉丝都很强势，过两天就会歇下来。"

当时岑野听了没说话，他根本不关心这个。

但因为他俩算是这一期的节目嘉宾和新人，所以现在饭桌上，两人被安排在一起坐在下首。岑野早换下了节目统一服装，穿着日常衣服，姜昕盼则穿了条鹅黄色带蕾丝的裙子，更显得肤色白嫩，眼大唇红，宛如二八少女。连坐在上首的节目老大哥，都忍不住夸了句："昕盼今天可真好看。"

姜昕盼笑："桐哥，你就会哄人开心。"

她抬起头，看到身边的岑野淡笑不语。

几个男明星又喝了一轮酒。岑野在他们面前是十足十的后辈，挨个都敬了酒，敬完一轮后坐下来，刚要夹菜吃，手臂却被人轻轻一拉。

他转头，看到姜昕盼清澈得如同月亮般的眼睛，她的嘴角含着很淡的笑，小声说："你要不要紧？我看你脸有点红。"

岑野摇摇头，不着痕迹地挣开她的手，又笑了，说："那是热的，我的酒量很好。"说完脱掉外套，只穿着里面的 T 恤，继续和他们聊天说笑。

眼前的男孩，或者应该称为男人，清瘦高大，肤色白皙，露在袖子外的手臂，肌肉线条很匀称。他的脸上始终带着不慌不忙的笑，与这些娱乐圈老牌明星在一起，也能推杯换盏，相谈尽欢，分明已是个成熟稳重的男人。

可他耳后那柔软黑发，还有埋头吃东西的鲜活样子，还有，那么清秀干净的一张脸，分明还是少年不改的模样。

偏偏，他还那么有才华，能够写出那么多震撼人心的歌，锋芒已直指娱乐圈最巅峰。

姜昕盼悄悄看了他几眼，才移开目光。

他们来的是节目组相熟的会所，房间里豪华舒适自不必说，各种娱乐设施更是应有尽有。吃完饭，有人提议唱歌，早把音响设备接好。

既然是唱歌，麦克风首先就递到岑野手里。他也不推辞，另一个麦克风被桐哥自告奋勇拿了去，两人合唱了岑野第一本专辑里的主打曲《胡思乱想》。

其实在娱乐圈混到这个份上的人，都有两把刷子，除非实在五音不全，一般唱歌都能听，当然和岑野相比那是及不上的。可是桐哥大方洒脱得很，主动搂着岑野的肩，洪亮嗓音甚至盖过了岑野，所以一首歌唱完，也听不出好坏了，气氛却着实变得更热闹欢快。

唱完后岑野坐下，听别人唱歌，过了一会儿，才察觉姜昕盼不知何时坐到他边上。

她却有些娇羞神色，在房间五光十色的暗光里，更显得身姿窈窕、楚楚动人。她对岑野说："我也想唱，但是唱得不太好听。"

岑野蓦然就走了神。

他想起以前，有个女孩也是面带羞窘地说：我唱得不太好听。可那清亮如同溪流的嗓音，到现在还如同刀刻在他的脑子里，他已经很久没有亲耳听到过。

于是岑野的嗓音禁不住也柔和了几分，说："想唱就唱，怕什么。"

他靠在沙发里，因为喝了酒，脸有些许红晕，却更显肤色白皙。他臂长腿长，每一根手指也都纤长，双手交握放在膝盖上，离姜昕盼的手并不远。

有人说，那是双最擅长弹吉他的手。指腹并不柔软，会有一层茧，但那是一个男人专注的证明。而当他此时抬起头，眸光幽黑，嗓音却意外地低沉柔软。

姜昕盼竟有些许眩晕的感觉，仿佛看到了微微的白光，那感觉是如此美好而神秘，让她的心口都泛起阵阵甜意。

她想，难怪，难怪现在他成为娱乐圈新宠儿，有那么多女孩前赴后继地热爱着他，如同热爱心中的神。

当然，她自己也拥有数以千万的忠实粉丝。

却不知道将来，谁能陪在他的左右，又是谁有资格和他并肩站在一起。

姜昕盼站起来，从桌上拿起话筒，大家全都鼓掌。她让助理点了自己唱得最好的歌，认真地、全情投入地唱了起来。

结果岑野听了两句，嘴角就弯起。心想人家没谦虚，还真是……不太好听。不过，在普通人里，算不错了，在粉丝们眼中，大概也能算是一门才艺。于是听了两句，岑野就没什么兴趣了，转身去和身边人喝酒、低声交谈。

姜昕盼一曲唱完，心中充满期待，慢慢转头，却见岑野早不在原来座位上，而是和桐哥倚在一起，两人低头说着什么，脸上都有笑意。听到她唱完，两人都察觉抬头，鼓掌捧场。

姜昕盼："……"

说不失落是假的，但也只能微微一笑。这时助理走过来，提醒她该走了，她说："等一下。"然后走到岑野身边坐下，拍了拍他的肩。

岑野转头看着她。

她用手托着下巴，偏头一笑。灯光之下，眉目精致如画。

岑野目光不动。

她说："今天谢谢你的衣服。"

岑野笑笑："小事。"

姜昕盼脸上笑容更甜美，低声说："有件事和你说一下，《客从何处来》那部电影，剧本送到我这里来了。他们说你会包办所有歌曲，我也很喜欢那个故事，已经答应接女主角了，不过，现在还要保密。先和你打个招呼。"

岑野愣了愣。那部电影据他所知投资不大，他还往里跟投了一笔钱。但要是按现在的影视业行情，请姜昕盼这种天后，只怕所有投资拿出来也不够她一个人的片酬，没想到她却接了。他心里大概有了数，对姜昕盼也生出几分敬意。

姜昕盼本就聪颖，知道他想到了，索性直说："我降了片酬，而且得到的这部分片酬，等影片播出后，我打算捐出来，捐给影片拍摄地西南那边的贫困儿童。不过，也不必对外说了。"

岑野静默片刻，倏地笑了："多谢。"这是替编剧老丁、剧组还有那些西南的孩子谢她。他早就听说过姜昕盼人不错，没想到这么仗义，且有自己的坚持。

可却也是姜昕盼第一次瞧见，他对自己笑得这么好。她轻声说："你谢什么，我又不是冲你。对了，下周开机，你过来捧场吗？"

提到下周，岑野就想到许寻笙会和他一起去剧组。于是他眼中笑容更清亮："当然。"

姜昕盼闻言嫣然一笑，这才起身离开。

第二天节目录制到深夜，岑野精疲力竭，回酒店一躺下就睡着了，天没亮却忽然醒来，望着窗外深蓝的天空和几颗零落的星子，一时竟也睡不着了。

脑子里总想着，那天和刘大江通的那个电话。

刘大江说："那时候古漫轻兽乐队已经火了，也挣了不少钱，但其实内部已经乱了，据说是李跃想要签经纪公司，按照人家设计的路子发展，徐执不同意，两人经常起争执，闹得很僵。而乐队其他人各有站队，也有想单飞离开的。"

岑野没想到，当年的古漫轻兽，与朝暮乐队殊途同归，面临相同的困境。他转念又想，是否正因如此，当时他要单飞，许寻笙心里的抵抗情绪才会那么强烈？毕竟目睹过两次曲终人散。

岑野觉得，当初和许寻笙杠上的自己，就是个大傻瓜。

刘大江接着又说："至于徐执当时的女朋友……我找到乐队的另外两个人都说，许寻笙当时已经跟徐执分手了。"

岑野："分手？"

刘大江："对，两个都这么说，说那段时间徐执为这事儿也很消沉，好像两个人聚少离多，处得也不太好，许寻笙透露出分手的态度，在徐执出车祸前，两人都有大半年没见过面了。徐执有一次还跟其中一个说，最不后悔的就是交了这个女朋友，但是两个人已经说开了，要好聚好散。徐执好像还不甘心，但是也接受分手了。

"后来没多久，徐执就出了车祸，酒驾。他平时很少喝酒，那段时间估计也是乐队和感情都不顺利，才出了这么大的事……"

刘大江查到的情况，明显和李跃说的不一样。

按照李跃说的，当时乐队虽然有矛盾，但没有那么严重。而且徐执和许寻笙的感情没问题，他们打算一毕业就结婚。

听完这些话，岑野出了好一阵子神，心中涌起的，是一阵狂喜。当年许寻笙和徐执都分手了，他算她哪门子的心中挚爱？而且听这意思，许寻笙甩徐执甩得还很坚决！虽说她甩他岑野也很坚决……这念头闪过脑海，令他生出一丝懊恼，但很快就丢到一旁。现在他怎么肯相信自己不如徐执，甚至和徐执一样？当然不一样！

两个人那时候那么好，没人比得上。

一想到这儿，岑野心中泛起一阵酸楚，生生压抑下去，又转念察觉出不对劲。

所以李跃……当日是对他撒谎了吗？

岑野立刻想到，不能这么断定。李跃当时不是和徐执有矛盾？不见得就清楚他们的感情进展，而且被许寻笙这么好的女人甩，谁心里受得了，脸上挂得住？徐执那小子，说不定在李跃面前打肿脸充胖子，才让李跃误以为他们还很好。

若说李跃当年会故意在许寻笙的事情上给他添堵，岑野一想到这个可能性，就很不舒服，下意识也不愿意相信。这两年，虽说一个本质是商人，一个是音乐人，但在有关音乐的追寻上，他俩隐隐算是肝胆相照，更何况李跃一直毫无保留地提携自己。岑野下意识不愿怀疑他。

静默片刻，岑野嘱咐刘大江："继续查，和乐队任何有关的事，都替我查出来。还有……许寻笙，如果有什么和她相关的东西，譬如照片、衣服、乐器，她用过的任何东西……都给我收回来。"

于是几天后的这个清晨，岑野躺在床上，想着这些又糟心又幸福的事，越发觉得睡不着，只想早点同她见面。

对她说：对不起。

分手前的那个晚上，他被李跃的话所激，都干了些什么糊涂事，甚至还差点强迫了她……明明之前她都答应了的，回湘城就把自己交给他。

现在他脑子里浮现出四个大字：咎由自取。

见到她之后，怎么道歉都行，下跪行不行……这么想着，心里居然涌出几丝甜意。他转念又想到自己这些天哪里还向人低过头，现在又旧态复发了吗？他摸摸自己的鼻子，察觉到自己脸上无法控制的笑容。

到底还是没忍住，发了条短信出去："有个特别棒的东西给你看。"

他发了张照片过去，是他最近新得的吉他。

大概过了半个小时，岑野起床洗漱完了，天也亮了。他握着手机在床上等，游戏也没心思打，又发了条过去："起床了吗？"

他并没有想到，今天的自己，是让那头的许寻笙感到有些惊讶的。这段日子，许寻笙心里已经给他贴上了"成熟稳重有内涵"的标签，却没想到今天起床后，先看到一条凌晨五点不到发来的短信，她还没来得及回复，刚洗漱完，手机里又多了条催促的。于是许寻笙竟觉得他今天有点像毛头小子，沉不住气。

可许寻笙向来吃软不吃硬，他这么冒冒失失的，她反而不忍叫他等，微笑着靠在窗边藤椅里，仔细端详了他发过来的吉他照片，由衷感叹："很棒。"

手机"滴"一响，岑野在那头人就坐直了，看完这两个字，忍不住也笑了，又问："想玩吗？"

许寻笙说："想。"

岑野说："过几天我带去云南，给你玩。"

她说："好。"

岑野看着这番对话，还感觉跟做梦似的，只愿这梦不会醒。现在他以荒野的身份，算是成了她的好朋友？他在手机里可以宠她、护她、逗她，和她畅所欲言，她也不会跑掉，可过几天，两人见了面……

岑野垂下眼眸，不管她有多生气羞愤，他只认定一点：都是自己的错，望她开恩望她怜惜，她会……有一点心软的吧？

哪怕她掉头就走，他能有什么法子，不管不顾地跟上就是了。

这时许寻笙说："你今天看起来心情很好。"

岑野倏地笑了，答："想通了一些事。"

哪知道许寻笙忽然问："是和你前女友有关吗？"

岑野眉头皱了一下，心口竟有些发热，说："你猜。"

许寻笙说："如果你打算去追她，就告诉我一声。"

岑野："为什么？"

此时许寻笙已百分之九十确信"荒野"不是那个人，所以才会这样坦荡谈及这个话题。她也不太好描述自己的考虑，斟酌一下，说："我们总是深夜聊天，如果你女朋友知道了，不太妥当。"她想起的是大熊和他女友。即便她和荒野是坦坦荡荡的朋友，也不希望他女朋友误会。

可这下岑野却不知道怎么回复了。

说好，自然不行，他哪有别的前女友，说不好，许寻笙会怎么看他？嘴角泛起一丝苦笑，这下把自己给玩进去了。可心里还是隐隐往外冒甜意，斟酌再三，删掉重打，最后只发过去一句："那就先不管其他的了，和你聊天最重要，否则每天都平淡无味。"

那头的许寻笙心头一跳，脸也有些发烫，下意识就想回避。

然而她的反应很奇怪，居然莫名就想起了岑野，脑海里闪过他当年快活的笑脸。于是因荒野而起的心跳感，瞬间淡去，变得无关痛痒。

她淡淡地说："不要胡说八道。"

他说："哦，好。"

许寻笙禁不住又笑了。笑罢她一怔，这样的对话有些久违的熟悉，然而这熟悉感，带给她的并非愉快。

两人都静了一会儿，他发了个合同文档过来，说："这是片方给你提供的合同，你看看有没有问题，有什么要求可以直接加上。"

许寻笙看了一遍，觉得没什么，各方面条件都很合理，待遇也很不错，参与电影的三首歌的创作所得，足够她两年生活费了。不过要求她去云南跟组至少待半个月，许寻笙觉得这样对灵感更好。

"没问题。"她说，"我今天就打印出来签了寄过去。"

岑野说："好。你大概哪天能到？我让他们定机票和住宿。"

许寻笙说了个日期，岑野说："我手头还有工作，要比你晚一天到。"

许寻笙说："没问题。"

岑野说："等我。"

许寻笙："嗯。"

两人没再说话，只是放下手机后，心情竟都有些难以平静。

许寻笙去云南之前，约阮小梦、大熊和他女朋友，一起吃了个饭。

四人吃的是火锅，自然是大熊和小臻坐一边，许寻笙和阮小梦坐对面。

几个人聊着工作室的事，也问及小臻的工作。在人前，大熊对小臻一向是颇多照顾的，许寻笙也时而含笑望着她。小臻今天对许寻笙的态度，也好了很多，至少没有像上次那样明显的敌意。

聊到许寻笙要去云南的事时，大熊感到意外，问："对方靠谱吗？你一个人过去会不会不安全？干吗不让小梦陪你去？"

这时，小臻低着头，一直吃菜。

许寻笙还没说话，阮小梦扑哧笑了，说："你们放心，有人照顾她，是吧，笙笙？"

小臻抬起头，一脸也很感兴趣的样子。许寻笙心里叹了口气，笑着说："小梦，你不要乱讲，我和荒野只是朋友。不过，有他在，我确实放心。你们也不用担心，不会有问题。"

小臻笑了，说："谁啊谁啊？看上去好像跟笙笙关系不一般哦？"

阮小梦对她挤挤眼："我回头再跟你说，是头老牛……"话没说完，就被许寻笙敲了一下头，不敢说了。但许寻笙也没有阻止她私下和小臻说的意思，如果误会能让小臻放心，那不如误会了。反正自己和荒野的事，跟她和大熊也没什么关系。

大熊倒是一直没说话。

两个女人却对许寻笙要去云南的事很感兴趣，又说了一会儿云南的旅游名胜、小吃，小臻还向许寻笙推荐了很多吃的、玩的，许寻笙笑着表示一一记下。

中间大熊去上厕所，阮小梦问："小臻啊，之前大熊不是说过有结婚的打算吗？你们到底什么时候办事啊？"

小臻笑着没说话。

许寻笙也望着她，说："希望早点喝到你们的喜酒，一定封个大红包。"

许寻笙眼神清澈，语气温和。小臻微微一怔，心中竟有些惭愧，点头说："好，一定通知你们！回头等你们脱单了，也要请我吃饭哦。"

另两人都笑着说好。

吃完饭，许寻笙和小梦各自回家，大熊也把小臻送回家。一路上小臻情绪明显很高，说着、笑着，大熊起初还笑笑应着，后来不说话了。

小臻看他神色不对，心也渐渐沉下去，脸上却不露分毫，笑着问："怎么了？在想什么？"

　　大熊和她正走在路上，抽着烟，没什么好脸色地说："你刚才跟着瞎起什么哄？那个网友和许寻笙认识才多久，现在就约她去外地。你还推荐她去云南这里玩、那里玩，出了事怎么办？许寻笙出去得少，根本没什么经验。"

　　小臻听得心里一下子难受极了，想说又说不出口，见他还冷着脸走在前头，突然心里一酸，吼道："熊志坤！你为什么要怪我？"

　　大熊静了静，看她一眼，不说话。

　　小臻眼睛却红了，说："我没有瞎起哄。许寻笙她要什么，心里其实很清楚。可是你呢，你要什么，心里真的清楚吗？"

　　大熊心头一震，错愕地看着女友，小臻却已扭头，快步走了。

　　大熊只愣了一小会儿，连忙跑着追了上去。

　　许寻笙在这一天抵达电影拍摄地，云南的某个偏远古镇。到这里来，还颇费了一番工夫，她先坐飞机到昆明，又转乘了几个小时的大巴。

　　好在剧组的接待十分周到，在大巴站就有人等着她，驱车将她带到古镇上。

　　这里的天特别高、特别蓝，云朵就像画似的，波澜壮阔，一尘不染，遍布的绿植更是颜色鲜亮，长得茂盛，空气也明显比城市里新鲜很多。许寻笙坐在剧组的车上，开着窗，这里的气候亦是宜人，已是初冬天气，却比湘城暖和多了，她只穿一件薄外套就感觉分外舒适。

　　远远地，又望见古朴小镇，青灰色砖墙透着秀美的沧桑。许寻笙忍不住闭上眼，静静感受着风拂过面颊，她已经快要爱上这里了。

　　再想到这一切都是荒野的邀请才能成行，还有他说，手头的其他工作会在今天结束，他明天一早搭乘飞机，会在明天下午抵达。许寻笙心里泛起浅浅的愉悦，就宛如此时落在城头上的夕阳，绚丽温暖。

　　剧组工作人员领着她到了一家客栈里，这是古城里最漂亮、高大的一幢楼房，装修得亦很清新精致。工作人员领了门卡给她，然后笑着说："我们剧组有几百号人，基本上把几家大的客栈都包了，这里是最好的一家，男、女主角和导演编剧都住在这儿，应该不错。"

　　许寻笙向他致谢，拖着行李去了自己房间里。

　　房间里布置得也很合许寻笙心意，并不奢华，但是清淡雅致，颇有民族风情。而且房间还挺大的，除了床还有张写字桌、沙发、茶几，很是齐全。她放下行李，转了一圈后，走到阳台，意外地发现阳台亦十分大，而且阳台外面的视线特别开阔，正对着古镇后的一片峡谷。远眺过去，是一片连绵的青山，山的底部，有一条蜿蜒河流，此时在晚霞映照下，碧光闪闪，景色无双。

许寻笙看看周围的方位，明白过来——她住的大概是客栈朝向最好的几间房之一。

最好的客栈、最好的房间，她不认为自己一个新人词作家有这么大的面子。

那个人，还没有来。

欠了他这份人情，到时候想个什么法子报答呢？

许寻笙手托下巴，在阳台闲闲待了好一会儿，听到敲门声。

是剧组工作人员，身后还站了个中年男人。工作人员笑着说："许老师，这是电影原著兼编剧，丁沉墨老师，他想见见你，我就带他过来了。"

许寻笙："啊，幸会！"

那丁沉墨看起来五十出头，穿一身夹克，身材高大结实，相貌敦厚，气势凌厉，笑着同她握手："金鱼老师，幸会。"

许寻笙没想到会是这么个硬汉男人，写出那么感人至深的故事，忍不住多看他几眼。老丁只是笑，说："早听荒野提起过你，果然是个很乖的小姑娘，走，我们去吃饭，边吃边聊。"

许寻笙对原著老师本来就挺好奇，自然没有拒绝，一边跟着他下楼，一边想：荒野对老丁说她很乖？奇怪的评价。

餐厅对剧组人员每天都有三餐供应，两人找了张靠窗桌子坐下。许寻笙对他其实是很尊敬的，便就故事内容问了几个问题，老丁一一利落作答，然后说："这其实是我一个哥们儿的真实经历，所以才能这么打动人。我只是把自己听说的故事写出来，主要功劳不在我。"

许寻笙却觉得他实在是谦虚。之前就听荒野说过，老丁是名经验丰富的老刑警，兼职写作，现在退休了，才来做编剧。加之他现在表现得又如此朴实直爽，许寻笙犹豫了一下，脸有点红，说："丁老师，我想买本你的书，可不可以给我签个名呢？"

哪知丁沉墨得意一笑，居然从他那宽宽大大的夹克口袋里掏出了一本书，说："你不用买了，我带了。现在就给你签名。"说完唰唰唰签完，把书递给她。

许寻笙还有点没回过神，说："啊……你随身带着书啊？"

老丁倒有点不好意思，摸摸头说："我也是刚混影视圈，他们说多带点书，有需要就送，得体又能宣传，我这次带了半箱子过来，见人就送，还没全送完。"

许寻笙忍着笑，点头："谢谢。"

现在她觉得，荒野的这个朋友，实在是可爱。

老丁也提到了荒野，说："荒野是明天下午到？"

许寻笙："嗯，他跟我是这么说的。"

老丁点头，又看她一眼，许寻笙觉得他的目光若有所思，但他很快笑笑，说："这个故事对我、对我兄弟而言，意义非凡。我也盼望着你和荒野能够扎扎实实在这里采风，一同写出打动人心的歌曲，唱出这个故事的灵魂。拜托了。"

他说得郑重，许寻笙也肃然点头，说："我一定尽全力。"

见完老丁，许寻笙回房间，却瞧见隔壁房间门开着，她心念一动。这时一个保洁正好从房间走出来，她便问："你好，这个房间住人了吗？"

保洁说："还没有。山里潮，我打扫卫生，顺便通通风。"

许寻笙微笑："我可以进去看看吗？"

保洁说："当然可以。这是我们客栈最好、最大的房间，风景也是最好，你可以进去参观一下。客人明天才入住。"

许寻笙一笑，信步而入。

果然如保洁所说，这间房比她的还要大很多，旁边还有个会客的小厅，装修布置比她的房间也更考究，只不过此时空无一人，一切整洁无痕。许寻笙走到阳台，这里也比她的阳台大很多。只不过现在天黑了，只能望见满天星星，还有黑黢黢的山岭。若是白天，日出或日落，风景想必会更好。

荒野这人，还挺会享受的，还连带着叫她沾光。

也不知道他到底长什么样……她脑海里闪过这念头，真是个丑八怪吗？那也没有关系，这么温柔稳重的人，值得她相交。她已经开始期待明天的见面了。

这一夜许寻笙睡得十分好，仿佛安心沉没进这深山古镇的夜晚里。第二天她很早就醒了，天刚亮，餐厅估计还没开门。她想出去逛逛，刚走出房门，看到隔壁房门还开着。

是保洁打扫后忘关了，还是依然在通风等待客人？

荒野要今天下午才能到，昨天老丁也是这么说的。许寻笙想到他那个超级无敌大阳台，有点心动，便推门进去。

一眼望去，果然看到阳台上光芒浅浅，就快日出了。她刚往里走了两步，听到背后洗手间，传来淅沥的水声。

许寻笙一愣，转过头去，问："有人吗？"

洗手间里的水声停了。

她这才注意到，墙边还放着两个大行李箱，一看就十分昂贵精致，沙发上丢了件男式外套。

许寻笙的心跳乱了几下，问："是荒野吗？"

洗手间里那人，低低"嗯"了一声。

许寻笙说："我是进来看看风景的，你不是说要今天下午才到？"

那人却不回答，只是含糊"嗯"了一声。

许寻笙站在原地，忽然也有点不自在，嗓音却淡定得很："那我去阳台等你。"

他说："嗯。"仿佛跟她说一个字都嫌多。

许寻笙走到阳台，这里摆着两张单人沙发，她坐下，望着天边橙红的太阳，正从地平线上挣脱，光芒渐渐从远处蔓延过来。

她忽然反应过来，有些懊恼。本来她是打算来阳台看风景的，结果撞到荒野来了，下意识就跑来阳台。他如果在洗澡，她该直接回房的。

刚想起身走，听到洗手间的门响，有人走了出来。她索性坐定，脚步声渐近，竟有些熟悉的感觉。

她一怔，还没来得及仔细分辨，那人已走到她的身后。她不禁笑了，正欲转头，却听那人轻轻喊了句："金鱼。"

许寻笙全身一僵，忽然就动不了了。

是那个声音。

那个很久很久没有听过的声音，他现在唤她"金鱼"。

许寻笙放在膝盖上的双手，慢慢紧握成拳，关节发白。而那人亦是一声不吭，在她身旁那张沙发坐了下来。

许寻笙的前方，是一片绚烂朝阳，可在她眼里，却好像看到了万物茫茫，一切都离她很远很远。

那人的身体已经靠近，气息也已逼近。就在离她不到一米的地方，他坐在那儿，看着她。

她一直不说话，他也就沉默着，仿佛也意识到自己干了件天大的错事。许寻笙的眼角余光无法不瞥见，他的双手也是紧握拳头，头微微垂了下去。

许寻笙的感觉，忽然变得非常非常奇怪，因为他这副模样，无法不令她感觉到一丝熟悉，仿佛又瞥见了当年那个因为她的恼怒，垂头丧气的小野。

可他明明已经不是当年的小野了啊。他现在行走于千万人面前，时时高贵又清冷，他不是已经成了大明星，要风得风、要雨得雨吗？

他却又成了荒野，那个时常陪伴她的温柔知己，用另一面走进她的心，到头来却又是他！

荒野对于和她见面，总像是有顾虑，原来如此！

岑野似乎只犹豫了一小会儿，就抬起头直视着她，即便许寻笙不回头，也能感觉到他毫不遮掩的凝视。这令她心中"腾"的一下生出火气，便也扭头，直视着他。

四目对撞的一刹那，谁也没出声。

许寻笙首先看到的，是那张很久很久，也没有这么近、这么清晰看到的脸。他发型变了，整个人的气质仿佛也有了变化。同样的五官，皮肤比两年前明显保养得更白皙精致，一点粗糙的痕迹也没有，只有惹人注目的漂亮。他的身形也没什么变化，依旧高大清瘦，只是穿着长袖 T 恤，也看得出背似乎宽了一些，更像个成年男人了。

还有那双眼睛，静静地望着她。没有她料想中的冷漠，也没有她记忆中的跳脱，沉沉寂寂的，仿佛一片深夜。那眼神比以往更陌生。一时间，指责的话，竟也说不出口。

而在岑野眼里，此时的女人，是怎样的呢？

他早已在视频里、网络上，看到过她如今的模样，很多次。可只有见到，才瞧见她的脸比两年前还要尖瘦了一点，只是一双盈盈的眼睛，依旧墨黑清澈，一如往昔。她的脸色有些苍白，两颊却因为隐忍的情绪显出绯红。她穿的是一件旧衣服，桃红色的针织开衫，里头是白衬衣，下面是条牛仔裤。那白皙纤细的手指头露在衣袖外，他曾经一根根含在嘴里，反复亲吻过。

想到这里，岑野心中仿佛潮水翻滚又翻滚，他定了定神，露出笑容，说："我刚刚才到，没想到你会现在过来。"他连夜赶过来，到了门口，站了好一会儿，以为她肯定还没醒。门都忘了关，哪里知道她居然会来他的房间？

然后他的话让许寻笙的思绪渐渐清醒，她看着眼前这个微笑着的男人，只觉得有千万口气堵在胸口，一时却又发泄不出来。

她眼眶发热，但不想被他察觉，也不想听他这么莫名其妙的寒暄，许寻笙冷冷转过脸去，说："岑野，你什么意思？为什么要以荒野的身份骗我？有意义吗？"

清清脆脆的嗓音就在耳边，岑野晃了晃神，第一个念头居然是：好久没听到她这么气恼自己了啊。哪怕她句句冷言冷语，他居然也不觉得难受，一边肆无忌惮地从侧面盯着她，一边按照刚才在洗手间里想出的套路，顾左右而言他："我昨天晚上结束了工作，搭乘末班机飞昆明，不想在路上耽搁，连夜坐车过来……你见到老丁了吗？"

许寻笙等了半天，他却说的是些不相干的事。她一怔，感觉就像是自己一腔愤慨，却打在了棉花堆上。

她只好转头又望了他一眼，却见他的眉眼在晨光里更显生动清隽，眼神更是清澈、温和、平静。许寻笙忽然意识到，眼前这个男人，和两年前真的不同了。

他居然没有那么容易炸毛，也不再一上来就跟她针尖对麦芒。许寻笙知道他以前就是个聪明人，只是脾气大，从来懒得动心思而已。现在，他居然开始跟她兜圈子了。

否则，他怎么能扮成荒野，做出那么温文尔雅的样子，所以后来哪怕许寻笙生了疑心，还是觉得荒野和岑野不会是一个人。

许寻笙是真的没想到，有朝一日自己跟岑野见面，会是这样一个气氛，哭也哭不出，气也生不出来。也不知怎的就被他诓得见了面，还拿他不知道怎么办才好。她胸中的怒火莫名其妙地淡下去几分，取而代之的是烦躁无力的感觉，隐隐还有些对自己的羞怒。见他还不动声色地望着自己，她语气更冷："昨天见到老丁了！"

岑野牢牢盯着她的神色，语气却温和无比："哦，觉得他怎么样？"

许寻笙再次转过脸去，淡淡道："他自然不错。"

"那就好。"他说。

许寻笙的情绪渐渐平复，决意再和他说个一清二楚，哪知又听到他温温吞吞地开口："我已经一天一夜没合过眼了，实在是很累，能不能先让我睡一会儿，有什么事，我们晚点再说？"

许寻笙静默片刻，听他嗓音确实沙哑，刚才脸色也挺白，她起身就走。

哪知刚走出两步，他就追上来，一把抓住了她的胳膊。那微凉的指腹扣在她的皮肤上，竟令她的心一抖。

"松开。"她冷冷淡淡地说。

他却说："你别生气。邀你过来，也是为了工作。老丁你也见过了，这部电影，相信会是伟大的作品，很多人都在为它努力。说到主题曲，你确实比我更合适。我们先一起把它完成，不辜负老丁和其他人的期望，好不好？"

许寻笙却意识到一件事，过去，两人争执时，岑野何曾这样心平气和、有理有据地和她说过什么事。一时间她气也发不出来了，只是抬头冷冷看他一眼，什么都没说，甩开他的手，走了。

这一眼虽然冷冰冰的，看得岑野心头微痛，可想着她到底没有转身就离开云南，那就是一切还有指望，他心里又渐渐暖和起来。

他在原地站了一会儿，心头却是越来越热，再想起刚刚她坐在自己身边的模样，那清秀的侧脸和那温软的气息，突然间只觉得心中情绪再难压抑，快步走到阳台，面前是开阔的群山沟壑，还有刚刚升起的太阳。他看了一会儿，对着那空旷处，"啊——"一声大吼，只听得群山回响，绵延回荡至无穷远处。他这才感觉胸中压抑的情绪得到些许纾解，竟是畅快无比，莫名地感到心满意足。

隔壁，许寻笙原本默坐在床上，被这叫声吓了一大跳，然后很快分辨出，那是岑野的声音。

她只感到不可思议，他已经是大明星了，居然还会像从前那样，一高兴就大喊大叫，痞里痞气吗……她不愿再深想下去。

可想着刚才和他相见的一幕幕，还觉得恍然如梦。

岑野就是荒野，他陪伴了她两个月。

现在，他就在隔壁，而且之后半个月，他们还会抬头不见低头见。

他就这么转身来了。

许寻笙却只觉得，一颗心仿佛深夜里那长了毛边的月亮，碰不得，摸不得，浆黄一片，只剩冰冷孤独。

渐渐地，许寻笙平静下来。她想，合约已经签了，自己也允诺了老丁，给他一个满意的主题曲，现在不可能丢下。

她已下定决心，不去管那些混乱的思绪，也不管岑野打算干什么，或者他是否真的想清楚了自己这些行为的后果——她只管把工作做完，做完即刻就走，就当他只是个工作伙伴，不会给他任何好脸色，也不会有任何别的交集。

只是，她心里隐隐也感觉，一切真的可以如她所愿吗？

岑野他到底想得到什么？

不管他想得到什么，她都不会给他。

< 第十二章 >

岑野求和

一上午，她待在房间里看书，却总是走神，但时间也就这么到了中午，她才感觉到腹中饥饿，想起自己连早饭都没吃。

一个念头自动闪过脑海：岑野现在是否起来了？这念头瞬间在脑海里止住，她面无表情地下楼吃饭。

客栈餐厅已被剧组包下来，现在已经有些人了。许寻笙取了盘食物，找了个靠窗的角落坐下。

冷不丁有人笑着喊她："金鱼？"

却正是老丁，端着满满一盘食物，在她对面坐下："一个人？"

许寻笙点头。

两人一边吃，一边随意聊着。许寻笙的目光不时飘向门口，又硬生生收回来，心想：我就是不想再看到他。

过一会儿，她听到另一个甜美的声音在旁边问道："丁老师，我可以坐这里吗？"

许寻笙转头，看到一个非常漂亮的女人，即使穿着简单的 T 恤和牛仔裤，也难掩纤细玲珑的身材和精致小巧的五官。许寻笙觉得她有点眼熟，再一看认了出来，正是影后姜昕盼。许寻笙还被阮小梦拉着，看过她的一部电视剧。

老丁显然和姜昕盼也是认识的，笑着说："当然可以，姜老师，你也是昨天到的？"

姜昕盼就在老丁身边，笑着点头："是啊昨天上午。"又看向许寻笙。老丁介绍道："这是词曲作者之一，金鱼。金鱼，这是我们的女主角，大名鼎鼎的姜昕盼。她能来演这部电影，我们真的都非常惊喜。"言语间完全不掩饰对姜昕盼的赞许。

姜昕盼笑着说："你好。"

许寻笙："你好。"

姜昕盼想了想，眼睛一亮："啊，你就是和小野一块负责词曲的另一位老师？"

许寻笙顿了顿，说："嗯。"

哪里知道说曹操，曹操到。紧接着，许寻笙就听到那道嗓音在自己背后说："说什么呢？"然后就感觉到一股清冽的气息逼近，岑野拉开她身旁的空位坐下，手里也端着盘食物。

许寻笙眉都没抬一下，低头继续吃东西，只是无法不注意到他换了身衣服，身上也有些湿润清新的气息，必然是睡醒又洗了个澡，就又活蹦乱跳了？

姜昕盼和老丁看到岑野，却都露出惊讶的表情。姜昕盼说："不是说下午才到吗？我记得你说昨天有一整天的通告，为什么可以现在坐在我们面前？"

岑野的眼角余光却瞟着身旁的女孩，果然见她依然面若冰霜，都没正眼看自己一下。他心念一动，亦泛起几丝酥痒的热流，伸手搭上了许寻笙的椅背，这才淡笑回答姜昕盼："我想着……这边更重要，所以工作一结束，连夜赶过来了。"

老丁笑着看了一眼这小子和许寻笙，也不多问什么。

姜昕盼却愣了一下。

她和岑野由于工作原因，也见过好几次，他似乎总是那副冷冷淡淡的模样，神情孤傲，这还是姜昕盼第一次看到，他把手臂搭在一个女孩的椅背上。当然这或许只是一个不经意的小动作，可女人的直觉是奇怪的，姜昕盼还是觉得心里某个地方被轻轻刺了一下。她对自己说，岑野和这位金鱼都是搞歌曲创作的，或许……很熟吧。

而许寻笙已有两年，几乎没有让任何男人靠近过一尺之内，所以岑野的手刚一搭上来，她就感觉到了。他并没有触碰她的背，他敢？可她依然能感觉到一层细微的热气从他的手臂传过来，然后她半边身子都蹿起一阵极细的、绵软的战栗感。

于是她立刻将身子前倾，离他的手臂远一些。岑野转头看了她一眼，手臂还是没动，也没说话。

这时老丁说："正好你们都在，昨天导演还和我说，如果能由昕盼演唱其中一首歌，那就太好了，昕盼，不知道有没有这个可能，邀请你啊？"

姜昕盼脸一红，说："丁老师，你知道我很喜欢这个故事。不过小野和金鱼老师都是专业的，我不知道自己行不行。"

许寻笙听到"小野"两个字，耳朵里就跟被什么轻轻扎了一下，静默不语。

然而她身旁的这位小野却轻轻笑了，说："没什么不行的，就是你那个嗓音条件……"话不说完，言下之意却不客气。

姜昕盼做出气急的模样，恨恨地耸了耸肩，说："看吧，老丁，金鱼，这人根本瞧不上我的嗓子，我还献什么丑？"

这下，连许寻笙都有点欣赏她的直爽真实不造作了，忍不住微微一笑，可立刻感觉到身旁男人的视线扫过来，她立刻又收了笑。

这时，老丁递了个眼色给岑野。岑野其实明白他的意思。虽说姜昕盼不是专业歌手，但唱的也过得去，最重要的是，她是流量天后，如果能够唱一首主题曲，对电影的知名度自然大有好处。这个忙，他怎么也得帮老丁。

于是他想了想，说："好了，我开玩笑的，别生气。不需要跟专业歌手比，你其实唱得还不错。不过，我和金鱼刚写出的这首歌，你唱不合适。"

于是许寻笙想起，他说过希望由她来唱这首歌，所以现在他毫不犹豫地推掉了姜天后。

姜昕盼对老丁说："你看吧，说来说去他还是瞧不上我唱歌，算了算了，丁老师你也别提这一茬了，我真的很没面子。"

岑野自己都没注意到，随手拿起了许寻笙放下的一根筷子，在手里玩了两下，这才懒懒地答："没说瞧不上。我再写首歌给你，你听了合适再说，成不成？"

姜昕盼的脸微不可见地一红，说："好，你写出来再说。"

许寻笙盯着岑野手里的自己的那根筷子，有点出神。

老丁哈哈大笑："那就一言为定，我可求之不得。强强联手，有你们三个，电影没播，主题曲肯定都先火了！"

又过了一会儿，许寻笙说："你们慢慢吃，我先回房间了。"老丁笑着问："吃好了？"姜昕盼也微笑点头。

岑野却看了眼她的盘子，说："你就吃这么点？"

话一出口，三个人都是一静。老丁事不关己高高挂起，含笑大口吃肉，姜昕盼打量着他们两人的神色。

岑野也是无心，心里话就说了出来。

然后他就无法抑制地想到了从前。

从前，有他絮絮叨叨地看着、守着，怎么会让她只吃这么点东西，还挑食，刚刚盘子里肉都没有一块，这两年哪有什么人照顾她？大熊是个不怀好意的，他想起来心里就添堵。阮小梦傻乎乎的只会吃许寻笙的，他们哪里照顾得好她？这么想着，他心头却更加歉疚，要是这两年，自己是陪在她身边的，又怎么会一样？

于是声音下意识也放软了些，根本不管身边还有别人，也带着点讨好的意思，说："我是说……我们还得工作一下午，你不吃饱哪有力气？我是词曲总负责人，得对我们的工作质量负责。"

这要是旁边没有别人，许寻笙根本就不想理他，抄起盘子砸他身上的冲动都有。但现在，她忍了忍，答："我饱了。"说完再不看他，起身就走。

岑野也没有回头目送，就保持着刚才转身和她说话的姿势，原地沉默了一会儿，才把身体转回来，就像是什么都没发生，继续吃东西。

殊不知，坐在对面的姜昕盼，心里已百般不是滋味。

不是没见过岑野在人前的样子，他是高冷的，也是疏离的，任谁都会觉得，他会是个很难搞定的男人。从他出道起就很红，越来越红。他骨子里也很傲，无论是对投资商还是谁。可今天，虽说他好像还是一副漫不经心的样子，但给姜昕盼的感觉，偏是有哪儿不一样了。

整个人……整个人，仿佛热了起来，会去靠近一个人，眉梢、眼角仿佛有光在不断流动，会去在意别人吃得多还是少，甚至会用那样柔软的语气和许寻笙说话。他开始像个活生生、热乎乎的人了，天王巨星的高冷，一下子不知道丢到哪里去了。

还是说……他对于很熟的朋友，或者志同道合的人，就是会这样关怀。

应该是这样的吧。姜昕盼对自己这么说。不是早就感觉到他是个面冷心热的人吗？一定是这样。

等三人都吃得差不多了，他们一起离开餐厅。姜昕盼和老丁去片场，岑野不用去，待在客栈里自己安排工作。三人正说笑着，到餐厅门口时，岑野忽然停步，对吧台经理说："你们厨房下午能做甜点吗？"

吧台经理哪能不知道他是谁，片方负责人早已叮嘱过，对岑野、姜昕盼这样的大牌明星的要求，都尽量满足。经理忙说："做的，能做。岑老师您具体有什么要求？"

岑野说："你做个三四种，量不用太大，卖相好看点，口味弄好点，两个人吃。下午三四点钟，送到我的工作间来。"

经理说："没问题。"

老丁已经先走出去了，姜昕盼一直站在岑野身边，没有出声。

回房间后，岑野躺了一会儿，又跑到阳台，探头望去，隔壁的门关得紧紧的，也不见她出来。他返回屋里，拿出手机，给她发短信：

"下午一点半，就在客栈里，305室，我们排练。"言简意赅，公事公办，不敢有半点暧昧。

果然过了一会儿，她回复："好。"

快一点半，岑野出了门，见隔壁的门还紧闭着，不知道她去没去。他也不敢在门口等，只怕她见了会更恼怒，索性还是自己去了工作间。

岑野人来之前，一些设备就先运过来了，乐器、音箱、调音录音设备……等于是让工作人员临时搭建了一个工作间。他也没有带任何自己团队的专业人员过来，只说让他们在北京候命，需要时再过来。

他来之前已经和岑至、刘小乔摊了牌，刘小乔不敢说什么，岑至脸色很难看。但三人心里也清楚，现在谁也拦不住岑野，岑野也根本不打算带他们过来碍事。不过，岑野确实答应了他们，暂时不会闹绯闻出来，让团队措手不及。

所以现在，在云南这与世隔绝的小镇，这半个月时间，几乎是他能想尽一切办法，营造出不被外界打扰的空间了。

岑野站在工作间门外。

门是虚掩着的，已经有人先到了。她总是习惯早到。

岑野竟有些踟蹰。

房间里有一盏柔和的灯，那人就坐在灯下，一架键盘前，低头在看歌谱本。她手里还捏了支铅笔，轻轻地无意识转动着。那身影纤瘦柔美，一如往昔，此情此景，就这样到了他眼前，像是一场梦。

仿佛只要他推开门，就会看到她抬头笑了，还有她身后，那一群已经四分五裂的兄弟。

岑野的眼眶阵阵发热，伸手按了按，压抑下去，推门大步走进去。

许寻笙的心里却仿佛有什么已经炸开，猛地转过头，避开他。

他却很轻、很哑地唤了句："笙笙啊。"

许寻笙的眼泪一下子涌上来，拼命压下去，将放在膝上的双手攥得生疼。她用最冷最冷的声音说："岑野，你干什么？！"

哪知他无耻至极，不言不语，动作飞快，一低头，又在她脸上亲了一下。

许寻笙再也无法克制，起身要走，可是往左，撞上他阻拦的手臂，往右，撞上他的怀抱。而他的眼始终深深，那里头分明有种异常笃定的情绪。

许寻笙吼了出来："岑野，你疯了！我们已经分手了，分手两年了！你这算什么？"眼泪差点掉出来。

却见岑野的脸色发冷，嘴角弯了弯，终于还是露出一点那冷漠带刺的表情。他说："许寻笙，你那天没有等我回来。我一直在想，那样怎么能算分手。"

一句话却让许寻笙恍然立在当场。

那些情绪，那些疼痛，那些已经被她埋葬很久、罔顾很久的情绪，好像重新被他一句话翻了出来。她再难忽视，再难装作不为所动。

他终于还是迫她面对了。

可是，那是个怎样的夜晚啊？他冷漠的眼神、疯狂的双手、伤人的话语，还有最后的摔门而去。还有她被他固执地困在房间里，她求他放过，他却沉默挂掉电话。她其实内心深处很清楚，非常清楚，那些事，他和她一样疼痛。可是，她当时，她后来，又能怎么办呢？

终于它们已经过去了，终于现在彼此可以各过各的生活，可以不痛不痒了。可现在，他又提它做什么？他想要什么？他真的想要吗？她又给得了吗？她只识得草根小野，不识得天王巨星。

她的心渐渐冷下来，说："你不要说废话，都过去了，再提这些，工作也没法做了。"

她如此绝情，岑野心里就跟被刀狠狠插了一下。他终于还是扯起嘴角笑笑，说："你不是问我，为什么要装成荒野吗？"

许寻笙的心一下下抽动般地跳着："为什么？"

他居然又低头在她脸颊上飞快啄了一下，竟是一副半点不会被她的冷漠逼退的姿态，而后苦笑着说："对不起。因为，我没有别的办法可以接近你。"

许寻笙却只觉得整颗心都茫茫然一片，他的话叫她脑子里轰轰作响，她何时，见过这样一个颓唐的、低声下气的岑野？

有什么情绪在快速飞转，可却抓不住。那感觉是冰凉的、钝钝的，有点让人呼吸不过来，她想要清醒过来，却仿佛失去了判断力。他的影子、他的模样，他的声音和呼吸，仿佛成了一张迷网，就这么无声无息把她交织在其中。

她下意识就要防御，就要说出更凶的话，让他彻底滚蛋。可这时，岑野忽然松开了她的椅子，人也直起身子，他一下子这么退了，倒让许寻笙一怔。

然后就见他坐回自己的椅子，依旧低声说："你说得没错，工作要做。刚才我们各弹一遍，你有没有感觉到，有几句可以再修改一下？"

许寻笙抬眼看他，他脸上居然有了几分心平气和的神态，只是目光依然温柔灼人。许寻笙低下头，避开他的眼睛。

他现在真的，很沉得住气了。两人眼看就要谈崩，他居然立刻缩了回去。就好像刚刚两人谈论的只是今天的天气，而不是曾经逼得他们都快发疯的爱情。

她感觉又像是一拳打在了一团烂泥上，二十五岁的岑野，不再会不顾一切跳出来，一把抱住她、强迫她，而是就赤腿站在那团泥泞中，沉默注视着她，换了个方式，死缠烂打。

他什么时候……这么能忍了？像另一个很有城府的男人，再也不和她吵吵嚷嚷了。

许寻笙只觉得一口气吐不出来，也不知道如何是好，脑子里乱糟糟的，哪里又静得下心去想他说的旋律。也许是看她脸色太苍白，岑野顿了顿，到底还是说："你别想太多，我也不会逼你，以后都不会。我们先讨论工作，其他的事，以后慢慢说。"

"以后慢慢说"这五个字，在许寻笙耳朵里跳了跳。而他说完后，居然低下头，一下下随手拨弄琴弦，只是脸上也有几分残留的绯红，泄露了不平静的情绪。恍惚间，竟然又是当年懵懂少年模样。

许寻笙有些发怔。

一切这样安静，刚才的惊心动魄仿佛只是她的幻觉。可望着眼前人，许寻笙却分明看到一片湿滑灰暗的沼泽，就在自己脚下，只要往前踏一步，就会被他拉着深陷进去。

她只知道，自己再也不想陷进当年的困境里，更何况今时不同往日，这片泥沼，只会比当年更荆棘丛生，更深、更广，若是再掉进去一次，她也许再也爬不出来了。

于是她定了定神，开口："岑野，我……"

有人敲门。

岑野深深看她一眼，说："有话待会儿说。"扬声："请进。"

许寻笙紧提的一口气，仿佛瞬间卸下，低头不语。

来的却是姜昕盼，手里端着两碟精致的糕点，笑着走进来，说："我这会儿没事，干脆就去餐厅把下午茶拿来了。没打扰你们吧？"

岑野说："没事。"

许寻笙也抬起头，勉强对姜昕盼笑笑。

姜昕盼放下糕点，选了一张椅子坐了下来。尽管这两人没说打扰，可她几乎是立刻感觉到，房间里的气氛有些不对劲，岑野抱着吉他，却没有弹，脸色平淡，眼神里也有莫名的冷意。

许寻笙坐得离他很远，中间至少隔了两个人的距离，她的脸色也有些僵硬。

空气里，仿佛有一根绷得紧紧的线，僵持着。

姜昕盼的心往下沉。

她勉强压下那糟糕的情绪，再抬起头，发现岑野还是一眼都没有看自己，只是兀自在出神，心事重重的样子。

于是姜昕盼只能笑着对许寻笙说："金鱼，尝尝吧，你中午没吃多少东西。"

许寻笙说："谢谢，我还不饿。"然后站起来："你们先聊，我正好出去透透气。"说完就径直走向门外。

岑野一动不动，也没说话。许寻笙走了，屋内重新安静下来。

姜昕盼平复了心绪，柔声问："你要不要吃一点？"

"不用。"他伸手又拨了几下琴弦，翻了翻歌谱本，显然没有太多和她交谈的心情。

姜昕盼忍了忍，终究没忍住，问："我是不是打扰到你们……创作了？"

岑野的目光盯在某处，停了一会儿，忽地笑笑，说："你是天后，以后不要干送吃的这种事了，被人看到对你不太好。这儿是我和她专业排练的地方，你以后还是不要随便来了。"

那嗓音依旧低沉悦耳，可姜昕盼分明听出了他骨子里暗藏的冷酷。他已经察觉到了什么是吗？可这就是他的回应？

姜昕盼的心里也阵阵发冷，冷得发疼，她听到自己说："行。"起身离开。

两个女人都走了，屋内彻底归于沉寂。

这天岑野一直独坐到夕阳西下，许寻笙也没回来。

第二天一早，许寻笙看着镜中的自己，眼下一片青黑，脸色也很难看。

然后她就收到岑野的短信，像是算准了她起床的时间。他说："起了吗？老丁这两天就要走，想听听我们写的那首歌，上午九点工作室见，行吗？"

许寻笙只回复了一个字："行。"

她不待见他，但是老丁的托付却不可以辜负，转念又想，岑野就是算准了这一点，靠着老丁和合同拖她在这里，心里不免一阵发堵。

好在吃早餐时，并没有撞见他，快到九点时，许寻笙才去工作间。

老丁和岑野都已经到了。许寻笙进去时，老丁正颇有兴致地摸着把贝斯，岑野则含笑对他说着什么，听到动静，两人都转头。老丁自是言笑晏晏，岑野今天穿了黑色长袖、黑色裤子，简单的搭配，却看得出细节的精巧设计，低调大牌。

他现在仿佛已习惯了这样的卓尔不群。寻笙想，或者这就是他的本性。

他依旧目光深深，在她身旁坐下，许寻笙微微蹙眉。

老丁则坐在他们对面，这让并肩而坐的他们俩，看起来更像一对熟悉的同伴。

岑野说："老丁不会一直跟组，临走前想先听一下歌曲。"

许寻笙点了点头，却没说话。昨天她和岑野闹成那样，她干脆躲了一下午，结果两人根本没有排练过，现在要直接唱给老丁听，她有点没把握。

像是察觉了她的担忧，岑野低声说："你只管唱，我的吉他会跟着你。"

耳中像是有根线被轻轻拨动着，许寻笙不看他，抬头坦然对老丁说："昨天由于我的原因，我们没怎么排练，很抱歉。所以今天您来听可能会有不尽如人意的地方，那都是我的责任，有什么问题您提出来，我会用心修改。"

岑野盯着她不说话。

老丁大手一挥："哈哈，你是不是把我老头子想得太严厉了，你们是专业的，我就随便听听。"

许寻笙莞尔，然后收了笑，脸色冷淡地递给岑野一个眼神，示意他伴奏。

这两年多来，哪里还有人敢这么使唤岑野？都是他一个眼神扫过去，大家老老实实该干吗干吗。此刻她的一个眼神，没有半点柔情，冷冷又清清，居然带着几分过去对他随意差使的味道，岑野心口却是又涩又甜，嗓音更柔和："那我开始了？"

许寻笙"嗯"了一声，依旧转过头不看他。

岑野拨动琴弦，悠扬古朴的旋律响起，轻轻柔柔，如动我心。许寻笙和他一样，坐在高脚凳上，眉眼低垂，刹那却好像被带进了另一个世界里。在那个世界里，她不用抬头看，也不用刻意留心，也能记住他所弹奏的每一句旋律，他每一个独特的指法习惯，还有他的手一起一落间，暗藏的胸怀和情绪……

她闭上双眼，轻启朱唇，开始吟唱。

……

老丁接触音乐不多，却也听得入了神。起初，只觉得温婉动听，节奏明快，十分入耳，原来这样静谧简单的弹唱，也能带给人身心如此沉浸愉悦的感受。渐渐地，他回过神来，竟有了种感觉，眼前的两个人，他们的音乐分明是一体的。虽然一个弹、一个唱，可那如水般流淌的吉他声和歌声，配合得天衣无缝。他们身上分明有着相同的气质，宁静、朴素、温柔，而那正是他的电影、他的故事所想要的。完美，实在是完美。

岑野起初还低着头，后来就抬起来，一直看着许寻笙。而许寻笙哪里也没看，时而闭目，时而睁开清澈双眼，虽然她只管唱自己的。这两人，分明被同一片光笼罩，被同一首歌沉没。

一曲终了，两人都默然。

哪怕是向来不太在意儿女心思的老丁，都感觉自己在这里很多余，十足十是个又老又亮的电灯泡，心中甚至觉得，岑野这小兄弟，人前看着是万众巨星，其实呢，也是个可怜人。这不，女孩哪里给过他什么好脸色？

老丁轻咳两声，打破这一室快要把他淹没的儿女情长，继而大力鼓掌。于是许寻笙温婉地笑了，整个人当真清淡如菊。岑野也恢复了淡然自若模样，他把吉他解下，递给许寻笙，示意她放在旁边桌上。许寻笙有点不太想接受他这样自然而然的小动作，但有老丁在，到底还是接过，替他放好。

"老丁，有什么想法和感觉，直接说。"岑野说。

许寻笙也认真望着老丁。

老丁仔细斟酌了一下，说道："整体感觉已经很好了，意境、主题、风格，都是我想要的，词也基本贴合，乍一听好像没什么问题。不过，我还是感觉少了点什么，好像太中规中矩了，少了点生动的、打动我的东西。"

岑野和许寻笙都没说话。

老丁笑了笑，说："当然，也可能是我钻牛角尖了，可总觉得，你们的歌，离这个故事，还有一层纱的距离。我想，是不是还少了点更鲜活、丰富的东西，更真实接地气的东西。我们文学创作讲究的也是这个，我觉得文艺是相通的，音乐创作也是一样的。

"你们昨天才到，我建议不急着录制这首歌。你们去古镇上走一走，看一看，采采风，剧组已经开始拍摄了，你们也可以去看看，真实地感受一下这个故事发生的背景、男女主角的感情。不要仅停留于你们所阅读过的这个故事，更要看到它、体会它，然后把你们的感受，写到歌曲里去。我相信，那一定是更能一下子抓住人心的东西。"

老丁的这番话，许寻笙听入心了。这几年她总是独自一人创作，乐迷和伙伴们也都是说好好好，还没有人从文艺创作的高度去评点过她的音乐。虽然老丁说的只是一个概念，但她大概明白他的意思。

于是老丁走后，许寻笙就生出冲动，也很想多去周围看看和体验，捕捉灵感。

见她坐在原地，眼神发亮，兀自出神，岑野哪里还猜不出她的想法，说："我们一起去，毕竟是共同创作，不能各自闷头干。"

他说得在理，可许寻笙并不愿意和他形影不离。

但她忽地笑笑，像是很平静地说："你确定可以和我一起出去？"

岑野滞了滞，看她眼里竟然隐有幸灾乐祸的光，心里也不知是该哭还是该笑，可更多的，居然是隐隐甜蜜。她自来后一直冷若冰霜，现在却用这么生动的眼神在嘲笑他。

他说："我会戴口罩、墨镜，再带两个保镖，这地方偏僻，外来人也少，应该没问题。"

许寻笙不说话，她知道自己甩不掉他了。

半个小时后，许寻笙换了身衣服，走出客栈，果然就看到岑野带着两个保镖，站在角落树荫下，口罩、墨镜戴得齐整。许寻笙看他一眼就走，脑子里却忽然冒出个念头——他现在是不是外出都得这样，再也不能自在地露脸了。

岑野一看到她，自然快步跟了上去，两个保镖则在后面闷声不吭跟着。

岑野却一直打量着许寻笙，她今天戴了顶水红色的宽檐帽，以前他只见过她戴男孩子气的鸭舌帽，却发现原来这样的颜色款式，更显得她一张脸小巧白皙，有几分乖巧甜美的味道。

他忍不住轻轻拨了一下她的帽檐，说："没看你戴过。"

许寻笙直接没理他。

身后的两个保镖看着他的动作，对视一眼，都不吭声。

现在是淡季，这样的偏僻小镇，几乎没有游客，不过最近有剧组来拍摄，已经算是最大的大事。所以现在看到他们这一行人，那些当地居民也没有太惊讶，加之岑野的主要粉丝群集中在少女，所以他们走了一段，那些大叔大妈顶多多看岑野的口罩、墨镜几眼，并没有认出或者根本不认得他是谁。

这让岑野也乐得轻松，跟在许寻笙身后，一路慢逛过去。他自然对那些摊子、吃食都没兴趣，墨镜后的双眼，只留意着她一个人。

岑野知道，这样慢悠悠的闲逛，许寻笙多半是喜欢的。果然，她虽然一路当他不存在，却明显被景色吸引，时而驻足，用手机拍下古街上方一束枝丫间漏下的阳光；时而在小摊前蹲下，挑拣一些手工首饰；时而逛进了书店，买些明信片……岑野抢着付钱时，她也不和他争，拿了东西就走。

可看到她嘴角终于有了笑颜，他的心情也变得好起来，虽然偶尔对她说上一两句调皮话，她只冷冷看他一眼，并不理会，可岑野以前就爱极了她这清高使小性子的模样，心头更是荡漾温柔，仿佛那死去很久的情绪，被她的一颦一笑牵扯，终于复活。

然后他就站在街头，垂头想，过去两年我过得什么日子，呵，什么日子？

而于许寻笙而言，这样的闲逛，确实让她的心情变得放松。连带紧跟着自己的岑野，压力也没有那么大了。偶尔间当她回头，看他站在某处，望着自己，恍惚间好像真的看到了两年前的那个人，那是一种带着周身疼痛的熟悉感。可她不敢叫那熟悉感复苏，他如果真的靠近了，她怕陷进去，陷进去又会被他所俘获，被他影响、控制自己的情绪悲喜聚散。她真的不敢。

两人各有心事，这么逛着，居然也相安无事。只是在两个保镖看来，老板真的要把这个女孩捧在手心里了，时时刻刻看着、跟着，买张两块钱的明信片都抢着掏钱，他自己钱包里还没有零钱，只有黑卡和大钞，最后转身背着女孩把他俩手里的零钱都拿走，话也不敢多说一句，女孩一呛声，就只是老实待着——这，还是他们认识的那个颐指气使、牛气哄哄的大明星吗？

不知不觉，他们逛到了一处庭院外，路边停着几辆剧组的车，里头有不少人影，似乎正在拍摄。

许寻笙不由得停下，往里看了两眼。

岑野见状低声问："想进去看？"

许寻笙还从没见过剧组拍摄，确实好奇，不答反问："能进去吗？"

岑野叫一名保镖过来，叮嘱了几句。保镖跑进院子，过了一会儿，拿着两个工作证跑出来。

岑野接过，往自己脖子上套了一个，伸手又想往许寻笙脖子上挂，许寻笙偏头躲过，然后接过那工作证，自己戴上。

岑野放下手。

两名保镖当没看到，走到一边墙角抽烟等着去了。

许寻笙自己戴好后，见岑野跟没事儿人似的，温和地说："进去保持安静。"

"好。"

两人走进院门，果然有了工作证，现场工作人员没有多问，不过他们走到院子里，就被人拦住了。原来前面屋檐下长廊里，剧组正在拍摄。

拦住他们的工作人员显然认出了岑野，神色有些激动，岑野摘下墨镜、口罩对他笑笑，然后和许寻笙一起看着拍摄。

这部戏和姜昕盼搭档的男主角，是一位新人，但据说颜值和演技俱佳。此时，姜昕盼就坐在门槛上，双手抱膝，眼中含泪。男主角站在她身后，一脸欲言又止，努力压抑着情绪。

即使许寻笙见过姜昕盼几次，此时依然为她所打动。姜昕盼穿着很普通的T恤和牛仔裤，这样普通的打扮，却意外地更显姣好匀称的身材，长发披落肩头，她埋着头，咬着唇，将哭未哭，满目荒芜。哪怕是不懂戏的许寻笙，也觉得心头被狠狠一撞，更别提此时整个庭院里，几十名工作人员鸦雀无声，看着姜天后带着新人的这一场经典文戏。

就在这时，姜昕盼抬起头，看到了对面的岑野和许寻笙，她微微一怔。

导演："停！"

所有人仿佛同时一泄，各种琐碎的声音都冒了出来，男主角也是一愣，笑着把姜昕盼扶起来。姜昕盼似乎也有些尴尬，揉了揉头发，没有再往岑野他们这边看。导演则笑着说："姜老师，是不是累了，要不休息一会儿再来一次？"姜昕盼说："好。"

许寻笙不是没看出刚才的小插曲，心里有些不是滋味，这时却听搅乱了一池春水的那人，低声在耳边说："看完新鲜了吗？走吧。"许寻笙一怔，他居然伸手拽了一下她的帽檐。许寻笙立刻躲开，转身，看到他眼里闪过笑意，往外走去，于是许寻笙也跟上。

到了门外，阳光斜斜照着，比之前已和煦了很多。岑野站在路边，在等她，墨镜、口罩都已戴好，两个保镖已如影随形地跟过来。三个男人都看着她，似乎在等她决定继续往哪里逛。

许寻笙以为刚才他会留在院子里，和姜昕盼打个招呼、说几句话的，她的脑海里甚至闪过他参加综艺节目，一把扯掉姜昕盼的名牌后，那灿烂飞扬的表情，还有姜昕盼望着他的清甜眼神。她想，他那么敏锐的人，刚才肯定也注意到姜昕盼因为看到他而分神被喊停，他会有那么一丝怜惜和歉疚吧？

可他居然转身就走，像是根本就没上心，仿佛刚才真的就是陪她进去看个新鲜。

"饿了吗？"岑野问。

许寻笙摇头，说："没有，如果你饿了，就去吃。"

岑野说："我也不饿。待会儿再吃？"

许寻笙看向一侧，答："好。"

到底此时心是软的，有些气似乎也不那么堵了。她也不想再对他生气。他大概察觉到了她的态度有所软化，嗓音里甚至带了笑意："行，都听你的。"

许寻笙继续不理他。

小镇不大，很快，他们走出了一个小城门。面前，是条波光粼粼的小河，过了小桥、过了河，有片山丘，郁郁葱葱，颜色十分鲜明好看。

许寻笙驻足望了一会儿，就听岑野说道："要不要上去看看有什么。"

她自然是想去看的，可两人去看，却让她有种不安感。正迟疑着，岑野已上了小桥，转头喊她："过来。"

她竟不知不觉跟上。

脚踩上那片野草茵茵的山丘，抬头望去，树各自随意生长，丘顶遍布野花，她不由得心旷神怡，信步而上。

岑野却在这时慢慢落在她身后，两个保镖也跟着，刚要上来，岑野摘下口罩、墨镜塞进口袋，横了他们一眼。

许寻笙走上山丘，这里的草长得茂密，野花有紫、有红、有黄，错落其中，看着像一片彩色绒毯。她用手指拂过草尖，有些发怔。小镇就在不远处，这里却仿佛一片无人涉足的世外小桃源，明亮的阳光斜垂着，她的脑子里忽然空空的。

岑野望了一会儿她在半人高的花草丛中的侧影，说："我有了个灵感。"

她以手指卷了一圈草，问："什么？"

岑野站在离她一米远处，不想太远，也不敢太近，眼睛不由自主地盯着她调皮的手指，答："加一些声音。"

这下许寻笙抬起头，看清他露出的脸，也注意到两人身后，空空荡荡，保镖没有跟上来。

这让她的心中越发沉寂。

岑野说："真实的声音。譬如这里，风的声音、流水的声音，还有……呼吸声、脚步声。"

许寻笙不得不点头："这个主意不错。"那首歌本来就包含丰富的故事和情感，老丁觉得少了生动的感觉。她在脑海里预演，如果加上这些来自自然的不加修饰的朴素声音，不需要太多，零零碎碎一些，巧妙融入旋律，整首歌仿佛更加鲜活，也更寂寞。

岑野背着光，露齿而笑："这个灵感是从你那里来的。"

许寻笙："和我有什么关系？"语气又冷下来。

岑野也扯了根草，在手里揉断。许寻笙看着这熟悉的摧残动作，怔了怔，这时听他说道："你那首得新人奖的单曲里，有下雨的声音，还有……你和其他人的笑声，我觉得很新鲜、很不错。"

许寻笙想起，确实有这么回事，当时录制完之后，虽然觉得有些杂音，大家都觉得生动有趣，就留下了，却没想到他也听过她的歌。

而她的心情，此刻为什么就像这满地随风摆动的野草，细细茫茫，难以平静。

见她不出声，他又上前一步，靠得近了些，柔声问："要不要再往远处走走？"

许寻笙下意识说："不要。"她答得太急，他默不作声。她转身说："回去吧。"

可刚走了两步，手臂就被拉住。这一次，他抓得很用力，也站得近，胸口就贴着她的肩。

她抬起头，看到他的眼睛。

那些风吹草动的声音在她耳中停歇下来。

他问："昨天，姜昕盼来之前，你想对我说什么？"

语气柔和，竟隐有一丝期盼和笑意。

许寻笙稳了稳心神……他以为她要说什么？

对着他清澈如同星光辗转的双眼，她一时竟答不出来，心里也乱极了，想要挥开他的手跑掉，可他抓得很牢，甚至顺势将她扣在了旁边的一棵树上，低头看着她，沉默不语。

那双眼，涌动如初，执拗如初，那里头藏着一个真挚炽烈的小野，那么期盼不安地望着她。

许寻笙差点就被那双眼刺痛了心，恍惚了一下，别过脸去，避开他的眼睛。他靠得很近，热气喷在她脸上，嗓音却有些哑了："笙笙，别躲，看着我。"

许寻笙说："你别这样。"

他的声音里忽然有了丝偏执的笑意："我怎么样了？"

她心里急了，也有点莫名地怕了，反而抬头直视着他："你到底想干什么？"

两人的脸离得太近，几乎只有几厘米远，她问完后，岑野却仿佛因为什么失了神，他低声说："我不想别的，只求你回来。"不等她有任何反应，他的唇已压下来。

许寻笙的脑子里乱哄哄的，一片茫然。被风吹得微凉的唇，带着那么遥远、那么熟悉、那么清冷的气息，就这么压在她的唇上。他几乎是立刻就攻了进来，手也顺势捧着她的脸，凶猛炽热地吻着。

许寻笙已两年没被男人碰过，这一吻，令她全身每一寸肌肤都发烫，那感觉实在尘封太久，就这么不留一丝余地地闯进她的身体、她的心。她开始微微发抖，眼泪也开始往外冒，但被自己拼死压抑住。

可他吻得太热烈了，太用尽全力，力气又大得很，许寻笙被他牢牢按在树上，动弹不得，后背甚至都发疼。见她一时并未抵抗，岑野心中惊喜万分，更是低喃出声："笙笙……宝宝……"那嗓音沙哑至极，带着几分焦急，几分欢喜，仿佛所有情绪都堵在了喉咙里，恍惚间，好像曾经那个少年又回来了。于是许寻笙更加迷茫沦陷，一时竟也舍不得把那人给推开了。

这时岑野干脆双手将她抱着，把整个人都搂在怀里。

许寻笙却被他这充满侵占意味的一抱，震得一下子清醒过来。她想，他在干什么，他们在干什么？眼前面对的分明不是少年岑野，而是那个天王巨星，他会搞错，难道她也要搞错？他不知发什么疯，突然想要回头，难道她就陪他回头？他们真的可以回头？

她开始挣扎，开始推他，他浑身一震，盯着她，却不肯松手。两人推拉纠缠间，他居然还一口含着她的唇，轻轻吮吸，竟是她以前熟悉的温柔安抚的小举动，含混哄道："别生气，你别生气。我不亲了，都依你……原谅我好不好？宝宝，原谅我，好不好？我们再在一起，好不好？"

这几句话竟说得颇有痛苦之意，许寻笙的心中却像有什么猛然塌掉，巨大的悲痛从心底升起。她想，自己曾经那么怨，那么伤心，那么自责，却也无能为力，现在终于摆脱了很长时间，可是就因为他说的这些话、他的举动，那些感觉又回来了。

可是岑野，你到底想干什么？为什么，突然又想抓着我不放？可是如果，下次我们再离心、再分手，那你还要我如何自处？那你还要我今后的人生怎么过！

她在心里声声尖锐地喊着，却说不出口，想要挣扎，他嘴里说着软话，却抱着不肯放，像是知道一放她就会跑。他过去的痞气和固执，倒是恢复了个十成十。

她气极了，也慌极了，这一幕实在太似曾相识，她心里也有一股冷冽气息涌起，带着某种决绝的勇气。她抬起手，一个巴掌，带着自己都没有预料到的力道，"啪"一声甩在了他的脸上。

岑野整个人都是一顿。

她吼了出来："岑野，你疯了吗？你把我当成了什么？我早已经不是你女朋友了！"

他人还没动，依然保持着紧紧抱着她的姿势，视线却终于聚焦在她脸上。这一巴掌力气不小，他那白皙的精心保养的脸颊上，瞬间多了几道红指印。许寻笙打完后，心里也是一片疼痛，还有荒凉。

岑野的手臂终于缓缓松开，不再搂着她的腰，却依然按在树干上，围困着她，整个人仿佛也刚刚从一场错乱的迷梦中清醒过来。他忽地笑了，说："我这辈子没被别人扇过耳光，只有你。许寻笙，这是你给我的第几个？"

许寻笙心里"噔"的一下，完全没想到他会这么说。只觉得周围的暮色竟像面深潭，就快要把两个人都给淹没进去了。

"第四个。"岑野涩涩地说，"每个巴掌，我都记得清清楚楚。你还记得吗？"

许寻笙的眼眶一热，倔强地说："不记得。"转身想走，哪知即使挨了一巴掌，他也没松手，又把她按了回来。

两人都低着头。

她看着地面，他的头微微靠在她的发梢，却也不敢真的靠近了。

然后就听到他低声说："这些，我都认。以后别打我了，成不成？"

他为什么要这么说话？

许寻笙的眼泪掉下来，刚想抬手擦掉，一只手比她更快，轻轻捏着她的脸，然后用指腹抹去眼泪。

他的嗓音更低："你别哭。"

许寻笙说："没人想打你，是你每次都逼我。"

岑野却用额头抵在她的脸颊上，静了一会儿，说："对不起，只要你别走，我们好好说话。我们俩这些天，还没有好好说过我们的事。

"以前的事，我想过很多很多次。我知道都是我的错，是我把我们俩的感情搞砸了。那时候我脾气太冲了，明明心里在意你，在意得不得了，却不肯低头。

"其实这两年我想过很多次来找你，就怕你像现在这样，不肯理我。所以直到现在，我觉得自己变得更好了，可以对你更好了，才尝试着靠近你。

"笙笙，我想的从来没有变过，这两年也从来没有过别人，我这辈子只想和你在一起。你……能不能给我一个机会，我们试着重新开始？"

许寻笙真的一个字也说不出来。

重新开始……真的，还可以吗？

他的话语，仿佛如蛊人的魔咒般，开始在她心中徘徊，她险些再次掉下泪来。她似乎已经感觉到了，一片巨大的无法预知的甜蜜和酸楚，在诱惑着她，她若真真正正上了心，就一定会沦陷下去。

可那是她这两年来，想都不敢想的事。早已绝望了的事啊！

然后她的目光重新回到岑野脸上，看清了他现在是谁。她也想起了两人现在的生活、身份的差距，想起那些曾经在背地里阻挠他们的人。那些仿佛千重万重山，和他的许诺一起站在他的身后，等着她。她曾经跌倒在那上面，这一次，那些山更高了，难道他们能跃过去？

那一片没有把握、她完全不熟知的未来，想想就令她心中发寒。

回不去的，有个声音在她心底说。

……

这么想着，心渐渐地冷下来。忽然间心口狠狠一疼，可是她刻意忽略掉。

她定了定神，说："你不是问我，昨天想和你说什么吗？"

岑野盯着她。

她说："我是有话对你说：我们不可能再在一起。"

他围困着她的手臂，不知何时放了下来。然后他忽然笑了，笑得轻飘飘的，反问："为什么不可能？"

某种熟悉的感觉，来自眼前的男人，慢慢袭向许寻笙。她知道那是什么感觉，那段时间，她和他分手前夕，那个固执的、冰冷的岑野，那个让她把握不住也控制不住的岑野，仿佛又回来了。

这些天他平和又温柔，耐心又圆滑，仿佛真的像个成熟男人了。可现在当她说出拒绝的话，他那仿佛长了刺的一面，终于又暴露出来了，准备刺向她，带着他的痛苦也刺向她了。

许寻笙慢慢呼吸着，这样仿佛就能把内心的疼痛和犹疑压制下去，她说："因为我对你已经没有感觉了。"

他没动，也没什么表情，然后，她听到他一字一句清楚地说："不可能。"

许寻笙仿佛一口气都被他堵在心口里，脱口而出："怎么不可能？"

他一直盯着她的眼睛，也不知是否看出里头的慌乱和躲避，出乎她的意料，他没有像当年那样，用浑身的刺去反击她，而是静了一会儿，平平实实地说："因为你说过，会一直喜欢我。你发过誓，我全都记得。"

许寻笙的呼吸一滞，哑声说："那怎么能算？岑野，难道世界上每对恋人相恋时说的话，都能一直算数？"

岑野说："为什么不能算数？在我这里，一辈子就你一个人，永远算数。"

许寻笙差点哽咽，慌忙抬腿想走，却听他又说道："就算你真的没有感觉，那我们就不说从前，只说现在，重新开始。我觉得自己现在的条件也不错，不比你身边任何男人差，我重新追求你，好不好？"

可他不说现在还好，一说许寻笙的心又直直跌落下去，脱口而出："岑野，难道你不知道，我们现在是两个世界的人？你看看自己周围，你现在是个什么样的人，过着什么样的生活？我又是个什么样的人，过着什么样的生活？

"我不知道要怎么和你在一起，更别说今后如何一起生活。我们不可能的，岑野，我们会有很多很多问题，根本解决不了，到最后又是散……我们不如就这样好聚好散，不要再纠缠，放过你自己，也放过我，不好吗？"

话一讲完，仿佛一片刀片，掠过心口，只是无人知晓。

然后她就看着，岑野的那双眼，终于渐渐冷下来。

而这双眼，在他们刚踏上这片山丘时，分明还闪动着期盼的、执着的光。

许寻笙只感觉到心也跟眼前景色似的，模糊寂静一片。仿佛刚刚说出那番话的，是另一个人，不是自己。

就在这时，远处传来人声："金鱼老师……岑老师……"隐约听着有人找上来了。

许寻笙抬腿就朝来人处走去，听着身后一直寂静，他没动。她有些迟疑，却不敢回头。

过了一会儿，却传来动静，他步子很快，追了上来。

经过她身边时，听到他的嗓音几乎沙哑如尘埃："原来你真的忍心。"

许寻笙的心仿佛被人狠狠打了一拳，抬起头，却见他的脸上没有半点表情，率先走向保镖，戴好墨镜、口罩，往前方走去。

<第十三章 >
此生归处

这一夜，许寻笙并不觉得多痛苦，只是脑子里像有一条刚跑过马的小巷，余声震震，却已空无一人，难以平静。

夜里也是睡得辗转反侧，仿佛总有一个人在耳边说话，断断续续，支离破碎，难以分辨，却说得她的脑袋很疼。第二天醒来时，她发了好一会儿蒙，却依然对那桩事、那个人不愿深想，仿佛这样便能相安无事。

但整个人到底蔫蔫的，她一大早脸色青白拉开房门，也不知是去吃东西，还是去现在仍空荡荡的街上走走，然而迎着光，就见一个人站在走廊栏杆旁。

许寻笙心头一颤。岑野穿着厚厚的外套，也戴着口罩，不知在那儿已站了多久。听到声音，他慢慢转过脸，许寻笙注意到他头发蓬蓬软软的，口罩外的一双眼，清亮平静。

然后他昨天的种种话语，就飘进她的脑子里。

在我这里，一辈子就你一个人，永远算数。

我重新追求你好不好？

原来你真的忍心。

……

明明才过了一晚上，可昨天那倔强又负气的男人，与眼前这个沉静的家伙，竟像是两个人。

两人就这么隔着走廊上的一道阳光，互相望了一会儿。

岑野朝她走来。

到面前时，他摘了口罩，然后许寻笙看到他的眼底也是一片青黑。他说："我们能不能进去说？"

许寻笙人立在门口，房门都还没带上。见她不吭声，也不动，岑野轻轻推开房门，先走了进去。许寻笙默立片刻，跟进去，带上门。

岑野此时此刻出现在此地，自是想了一晚上，胸中也有了完全计较。这还是他来云南后，第一次进她的房间，抬头望去，只见处处整洁干净，衣柜里挂着她的几件衣服，书桌上放着她那些精致的笔、本子和文具，以及床上换了她自己带的枕套、床单，地上放了双颜色可爱的拖鞋。不用说，都是她不怕麻烦，吭哧吭哧从家里带过来的。岑野心中涌起一股暖意，再看向她，只见她立在不远处，眉眼低垂，俏白的一张脸，却让他瞧出几分不安与恍惚。

于是昨晚岑野心里再大的委屈，此时也化成了空气散了。他心想，昨晚自己跟她较什么劲儿呢？不是早就想过，要事事让着她、哄着她吗？她现在心结未解，自然不肯轻易答应，难道自己一个当年犯错的还有理了？

这么想着，越发心平气和。

许寻笙可不知道岑野现在已这么能做自我心理建设。她见他来，神色这么镇定，只觉得有两个可能。要么，他也想开了，现在是来和她好好说话的，不会再提那些冲动的念头，这样……也好。她心里仿佛一潭死水，那就一切桥归桥……路归路吧。

要么，就是他又来纠缠。那是许寻笙根本不想再次面对的。她觉得自己的力气真的就快要用尽了，她不是神，她的心不是坚硬似铁，可明知是生死难料的一段情，她真的不敢也不愿去接受了。

这时，就听见岑野问："昨晚睡得怎么样？"

许寻笙答："还好。"

他的目光扫过她的脸，并未戳穿这彼此心知肚明的谎言。

"站了一早上了，有点渴，能给我杯茶喝吗？"他又问。

许寻笙："你等一下。"

她起身走到茶台，烧了壶水，又洗了两个杯子，问："我只带了大红袍，可以吗？"

他答："我挺喜欢的。"

许寻笙手一顿，将两杯茶端过来。茶还很烫，他端起吹了吹，又放下，盯着那色泽浓郁的茶汤，忽然说了句："刚才我站在门口就想，如果两年前那天早上，我没有出差，而是像今天这样，依然等在你的房间门口，我们是不是就不会分手？"

许寻笙看着自己握着茶杯的手指，答："已经过去了。"

"不，我知道答案。"他轻声说，"我那时候要是留下认错求你，你终究会原谅我的，你总是原谅我。"

他的话就像根细线似的，轻轻划过许寻笙的心。她想，他说这些干什么呢？是单纯缅怀往事，还是依然不死心？她真的真的已经，快要精疲力竭了。

这时岑野端起茶轻抿一口，动作可以说很斯文老到。许寻笙却突然想起，当年在自己那个小厨房里，那男孩捧了杯茶，一口牛饮下去，还不太满意地说："好烫，你下次能不能买点可乐放冰箱啊？我一路跑过来，喝这个很没滋味！"

她心头一涩，只是沉默。

岑野却说："昨天，对不起。我没有控制好情绪，又被你的话一激，说了狠话，你别往心里去。"

许寻笙沉默。记忆中，岑野还从没有这么心平气和地和她道过歉。

他又说："你昨天说那些问题，我回来后冷静下来，仔细想过了。最后你不答应和我在一起的原因，是觉得我们俩生活方式不同、身份不同，你觉得还会有很多很多问题，根本不知道怎么和我在一起，对不对？"

许寻笙只得点头。

然后就见他似乎松了口气，可又凝神望着她。二十五岁的男人，稳稳重重坐在她对面，不急不躁，居然显得耐心又笃定。

许寻笙的心，没来由地颤了颤，竟有种莫名的预感——觉得今日的岑野，会让她招架不住了！

他却顿了顿，似乎又斟酌了下言语，说："我以前，并不懂体谅你的感受，也不会去想和我在一起，你会面临什么问题。昨天我确实又着急了，可人是会慢慢改变的。你说的那些问题，我全都仔细琢磨过，有了解决的答案。"

他的声音不疾不徐，听着有商有量，可又透着小野独有的执拗。一时许寻笙无从反对或反驳，只能默默低头听他说。

他却笑了一下，说："其实答案很简单——你想要怎么和我一起生活，就怎么生活。你想要公开，不想躲躲藏藏，我现在就发微博公布恋情；你想要住在湘城，我明天就搬过来；你不想被人打扰，我一定会保护好你。其他的所有人、所有问题，你都不要管，交给我来解决，我能够解决。你只要做到一件事，就是相信我，心里有什么事，就告诉我。我知道自己还没有那么成熟，有时候也粗枝大叶，会忽略很多事。但只要你告诉我，我一定拼尽全力做到，真有解决不了的难题，大不了我就退出娱乐圈。最后这条路我都想好了，我觉得没有什么阻拦我们了。"

许寻笙心头就这么涌起阵阵酸涩疼痛的感觉，根本就无法控制。她静了一会儿，说："那如果我现在就要你退出娱乐圈呢？"

岑野看她一眼，那眼神幽黑得如同万古长夜，然后他突然从口袋里掏出手机，在屏幕上滑了两下，手指飞快开始打字。

许寻笙和他坐得本不远，一眼看到他打开的是微博页面，在输入文字。她心里惊了一下，竟觉得他真的干得出。她一下子弹起来，想要夺他的手机，可这时他却强势起来，眼明手快把手高举，她居然抓不到，然后他顺势一把搂住她的腰，低声问："又舍不得了？"

许寻笙心里又急又羞，说："我开玩笑的。"

他盯着她，放下手机，说："笙笙，我不是开玩笑。你想要什么样的生活，我们就过什么样的生活，这不是一句空话，是我翻来覆去决定了的事。你想好了，要不要我退出娱乐圈，要不要我公布恋情？你以为我怕什么？我什么都可以。"

他那股横劲儿居然这时候上来，许寻笙竟是一句话也说不出来，人还被他搂在怀里，下意识想挣脱。他的嘴角居然露出一丝笑，一个用力，干脆把她扣在自己胸口，然后不等她反应过来，他已丢掉手机，双手紧紧抱住她，把脸也埋下来，和她的头挨在一起，说："笙笙，看着我的眼睛，告诉我你已经不爱我了，我就相信。看着我。"

许寻笙怎么能抬头，那酸涩的情绪，渐渐要把她的心给填满了，慢慢地，蔓延成一片无边无际的梦境，把人就要给淹没进去。她忽然就明白了，今天从说第一句话开始，这个桀骜不驯的男人，就平静得跟一汪深潭似的，一步一步，把她拉进无法抗拒的境地。

这不是因为他真的有多平静，他根本还是当年硬邦邦的性子，只是因为他们俩的事，就像他说的，他真的想得很清楚。很清楚自己要什么，为此不惜一切代价，所以才能以荒野的身份，慢慢接近，所以来云南后，被她赶了多少次，他也不肯退缩。刚才如果她不拦着他，看着他眼里瞬间闪过的狠意，她知道他真的会发疯，就这么告知世界，退出娱乐圈。

这样一个岑野，这样一个小野。她深知当年的事并非他一个人的错，可现在他全算在自己头上，然后把她找回来，苦苦求她。她要怎么拒绝？她哪里舍得？

他说要给她一个未来，她想要的未来。她真的想要再相信一次，相信人山人海，年年岁岁，人人迷路，可是他们不会再走散。哪怕高山千重万重，那个一直守在山下的真挚的小野，这一次会带她翻过山去，走到他们梦想的另一边。

许寻笙的眼睛渐渐看不清了，只能感到他的头还埋在她肩上，手紧握着，固执地不肯放开。见她不吭声，他轻声说："你不是说过，只要我永远用这样的眼神看着你，就永远是你的信仰吗？离了信仰，人怎么能活，反正我是不能的。"

许寻笙心中更痛。那掩埋许久的情绪，那回避着依旧被她死死压住、当作不存在的一切，终于就要蓬勃而出。她听到自己，低哑着嗓子说："那时候……那时候……我也错了一半，我担心很多，却拉不下脸和你说，我和你其实是一样的，我……对不起，小野我……"

"你说什么对不起？"他忽然打断，低头吻住她。

这是怎样的一个吻啊。若说重逢以后，第一次他偷吻她的脸颊，吻得匆忙又无礼，昨天在树林里，吻得粗野而绝望，而这个吻，却缠绵、痛苦、甜蜜得让人心疼。她能感觉到，他的脸上也是湿的，一瞬间她心头大恸，猛然间想起很多事，想起他失魂落魄离开的那个晚上，想起他在决赛直播里泪流满面。她想，我怎么这么傻呢，以为他会变，以为我会变，可是原来我们，谁也不会变。他还在这里，为我湿了眼眶，为我始终沉默。他从来都不是那个高高在上的天神，只是我的小野，无论是午夜徘徊还是白日茫茫，他始终都在那里。我看到了，这一刻，我真的看到了。

泪水终于滚滚而下，她一边哭，一边被他狠狠亲吻着。可于岑野而言，此时她轻抵在自己胸口的双手，还有她微张的口，她仿佛无意识甚至习惯性与他纠缠的唇舌，都让他满心欢喜，也满心痛楚。他几乎是从胸膛深处叹出了一声："笙笙……"

我的笙笙啊。

知不知道天高地厚，知不知道冬短夏长。

我等得无知无觉，等得星光璀璨，全无指望。

却在这时，听到她哑着嗓子回应："小野……"

从小到大，人人唤他小野，现在更是满世界如此。可这个女孩，又多久没有喊过他了？

岑野的嗓子都快哑了，捧着她的脸，一边吻一边说："你再喊一声，再喊我一声？"

许寻笙用手捂着脸，泪被他一滴滴吻去，她已泣不成声："小野……小野……"

岑野脸上的表情，却是似哭非哭，似笑非笑，他的眼眶已经红透，却说："哭什么？知不知道我多高兴啊？你又这么叫我了。岑野岑野，这几天，你天天这么叫，我听得心都要炸了……"

许寻笙忍不住也笑，可眼泪还含着，他抬起指腹，擦去她眼角的泪，而后低头，和她额头挨着额头，用很轻很轻的声音说："所以现在说好了……又在一起了对不对？"

许寻笙含着泪，点点头。

他一把将她抱进怀里，紧紧抱着。

她却只是把脸贴紧他的胸口，闻着他身上的气息，她压抑了多久，视而不见了多久？此时所有防备和逃避都通通退去，只剩下那一汪碰一下就会受伤的情绪。期盼他从此珍惜，从此呵护，不会再让我一腔情意，最终只能沉于那冰凉如梦的水底。

他又说："现在我想明白了，相爱就是两个人的事。以后有什么问题，我们一件件面对解决。你心里有什么事，都和我说，但都不要让那些事，影响我们的感情，好不好？"

许寻笙说："好。"

过了一会儿，她终于又说道："小野，我不知道……现在这样是否理智，对不对……可是你答应我，如果将来还有走散的一天，我们好好说话，就像今天这样。我也会努力，努力去体谅你、维护你。只是如果真的有一天，还是不能在一起，我们过不下去，也好聚好散。以前那样的结局，我真的不想再经历了。"

岑野的心口忽然疼得要死，抓紧她的手，一字一句地说："不会散，天崩地裂，我和你都不会再散。"

这天晚些时候，许寻笙去餐厅吃早餐。

她是一个人去的，不敢和岑野同进同出。岑野到底不再是当年的冒失小子，又抱着亲了好一会儿，放她先走。

许寻笙在餐厅坐了一会儿，胡乱吃了点东西，望着窗外出神。

刚才岑野又问她，要保密还是公开。看着他当时眉梢眼角的笑，竟像是盼着公开的。

许寻笙立刻说：保密。他倒也没说什么。只是低声说：要真的传了绯闻，就马上公开，我来出声。她说：好。

这么想着，心头竟热了起来。可到底公开什么的，感觉还是很远的事。她想着今早的一切，还觉得恍然如梦，怎么就被他给说服了呢？而且此时心中，竟还有久违的甜意。

就好像悬在某处，无牵无挂的那颗心，现在终于落到了那片温柔的故乡。

正恍惚着，就看到一道熟悉的身影端着盘子，朝自己走来。那明显已稍微打理过的精致皮相，不是岑野是谁？

刚才两人已说好要保密，许寻笙以为他会另择桌子坐下。哪知他就在她对面，拉开椅子，神色如常，只是看她一眼，隐有笑意。

"早。"他说。

许寻笙："早。"

心，竟然有些不平静地跳动着。

周围有人在看他，但他全不在意，仿佛专注地低头吃着。许寻笙轻声说："不是说了先保密，为什么还坐过来让人看到？"

他抬眼看她，说："傻了吧？都知道你是我带来的工作伙伴，不坐一起才此地无银吧？"

许寻笙咬了下唇，竟没头没脑来了句："此地本就无银。"

他唇角一勾，也不反驳，然后抬起两根手指，轻轻按了一下唇，之后放下，竟是给了她个无声的飞吻。

许寻笙："……"

然后他兀自低头，只是笑。

许寻笙的心，竟被他勾得轻轻发颤，这之后，却又有一阵酸意涌上，心想，他今天真的有几分过去的模样了，意气风发，暗暗使坏。虽然你看他额前的黑发、宽阔的肩，已是个成熟男人模样。

她又看到他的盘子里，问："你现在就吃这些？"

几片肉、一个面包、一个鸡蛋，还有一堆蔬菜和水果。可是过去，这种自助餐，他起码能端满满五盘过来通通干掉。

他顿了顿，说："营养师和健身教练要求的，已经习惯了。而且我最近的胃口确实不太好。"

"为什么？"

岑野看她一眼，不想说自己之前酗酒的事，再一想自从和她有了联络后，竟有一个多月没怎么碰过酒了，心里也有些欢喜，只是说："以后注意，慢慢会好的。"

"我看他们把你照顾得不太好。"许寻笙淡淡地说。

岑野顿时明白，这个女人向来护短。这是有点不高兴了，兴许她自己都没察觉到，她已经开始关心他了。

岑野忍着笑，说："如果能吃到你做的饭，我的胃口说不定就好了。"

许寻笙看他一眼，却只轻声说："好。"

岑野心尖一烫，说："我想吃东坡肉、腊肠，还有炒小白菜、两碗饭，最好还有一碗汤。"

许寻笙的眼眶居然一酸，说："不，要按营养师说的来，我给你煮一锅白菜。"

他默了默，叹了口气。

许寻笙又被他逗笑了，这时周围人也多了，他轻声说："吃完去工作间等我。"

许寻笙"嗯"了一声，端起盘子经过他身边时，手却忽然被他一握就放，匆匆地，只有彼此感觉到。

两人一前一后离开餐厅。许寻笙再次走进工作间，望着满室设备，柔黄灯光，竟仿佛看到了此生归处。

她才坐下一会儿，岑野就来了。她听他在身后关上门，还反锁了，这让她感觉怪怪的。

听着他的脚步声再次靠近，她竟有些紧张，后背也微微发麻。

她不知道，岑野此时望着她安好独坐的身影，也有些怔然。然后那广阔的、仿佛空气般淡而无痕的温软感觉，就这么从四面八方向他包围过来。

他在她身旁坐下，也不吭声，只是这么静静凝望着她。

许寻笙便有些羞了，嗔道："发什么呆？"

岑野伸手摸了摸她的头发，一如记忆般柔滑，有多少次，他埋首其中，流连忘返。喉咙里忽然有些涩，他心念一动，说："我唱歌给你听，好不好？"

许寻笙没想到他会这么说，答："好。"

岑野抱了吉他过来，坐在一张高脚凳上，抬头冲她一笑。那是许寻笙曾非常熟悉的笑容，灿烂、好看、可爱，能让所有女孩忘了呼吸。她有多久没见过了，这曾经独属于她的笑。现在他把它还给她了。

她再仔细去看，那黑漆漆的眼眸里，不再像当年没心没肺，分明还多了几分晦涩的沉淀。那是现在的小野相比从前的变化。

许寻笙也蓦然想起，曾经去看的那场演唱会，中间有几首歌，他就是这样独坐台上，在一束光下，为全场数万人演唱。他的一颦一笑，都让所有粉丝疯狂尖叫哭泣。

现在，他在这里，只为她一人演唱。

岑野拨动琴弦，许寻笙一怔。而他只是一瞬不瞬看着她，和着旋律，开始唱：

你说你是孤岛的鱼
脱尽鳞片的鱼
你说想到对面孤岛去
看看那里风景多美丽……

第一句唱出来，许寻笙的心就晃了晃。他是那么熟悉这首歌，闭着眼都能弹对旋律，甚至还在几处做了些小的巧妙改动。原本这首歌她唱得缠绵清婉，如今换了他，却自然带上了几分男人的心事和孤寂。

许寻笙看着他。他却在第二段，已将这首歌唱得更加意境辽阔，仿佛真的让你看到苍茫海天一色中，那尾努力的鱼浮浮沉沉。

大海的波折一路难尽
多少暗涌席卷身躯
你终于到了那座孤岛里
孤岛依旧没有无鳞的鱼……

许寻笙忽然想，这两年，他的功力倒是没落下，甚至又有了进步。

这时他唱到最后一段：

你去吧，你去吧
尽管大海一路波折难尽
依旧一路把你追寻……

他已按照原来的旋律，改出了摇滚和希望的味道，隐隐见到波澜壮阔的端倪，听得人的心也不由自主随之搏动。最后他甚至弹出了一段金石撞击的激烈旋律，为最后一句歌词收尾，只听得你的心狠狠一颤。哪里还是她的那首《无鳞鱼》，分明是另一尾更坚强固执的鱼。

一曲终了，岑野十指安抚贴于琴弦，什么也不说，只目光幽沉地望着她。

所有琴音之下，未曾诉之于口的话语，许寻笙全听懂了，她只是低下头，不让他看到自己因此发红的脸颊。

岑野问："我唱得怎么样？"

许寻笙淡淡地答："还行。"

岑野就笑了，两年来，再也没听过比她此时更张狂的评价了。他把吉他递给她："礼尚往来，唱支歌给我听。"

许寻笙静默了一下，接过。

岑野唱完她的歌，有种胸臆完全得到释放的感觉，只觉得心里畅快，温柔难言。他于是懒洋洋靠在椅子里，其实盼望着听她也唱这首《无鳞鱼》。虽然他已经在视频、网络上听过了很多很多遍，可是，比之听到她在跟前唱，唱出与他迥异却相衬相依的风格，怎么能一样呢？

他望着灯光下那个人，她怀抱吉他，清丽婉约、才气逼人，宛如昨日。她轻拨了两下吉他，岑野听到这旋律，人就定住了，望着她的手指，在他的吉他上游走，望着她眉目低垂，弹得那么熟练又温柔。

然后就听到她开口唱：

灯光把房间又照亮

梦才做了一半

谁在夜路上慌张

吵醒了这扇小窗

……

爱不是迷迭香

迷惑我失去方向

她却是一场梦

离开都无预兆……

岑野有点想笑，可是又笑不出来，最后只是用手指按着自己的鼻梁，非常安静、非常沉默地听她唱完。那首歌本来后面也带了摇滚味道，譬如唱到"胡思乱想""跟跟跄跄"，可到了她这里，都只剩下最后的温柔。

唱完后，她似乎有些不好意思，放下吉他，问了他同样的话："唱得怎么样？"

岑野答："好听到不行了。"

许寻笙就笑了。岑野一把握住她的手，轻声说："你这个骗子。"

许寻笙脸有些发烧，看向一边："我没有。"

他却只是低低地笑，又问："在哪里听了这首歌？"其实他问得有点多余，网络、街头，满世界哪里不是在放他的歌，可他就是想知道。

许寻笙静了静，答："演唱会。"

岑野的心已漏跳了一拍："湘城的？"

"嗯。"

岑野想起来，那时候她和荒野，都还不怎么熟。他心头的情绪翻滚又翻滚，最后竟只剩下一个念头：他已满足了，再也不能更知足。

转念又想起那场演唱会，自己毫无察觉，她却或许坐在全场数万人之中，远远地望着自己。那时候她有没有觉得孤独，有没有嫌周围的人太吵闹，有没有伤心难过？

岑野抱住了她，说："为什么要唱我的歌，是要我再次为你发疯吗？"

许寻笙说："明明是你先唱我的歌。"

岑野说："那怎么能一样？"

许寻笙不知道要如何应对他的这句话，他却已将她的头按在胸口，紧紧贴着说："真的要发疯了，我忍了太久。"

许寻笙轻声说："那你就疯吧。"

他说："好。"

北京。

收到属下传来的消息时，李跃正坐在办公室里，翻看着有关岑野这次电影合作以及歌手金鱼的资料。当他看到金鱼的照片和真实身份时，已明白了一切。

负责与岑野工作室对接的集团的一名艺人总监，坐在李跃对面，面带忧色："据说小野和这个金鱼，好像很熟，天天在一起，只有他们俩。虽然说是为了工作，但这次小野除了保镖和助理，别的工作人员都没带，孤男寡女，要真出点什么事，传出绯闻……就不是小事了。"

李跃起初看到资料，心中确实一片阴霾，就像是狂风暴雨按捺不住就要落下，但他上位已久，脸上神色很快恢复如初。已经离开的人，又回来了，那个曾经用她的离开成就了小野的涅槃的人，如果真的回来，只会是阻力，而岑野对这一切绝口不提，瞒着自己也瞒着所有人，又和她在一起。

小野到底有没有认真想过，现在传绯闻和恋情，意味着什么，还是跟个毫无助力的女人。这真的让李跃很失望，他原以为岑野会更清醒，和自己的想法一样。

岑野现在已经是天王巨星，是他这几年一手捧起的绝世明珠，在他眼里，近乎完美。岑野还会有更大的前途，他和岑野要一起，抵达这娱乐圈至高的顶峰。李跃心里突生一阵厌恶，他不会让任何人毁掉这一切，毁掉这一座对娱乐圈、对流行音乐史意义深远的丰碑。

艺人总监说："跃总，你看是不是和小野谈谈，他不会真对那个名不见经传的女歌手……"

李跃沉思片刻，说："我心里有数了。你先和岑至通个气，尽量稳住小野，再想办法，把他从云南调回来。其他的，我会再拿主意。"

然而，还没等李跃、岑至等人有任何动作，远在云南的岑野，就干了件让所有人措手不及，也拿捏不了分寸的事。

就在这天下午，岑野突然发了条微博：

"忽然好想要谈恋爱。"

配图是他站在一室昏暗中，明暗光线将其交织成漂亮剪影，他低着头，戴着顶很旧的鸭舌帽，站在一架键盘前，那白皙好看的侧脸上，有一抹隐约的笑。

网络上疯了。

要知道岑野出道两年多来，从没传过绯闻，也没表露出过任何恋爱意向，现在突然丢了这么个重磅炸弹出来，两个小时时间里，他微博的评论已过了几十万条，登上热搜第一。

一时间，网络上庞大的野火粉丝群们，仿佛全被惊醒。控场的、撕逼的、不安的、反对的，还有表示被小野深深撩拨到心跳的……全都炸了锅。

然而因为一句"想要"就惊动了全网的始作俑者，此后并没有任何后续表态，包括 Pai 娱乐集团官方和岑野工作室微博，在粉丝们的汹涌追问下，破天荒保持了长久的沉默。

岑野发微博前，和许寻笙打过招呼。

许寻笙第一反应是没必要，多一事不如少一事。岑野却说："先铺垫一下，散点烟幕弹，将来公布消息时，压力会小一些。"

许寻笙说："那也不用现在就铺垫吧？"

岑野说："今天这么高兴，总要让我表达一下。"

许寻笙："随你吧。"

岑野看着她恬静的容颜，知道无论网上起了多大风浪，她是真的不在意，千万人瞩目的琐碎事，根本入不了她的眼。而他没有说出口的考虑是，现在发微博，不仅是为了铺垫，也是要让自己这一方表现得更主动，这样，将来许寻笙面临的压力，应该会小一些。

微博一发出去，岑野这边就电话不断。他并不想让许寻笙听到自己在处理这些麻烦事，对她做了个"等我"的口型，就进了房间里的小会客厅，带上了门。

许寻笙坐了一会儿，没想到这件事带来的风浪这么大，她这边也有人找了。

阮小梦发来短信："你看微博没有？"

许寻笙回："看了。"她知道小梦说的必然是同一件事。

阮小梦："这个狼心狗肺的东西，居然公开表示想谈恋爱！"

许寻笙有些不知如何说才好，之前她就跟阮小梦说过，自己和岑野是和平分手。可大概因为岑野飞黄腾达了，阮小梦一心认定是他负心，只是许寻笙不愿意说。

而现在……许寻笙脸有些发烫，本想晚点告诉她自己和岑野的事。现在她开了这么个头，许寻笙还真不好接了。

正斟酌着言辞，阮小梦又发了过来："你不要生气！我们祝福他找个蛇蝎心肠的丑女人，骗光他所有钱财，最好还给他戴绿帽子，哼哼！"

许寻笙："……"

许寻笙："不是你想的那样。他不是坏人，要是找个不错的女朋友，其实也挺好。"

阮小梦："呵呵……你别心软了，放心，老天爷不会放过他的！"

许寻笙到底脸皮薄，这下真说不出真相了。只能等下次见面，再和这位闺密细说。或者直接让岑野和她见面，再消除偏见吧。

刚应付完阮小梦，许寻笙又收到一条意想不到的短信。

是赵潭。

其实这两年，许寻笙和赵潭一直有联系，只是不多。许寻笙也不想太多。赵潭之前回了湘城，她也知道。

赵潭问："在哪儿呢？最近过得怎么样？"

他在这个关口忽然发短信问近况，许寻笙有点猜出是为了什么，她知道岑野一直和他是好兄弟，但估计还没来得及说他们俩的事。她也觉得交给岑野去说比较好，于是只是回复："在云南。最近挺好的。"

她不知道，那头赵潭看了这条短信，琢磨了一下，想直接打电话过去，问岑野那条微博是啥意思啊，可又怕太贸然。但是岑野要是真的打算跟别的女人在一起了，为什么赵潭心里头一个想法就是很反感呢？再看着许寻笙这条平平静静的短信，他的心里居然更不是滋味。

赵潭转瞬又想起曾经，那时候小野还没追到许寻笙，自己在旁边干着急，小野还嘲笑他是皇帝不急太监急。想到这里，赵潭忍不住笑了，心里居然也涌起一股暖意，然后也有些释然了，那两个人，哪怕不能在一起，他也希望他俩都好好的吧。

于是他顺手又给岑野发短信："在哪儿？最近怎么样？"内容跟发给许寻笙的一模一样。

岑野很快回复："云南。好得不能再好了。"

赵潭瞪大眼，看着这条短信，又翻回去看许寻笙的回复，心跳居然有些快，是不是他想的那个情况？过了一会儿，他忍不住大笑了出来。

还真是……

那两个人，现在都在云南啊。而且，都很好。

突然又想起曾经乐队几个人在一块的时光，于是他靠在刚给父母买的一套小房子的阳台躺椅上，眼睛竟有些发酸。

真好，他想。哪怕乐队散了，曾经的朝暮不复存在，可那两个人，乐队的灵魂，该在一起的人，就应该还在一起。希望岑野这臭小子，别再把乐队最珍贵、最宝贝的许老师，给弄丢了。

岑野在里头处理事情，许寻笙就在他房间里闲逛了一会儿，这是种挺新鲜的感觉，以前那个小野如果遇到这些事，应该要她，或者赵潭一块拿主意。现在他却把所有的事都揽了，让她自个儿待着。

他的床还是乱糟糟的，被子没叠，老样子，两个行李箱摊在衣帽间，倒是不乱，整整齐齐，也不知是谁给他整理的。许寻笙也没想太多，替他把床叠好，乱扔的两件衣服折好，又想去泡茶喝，见茶盘里放着龙井和大红袍两种茶叶，应该是他自己带来的。

许寻笙看着，心里有些说不出的感觉，又想到之前看到他的笔记本，字迹端正，已显出几分清隽。最后她仔仔细细泡了两杯茶，一杯慢慢喝，另一杯给他晾一会儿。

这时，门铃响起。

许寻笙自然不会贸然去开门，快步走到小会客厅前，敲了敲门，岑野就出来了。见他面色平静，倒似乎没有太为难的样子。

许寻笙说："有人来了。"

岑野点头，又轻声笑了："不敢去开？"

他居然还因此嘲笑她，许寻笙毫不示弱，说："你敢让我去，我就去。"

岑野于是站着不动，任那门铃又响了一声，说："去啊。"

果然，还是老样子，死猪不怕开水烫。许寻笙忍着笑，推了他一把，他这才走向门口，许寻笙则去沙发坐着，这样从门口看不到她。

岑野打开门，然后，许寻笙就听到那个有点熟悉的柔美嗓音传来："小野，我想听歌，知道你好东西多，想和你借个耳机。"

许寻笙捧着茶杯慢慢喝，耳朵却竖得很尖。

岑野望着门外的女人，她穿着身运动装，清爽干净，眉目柔和，仿佛已经把昨天两人间的那点不愉快，忘得一干二净。

平心而论，岑野觉得姜昕盼是个不错的姑娘，只不过……和他没什么关系。

于是他点头，问："你用 MP3、电脑还是手机听？"

姜昕盼没想到用个耳机，还有这些讲究，脸微微一红，答："手机，有蓝牙的吗？"

岑野答："我比较少用蓝牙，觉得音质不够好。你等一下。"他人不动，转头对许寻笙说："帮个忙，去我行李箱里，找那副 AKG 的银色耳机，用小盒子装着的。"

两人对视一眼，许寻笙分明看到他眼里藏着很深的笑意。她静默片刻，脸居然烫了，起身走向行李箱前，可他的两个箱子都很大，东西也多、层数也多，找了一会儿都没找到。

然后就见岑野自己走进来了，看她一眼，又很不安分地在她脖子上捏了一把，轻声说："笨。"

许寻笙："你才笨。"

他笑了，说："逗你玩的。"很快从箱子底部拿出那副耳机，低声说，"去等着我。"

许寻笙的脸又是一热，慢慢走回沙发坐着。

岑野把这副耳机，递给门口的姜昕盼。

姜昕盼勉强笑笑："多谢，我用完就还你。"

岑野说："不急。"

他不再说别的，姜昕盼也无话可说，想要转身走，可心里终究难过，横下心来，很轻地问："里面的……是金鱼？"

岑野看着她："嗯。"

姜昕盼的心更是一沉："你们……"

岑野沉默一瞬，忽然笑了，是很温和从容的笑，说："拜托了，我和她的事，还得保密，她不想公开。"

姜昕盼脑子里一片空白，说："好。"

岑野说："多谢。"

姜昕盼就这么转身回了自己房间，她把耳机放下，发了一会儿呆，忽然间说不出的难过。

岑野说，他们的事，还得保密，说金鱼不想公开。

原来他也可以这么温柔，这么在乎一个女孩的想法。

姜昕盼自己都不知道，是从什么时候开始喜欢岑野的，是从无意间听了他的歌，就留了心，还是当年看了朝暮乐队的比赛，就注意到这个意气风发的男孩。她只知道，在这个大染缸似的娱乐圈，岑野这样的男人，是很少的，他很干净，也很纯净，可又有实力和野心，目标直指最高点，来到她所站立的地方。

现在的姜昕盼，要遇到一个让自己心动又能与自己并肩的男人，其实是很难的，更何况他还是个洁身自好的好男人。她以前总想着，如果和他在一起，应该会很顺利也很开心吧。

可现在，一切化梦。

他身边这么快就有人了，而且别人或许不知道，姜昕盼却只凭几次相处就看得出，他对这个女孩，非常珍视。他这样的人，是否爱上一个人，就会丢掉所有冷漠，炽热真挚？

可是，那个人不是她。

姜昕盼的眼眶红了一会儿，吸了吸鼻子。她绝不会去想自己还有没有机会、要不要去争取这种问题，得不到就是得不到。就这样吧，她想，我也有我的千万粉丝、我的帝国、我的骄傲，从此我会将你从心上抹去，不留一点痕迹了。

< 第十四章 >

保驾护航

姜昕盼离开后，岑野和许寻笙都沉默了一会儿。

然后岑野就端起她给他泡的那杯茶，问："这茶叶喜欢吗？听说很难得。"

许寻笙如实答："很好。"

他就笑了，眼里分明是献宝成功后淡淡的自得，说："以后找了都给你。"

许寻笙见他完全不提刚才的事，只好问："你刚才那样……妥当吗？"

他看她一眼，慢条斯理地喝了一大口茶，说："妥当。姜昕盼其实是个不错的人。"

许寻笙心念一动："你的意思是……不想耽误人家？"

他又笑了，说："是啊，我这么好的男人，但是只有一个。"

许寻笙："没想到你还是这么臭美。"

"我臭美？"他说，"前两回她找我，是谁脸色凶得都快一口把我吞下去了？"

许寻笙脸皮一紧，觉得他简直胡说八道："我没有！"

"我看得出来。"他轻轻慢慢地说，"大醋坛子，本性不改。"

许寻笙的心就这么被酥酥麻麻一荡，低头不想说话，岑野却又说："其实我比你还小气。礼尚往来，以后……你能不能别和大熊走太近？"

许寻笙觉得自己吃的醋正在点子上，十分合理，他却是吃不着边际的飞醋，答道："扯大熊干什么？他有女朋友，都快结婚了。"

岑野便以手指抵着唇，笑了："赶紧结。到时候我和你一起给他包个大红包。"

许寻笙扑哧笑了："好。"

没多久，天就快黑了，暮色笼罩着山川古镇，窗外全是寂静辽阔的景色。

岑野不动声色坐到她身边来，他的接近，是小心翼翼的，毕竟才把她求回来没多久。她也显得生涩紧绷，他不敢太冒进，也不敢太心急，只是抱着她躺在宽大的沙发里，从头到脚亲吻，慢慢地一处一处抚摸，就仿佛像在收回当年的失地。

许寻笙也在慢慢地感受、接纳。她发现自己并不感到抗拒，虽然他身上的气息、他的触碰，让她感觉到有些陌生，也有些熟悉，只是她将自己封在一个壳里太久，他现在稍微一靠近，她的感觉就特别强烈。许寻笙红着脸，不想让他知道，轻轻在他怀里依偎着，浸染着他的气息，那久违的甘甜踏实的感觉，涌上心头，竟叫她眼眶发热。

这真的是小野的味道。她想，他的每根手指，我都能认出来，现在重新属于了我。

岑野毕竟是男人，感觉没有她那么单纯。他等了太久，今日那埋藏心头已久的强烈渴求，终于得到满足。看她温香软玉在怀、娇怯、矜持，却又温顺，他根本无法控制身体里燃起的那团火。他强忍着，不敢提任何过分要求，但身体的变化，他无法隐藏也有点不那么愿意隐藏，于是就看到许寻笙的脸更红，背过身去，故作不见。

岑野心中好笑，想逗她，可犹豫了一下，硬生生作罢。

现在……他还是自生自灭吧。

厮磨了很久，最后岑野抱着她，坐在靠近阳台的一张躺椅里，夜里天气冷，他盖了条毛毯，把两个人都覆住。

"宝宝。"岑野在她耳边喊。

过了一会儿，又喊："宝宝，宝宝。"

许寻笙说："肉麻。"

他说："喊不够。每喊一次，我就感到心里麻一下，你有没有这样的感觉？"

许寻笙脸色微红，是分开太久了，都忘了他讲话会有多露骨肉麻，可他偏偏又真诚无比，让你不知如何是好。

两人静静靠了一会儿，许寻笙想起一件事，说："今天坛子给我发短信了。你还没和他说？"

岑野笑："他也给我发短信了，总是爱瞎操心，婆婆妈妈。"

许寻笙："你不要这么说他，他是真心为我们好。"

岑野点头："我知道。"然后从口袋里摸出手机，举高，对着他们俩。许寻笙："你干什么？"岑野已经按下拍照，许寻笙连忙转头，于是照片里只拍下岑野对着镜头笑，还有许寻笙埋头在他胸口的样子。

岑野直接把照片发给赵潭，许寻笙来不及阻止，有些羞恼："你发照片干什么，说一声不就好了。"

岑野放下手机，说："我想让他也高兴高兴。"

许寻笙到底还是笑了，手指报复性地在他胸口一按。岑野一把抓住，送进嘴里，舔了几口。许寻笙缩回来，他却意犹未尽地说："那天刚见你，比以前还瘦了，手指也好细，我就很想这么含着。"

许寻笙都有点不想和他说话了。

岑野却又说："下次回北京，带你见见辉子？"

许寻笙以前就大概听赵潭提过一句辉子的近况，知道他跟着岑野做事，点头："好。"

岑野说："我对他们很好。"

许寻笙说："我知道。"

岑野微笑。

许寻笙沉默了一会儿，问："腰子……现在过得怎么样？我一直没有听到过消息。"

岑野的神色也有些怔忡，看着她说："他单飞后，出了张专辑，有些热度，后来就慢慢没音信了。听说他现在在争取一些演出机会，但是半年多没什么消息了。"

许寻笙静默不语。

岑野又说："之前遇到过几次机会，我和合作方暗中打过招呼，让他能多露脸，但还是帮不了他太多。"

许寻笙抱紧他的腰，不说话。

他又说："下次找个机会，我们叫上他们所有人，一起吃饭，好不好？"

许寻笙说："好。"

岑野忽然感到难以自持，低头又吻住她，重重地，有点凶，不想松开。

许寻笙被他亲得微微颤抖，心想，他还是老样子，有了情绪，就拿她放肆，其实分明是想寻求她的安抚，思及此处，心忽然软成一片，抬起手，摸着他耳后的短发，也不想松开了。

岑野想起自己来小镇之前查的攻略，说："离这里四十千米，有座玉宝山。据说风景不错，山顶还有石窟，很少见。明天要不要去看看？"

许寻笙看他一眼，这是想带她出去玩？

"可是工作……"她犹豫。

岑野说："出去走走看看，本来也是我们工作的一部分。"他眼里到底闪过几分自得，"而且我第二支曲子，也酝酿得差不多了。"

许寻笙看着他，慢慢地说："其实我也写了大半首曲子，还差一点。"

两人对视着，同时笑了。他低头在她眼睛上亲了一下，说："还是半点不肯输给你老公啊？"许寻笙说："乱讲。"他点头，叹了口气说："确实乱讲，我一直名不副实。"

他的目光透着点说不清的幽深，可这句话许寻笙居然懂了，低头不理他。

明天出去玩的事，就这么定下来了。至于保镖保密之类的，那不是许寻笙要操心的，岑野现在已经是个有分寸的人了。

眼看天色已晚，她起身说："我回去了。"

岑野一把拉住她，她微微一僵。他也站起来，人却贴得近，在她耳边碎语："别回去了，我今天想抱着你睡。"

许寻笙脸红不语。

他又哄："我保证，什么都不干，只是抱着，再说……我也不敢。你难道不知道，我现在还敢得罪你？就是舍不得让你回去，一分钟都舍不得。你现在走了半夜我真的要爬阳台过去的。就陪我一个晚上，好不好？"

许寻笙作势要推他，却又被他抓着手，一边亲一边求："好不好？宝宝，好不好？"

许寻笙的心到底还是软了，声音比蚊子还低："我还得回去洗澡换衣服。"

岑野的笑容变得很大，立刻说："给我门卡，我去取，就在这边洗。"

许寻笙低头笑了，又强调："你保证了。"

岑野拉着她的手放在胸口："做不到你以后就别理我。"

这晚上，岑野居然真的规规矩矩，只是抱着她睡。两人说了很久的话，说这两年各自的事，又说了一些逗趣和默默思念的话，当然岑野虽然没有造次，但始终把许寻笙抱在怀里，也不肯让她脱离了睡。他骨头硬，又手长脚长，一晚上几乎都缠着她、覆着她，其实许寻笙睡得并不舒服，他却睡得很沉，偶尔嘴里呢喃一句，在睡梦中迷迷糊糊寻着她的唇去亲，然后把她抱得更紧。

次日一早，许寻笙先醒了，岑野还是原样爬虫似的缠着她。她又好气又好笑，转头看着他的睡颜，过了一会儿，轻手轻脚把他的手脚挪开，起床洗漱。

等她洗漱完了，回到房里，发现岑野已经醒了，坐在床边，双手按在膝盖上，表情有点蒙，还有点僵硬的感觉。两人对视一眼，许寻笙忽然注意到了他的异常，视线往下一瞟，他的睡裤……她的脸一下子烫起来，转身走向一边。

岑野这下慢慢笑了，站起来，像是自言自语又像是解释，说："我是个正常男人，憋一晚上了，没办法。"

许寻笙："走开。"

两年前，他们其实还没有亲密到那种程度。

岑野本不敢再逗她，想去洗漱平复一下，可忍了忍，到底没忍住，说了句："我以前跟你说过的，现在……眼见为实了吧。"

许寻笙没听懂他在说什么名堂，但也知道绝对不是好话，催道："快去洗漱。"

等岑野含着牙刷，站在盥洗台前，眼睛却瞄着她在外面叠被子，整理床单，心里一阵甘甜，脑海里也闪过曾经的画面，他一大早从她的房间出来，被坛子他们打趣，当时就逗她说：自己那方面强得很，她当时脸都快埋地上去了。岑野心头一阵热浪翻滚，也知道两人刚刚重拾旧好，想要真正得到她，只怕没那么容易。可与两年前不同，他现在虽然饱受煎熬，却也心甘情愿，没有半点怨气。

"早饭想叫到房间吃，还是下去吃？"岑野问。

许寻笙莫名有些做贼心虚，答："房间吃吧。"

岑野说："我也这么想。"下楼吃又得装普通朋友，他不乐意。

岑野打电话叫了餐，没多久送来，两人吃了。只不过岑野终于如愿以偿，要许寻笙吃这吃那，不让她挑食。许寻笙有些不耐烦了，说："你管那么多。"

岑野心满意足："看看，这两年没我管着你，都挑成什么样子了？"

许寻笙又被逗笑，到底还是没辙，把他夹的菜都给吃完了。

吃完饭，两人整理了一下东西，岑野也准备打电话给保镖，安排今日爬山的出行计划，结果一个电话先打了过来。

许寻笙站在他的行李箱旁，往一个背包里放东西，听他走到窗边，说道："哥，我方便，你说。"

等她整理得差不多了，就见岑野已打完电话，背对着自己，头微微垂着，似在沉思。

许寻笙心中忽然感觉到了一丝莫名的压抑，静默片刻，才问："怎么了？"

岑野抬头看着她，眼睛里却清澈沉稳得很，说："过来。"

许寻笙走向他，他把她抱进怀里，抱了个满怀踏实，才说道："出了点事。今天一早，就有人放了我和姜昕盼的绯闻到网上，都是假的，但是对方做得一套一套的。现在网上反应比较大，我可能得处理一下。"

许寻笙心念一转，想到他昨天发的微博，结果今天就传出这样的绯闻，就算都是捏造的捕风捉影，所有人也都只会往他和姜昕盼身上联想。她心里顿时有些烦躁，可看着他凝重中带着压抑的神色，又感到心疼，立刻说："好，你忙你的。"

岑野松开她，点点头，又去打了几个电话。许寻笙听他打给了岑至、刘小乔等人。听他和他们讨论，究竟是发正式声明，或者只是隐晦地发博提及避嫌，抑或是先看姜昕盼那边的反应。

又听他和他们在分析，是谁干的这件事。

是无良狗仔的抹黑、背后的竞争对手，甚至是这次电影投资方为了炒作热度，还是姜昕盼的公司？

……

他在打电话应对，许寻笙坐在一边，刚想拿起手机，看看网上的消息，手机却被人拿走了。是岑野，轻声说："你别看，免得烦，让我来处理就好。"

许寻笙忽然微笑，点头："好。"

两人对视一眼，而后岑野也笑了，继续打电话，神色却忽然好像轻松了很多。

于是许寻笙就想，这样其实挺好。两人都有所改变，都不会再像从前，一个心慌，一个意乱，慢慢就迷失方向。

末了，岑野和岑至又通了个电话。也不知那头岑至说了什么，岑野看了许寻笙一眼，说："……我晚点回复你。行了，哥，我知道。"

挂了电话，岑野的目光首先落在许寻笙手边之前整理好的那个登山背包上，怔了怔。

许寻笙柔声问："怎么了？"

岑野居然露出几分自嘲和挫败的神色："又不能陪你去爬山了。"说完眉头皱起来，居然一脚踢向旁边的垃圾桶。

许寻笙没想到他火气还会这么大，相处了这几天，她都快习惯他的好脾气了。他骨子里，分明还是那个冷冷傲傲的男人。

其实他刚一说出事，她就已明白今天无论如何去不成了，甚至自己只怕都和他不能再单独相处了，狗仔队已蜂拥朝云南而来。

"没关系。"许寻笙说，"以后还有机会。"

他看着她，不说话。

忽然间，许寻笙就明白了他在沮丧愤怒什么。曾经他就是这样一次次对她失约，现在，两人刚复合，结果这样的事，又发生了。

许寻笙其实也有烦闷无力的感觉，但看着他这个样子，释然的情绪反而占了上风，她又说了一遍："没关系，真的，你去忙吧。"

岑野却不走，反而丢掉又急促响起来的手机。他眼睛只盯着她，走过来，一把将她按在沙发上，覆身重重吻下来。

折磨了好一会儿，只令许寻笙脸颊绯红眼神迷离，微微喘气，那个和当年一样固执的小野，仿佛才罢休，只是他将身体撑在她上方，低头看着她，说："不仅今天不可以陪你去玩，刚才哥还跟我说，要我马上回北京，避避风头。他说得没错，继续留在这里，不仅对我，只怕对你，都没好处。"

许寻笙的心往下落，不吭声。

他轻声问："生气了？"

许寻笙说："有点。"

他居然还笑了，摸了摸她的脸，说："我还没说完——你和我一起回北京，好不好？"

许寻笙愣住，说："那怎么行？"

岑野说："怎么不行？反正我现在不想和你分开。我让人给你订机票，就是没办法和我一趟航班，接你的车我也会安排好，直接住到我家去，没人会知道。这样，我们也能继续把电影主题曲完成。我家不错的，可以单独给你一个工作间玩音乐，还有很多设备，怎么样？"

可他说的一切，对许寻笙而言都是未经历过的。他的家、他让人安排的车，还有那些狗仔的窥探和潜在的危险。他现在所处的那个世界，对许寻笙而言还是很陌生的世界，她下意识有些抗拒，便不出声。

岑野看她的神色，就明白了。可他怎么可能现在就离开她，又一个人走掉，留她一个人孤独失落，他却无能为力。那种滋味，他再也不想让彼此尝到了。

他说："笙笙，之前我们俩说过，以后我们遇到问题，都会一样样解决，我会完全尊重你的想法，很多问题，我也会拼命去解决，但是……有时候，你可不可以也为我退一步？我现在真的不想和你分开，但又身不由己。我会把一切都安排好，绝对不让你有任何不舒服，跟我回北京，好不好？"

许寻笙心头一震，一些复杂的情绪在心头翻滚。她看着他的眼睛，心慢慢温柔下来。她伸手也摸摸他的脸，先说："对不起，小野。好，我跟你去。"

岑野眼里微光闪动，最后只是把她抱回怀里，轻声说："谢谢。"

其实，在岑至等人看来，岑野与姜昕盼传绯闻这事，好坏各半。好的是带了波新热度，而且也不算什么丑闻，爆出这事后，岑野和姜昕盼登上了热搜第一、第二。甚至在一些粉丝控评里，野火还略占上风，这更是向全网彰显了岑野的商业价值。

坏的是传绯闻毕竟是粉丝反感的事，这引来双方粉丝骂战，给岑野也添了很多黑粉，到底还是对人气有所损害。所以，在岑野的经纪和运营团队看来，这件事虽然要慎重紧急对待，但并不是多恶劣的事。

然而，在岑野本人看来，这却是件十足的坏事。一是他根本就不想传绯闻，给许寻笙心里添堵；二是这样一来，他昨天的铺垫就白做了，被人跟姜昕盼联系在一起，而且本来是他暗中向许寻笙表白挺浪漫的事，全被破坏了；三是等日后他公布和许寻笙的恋情，多了姜昕盼这一出，压力只怕更大。

但这些，他都没有和许寻笙细说。反正已是既成事实，又因他而起，这些压力他打算一个人承担。

这天白天，岑野就赶回北京。许寻笙晚了半天，到第二天一早，搭乘飞机也去了北京，上飞机后才发现岑野给她定的是头等舱。她还从没坐过，也觉得没什么必要，既来之，则安之，只能奢侈了一回。

一下飞机，就有司机来接，一路直奔郊区别墅。

她拖着箱子走到那幢房子门口，抬头看了看，有些恍惚，很大的独栋，院子里还有高高的两棵树、鱼池，旁边停了好几辆车，看得出都很贵。

很快有人来开门。

岑野今天居然穿了件浅粉色的毛衣，而这样的颜色，他也驾驭得住，高高大大地站在门口，丝毫不显得阴柔，更显温润明净，宛如少年。他接过箱子，另一只手搂住她："累不累？"

"不累。"许寻笙问，"一切顺利吗？"

"顺利。"他牵着她走进去，说，"我的团队在这里开会，哥和小乔也在，和他们打个招呼好不好？"

许寻笙眼眸微垂，但还是说："好。"

客厅里坐了五六个人，许寻笙就认识岑至和刘小乔。岑野拉着她走到他们面前，箱子交给用人，手自然而然地落在她腰上，淡笑着说："哥、小乔，还有大家，这是许寻笙。"

许寻笙注意着他们的神色。

大概完全没想到岑野会带个女人回来，所有人的表情在这一刹那都有些凝固和惊讶。岑至看起来反而是最沉静的，没什么表情，目光和许寻笙对视刹那，像是早心知肚明。刘小乔目光闪动，最先反应过来，对许寻笙露出笑容。

许寻笙也露出笑，平平稳稳地对他们说："至哥，刘老师，大家好。"

岑至到底还是点了点头，露出点笑，其他人则都很客气地站起来，和她打招呼。

这时就听到岑野柔和地对她说："他们都是信得过的人，没事。"这话自然所有人都听见了，然后都努力维持着，未被这爆炸消息惊诧到的含笑样子。

许寻笙居然……莫名地感觉到了一丝畅快，抬头望去，却见岑野眉目平和、稳重，显然早就做好了这么和自己团队摊牌的打算。

岑野说："你们继续，我先带她上楼。"

许寻笙不紧不慢地跟在他身后，等上了楼，轻声说："他们好像都吓了一跳。"

岑野淡淡地说："他们都是我花钱请来的，自然要以满足我的意志为工作目标。"

许寻笙觉得，这样的小野，跟以前真的不一样了，但她并不讨厌。

岑野把她带到一个房间里，许寻笙愣了愣。这个房间非常大，窗户正对着花园，除了张 Kingsize 大床外，还有大片空地，有书桌、书架，柜子里还放着吉他、唱片、汽车模型等。此外还有个很大的衣帽间和洗手间，衣帽间有一半挂满了男人衣物，空出了一半。毫无疑问这是岑野住的主卧。

岑野说："你睡这里，床单、被罩都换了新的，我就睡旁边的卧室。"

许寻笙摇头："那怎么行？我睡客卧。"

岑野却笑了笑，说："就想让你睡在我的房间里，就当是满足我的念想成不成？我的东西已经搬过去了，你反抗不了。"说完就把她推进去。

他带上门，先下楼。许寻笙在房间里站了一会儿，忽然笑了：小野这是……什么心理啊？

却说岑野带许寻笙上楼后，客厅众人有好一会儿都沉默着，有人开口打破沉寂："小野这是……突然就谈恋爱了？"

岂止是谈恋爱，人都大摇大摆带回家了。

岑至脸上的肌肉抽动了几下，到底没说什么。

刘小乔因为早有心理准备，倒不像众人如临大敌。只是当她抬起头，看着岑野不紧不慢走下楼，忽然就明白了一件事——

岑野根本就不打算给经纪团队任何劝诫和犹豫的机会，他直接亮出底牌，强势表明态度，就是要让他们今后一心一意为他和许寻笙的恋情保驾护航。

正值下午，日光明亮，酒店的这个房间里，却是窗帘紧闭，不露一丝光进来。

岑至出了一身的汗，也没穿衣服，只披了件浴袍，坐在床边，静静地抽烟。刘小乔在背后望了他一会儿，从床头爬过来，搂着他的脖子，亲了一口，说："是不是……还在为小野和许寻笙的事烦心？"

岑至不吭声，他并不想在女人面前承认自己的烦恼，以及被亲弟弟不顾自己面子的事。虽然旁人并没有觉出什么。

刘小乔柔声劝道："其实也没什么。小野既然这么喜欢，这么久还忘不了，还能怎么办？只能由着他。"约莫是女人的天性，她顿了顿，叹口气，"这么想来，他们俩这几年也不容易。"

岑至捻灭烟头，说："我又不是非要拆散他们。但小野现在这个时候谈恋爱，实在不理智，而且还是和她，只怕今后麻烦会很多，小野的事业，也会受影响了。跃总那边，也不好说！"

刘小乔说："我知道你都是为了小野好。但事情已经走到这个地步，也没有别的选择，更何况这说到底还是得由小野自己决定。别烦了，你作为哥哥，已经把能为他考虑的都考虑到了。"

岑至点点头，偏头又亲了她一口，目光幽深："也只有你，最理解我。"

刘小乔莞尔，可想起他家里的事，心里还是隐隐地疼，按下不理。两人又紧贴着抱了一会儿，刘小乔说："我感觉现在有人盯着小野，姜昕盼的绯闻就是个苗头。现在他又和许寻笙复合了，我们得想尽各种办法，保护好他们两个。"

岑至静默片刻，终于还是点点头："我明白。"

那一边是不能见天日，依偎思量。

这边，别墅的客人都散了，岑野一身轻松，去敲许寻笙房门。

一开门，见她明显已洗了澡，乌黑长发披落肩头，高腰小外套配长裙，亭亭玉立，九分淑女气质里还有一丝帅气，盈盈眼眸里笑意浅淡："什么事？"

在自己卧室看到她，有种说不出的满足感。岑野问："要不要去院子里逛逛？"

许寻笙欣然应允。

岑野让她走在前面，没两步，他加快步伐，俯下头，在她发梢深深嗅了几口。许寻笙察觉了，转过身，他却已是副事不关己的模样，只是眼里有笑。

许寻笙："无聊。"

于是又撩到老虎须了，他干脆抱着她的腰，把脸埋进长发里。

他以前就爱往她身上蹭，如今卷土重来，许寻笙竟有一丝紧张，被他这么抱了一会儿，他轻声说："还和从前一样香，好享受。"

这话让许寻笙心跳漏了几拍，转身下楼，说："你的爪子还是一样长。"

他紧跟在身后，双手插裤兜里，怎么看都是个明秀青年，低笑着答："哦，是吗？你习惯就好。"

许寻笙真的……不想和他废话了。

下楼就见其他人都走了，只有两个用人在打扫。两个保镖在侧厅待着，大概是在看电视，全都眼观鼻鼻观心，没有看他们。

许寻笙抬头看着岑野："这样生活，会不会觉得很复杂？"

岑野答："还好，我确实也没精力顾着日常生活。"

许寻笙想想也是，以前没她劝着，这家伙有时候整天饭都顾不上吃一口。这么大幢房子，他要真自己住，只怕早成狗窝。

岑野见她面色沉静，怕她是不喜欢陌生人，想了想，说："你要是不喜欢，以后我们一起生活了，就一个人也不请。"停了停，慢条斯理地说，"我自己洗衣、拖地、扫院子，也是一把好手，你用过的。"

许寻笙一下子就想起从前，这人弓着脊背，在她家里拖来拖去、虎虎生风。那时日光在他身上闪烁，一时间有点难以把眼前这人和那人联系在一起，可见他眼里浅浅的笑，她心跳却快了。

院子里种了一些果树，这季节只有一棵高高的柚子树结满了果实。许寻笙有点吃惊："你种的？"直觉不信，可想到现在的小野都能分辨茶叶种类，还写得出一手好字了，能种活棵树也不是不可能。

岑野一笑："园丁种的，但我有摘过柚子。"

许寻笙点头："那真是辛苦你了。"

岑野被她这么软软刺一下，心里有点痒，搂着她的脖子，哄道："叫声哥哥，我就摘柚子给你吃。"

许寻笙斜他一眼。可如今的小野，真的和从前气质有了些变化。那双眼幽幽沉沉的，让人感觉有点危险。

她知道他要是同她闹，无论叫不叫，只怕吃亏的都是她。心念一动，干脆反其道行之，脆生生叫了声："哥哥。"

岑野眸光动了动，一时竟不说话。

然后他松开她，走到墙边拿了根长竹竿过来，顶端有钩子。

"你变了。"他一边打柚子，一边低声说，"会哄人了？"

许寻笙却被他说得脸皮发热，看他打了颗黄澄澄、圆滚滚的柚子下来。

树下阴凉，旁边偌大的池塘里，时而还有鱼吐泡的声音，时而有树叶无声落下。两人就坐在草地上，岑野剥开柚子，撕下两瓣，递给她。许寻笙尝了尝，不酸微甜，味道不错，一连吃了四五瓣，岑野则吃了有半只。

而后就并肩坐着，一时无话。岑野望了一会儿远处，又转头盯着她。

许寻笙见他目光静静的，有些走神的样子，就问："看我干什么？"

岑野把她搂进怀里，说："像做梦一样。"

许寻笙："什么？"

他沉默了一会儿，嘴角带着几分自嘲的笑："我梦到你来了，就坐在这里，还不止一次。"

许寻笙的眼睛忽然发酸，往他怀里寻了寻，靠得更近，说："我其实……也梦到过你。"

他问："梦到了什么？"

许寻笙答："就梦到你对我笑，一直对我笑，别的什么都记不清了。"

岑野心头涩意大起。

"以后一直对你笑，让你看个够。"说完，他就笑了。

一如往昔，干净、灿烂、温暖。

许寻笙凝望着他，嘴里却说："这样……有点傻气，不太想看。"

岑野一把按着她的脑袋，重重亲了上去。

后来，两人都躺下来，许寻笙就枕在他的胳膊上，两人一起望天。

他说："我这几天会有点忙，得接个动静大的工作，把绯闻压过去。不过也不会那么忙，大部分时间还是能待在家里，正好和你把电影单曲弄出来。"

他说这些话时，眼里有隐隐的笑，根本就是很满意这两头能兼顾的现状。许寻笙听他这么说，心也安定下来，又说："等单曲弄完了，我在这儿要是待得无聊，就要回湘城。"

岑野虽然有些不愿意，可又感觉到某种奇异的释然，说："好。"

他这么好说话，倒让许寻笙刮目相看。知道他也是在迁就自己，心头一软，说："我有时间就过来看你。"

岑野却握着她的手，说："不用担心那么远。再等些天，时机一合适，我们就公布，到时候就可以天天在一起。只是你的生活，会受些干扰，你怕不怕？"

许寻笙说："不怕。"

<第十五章>

云落万里

晚上岑野给用人放了假，许寻笙下厨做饭，岑野果然很捧场，吃了两碗饭。末了，许寻笙正要去洗碗，他按着她的肩，拿起围裙："我来。"

许寻笙在客厅喝着茶看电视，岑野则一边哼着自己的主打歌，一边在厨房洗得丁叮当作响。偶尔用人和保镖经过，看到厨房里那道身影，眼珠子都快掉地上了，用人还连忙跑过去："岑先生，我洗，我来洗，你去休息吧。"

岑野不让，说："不用，你该干吗干吗去，我今天想干点活儿。"说完还远远看许寻笙一眼，那邀功的眼神不要太明显。

许寻笙忍着笑，她养的大狗眼看又回来了，巴巴摇着尾巴，她是不是该摸摸头，某人才会通体舒泰？

院子里还有几间平房，用人、保镖都住里面。偌大的屋子，很快只剩他们两人，静悄悄的。等岑野洗完碗坐过来，许寻笙也有些调皮，一本正经地喊了句："岑先生。"

岑野看她一眼。

许寻笙说："原来现在大家都叫你岑先生了。我要不要也改口？"

于是岑先生直接把她整个抱起，放在腿上，说："是该改口了，你刚才叫我什么？"

许寻笙眨眨眼："岑先生。"

岑野扣着她的下巴："再给你一次机会。"

许寻笙笑了，轻轻软软地喊："小野。"

他说："再一次机会。"

许寻笙屈服了："好吧，哥哥。"

他："最后一次机会。"

许寻笙咬唇不吭声。他直接含着她的耳朵，轻喃："要叫老公，懂不懂？"

许寻笙轻轻挣扎："不懂。"

然后忽然身子一轻，她一声惊呼，岑野居然已经将她打横抱起，往楼上走去。许寻笙又慌又好笑，只能抓紧他的肩："干什么，放我下来？"

岑野却是似笑非笑的样子："不放，我要抱老婆回房去。"

许寻笙说："你不要乱来。"

岑野反问："你说的是哪种乱来？"

许寻笙一滞，又心想，这两年他的力气倒是半点没少，这么一路把她抱上来都不带喘气，很快就到了主卧，他直接将她丢床上，踢掉自己的鞋，身子压上来。

两人的呼吸都有点急。

在云南，在这里，已亲密相处了一些时日。再加上岑野作为荒野与她时常交心，那种因为两年分离带来的些许尴尬感，倒是不知何时已烟消云散。如今每一刻的触碰，感觉都是真真切切的，当他把头埋下来，沿着许寻笙的脖子，轻轻啃咬，那独属于小野的、任性撒野的感觉，就往她身体深处钻。

他的手又探了进来，熟门熟路撩开障碍物，曾经无数次的流连于山峰美景，已经令他很有技巧性。可你此时看他的脸，却还是漂亮干净如少年，让人一不小心就失了戒心，只是那双眼泄露真相，昏昏暗暗，掩饰不住男人的欲望。

许寻笙弱弱地发出些零碎残喘，想要推开他。

岑野的身体却绷得很硬，也不肯退让，他也不知道为什么又冲动了，还这么强烈。大概是因为一下午的厮磨相伴，让人更加不知足，更何况今天过的，就是他强烈压抑、期盼已久的生活，如今恍惚成真！而且她此刻就躺在属于他的床上，娇软可欺，仿佛就等着他为所欲为，只要是个男人哪里忍得住？

不管不顾，他脱口而出："笙笙，我今天……留下，好不好？"

正被他"摧残"着的许寻笙，整个人正如同漂到了灯光模糊的海面上，都快要迷失方向，在这一室逐渐燥热的空气里，听到他这句话，仿佛有阵凉风吹过，惊得她清醒过来。

她没那么天真，一听就明白，这个"留下"的含义不一样。

一时间，她失去了声音。

眼前只有他头顶的发，乌黑柔软，此刻他忽然像只小动物，趴在她的身上，不肯松口，她却连手指尖，都开始酥麻颤抖。

她知道他想要她，两年前就巴巴地热烈地想着，却在她的拒绝后，总是一次次忍耐，灰头土脸地回自己房间。他确实也总能忍住，不舍得委屈她，只除了那一次……许寻笙现在想起来，都觉得心里难受。

鬼使神差的，她伸手捧起他的脸，他的唇色湿湿发亮，看着她，很镇静的样子，居然有点可爱。

许寻笙语气放软："小野，有件事得说清楚——不管是从前、现在，还是将来，我哪怕和你在一起，也不是你想……睡就能睡，想什么时候睡，就什么时候睡，你不能那么欺负我，再也不要说这样不可理喻的话，好不好？如果你真有这样的念头，那我只能说，不行，绝对不行。"

那一夜的每一句话，<u>丝丝点点</u>，岑野如何不是牢牢刻在心头。她一说，他就明白了，脸上闪过深深的懊恼，反抓住她的手说："那天我的脑袋被驴踢坏了，你不知道？这种话你千万别当真，真的只是气话。我承认是想，很想，我都二十六岁了，还是个……说出来都很没面子，但我不是个混球，肯定得你愿意。"

许寻笙心头一松，忍着笑。

他又亲了亲她的手说："当时太傻，话都说反了。以后，你想什么时候睡我，就什么时候睡，我保证不反抗，而且保管让你满意。"

许寻笙："……"

原本心里还始终哽着这口气，现在听他这么"卑躬屈膝"，她简直哭笑不得。岑野见她脸上有了笑意，胆子更大了，又调了调姿势，把她压了个严严实实，说："你答应过我的，回湘城就把自己给我，我一直没忘，牢牢记着这道圣旨。现在虽然不是在湘城，但是在我家，也差不多对不对？而且床也比你的大很多……"

某人的脸皮厚度，隐隐有恢复如初的趋势。哪有半点在众人面前的高冷明星模样？

许寻笙伸手想推开他的脸，却直接被他转头咬住手指，哄道："老婆，箭在弦上，把我憋出毛病了，后半生是你吃亏……"

许寻笙羞恼地瞪他一眼，可她心里的委屈，又岂止那一样。如今他真想让她交付出最珍贵的东西了，她下意识就要问个一清二楚，心底不想再有任何隔阂，否则……

怎么能把自己死心塌地交出去……

她说："你先起来，我还有话问你。"

岑野看她一眼，到底还是慢吞吞起来，但手依然环住她的腰，有点故意往里扣，让许寻笙坐得不那么舒服，总是要往他怀里跌。

她从床边拿起手机，神色有些怔然，翻了一会儿，递给他。

岑野接过手机，看清那张照片，就感觉到太阳穴"突突"地跳。

"哪儿来的？"他的嗓音一下子变得干冷。

许寻笙答："陌生号码发给我的，就在两年前我走的那天早上。"

岑野突然丢掉手机，丢得有点重，胸口也起伏着。许寻笙毫不怀疑，如果这不是她的手机，只怕他已把手机砸烂了。

他牢牢看着她："你相信我，必须相信我。那天晚上我连这个女孩的手都没碰一下，那时候我们闹成那样，我怎么可能还有心思去碰别的女人……不对，就算在平时，我也碰都不会碰！我有多专一你不知道？

"我记得……她是发酒疯坐在我腿上，我还骂了她，就把她推地上了。这张照片偏偏拍成这样，还发给你，这是有人在算计我，算计我们！"

他眼中波涛汹涌，一时间脑子里又推测出许多可能，脸上又青又白。

许寻笙抓着他的手，说："我知道，我信你。当时我是很伤心，但后来我想……你不会的，后来我根本就不信。"

岑野心头一震，抬眸看着她，问："所以……你那天要走，也是因为看了这张照片？"

许寻笙静默片刻，点头。当时那就是压弯骆驼的最后一根稻草。

岑野依然阴沉着脸，静默了一会儿，又拿起她的手机，把照片发到自己手机上，说："这件事我会查，你不要放在心上。"

许寻笙说："查不查已经无所谓了，我只是想说出来。"

岑野抱着她说："以后如果还有人在我们之间造谣，你不要信，第一时间来问我，好不好？谁说的都别听，先听我说。"

她说："好。"

可有了这张照片，岑野就跟心里插了根刺似的，有点坐不住了。他原来总以为和许寻笙分手，都是自己导致的，现在才惊觉，还有人在背后捣鬼，摆明了当时就要把许寻笙逼走。他的心冷下来，控制不住自己不去往那阴暗深处，往当时身边最信任的人身上想。

再抬头，他看着许寻笙神色虽然平静，可这事她在心里埋了多久，连和好后都没有第一时间质问他，直到今天……她一个眼睛里揉不得沙子的人，就算知道可能是误会，当时又得有多难过委屈？

岑野心里堵得慌，起身说："我现在就去查，你好好休息。"

许寻笙看着他的样子。刚才他还是喜笑颜开、死皮赖脸的，现在整个人都冷下来，倔倔的，仿佛带着刺，立马就要对人去发飙。

其实照片的事，他也算是受害者。

可是许寻笙并不想看到他此刻愤怒受伤的样子。

也不知是受什么情绪驱动，她起身追上去，从背后抱着他，紧紧抱着，把头埋上去，感觉这样，就可以陪伴他、安抚他。

岑野身形一顿，原本心底戾气一片，隐隐已看到混浊泥潭中藏着的刺。她这一抱，使得他整个人顿时一松，脑子里冒出个念头——这是不是两人复合以来，她第一次这么主动地抱自己？

他转过身，将她更紧地抱在怀里，轻声问："怎么了？"

许寻笙不说话。

"不想让我走？"他又问。

"嗯。"许寻笙不想否认。曾经他在心里藏了多少委屈和愤怒，都不肯对她说，现在她瞧见了，就不想再让他一个人离开。

岑野却静了几秒钟，慢慢地说："笙笙，你要知道，今天你要是留我，我就真的不会走了。"

这人前一秒还气鼓鼓地要去查幕后黑手，这一刻却又说这样的话。许寻笙脑子里"嗡"的一声，一时沉默。

明明两个人静静抱着，站在一室昏暗中。许寻笙的心里却忽然涌起一种感觉，她想起很多很多次，自己走在人群中，那么多陌生的脸，她一个人走着，还有她坐在家中，周围那样安静，万物沉默。

现在她一直等的那个人，就在面前。

他想要得到她。

一切似乎都是陌生的，让人不安的，可她竟然已不想再拒绝，再错过。她也会有冲动啊，会有不愿回头的勇气。只因为眼前这人，是她的小野，除了他，再也不会有别人了。

她抓着他的手，说："小野，我也很想要跟你……跟你，有个结果。"

她的话透出几分懵懂意味，岑野心里却是重重一震，刹那哪里还顾得上其他，眼前只见满室暮色，而她独立面前。他上前一步，推着她、抱着她又上前两步，一把将她推倒在床上，直接就压了下去。

"真的？"他问，"你愿意和我……不勉强，也不嫌我？"说到这里，他自己傻乎乎地先笑了。

许寻笙却只是深深望着他，摇了摇头。

岑野忽然间心头热潮翻滚，扣着她的双手，说了声"好"。

尽管郊野无人，窗帘还是很快被岑野拉上，又开了盏很柔和的灯。许寻笙深陷在床褥里，衣服几乎已完全被他褪去。时隔两年，岑野再次瞧见那白皙柔嫩、纤秾合度的身体，眼睛里却好像被蒙了层热雾。

他曾孜孜不倦地索要过，只求她能多一分施舍，他曾无数次顶礼膜拜过，只想要与女神成为世间最亲密的两个。那些热烈而卑微的渴求，都被他掩埋在男人的霸道和厚脸皮之下，不想让她看清内心的欲望和惶恐。

现在，她真的躺在他眼前了，那美好的发着幽香的躯体，心甘情愿等着他的采撷。她眼里涌动的是坦荡清明的爱意，她的手指却因为紧张抓着床单，整个人羞怯得不能自已，她说也想要个结果。

和他的结果。

所以她就这么勇敢地、无畏地，要把自己交给他了。原来她和他想的，什么时候分离过，什么时候不同过？

岑野没想到自己在这样紧要的关头，眼眶会湿，怕被她看出来，笑着低头压抑下去，专门往她的敏感处咬。她果然被分了神，慌了心，浑身轻颤，朱唇紧咬，无力抵挡。可即使这样柔弱无助，她的双手还是插进他的黑发里，轻轻摩挲，以示安抚。

他于是一发不可收拾。

把她全身都成功点燃了火，已是防线全面崩塌，只待他挥戈直入，他也已压抑难熬得不像样子。

飞鸟衔来一片绿叶，轻轻递入温暖的小巢。

……

初初的艰涩慌乱后，是她的嘴角溢出的一丝呜咽，让他几近失控。可这个时候，他终于固执得像当年的大男孩，又像如今可以掌控全局的成熟男子。她如同一块闪闪发光的玉脂，在烈日的照耀下，就快要融成水。她轻轻呜咽，他咬着后槽牙，低哄着，反复表明心志，到底是她更加包容，虽然脸涨得通红，可还是把头埋进他怀里，由他为所欲为。

……

近乎潦草的第一次后，她用被子把自己裹成一团，背对着他，也不肯说好还是不好，好像这样就能隐形似的。岑野根本毫无羞涩，就这么大刺刺躺着喘了一会儿，看着她的样子，又忍不住笑，撩开被子钻进来，再次抱着她。

……

后来，他含笑问："我强不强？"
许寻笙的反驳声都比平时小了很多："我哪里知道！"
"明明很强，对不对？"

……

他是等待了太久的年轻男子，她是心甘情愿的温柔女子。
莽莽撞撞，热切探索。
翻来又覆去，得到了又还不够，硬起心肠又心软纵容。

……

只是，在彼此的浅笑和知心话语里，在他的柔声抚慰里，许寻笙仿佛也渐渐迷失了，沉沦了，忘却了自我。

岑野察觉到她极其罕见的失态，心潮荡了又荡，几近无法自已，于是紧紧抓着她的手，想要让她永远记得彼此合二为一的强烈悸动。只是他的神色看起来那么真挚而迷乱，那一刻许寻笙忽然明白，自己已触碰到小野最深、最脆弱的灵魂，以前从未有人如她般得到过。

她从来没想到过，原来人生，会有这样的感觉，当他那么深地将自己埋入你的身体里，你所有的委屈、所有的欢喜，都在那一刹那爆发。

你浑身战栗得不能自已，不仅因为他那么美好的身体，还因为他是你今生唯一的挚爱。年华易逝，他还那么年轻，却一次次为你转身，让你失而复得。你早已为他痴迷，他却为你痴狂。

你想要个结果，现在他把结果给你了。你怀中是他今生唯一想去的地方，醉生梦死，至死方休。

岑野醒来时，太阳已经升得很高，身畔的许寻笙，睡得正香。被子里全是两个人的甜暖气息，岑野干脆手托下巴，盯着她。

明明昨晚是他的体力消耗得厉害，现在他都醒了，她却还在贪睡。他的目光又落在她的脖子和肩上，看到那些红痕，岑野心头一跳，看来昨天确实把她累到了……

静默片刻，岑野其实精力已全部复原，怕自己在床上再待下去按捺不住，岑野轻手轻脚起身，去洗了澡穿好衣服，就拿起手机去了书房。

坐在书房里，阳光照进来，岑野的表情却很严肃。

他想了很久很久，想那一夜被拍下照片的经过，想曾经有人对他说过的谣言，还有他不愿意深想的猜测。渐渐地，心就冷得像这一室冬日浸冷的空气。

双手握拳，握紧又松开，握紧又松开，正如同他的思绪，在反复掂量考虑。终于，他拿起手机，打给刘大江。

"大江，帮我查查这张照片，是在上海 ×× 会所拍的。如果能查到当晚的监控或者别的线索，就更好。"

岑野把照片、昨天从许寻笙手机上找到的那个未知号码，还有会所地址和当晚他知道的参加人……都发给了刘大江。

刘大江是个闷声办事的人，一一应承下来。

然后他说："老板，你让我查古漫轻兽和李跃的事，我这两天有些发现，但只是一些猜测，不知道该不该讲。"

岑野："讲吧。"

原来刘大江顺着乐队当年有关的人查下去，竟发现警方对于那起车祸，其实是有过怀疑的。

有目击者说，车祸前，徐执和李跃这两个乐队兄弟，曾在一间酒吧里起了争执，差点大打出手，大概又是因为乐队发展方向的分歧。后来他们就一起坐车走了，两人都喝了酒。

那天开的，是李跃的车。

也有乐队其他成员提到，徐执虽然那段时间心情不好，但人一直比较自律，很少喝酒开车。

后来出了事，徐执当场死亡，他是坐在驾驶座的，李跃在副驾。

警方曾经怀疑过驾车的其实是李跃，但因为没有证据，只好作罢。乐队甚至有成员怀疑，李跃当晚刚和徐执大吵一通，怎么徐执马上就出了事？

……

"如果要说李跃对徐执的死负有责任，没有什么直接证据。"刘大江说，"或许也只是一些人乱猜而已。"

许寻笙醒来后，见岑野不在，赶紧披上衣服，跑到厕所洗澡。这时她才觉得身体四肢都很酸痛，有的地方更是火辣辣的痛，脑子里想起昨晚的那个岑野，脸上就是一热。

而后脑子里居然冒出个可耻的念头：他倒是没有吹牛……

直至穿好衣服，从洗手间出来，她的脸还染着层红晕。岑野已经回来了，居然站在她打开的箱子前在端详。

许寻笙："干吗看我的东西？"

他转过身，脸上带着笑："不知道，就想看看。"

窗帘已经拉开，满屋阳光。两人现在都穿得齐齐整整，相对站着。她刚洗了头发，微湿披着，更显得脸庞、脖颈、手掌无一处不白皙晶亮。岑野看了几眼，走过去，拉她在床边坐下，轻声问："昨天舒不舒服？"

许寻笙目光飘向另一侧，不想答，但他固执地盯着不放过，只好答："还可以。"

"只是还可以？"

"嗯……"

"虽然我以前没经验，但是有常识，知道普通人水平在哪里，和我没法比。"他慢慢地说，"你到底觉得怎么样？不够好的话，我只能更加拼命了。"

许寻笙："不要！"

她的脸更红了，于是岑野一把搂着她，笑，许寻笙忍不住也笑了。

于是昨晚祖露相对之后的尴尬，于许寻笙而言，似乎也没那么明显了。

用人早已准备好早餐，两人下楼吃完，又绕着别墅外无人的小路走了几圈晒太阳，再回院子里，给池中的鱼喂食。许寻笙还支使岑野摘了两个柚子，打算做一小罐蜂蜜柚子茶。这么些琐碎平静的事，两人都不觉得无聊，反而觉得时间一下子就过去了。

岑野又带许寻笙去自己的收藏室，踏进去时，看着满墙满柜的吉他、耳机，于音乐人而言，无疑是一个闪闪发光的宝藏。

许寻笙左转转，右看看。她在什么东西前停步，岑野就拿下来，让她把玩尝试。最后，她戴了副大奥 I 代耳机，坐在沙发里，听岑野放音乐给她听，岑野则坐在她身边，她欣赏宝贝，他欣赏她。

他想，真好。以前他穷的时候，她不嫌弃他，现在有钱了，她也不嫌，永远坦然得好像她才是世上最富有的那个人。

许寻笙听了一会儿，感觉耳朵都要怀孕了。整个人掉进被音乐沉没的世界里，偶尔抬头，连岑野的呼吸都听不见，只见他清秀的眉目，柔软的衣领，还有搁在膝盖上的手指。

岑野也看着她，过了一会儿，低头吻下来。她的耳朵里只有浑厚音乐，外面的世界近乎无声，嘴里却是他热乎乎的、窜动着的吻，忽然觉得刺激无比。

这么亲了好一会儿，他才放开她，也摘下她的耳机，眼睛里都是沉沉的笑："好听吗？"

她乖顺点头："好听。"

他又取了把吉他过来，说："这是我最喜欢的一把。"

许寻笙接过，拨弄几下，果然音质醇厚清澈，非常诱人。她还是好奇地问："多少钱？"

岑野答："二十多万，和大奥耳机的价格差不多。"

许寻笙看着他的样子，没有炫耀，也没有舍不得，只有隐隐的喜爱和期盼，和从前穷困潦倒时买了块二手毯子和一块手绘面具，献宝到她跟前时的神情，一模一样。

许寻笙伸手，摸了摸他的头发，说："好棒。"

他察觉了，抬眸看着她，似笑非笑："怎么感觉你像哄小孩似的？加个前缀啊。"

"什么前缀？"许寻笙没反应过来。

他盯着她，慢悠悠地说："老公好棒。看到没，这满屋子，都是我给你打下的江山。"

许寻笙直接不搭理他，低头玩吉他。

日光已至正午，屋子里暖洋洋的。许寻笙弹了首他的歌，岑野就拉了把椅子过来，坐在她对面，默默地听。光线和音符都在她的指间跳动，时光仿佛也过得很慢很慢。

一曲终了，许寻笙说："是不是该去工作了？"

岑野点点头，又说："还有个事要和你说，姜昕盼要给电影唱的那首歌，我托朋友去写了，我不写。"

许寻笙看着他，不说话。

他眼里闪过戏谑的笑，说："不表扬我？"

许寻笙说："我又没说不让你给她写，这有什么可表扬的？"

他的眸光闪亮亮，答："行，是我自己不想给她写，和你没关系。"自言自语般又说道，"谁让我现在已经被某人睡了，哪有心思给别的女人写歌。"

许寻笙……不想和他说话。

低下头去，心里到底暖暖的、舒坦的，说一点都不介意是假的，但又完全不占理，是工作啊。他却也顾及了，自己就把工作给推了。她就是大醋坛子，可他那么外放随性的一个人，心甘情愿完完全全被她拘束着。

静默片刻，她缓缓弹奏出一首曲子。

一首她昨天甚至还没完全写成、岑野也从未听过的曲子。

这一刻，灵感自天成，半曲已成歌。

岑野听到她弹第一句，心脏就随之跳动着，如此清新的旋律，他从未听闻过，可也不是许寻笙一贯偏爱的创作风格。他的眉目沉静专注，开始仔细聆听。

依然是西南辽阔高远的风景，琴声铿锵，少了婉约。她非常少见地使用了他才最擅长的快速妖娆的指法，竟半点不输他，像是一匹白马疾驰而来，正如龙卷风平地起，扶摇直上。

那吉他声中仿佛有一双清澈固执的眼，仰望着天空中的一切，一反她温柔清淡的常态，是水波轻轻推动的嘈嘈切切，是大浪淘沙的波澜壮阔。岑野竟听得心肝也仿佛随着她的旋律颤动，茫茫间，似乎有一双手，轻抚上他的脸，那双手温凉坚定，而他闭上眼后，却仿佛看到那指缝背后，一片遥遥翠绿的无边景色。

……

许寻笙的手放下，岑野睁开眼，眼里还有未退的起伏情绪。

许寻笙只对他清浅一笑，笑得他晃了晃神。

"好棒。"他顿了顿，补了句，"老婆好棒。"

许寻笙抿着唇，问："喜欢吗？"

岑野握着她的手，说："再也不能更喜欢了。"忽然了悟，"你……写给我的？"

许寻笙点点头，说："你给我写了一首主题曲，我还你一首。"

岑野的心念翻滚又翻滚，一个念头清晰出现：这世上也只有她一个女人，有本事也有胆气，和他棋逢对手、天生登对。他的笙笙怎么还没红遍宇宙？凭她的实力早就能够，只是她不愿意罢了。

"我们一起把词写出来。"他说。

"好。"

岑野又想了想，一个想法涌现，说："我想回头先发布这首电影单曲，我来打头炮，再发布你的那首。"

许寻笙毫不在意，答："好。"

岑野没有对她说的是，其一，现在如果直接发布他谱曲她演唱的歌，因为自己刚和姜昕盼传绯闻，怕这时候把她牵连进去，相反，他唱她写的歌，词曲作家为金鱼，至少没有那么惹眼；其二，先发布他演唱的，如果能够大热，等于为她的第二首歌，做好了铺垫和预热，他甘为绿叶。他想要更多人，看到属于许寻笙的光芒，听到那比梦想更美好的声音，那是她应得的。哪怕许寻笙自己根本不在意，岑野也不想再让她继续蒙尘了。

半个月后，岑野的电影新单曲《云落千万里》发布。

因为清新动人的旋律、感人至深的歌词、极具韵味的古风，还有他完美无瑕的演唱，这首歌一经发布，就广受好评，横扫各大音乐排行榜冠军。不仅下载量摘得全网桂冠，话题也连续几周位于网络热门话题前列。

岑野本人的受关注度更高，一时间野火风头无敌，连前段时间传出的与姜昕盼的绯闻，都没有那么显眼了。

自然，还在拍摄中的电影《客从何处来》也大大获益，头回登上了网络热门话题，甚至连原著兼编剧丁沉墨的微博，原本寥寥几条微博无人问津，现在居然都涨了一小拨粉丝，每条微博下评论有几十条了。

当然，也有人开始扒这首歌的曲作者金鱼，才发现她竟然也是个歌手，还小有名气，得到过新风尚平台的新人奖。于是许寻笙也涨了一拨"才华粉"，但也有人，开始想要往深里探究她和岑野的渊源，寻找蛛丝马迹……这是后话。

只是在歌曲刚发布的这一周，许寻笙的身份和过往，还没被网友们扒出来，一切都好好的，没出什么问题。而这首单曲，也开始以铺天盖地的方式，在很多地方流行、传唱。

北京。

辉子听到这首歌时，刚结束一场公司签约歌手演唱会的伴奏。他有点累，心情既不会高兴，也不会低落。每次伴奏好像只是例行公事。

至于激情这玩意儿，偶尔在台上演奏疯了的时候，也会有，但是过去了也就过去了，下了台，收拾好设备回到家里，他又是那个在北京已买房买车、衣食无忧，还有个长得不错的女朋友的辉子。

辉子的房子买得不远不近，五环边上的两居室，在北京已是非常有面子了，谁能在北京混两年就买房？一个洗手间只怕都买不起。他现在比两年前也胖了些，不再是当年瘦瘦模样。

女朋友今天要加班，回到家，辉子往沙发上一瘫，望着窗外降临的夜色，只觉得吧……日子就这么不咸不淡地过着，挺无聊，但好像也没什么所求的。

偶尔，也是会想起从前的。想起那段一群大男孩没心没肺、横冲直撞的日子，想起大伙儿的每一次争执吵闹和欢喜悲哀。也想起小野决赛前蹲在地上哭，想起许寻笙不见踪影。比赛结束后，张天遥冷冷地告诉他们要单飞……

可很多时候，辉子想起以前的事，还是会笑的。

有时候，也会和岑野见面，一块玩音乐。小野现在成了超级大明星，哪怕是他，也不那么容易见了，但只要他这边有什么事，一个电话过去，岑野总是二话不说就给他帮忙。想到这里，辉子心头一热，拿出手机，正好看见排行榜第一的，是岑野的新单曲。

这小子还勤奋无比，这么快又出新单曲了，辉子想，也难怪他现在红得发紫。

辉子点开那首歌，掏了副耳机出来，闭着眼，就在这暮色笼罩的小家里，一个人静静听着。

起初，听得很惬意，也很心动。心想这小子越来越牛 × 了。

但越听，越觉得风格有了些变化。他愣了愣，睁开眼。

温柔中带着丝清冷，清冷中带着几分缱绻，中间还有一段钢琴独奏，指法精巧绝伦。当然高潮部分依然有热血摇滚的感觉，非常适合小野，但似乎跟他原来的创作，又有所不同。

这个风格……他似曾相识，忽然间他就想起了朝暮那几首红极一时的单曲：《初见》《万重贪念》……

这个风格，像谁呢？

东北，申阳。

赵潭背着包，在机场候机厅里待着，耳朵里挂着副耳机，在听某个音乐电台。

家里的父母总算安顿好，五六十岁的他们，终于让赵潭省心了，也敢拿出积蓄，给他们买个新房子，让他们安安生生住着，每月再给笔生活费。不过，房子还是落在赵潭自己名下，万一哪天那俩赌瘾又犯了，打房子的主意，赵潭可受不了。

合着眼，百无聊赖地听着歌，他打算回湘城待一段时间。尽管申阳才是他老家，可不管他在其他地方跑多久，总是想回湘城待着。

电台主持人甜美的嗓音传来："下面带来的这一首，是由金鱼作词作曲，岑野演唱的歌曲《云落千万里》。温暖的冬日，让我们侧耳倾听，这首美好动听的冠军单曲。"

赵潭猛地睁开眼睛，听着听着，眼睛里涌出明亮的笑意。

还是北京。

这个房子，位置不好不坏，是套新的三居室，虽然面积不是很大，也装修得有几分精致豪华。

偌大的房子，就住着一个人。

张天遥打车回到家，有点疲惫，但更多的是积压心头已有一两年的那股烦躁。他在玄关换鞋，发现裤腿上溅了一些泥点。

这已是他最贵的一套阿玛尼，穿了也有一两年，保护得很好，并不显旧。他仔细拿湿布擦干净，脱掉外套，就倒在沙发上。

今天他去某个商场里的展台唱歌，也不过一两万的酬劳，却奔波了大半天。以前公司还给配了车，现在车也收回了，去一趟活动得他自己折腾。

但偶尔有活儿干，已经比终日闲散强多了，他有时候能去参加一次电视台活动或者接个小品牌代言，收入还不菲。

只是心里有个洞，好像总是填不满了。他现在渐渐也知道，那个洞叫名利、叫虚荣，得到后再失去，更加令人痛不欲生。在朝暮时，还有刚刚单飞时，他也曾杀上新人歌曲排行榜前三，也有自己的各地后援会，各种赞助邀约也没有断过。

现在呢？这个圈子好像没有规律可循，他还是很努力地唱歌，也尽力写歌，参加各种活动，但也就半年多时间，那热度就过了。明明他什么也没错，明明他一直很拼命没敢松懈过，等他回过神来，人气就这么蒸发了。那些曾经说要爱他、保护他、陪伴他一辈子的粉丝，都不知道去哪儿了。

这房子是他刚赚了不少钱时买的，乍一看金碧辉煌，只是住了快两年，越来越觉得冷清。他现在过得其实也没有那么糟糕，手里还有一笔积蓄，而且还有时不时的演出，收入虽然比不得从前，但比普通工薪族强多了，也算是没有什么后顾之忧。

只是，这日子、这前途，已看不到方向。

张天遥躺在沙发里，同时和网上认识的几个女孩调着情，有一个还是网红，和他睡过，但是肯定也和别人睡过。这么浑浑噩噩玩了一会儿，他又觉得索然无味，不再理那几个女孩。

心念一动，点进音乐平台网站，他想看看自己两个月前发布的那首单曲，有没有可能在新人榜的中部，上升几个名次。

然而首页的巨幅广告，已经扑面而来——

那个男孩站在一片深绿苍茫的山麓前，一身白衣，面容俊秀，不可一世。

岑野新单曲、电影《客从何处来》主题曲之一，《云落千万里》震撼发布！

张天遥只感觉心口一片麻木，那麻木中，渐渐有无法克制的羡慕和痛苦传来，只是他根本就不想面对。

他下意识想关掉网页，不该再看，可手指僵在那里。

过了好一会儿，他把手机连上屋里的蓝牙环绕音响，然后躺在沙发上，闭着眼，用手搭着额头，就像是睡着了。

然后，那温柔深重的前奏响起，在仿佛层层水滴石穿的叩问后，岑野那天籁嗓音传来，头两句竟就是高亢的、直击人心的旋律——

春去冬来旧梦无痕门前芳草地

天高日没良人不归云落千万里

张天遥自己都不知道怎么回事，才听得这两句，眼泪竟涌了出来，可是还好，周围不会有别人看到。突然他就很想放任自己，什么都不去想、不去管，就这么舒服地任眼泪掉落，而他仿佛真的沉睡过去，闭上眼认认真真听着。

一弯山路一池碧水

纵然总相依

折草为笔画地为牢

只等陌客音

悠悠闻蝉草木连天
那年夏时雨
有客叩门有人归去
惊鸿遇知心

前路漫漫半生残缺
难解今生局
一千朝暮万里征途
只证一颗心

张天遥的眼泪开始扑簌簌地往下掉，乃至于后面一段旋律加快的铿锵之音，鼓点齐鸣、吉他流淌、钢琴争鸣，他都听得没那么清楚了。

拨云见日踏污踢恶
我心湛湛不可往复
走马闯关黑白归正
男儿喋血情意如初……

可这段抑扬顿挫的男儿心志中，分明透着股灵动飞扬，为什么他感觉清新舒畅之余，还有一丝莫名熟悉的感觉。

他睁眼怔住，却又听见岑野大开大阖、清扬悠远的歌声：

春有花开秋见霜落
夏有炽日冬听雷动
客从经年客从何处
门前云落门前万里
……

"乔姐，你看到网上的消息了吗？"助理低声问。

刘小乔点了点头，又抬头看看，岑野和许寻笙正在下楼，而经纪团队的一众人等，已正襟危坐，等着开会。

她又看了眼对面的岑至，男人很快察觉到她的目光，不过岑至显然在想网上的消息，脸色不太好看，只勉强对她露出一丝笑意。

于是现在，刘小乔心里想的，反倒不是岑野和许寻笙在网上被传出绯闻这件大事，而是这两兄弟，说来性子相似，其实又不同。

眼看着那一对下了楼，原本正上首空着的单人沙发，每次都是岑野坐，今天助理还贴心地在那个单人沙发旁，摆了张椅子，留给许寻笙。结果岑野直接拉许寻笙在那张主位沙发坐下，自个儿坐了椅子。许寻笙还推却了一下，可岑野眼睛里就跟没他们这些电灯泡似的，低头在她耳边说了句什么，就看到许寻笙脸色微窘，但也大方坐下了。

然后，他们的老板，天王巨星，就这么神清气爽地陪坐在心上人身边。

刘小乔看得心里有点不是滋味。再对比岑野岑至那两张有些相似的脸，突然间，对岑至也生出更多埋怨，可是，她却没有任何办法。

第十六章

金鱼成名

网上的消息，岑野和许寻笙提过，她自己也看过几眼，大概知道怎么回事——

因为《云落千万里》大火，她这位包揽词曲创作的新面孔，自然也逃不过媒体的眼睛，金鱼的歌手身份被调查得清清楚楚。两年前朝暮乐队和"小生"的粉丝，并非全都忘却了，很快就有人凭借金鱼的照片，和当年总是戴着帽子遮颜的小生做对比，各种细节分析，推断出是同一个人。

对此，按照岑野和她的商量，她没在网上表明任何态度。

紧接着，就有人传出朝暮当年演出的很多视频片段，连许寻笙都不知道，原来岑野曾在舞台上那么留意自己。他在灯下朝着她的一个回眸，他一边唱一边盯着她手里的古琴，他弹着吉他神采飞扬围绕着她……

于是一夜之间，又有很多帖子冒出来，深入分析岑野和她早就有过一段神秘的恋情，甚至分析岑野对她芳心暗许、情根深种，所以现在才拉着她给电影谱曲。

当然，乐得吃瓜看热闹、分析八卦的，是一部分人，但在庞大的野火粉丝面前，就有点招架不住了。大多数野火斥责这些帖子是捕风捉影、蹭热度、靠岑野博眼球，根本就是对当年乐队成员的普通友谊，凭空编造。野火粉丝忙着四处控场，而且基本上把场面都给牢牢控制住了，不过岑野和许寻笙可能有旧情这么个说法，还是传开了。

许寻笙并不在意别人怎么说，她的微博粉丝数却是水涨船高。

一部分，的的确确是随着热点而来的，她怀疑其中一些人连她的歌都没听过，就在上蹿下跳，但也有相当一部分，是因为新闻去听了《云落千万里》，也听了她以前的歌，成为她的忠实粉丝。有一次岑野还给她看网上一条消息，在少数新闻头条的微博下方，她的粉丝居然也成功控了评。

她的微博下，也有一些野火来闹，甚至骂得非常难听，但人数毕竟不多。绝大多数野火，倒显得比较克制规矩，只维护岑野，并不想伤及他人。许寻笙也听过一个说法：粉丝随偶像。她目前遭受的压力不大，倒是让她意外的。

于是她私下里还摸了摸岑野的头，说："你好像是个优质偶像。"

岑野明白她是什么意思，轻笑着说："我也希望她们能喜欢你，不过，喜不喜欢，都影响不了咱们的感情。"

偌大的客厅里，众人首先讨论了接下来的手头工作，以及第二首电影主题曲的发布时间安排，就定在下周，是由岑野谱曲许寻笙作词、演唱。

然后必然谈到绯闻的事。

助理汇报了网上的一些数据和代表言论，眼观鼻鼻观心地问："我们是否需要做出回应？"

这要是从前，和别人传绯闻，大家肯定各抒己见，寻找出个独善其身，甚至还能来一把热度炒作的解决办法——譬如上次和姜昕盼。但是自从见过了岑野把人亲手领回家的样子，还有这几天绕着人家转、简直捧手心里都怕化了的露骨举动，大家也不敢随意发言，只是看着岑野和岑至的脸色。

外界的声音，许寻笙根本不会在意，也不会发表意见。她甚至感觉到新鲜，想看看岑野处理正事的模样，只不过……她看一眼岑至，眉眼平静。

"暂时不做回应。"岑野手撑着下巴，说，"让外面的人猜去，你们只做该做的事。"

大家都点头。岑野这样的处理有利有弊，利是保持沉默是金，避免再惹麻烦。弊是这样的绯闻不澄清，对岑野没什么好处，甚至会导致他掉粉。但当事人都愿意吃亏了，他们还能说什么？

"即使现在不回应……"岑至在这时忽然开口，"也要有准备、有计划，在合适的时间公布你们的事了。"

许寻笙一愣，其他人都看向岑至。岑野的脸色倒是沉静。

刘小乔是唯一一个跟岑至商量过，要保护好这两个人恋情的，所以现在看他表态，心里还挺高兴，又胡思乱想着，其实岑至，也是个有担当的男人。现在他或许只是为难……

对于弟弟的恋情，岑至心里其实有些无奈，但他更看重的是大局。而且木已成舟，岑野摆明了非卿不娶，说到底是他亲弟，还是他老板，他也不想再看到岑野难过。而且经过这几年，岑至的决断力已经比以前强了很多，既然已经有了决定，那他现在自然要为他们出谋划策。

岑至冷静地说："等第二首单曲发布，大家发现是小野给金鱼包办了词曲，绯闻的声音会更大，你们要做好心理准备，好好筹划，继续铺垫，顺水推舟，挑选个天时地利人和的时机，就公布了，做到利大于弊。"

大家都琢磨着他的话，遂点头。

岑野微笑："哥，你说得对。所以现在我才不表态，让这样的舆论自然发酵，等大家心里都有了准备，我直接承认。这样我相信外界接受程度更高，我和笙笙也不会有什么压力了。"

许寻笙心头一暖，她发现岑野对于两人的将来原来已谋划了很多，成竹在胸，心想，这副模样、姿态，可比私下两人在一起时，成熟稳重多了，或许他只在她面前幼稚可爱。

而岑至听到岑野的话，忽然明白，岑野其实早有了这个打算，包括首先发布许寻笙为他作词曲的歌，引起一些猜测，再发布第二首……说不定岑野就是故意引起绯闻的，想要让一切水到渠成。

不止如此，从岑野二赴湘城，又去那个劳什子颁奖礼，再撇下所有人跑去云南，最后直接把许寻笙带了回来……根本就是步步筹谋，只为了和她在一起。

他这个弟弟，终于还是把骨子里的执拗，全留给了同一个女人。他看起来吊儿郎当、我行我素，以前遇到有关她的事会晕头冲动，现在却肯用尽心思和耐性，不达目的不罢休。岑至也不知道是该为他喜，还是该为他忧了。

会散了，许寻笙和岑野回到工作间里，他弹着吉他，似乎心情很好。事实上，许寻笙待在这里的这些天，每天都感觉他心情很好，哪怕外头纷纷扰扰。

见她望着自己，岑野只是一笑："老婆，过来。"

许寻笙现在甚至都习惯了他在人前这样没羞没臊的称呼，估计外头的千万粉丝，也想象不到这俊秀如玉的男人，如同个东北赖皮爷们儿，口口声声非要喊人老婆的黏糊样子。当然，偶尔许寻笙在床上也会被逼得喊一两声，但人前怎么也是喊不出口的。

她总是老实又温顺的，不太抵抗他，依言走过去。岑野先把吉他放下，把她抱腿上，再把吉他提起塞她怀里，说："弹给我听。"

哪怕已有了最亲密的关系，还很频繁……他偶尔的这些小动作，还是会让许寻笙觉得脸红。坐在他腿上，坐得又不平，她轻拨了几下吉他，他则搂着她的腰，把脸埋在她肩头，静静聆听。

许寻笙刚弹了几句，他就开始摸、开始咬。许寻笙哪想到他这么坏，指下的旋律一下子乱了，他却低声笑了，说："别分心啊。"

这明显就是捉弄她了。

"弹啊。"他催促道，手已整个探进衣服里，完全没羞没臊。许寻笙简直想敲他，脑子里想些什么，刚才还觉得他成熟呢，分明邪性得很。许寻笙不会让他得逞的，放下吉他，抬头冷冷看着他。

岑野还觉得意犹未尽呢，他很久很久以前，就对冰雪之姿、端重矜持的许寻笙，怀着莫名的征服欲和破坏欲。他知道这或许是男人的劣根性，总是想要让她在自己掌下失去分寸，不过，也不敢太过火。他默不作声收了手，要求弥补："亲我一下。"

许寻笙看他两眼，那眼神简直就跟幼儿园老师看小朋友似的，到底还是伸过头去，轻轻在他脸颊一吻。

然后就被他拉过去，一起倒在沙发上。他开始痴痴惘惘地吻，那双轻佻的眼，变得真诚又深重，他好像永远都不会知足。许寻笙被他亲得全身发抖，而后他轻声在她耳边说："晚上再继续！"

许寻笙红着脸，到底还是说："轻一点，不要再弄疼我。"

他眼里全是笑，一本正经地答："好。"

两人抱着靠了一会儿，谁也不说话。许寻笙说："过两天我想回湘城。"

岑野考虑着，一是等第二首主题曲发布，只怕两人的传闻会更盛，万一真的被记者拍到，许寻笙住在他家里，对她不好，成了她主动；二是歌曲发布后，许寻笙这边也有些配合片方的宣传和工作，分开住确实比较好。

可已经习惯了每晚抱着她睡，现在要分开，心里自然很不愿意，于是尽管心里已有了决定，他嘴上还是忍不住哼哼："那我晚上怎么过？"

许寻笙这时不买账了，答："以前怎么过就怎么过，说得好像过去两年有人陪你一样。"

岑野知道，她其实可以很牙尖嘴利，譬如现在，心里有点酸溜溜的，又好笑，叹了口气说："尝过了有你陪伴的滋味，怎么能一样？"

他说得有点可怜，许寻笙心也软了一下，摸摸他的脸，说："我们可以视频。"

"那是自然。"岑野看她一眼，语气很寻常，"我每天睡前都要看你。"

许寻笙："……嗯。"

到底说好了要暂时分开，两人似乎都有些兴致不高，岑野也吻得抱得更凶了一点。许寻笙熟知他的性子，也任由他发泄。

过了一会儿，他抱着她说："走之前，我带你去见个人。"

许寻笙愣了愣。

尽管岑野卖关子，不告诉她是谁，许寻笙心里还是有了猜测。

然而，当她跟着岑野，走进那私密酒楼最深处的一个包间，看到一下子从桌边站起来的那人时，她的眼眶还是立马热了。

岑野看她一眼，像是知她情绪，牵着她的手走过去。

辉子自然是喜不自胜，甚至有些手足无措，喊道："许……许老师……真的是你！"又看到他们俩紧紧相握的双手，心情更是复杂激动，没头没脑地说，"你们……哎，我就知道，我就知道！那天我听了那首歌，就觉得怎么那么像许老师风格呢！原来真的是你！哈哈哈哈！好！小野！真好！太好了！"

岑野只是笑，说："你们也有两年没见了吧？"

辉子用力点头，看着清丽静好，宛如两年前的许寻笙，亭亭玉立于眼前，一时百感交集，下意识想和她来个拥抱，又有点犹豫。

然而许寻笙已经伸手，抱住了他："辉子，好久不见。"

辉子忽然就哽咽："好久不见。"

许寻笙的眼眶也红了，两人松开，她仔细端详，发现辉子胖了不少，气色也不错，想着他跟着岑野，真的混得还不赖，心中感动，又红着眼笑看着岑野。

岑野说："坐下说。"一边拉她的手。

许寻笙刚坐定，就听他凑过来，低声在耳边说："抱一次辉子就算了，下不为例。"

许寻笙横他一眼。

他却在桌下捏了一下她的手，窃窃私语："我认真的。兄弟也不能抱，只能抱我，我舍不得。"

许寻笙嘴角含了笑，抬头看着辉子，不理他。

而辉子傻傻笑着，坐在对面，看着此时他俩眉来眼去，简直就跟当年一模一样，心里有点想哭，又有点想笑。

真好啊。

真的是……替他们高兴啊。

好像，只要看到这两个人在一起，当年的朝暮，当年的勇往直前，就没有白费。这世上熙熙攘攘，万人庸庸碌碌包括我，可有些事、有些人，永远也不会变的，对吗？

许寻笙回到湘城的家里，她这一去一个多月，归来已是深冬。

身上穿的是岑野非要买给她的一件大红色羽绒服，她倒不排斥这么艳丽的颜色，对镜自揽发现其实更衬得容颜白皙。不过她想，岑野还挺喜欢红色的，自己常穿，还给她买。

大概是有阮小梦时不时来照料，院子里的植物长得还不错，只是归来的人，心境已不同。如今她立在院中，拿着扫帚清扫落叶，明明是冬日凋零之景，竟也觉得看什么都很顺眼舒心，一地枯草也觉得好柔嫩可爱。

转念又想，人们常说"圆满"二字。

原来，圆满，是这样一种感觉。你和他身边，有一个小圆圈，好像把什么都隔绝在外。可圆圈里，又好像什么都有了，什么也不缺、不要了。

之前岑野就跟她说，赵潭回湘城了，她也跟坛子联系，约好今晚吃饭。

结果没多久，阮小梦也打电话来了："回来了？我的大小姐！贵夫人！"

许寻笙一听到她的声音就笑："是啊。"

其实这段时间，许寻笙已经把和岑野的事，多多少少和她说过了。阮小梦直至现在都有些不敢相信，想到自己以前骂岑野的那些话，心里也讪讪的。不过许寻笙也知她心意，有一次专程让岑野和阮小梦聊天。

阮小梦一开始心里还有些发毛，岑野遇上这个以保护者姿态陪伴、防备着自己的老婆闺密，心情也有些复杂。既憋屈，但又不能得罪。两人不冷不热聊了几句后，最终是岑野讨好老婆的心意占了上风，百般向阮小梦暗示自己对许寻笙的一腔深情，干脆承认以前是自己瞎了眼没心没肺，最后还主动提出今后每场演唱会，只要阮小梦要，都留最好位置的票。阮小梦这才憋着笑，向他们俩人宣布，自己可以继续替许寻笙观察岑野的表现，并且会在两人不方便见面时一力承担通风报信，等等。

这一件事才算是揭过。

不过，阮小梦当时对于岑野新找了女友必定骗财骗色、给他戴绿帽的诅咒，她不敢说，许寻笙自然也暗笑不提，否则岑小爷估计要发飙。

现在许寻笙回湘城了，阮小梦自然喜滋滋的，又很好奇兴奋，说："我已经订好地方了，晚上大熊和小臻也来！我们都好久没聚了，到时候好好跟我说说，你和我们岑天王发展到哪一步了？"

这不，听说岑野两年来矢志不渝一直恋着许寻笙，阮小梦对他的称呼，又从没心没肺小狼狗变成"我们岑天王"了。

许寻笙说："我晚上还约了一个人。"

阮小梦："谁啊？"

许寻笙答："就是以前朝暮乐队另一个成员，赵潭，坛子，你也见过吧。"

阮小梦想了想，对上号了。记得那是个高高的结实的男孩，长得挺端正的，很像他们队伍里的老大哥，容颜没有岑野和张天遥漂亮，但当时阮小梦见了还觉得，这队长看着挺靠谱的。

"哦，叫上一块吃呗！"阮小梦毫不在意地说。

许寻笙也觉得可以。赵潭现在好像没事干，她和岑野这边有一堆事，也想把他拉进去，于是答应下来。

天气冷，晚上吃的是火锅。

许寻笙到的时候，大熊、小臻和阮小梦已经到了。许寻笙在他们对面坐下，身旁位子空着。小臻已经听说了许寻笙和岑野的事，满眼难以置信，用手捂着脸，眼睛都放光了："笙笙，你真的和大明星岑野好了？"

许寻笙只是一笑："我们现在是在一起。"

"啊——"小臻压低声音，都快忍不住要叫出来了，"我想要他的签名，可不可以？天哪！"

然后就被大熊赏了个爆栗在额头上，他笑着说："有点志气，我们可是寻笙娘家人！"

大家都笑了，小臻瞪他一眼，眉眼却是含笑。

大熊也深深看一眼怀中女人，然后抬头看向许寻笙，那目光只沉滞了一秒，就变得温和平静。

许寻笙从这眼神中，从他和小臻的相处中，已感觉出了什么，心里也替他们高兴，微微朝大熊点了点头。

真好，他们都在惜取眼前人。

几人说了会儿话，就听到一道清亮的声音，在身后响起："许老师！"

许寻笙一下子站起来，转身望着来人。

赵潭看起来根本就是老样子，明朗的一张脸，高高直直的样子，穿了厚厚的羽绒服和牛仔裤，仿佛还是当年耿直厚道的少年。

许寻笙的眼睛一下子湿了，赵潭亦目光闪动，他上前一步，两人紧紧抱在一起。

"坛子……"

赵潭轻轻拍了拍她的背："许老师，好久不见啊。"

只这么简单一句话，就能让人声音都变得沙哑。她和坛子之间，别的什么都不用多说了。

大熊沉默含笑，小臻好奇地看着来人，阮小梦却愣了愣。她想，这人看起来，真的半点没变化，没变丑、变老啊。她想，也对，男人本来就不显老，何况也才过去两年而已，而且她忽然发现，坛子看起来还挺帅的啊……

许寻笙拉着赵潭坐下，给他介绍在座的人，大熊自然是熟人，赵潭朝小臻叫了句"嫂子"，都令小臻羞涩了，到阮小梦时，他倒先笑了："这还用介绍？不是跟你住一屋那个黄毛丫头吗？"

当年阮小梦头上挑染各种颜色头发简直不要太多，现在却是一头黑发柔顺刚刚齐肩，听赵潭语气轻佻，她冷哼一声说："我现在跟笙笙混，走良家妇女路线，你不要乱讲。"

说完大家都笑了。

赵潭像是自言自语："良家妇女？"笑笑不说话。

阮小梦气得就在桌下踢了他一脚。

赵潭约莫被踢疼了，瞪她一眼，倒也不再和她计较。

许寻笙也不明白这两个人怎么一见面就掐上了，印象中赵潭不是这么爱掐人的人啊？她倒也没太在意，毕竟阮小梦还刚掐完一个岑野呢。

五人一边吃着热腾腾的火锅，一边聊天，聊一点过去的事，也聊将来。尽管岑野不在，但话题也离不开他，赵潭笑着对许寻笙说："那家伙肯放你回湘城，倒是稀奇，我以为他恨不得把你绑身上呢。"

许寻笙笑着还没答，阮小梦已开口："他敢！他的事重要，我们笙笙的事也很重要，在湘城还有一番事业要打理呢！"

许寻笙笑着点头称是，赵潭却又看一眼自己对面的小妞，说："他们俩的事，要你多管？"

是含笑的语气，但他的挑衅对象可是阮小霸王。

许寻笙抚额。

阮小梦果然差点就炸了，但她跟许寻笙混久了，也学得不动声色，慢条斯理地说："笙笙是我最好的朋友，我当然要看着她，不让她吃某人的亏，这可不关某些不相干的人的事，笙笙，你说是不是？"

赵潭却说："当然不能让许老师吃亏，但是等我兄弟过来，你这丫头不要当电灯泡。"然后看一眼许寻笙，"她要是不识趣，告诉我一声，我来把她提走。"

这下连大熊和小臻都笑了。许寻笙则懒得理他们的斗嘴。最后居然是小臻打圆场，说："好喽，将来等他们俩结婚，你们俩跑不掉的伴郎伴娘，别争啦。"

后来，又聊了即将发布的第二首电影单曲，既然大家都爱玩音乐，玩得还都好，遂说定接下来，大熊、阮小梦和赵潭也参与进来，这也是之前许寻笙和岑野的想法。

这天晚上许寻笙回家没多久，岑野的视频电话就打过来了。

看着画面里那张熟悉的脸，许寻笙心里竟有些感慨。多少个夜晚，她和荒野隔网相陪，却都不提看一眼对方的话，现在他大刺刺的一个视频就打了过来，她能看到他的眉眼，他在房间里的一举一动，心里只有温暖和踏实。

然后就看到岑野一边在卷一副耳机的线，一边看一眼屏幕，问："今天过得怎么样？"

许寻笙答："挺好的。"然后就把和赵潭他们的见面都说了。

岑野就笑了，露出雪白牙齿："可惜我没在，不然跟他们喝几杯酒。"又瞟一眼许寻笙，"大熊女朋友也来了？"

许寻笙忍着笑，心想他说喝酒莫不是冲着大熊来的，温言细语地说："来啦，人家说年底就结婚。"

岑野笑得很淡，把耳机盒子在手里抛了抛："我祝他早日结婚，早生贵子。"

许寻笙忍不住又笑，这家伙！

"我要去洗澡，晚点再打？"

他说："你开着，我等着就是。"

许寻笙心里一暖，跑去很快洗了澡，换上睡衣，抱着手机躺床上。那头他也上了床，零零碎碎说了些话。

然后他就问："想我没有？"

许寻笙就想起坐飞机回来时，窗外层层的云，还有打扫院中时，那满地的落叶，昨日他于身畔耳边的呼吸轻呢仿佛还在，他问想念否。

她答："想，挺想的。"

那头的他却是一怔，约莫是没想到能这么干脆就得到甜头，而后许寻笙就看到他低头笑了，而后慢慢向她伸出手，竟是用手指边缘，轻轻抚摸着屏幕。

"我也想。"他的声音有点哑，"再过一段时间就可以公开了，到时候你去哪里，我就跟到哪里。"

许寻笙失笑："你怎么可能跟着我？"

"怎么不可能？"他说，"我是天王啊，想去哪里就去哪里。反正我就围着你转。"

许寻笙静默片刻，便也伸出手，明知很傻，却轻轻抚摸着屏幕上那张脸。两人一时都没说话，只有手指都傻乎乎地移动着。

这就是我的爱，岑野想，这就是深爱入骨的感觉。哪怕她隔着屏幕摸我的轮廓，我都能感觉到心在颤抖，被她抚慰、被她呵护。我真的好想把她藏起来，一秒钟都舍不得分开了。

许寻笙心跳得很快，竟比两人在床上亲密时，心还要平静不下来。这么痴痴呆呆地，她想，都是被这家伙带的。没多久，她先放下手指。那头的岑野就笑了，说："别急，等见面了，让你摸个够。"

……不想和他说话了。

"对了……"她想起了另一件有趣的事，"坛子和小梦原来就认识，今天两个人居然斗了半天嘴。以前我没看出来，坛子居然也这么能找女孩碴，把小梦气得嗷嗷叫。"

岑野居然没有很意外，想想说："你不知道，坛子以前就喜欢腿长的小妖精，你和阮小梦一个屋的时候，他还说阮小梦长得可爱呢。"

许寻笙吃了一惊："坛子……原来喜欢这个类型吗？"

以前总觉得赵潭喜欢的，应该是温柔听话型的，毕竟他的性子那么敦厚善良，却没想到喜欢小妖精。

"男人嘛……"岑野慢条斯理地说，见许寻笙瞟自己一眼，立马说，"当然不包括我，我品位高，只喜欢良家妇女，最不喜欢妖精型了。"顿了顿，又笑了，"不过，你的腿也很长、很美。"

许寻笙很受用，不计较了，到底也有些八卦兴趣，说："那坛子会不会对小梦出手啊？"

"不知道。"岑野说，"感兴趣和真的喜欢是两回事。不过他们要真在一起了，我还能怎么办？只能放手让坛子去飞呗！"

许寻笙扑哧笑了。

几天后，电影《客从何处来》第二首主题曲《往昔》发布。

因为有第一首歌的热度，这首歌一发布，就在排行榜和热门话题榜上连续冲高，许寻笙的个人微博也因此迎来了新一拨黑粉、慕名粉和才华粉。

稍后，歌曲热度有所回落，与岑野所唱单曲的热度还有很大差距。与此相对，甚嚣尘上的，是外界对于岑野、许寻笙二人绯闻更热烈的猜测。

双方都未做任何回应，该转发转发，该宣传宣传，许寻笙这边，片方有一些采访要求，她也一一满足，大大方方。

当然，其间，有一波对她的攻击，还有对她个人生平的深究和窥探，都汹涌而来，但她本就是个明明白白、坦坦荡荡的人，对那些攻击置之不理，一派天地辽阔我独行的姿态，而且别人也挖不出什么真正的黑料，于是这些攻击，也就有点无处着力、不了了之的势头。

反倒是那首歌和她本人的热度，在短暂的回落后，又渐渐有匀速爬升的趋势。网络上，开始有更多人讨论这首歌本身，讨论许寻笙的唱功、音色，她清水出芙蓉般，在这个娱乐圈里有着独特清新的气质，还有她给岑野写的那首歌。于是他们发现，尽管岑野的才华毋庸置疑，但这首《云落千万里》，更是胜在全新的风格。所以有人就说，如果不是许寻笙的才华，岑野的第一首歌，不一定能红成那个样子。

短短几周时间，许寻笙本人的粉丝涨了又涨，很快就突破了三百万，而且还在高速往上涨。而她根本不看那些数据，照旧我行我素，想发微博就发，不想发一个星期也不见人影，依然做一些手作在网店里卖，只不过现在一上架，大概 0.0001 秒就被抢光。

因为她现在的艺名是"金鱼"，所以她的粉丝们自称"鱼苗"，当然还比不上野火的庞大成熟，但也已隐隐自成一股力量。其中有些人，一开始或许是循着热点而来，现在却几乎都成了她的才华粉、气质粉、人品粉，跟岑野似乎都没多大关系。

甚至有岑野的少数粉丝过来骂，结果在她的微博下，都被鱼苗们狠狠喷了回去，并且因此，一部分鱼苗还转变成了岑野的黑粉……

说到这件事时，许寻笙颇有些无奈的歉意，岑野却在视频里叹了口气说："老婆，我被你粉丝欺负了，怎么补偿我？"

许寻笙："……你那么多粉丝，怎么会被欺负？"

岑野摇头："你的粉丝太忠诚了，你没发现吗？让我都有点羡慕。我就知道，宝宝是最招人喜欢的。"

他这么说，许寻笙或许感觉不出来，但是包括岑野在内，很多人确实都感觉出了这一点。粉丝量或许有多寡，但更有忠诚度和质量高低的差别。

因为许寻笙淡泊名利，深居简出，十分低调，而她的粉丝大多是因为这一点，还有她的才华才喜欢上她，以一些口味极刁的乐迷为代表，整个鱼苗群体，更是隐隐自有一种清高尊贵的感觉，把自己和普通明星粉丝区别开。

所以尽管她们人数还不算很多，却对许寻笙异常忠诚专一，战斗力也极其剽悍。一心想要保护许寻笙，让自己偶像在娱乐圈更红。她就该红！她值得！

这样铺天盖地而来的爱慕和拥护，比当年许寻笙是"小生"时，还要热烈庞大。许寻笙对此虽然有些不适，但看到那些鱼苗这么真诚不求回报的维护，心中也很感动。她自己不会太多粉丝互动，只能看着她们自己热闹，但她想的是，写更多、更好的歌，还有将来用挣来的钱去代替她们做一些有意义的事，就是回报。

与之而来的，还有不少经纪公司致电，想要签下许寻笙，她一一婉拒。

甚至连岑至和刘小乔都坐不住了，和岑野提，要不要把许寻笙签到他的工作室来，毕竟肥水不流外人田。

岑野却只是扬眉一笑："我决定不了，随她。她是我老板。"

众人："……"

又被秀了把恩爱，关键还要眼看着肥厚的利益落不到这边头上。

许寻笙确实有自己的想法，她知道事情既然到了这个地步，已做不到独善其身。她不排斥商业化，否则当年也不会跟着朝暮参加比赛、接代言，只要正常发展的同时，不影响她对音乐的热爱和专注就好，也不要让她做任何委曲求全的事。当初和大熊、阮小梦成立独立厂牌，也是抱着这个目的，不过现在，她确实需要有人来帮她打理面对那些事。

大熊依然是工作室的总管，什么都由他来把握，尤其是今后的作品品质，而赵潭，则被许寻笙拉来做自己的经纪人了，同时也是厂牌的一员，也可以随意自在地玩音乐。赵潭性子稳重，也聪明，他来做，岑野和许寻笙都比较放心。

　　阮小梦则是许寻笙的执行经纪人，也就是赵潭的搭档和下手。她性子活，做这个最合适，这配置，倒颇有点模仿岑野身边的左膀右臂。

　　只不过，在赵潭被推到台前后，网上又有了另一种声音，很多人发现，赵潭也是当年朝暮乐队的成员，甚至还是队长，还和许寻笙传过绯闻，于是原来抵制岑野和许寻笙绯闻的野火粉丝们都说：你们看，他们大家都是朋友，互相帮忙而已，赵潭还是队长呢。我家小野根本不可能和金鱼有私情，他们只是兄弟情。

　　于是绯闻倒是下去了一些，但依然是众说纷纭。岑野听到这个消息，只是笑笑，说："真真假假，挺好的，这样给你的压力暂时不会太大。但是大家心里多少都有了预期，兄弟情嘛，我最在意兄弟情了，明天再拉上坛子拍张合影发条微博，表达我对往日的留恋。等我公布的时候，就更加顺理成章了。"

　　他说做就做，第二天果然发了条这样的微博，只不过网上确实有了一种声音，猜测岑野暗示的是许寻笙。只不过没有实证，他的态度坦荡，却语焉不详，大家能怎么办，只能继续猜猜猜，却又不好乱猜。

　　许寻笙没有他对娱乐圈熟悉，也不懂那些弯弯绕绕。只是明白，他一直在为这件事费心努力，并且始终把她的安危放在首位。这个男人，看着傲气散漫，却是掏心掏肺在对她。

　　再也没有人，会像他这样，对她掏心掏肺，用尽全力。只有她的小野。

　　这一切发展得很快，水到渠成，毕竟网友热爱谁讨论谁，有时候并不会完全以谁的意志为转移。

　　对于电影《客从何处来》的种种动作，因为一开始就是岑野工作室独立签约，Pai娱乐这边基本插不上手，对于"熊与光工作室"和金鱼的崛起，他们更是始料未及，阻止不了。

　　但是对于岑野这个人未来的发展和全部利益，还有 49% 的股份握在李跃手里。

　　尽管目前来看，因电影主题曲带来的热度和收益是喜人的，但是在今天的小规模工作会上，任谁都看得出来，李跃今天，脸上并没什么喜色。

　　负责岑野工作室对接的艺人总监，知晓老板的心思。这些利益只是暂时的，岑野和 Pai 本来就不缺这些。老板在意的，是未来更大的危机，以及……岑野已经明显不愿受集团掌控。

　　等其他人都散了，艺人总监斟酌了一下，说："小野好像是和许寻笙在一起了，现在又传了绯闻出来，他不会打算就这么公布吧？"

李跃笑了笑，笑得有些阴沉，说："小野没那么傻，现在他已经不会直愣愣地冲了。你看他之前先发了条微博想谈恋爱，然后是电影主题曲，一步一步，现在又把赵潭推出来分散火力……他是在等待时机，他还把许寻笙给扶了起来。你看原先传他和许寻笙的绯闻，网上都是一片骂声。现在呢？都有一堆 CP 粉了。"

艺人总监想了想，说："我还是觉得，岑野是签了我们的，许寻笙和我们没关系，如果真的公布恋情，对我们这边弊远远大于利。岑野会掉相当数量的粉，热度也一定会不如从前。之前那几个公布恋情的当红小生，热度全都受了影响，这是绕不过的规律。要不以前会有那位顶级天王，隐瞒恋情生女半辈子？哪怕半个娱乐圈都知道那个女人的身份。"

"可是小野心甘情愿！"李跃吼道，"为个女人，根本不想往那个别人这辈子都到不了的地方爬了！我的心血、我的意志，他现在干脆就回避装傻，想要先斩后奏！"

艺人总监："那我们需要做什么吗？"

李跃脸色阴晴不定，没有说话。

<第十七章>

岑野求婚

这是一间颇具艺术气息的音乐厅。

位于北京市中心，面积不大，年头很老，音乐厅管理方亦不过分追求商业上的价值，然而在商业上和艺术上都异常成功。历来只有经典音乐家和极少数的流行音乐歌手，可以在这个音乐厅表演。

换言之，如果一名流行乐手能够在这间音乐厅演出，那表示他的艺术品质，也达到了一定的水准。

临近傍晚，人流井然有序地往音乐厅里走，门口只有一幅水墨山水风格的演出海报，连人脸都未印，上书：金鱼首次歌迷见面会。

晚霞笼罩在窗棂，许寻笙坐在桌前，一名化妆师正在为她打理，阮小梦围着她打转，大熊和赵潭则在外跑动安排。与这间音乐厅的逼格相比，她的阵仗可谓很小、很简单，但是音乐厅里，八百听众几乎已坐满。

其实许寻笙之前并未想过，自己能来这里表演，也不知道岑野怎么起了这样的念头，怂恿赵潭去联络。一聊之下，对方的一个负责人居然恰好是许寻笙的粉丝，称她的音乐"将民乐与流行糅合得极富清亮山水之美"，不过，许寻笙估计，还有岑野的影响作用在里头，毕竟他去年就在这里受邀举行过一次小规模演出。这次见面会主要是为电影宣传，片方也极力赞同她来，所以她既来之，则安之，答应了。

还有个原因，她不想岑野的心思白费。

想曹操，曹操的短信就来了。

"准备得怎么样？"

许寻笙："一切顺利。"

她是昨天晚上到北京的，岑野还在外地出差没回来，算起来自从上次她离开后，两人已有快一个月没见。但岑野就像他说过的，不管多忙多晚，每天都会和她视频，有时候只瞧上几眼，有时候则一直把视频开着，两人各自工作，却陪着彼此。

有时候许寻笙觉得，岑野他啊，就像一块冰糖，看着棱角锋利，含进去却是甜的，他能润着女朋友的每一天，连阮小梦现在目睹岑野对她的种种，都觉得很宠很宠、很甜很甜，嘀咕道："看不出来，小野挺痴的。"

岑野是不是痴情种，许寻笙不知道。但每当她看着他的那双眼睛，在笑意背后，看到的竟是深沉的克制，她就知道，有些事，从来没有变过。

所以现在，收到他的短信，她的心跳竟有些不稳定。

她问："你今天会到吗？"

他之前说过，要赶回来看她的见面会。

他回复："我已经在附近了。现在人多，我会晚点到。"

许寻笙问："你坐在哪里？"就那么大个音乐厅，他如果出现，场面会崩掉吧？

他却卖了关子："你会看到我的。"

全场灯光熄灭，掌声响起。

舞台上有一丛温暖洁白的光亮起，伴奏乐队悉数就位，大概有十人。未露面的主持人，以平和清朗的声音，介绍每位音乐人，最后，主持人说道："下面有请我们的歌手金鱼。"没有一句多余的介绍，这也是歌手方要求的。

台下响起热烈掌声，很多人在大喊"金鱼、金鱼"，气氛热烈而不失温馨。

当那个人提裙款款走上台，全场很快安静下来。

辉子今天带着女朋友，坐在第一排，当他看着那人出场时，脸上的笑顿时止都止不住。女友好奇地问："这就是你们当年乐队的键盘手？现在这么火，还会唱歌？"

辉子答："是啊，她唱歌可好听了，完全不输那个臭小子小野好吗？嘘，别说话。"

他和满场乐迷一样，兴奋、快乐而虔诚。

而在辉子没有看到的后排角落，包括许寻笙、赵潭，谁也没注意到的角落，还有一个男人，戴了鸭舌帽和一副深色眼镜，还有竖领夹克，抬起头紧盯舞台。

张天遥是在网上看到了这场小型歌迷见面会的消息，他也不知道自己出于什么心理，就跟受了某种有毒的诱惑似的，买了票。刚刚坐下时，他还有意遮掩容貌，好在只有前排的两个女孩，多看了他几眼，见他一直低头，也就扭过头去。

现在，周围黑暗下来，没有人会再认出他是张天遥。他盯着台上，惊讶地发现那个女孩，几乎没有什么改变，一身素色衣裙，站在舞台正中、站在乐队前，却依然缥缈得仿佛站在一片无边无际的绿草中。她的长发乌黑漆亮如同墨色，她的脸白皙清秀，小小一团，当她拿起话筒，轻启朱唇，水一般的嗓音徐徐而来，抚慰着你的耳朵。

张天遥忽然就想起很久前的那个夜晚，女孩站在灯光下，温柔地说："腰子，你以后，会遇到真正喜欢你，你也喜欢的人。"

也想起在无数次比赛上，她弹着古琴，面目冷清、倾尽全力，他们每个人都在用乐器咆哮、都在发疯，赢得那么嚣张那么意气风发，包括他。

还有每当他一回头，就看到小野抱着她，两人天生一对，亲昵无比。

张天遥的视线忽然就模糊成一片。

我没有碰到更喜欢的人，也没有更好的生活。

原来好久以后，我才发现，那段日子，和你们大家在一起的日子，才是我此生最珍贵的时光。可是我，还是迷路了。

音乐有节奏地响在耳边，许寻笙握着麦克风，一边唱，一边在舞台上慢慢地走，而台下乐迷们仿佛也觉得理应如此，随着她的音乐、她的脚步，沉浸在那个属于歌手金鱼的清美风雅的世界里。

其实一开始，许寻笙是有点紧张的，毕竟这是她第一次个人见面会。可她向来不把懦弱情绪当回事，一遇上就是抿一抿嘴，丢在旁边不管，所以很快，她看着台下那么多人头，就如同看着一地小白菜，然后她跷起脚尖，稳坐其中，开始随性地唱。

偶尔当她看着那些眼睛，知道他们很快乐，她也是。她脑子里也闪过念头：如果走到大众面前后，和歌迷维持的依然是这样清淡如水、人远心近的关系，她不仅不抗拒，甚至是喜欢的。

她还是改变了啊，自从随着朝暮踏入这名利场，四处征战开始。

于是，她唱得更加欢喜灵动，更加无声沉醉。

某个瞬间，唱到兴起，她坐到了吉他手身旁，一边唱，一边抬头，目光漫然扫过场中一切，却注意到一个人，趴在二楼某间大约是办公室窗口，正在往下看。

许寻笙怔了怔。

他穿了件黑色外套，虽只露出半个身子，也显出高大清瘦的轮廓，也不知是从哪里赶回来的，发型、肤色远远望去都显得精致漂亮，戴了副墨镜。匆匆一眼就能看见那掩饰不住的大明星气质。

似乎察觉到许寻笙的目光为自己走神停留，他的嘴角露出笑，然后抬起两根白皙手指，在自己唇上一按，递了个飞吻过来。

许寻笙垂下眼眸，慢慢悠悠继续唱歌，却露出甜美得让所有乐迷为之倾心的笑容。

这一场见面会可谓圆满、热烈而温馨。其间响起无数次掌声，不少人流泪。甚至连音乐厅的那位负责人，都和岑野一起坐在二楼，极为舒心地听完了全场。

因为同时进行网络直播，当天晚上"金鱼"和"电影《客从何处来》"同时登上网络热搜前五。

待夜色渐深，音乐会结束，门口不仅有很多歌迷逗留等候不肯走，还有一些闻风而来的媒体，想要捕捉最近、最大的热点，就是异军突起的歌手金鱼，以及她和天王岑野的劲爆绯闻。

然而各自的经纪团队，自然都有办法应对。岑野这边有人搭乘他的车先走，他自己却暗中坐上了赵潭的车，而许寻笙在出门与一些粉丝见面合影后，也暗中搭乘另一辆车离开。

许寻笙到别墅时，岑野还没到，大概是因为跟着他的狗仔比较多。今夜过后，大概又会有疑似岑野出现在金鱼首次歌迷见面会现场的消息，但是没有关系，小野说，就是需要这样的铺垫，他已经打算公开了。

大概岑野提前打过招呼，今夜别墅里空无一人。许寻笙等了一会儿，他还没到，就先去洗了澡，等她用毛巾擦着头发，穿着身T恤亚麻裤子走出来时，就看到窗边多了个人。

他已脱了外套，只穿了件白色衬衣，领口缀有珠光，站在那儿，更显肩骨挺拔，腰身窄瘦，分明是很高大的男孩，却总显得清瘦安静。他闻声转过脸，许寻笙注意到他脸上的妆已经卸了，但其实更生动好看。

那双眼，幽幽明明地望着她。

许寻笙没来由地有些紧张，其实也就一个月没见，而一个月前，两人才复合，他用最亲密的关系，扫除她心中挥之不去的不安和隔阂。可现在隔了一段时间，怎么又感到有些陌生，有些让她捉摸不定呢？好像那个厚脸皮的男人退开了，又换成了那个清冷傲气的明星。

他走向她。

许寻笙的指尖已在默默发烫。

一只有力的手，箍住她的腰，逼得她整个身体都贴近他。许寻笙全身为之一麻，心想看不出小野还有这么男人味的时候……然而有男人味的岑野，已欺压了下来，眼睛里有笑，眼睛里有火。他也不急着动手，只是隔很近盯着她，真跟头小狼狗似的，在端详猎物。

许寻笙憋不住，先笑了，声音却甜软得很："干什么呀……"

然后天旋地转，人已被他抛在床上。许寻笙轻呼一声，连脚趾都开始轻颤，他那么大个人，整个压上来，哑声说："干什么？你。"

许寻笙觉出他的话粗俗无比，脸一下子红了。岑野也是一时冲动，自从出道以后，自从和许寻笙分开后，他那粗鲁的性子，早收了很多，现在情难自抑，脱口而出。说完后看着许寻笙的脸色，自己也觉得不妥，改口道："我的意思是……和你一起干点事。"

许寻笙看着他如珠似玉的脸庞，还有乌黑的发，美好而青春的身体，连嗓音都清澈好听如夜莺，可刚刚说的是什么浑话？她心里有些好笑，索性伸指，轻轻一点他挺拔的鼻梁，说："你忘了自己说过，是我想睡你就睡，不想睡就不睡。"

岑野被她这一点，点得心肝发痒，又往前扑了扑，把她整个人都揉在怀里，低声问："对不起，我刚才乱讲话，讲那话的不是我，是我心中被关起来的小野兽，请你原谅他！那你现在，想不想……睡我？"

许寻笙斜他一眼，从旁边扯过个枕头，挡住自己的脸。然后就听到他低笑出声，说："遵命！我去洗个澡，马上侍寝。"

听他下床的动静，许寻笙一时调皮，也不看，抬腿轻轻踢了一脚。哪知道一脚下去，感觉到一团柔软紧实。她一愣，把眼从枕头后移出来，结果就看到岑野一只手扶着臀，慢慢转身。

她脸上一红，赶紧用枕头再次埋着自己。

结果就感到气息再次逼近，那个人隔着枕头，淡淡地问："脚感怎么样？是不是很不错？我一直有健身的。"

许寻笙……不想点评。

谁知腰上忽然一热，她全身一颤，那人的手已往同一部位摸去，然后一把捏住。

尽管……一个月前也被捏过，但都是在那种情难自已的时候，哪像现在，衣衫完好，灯都没关。许寻笙马上挣，可是哪里挣得脱。他握了又摸，摸了又掐，许寻笙又痒又慌，喝止："不要了！"拿枕头打他。

他终于停了手，忽然来了句："其实两年前……我就很想摸这里，又不敢。"说完就露出满足的笑容。

他终于快步走向洗手间，去抓紧时间洗澡了。许寻笙翻过身，趴在床上，那里被捏得还热热的，甚至有一点点疼。她又羞又怒，想到待会儿……某人必然再接再厉，一时也不知道该笑还是该恼。

而岑野站在淋浴水雾下，全身放松舒服得仿佛今夜新生。他不由得想起，今夜在音乐厅，看到许寻笙唱歌的样子，万众瞩目，那么多人现在爱着她，她却宛如一抹淡淡的云，在舞台上静静发光。她站到了那么多人面前，她的魅力才华如今有目共睹，可她依然只属于他一人。一想到这里，岑野就感觉到身体里仿佛有火在烧。

他终于寻回她了，她也肯再次怜惜、再次爱他了。一想到这个，他的心就止不住地颤抖，他知道自己有多爱她，把她刻进骨头里，好不好？他都嫌不够好。他这二十多年了，这么这么想要的，就是她。与他的音乐梦想一样，能让他入魔，有着令他甘愿死而后已的魔力。

这么想着，明明淋着水，身体却渐渐热起来，那热是由内至外的，把所有爱情、所有渴望都吞噬进去。他慢慢擦干身上的水，只披一件浴袍，就出门走向她。

在许寻笙眼里，只见男子安静清澈，肤白如玉。他湿软的头发，是她梦中的缱绻，他清朗的眉目，曾令她的手指不舍流连。他那么安安静静走过来，一如当年干净桀骜的少年。每每当她抬头看见，总会心神恍然。

然后他的嘴角扬起笑，眼神却不复清澈，昏昏定定，只是许寻笙还没发现。

他上了床，动作还算温柔地，把许寻笙压在身下。有些湿发，遮住了他的眉眼。他低声说："宝宝，我今天尽量轻一点，但是我……"

许寻笙还没反应过来："嗯？"

他说："一个多月了。"

她有点明白了，脸顿时又热。他说："今天让我做个够，好不好？尽情一回，好不好？反正明天没有事，我……真的很想你。"

过了好一会儿，才听到她轻轻的声音："好。"

……

可是后来，许寻笙才明白，岑野口里的"尽兴"和自己理解的，根本就不是一个程度……

你看他，身高一米八多，还常年健身，尽管瘦，身上的肌肉线条却修长匀称。他才二十五岁，一个男人最好的年纪，本就是外冷内热的性格，对她更是有用不完的热情和精力。

可她却是清清瘦瘦，又不爱锻炼，生平信奉的就是无欲无求，视柏拉图精神恋爱远胜于身体的满足，哪里有想到，夜幕渐深，她一回兴起、两回餍足、三回身体全软时，他却表示，兴致刚好？

这一夜，岑野足足折腾到天边发白，才精疲力竭地抱着她躺下。许寻笙已晕头转向、欲哭无泪，只迷迷糊糊算了一下，六回，竟然六回……

第二天，两人睡到快中午，才相继醒来，许寻笙只感觉到全身骨头仿佛被人拆过，酸痛、黏糊，躺他怀里就跟飘在太空中似的。他的手，却还搭在她腰上，来回抚摸，指尖的一层茧，只叫她痒得不行。

见她双目含水，闷闷不言。岑野心中一动，低声在她耳边说："我现在其实……又可以了。能不能就很快地……"

"不能！"许寻笙恨恨道，"你敢再碰我，我马上回湘城！"

岑野沉默片刻："哦。"

她却又察觉自己的语气实在太凶，讷讷了一会儿，说："我的意思是……凡事总要有个节制。"

"明白。"他又快活地笑了，把她抱进怀里，温柔逗弄亲昵着。许寻笙只感觉整颗心仿佛都泡在蜜里，被他哄着哄着，忍不住也笑了。

日光啊，可不可以过得再慢一点，因为我想沉浸进去，不想再抬头看过去或未来。

只要现在。现在到永远。

只是日光下总有阴影，它一点点温柔流逝，而那些影子，总会来到我们的脚下。

岑野是在起床和许寻笙吃午饭时，接到了刘大江的电话。

挂了电话，他眉眼沉肃了很久，手里的筷子，也半天没动。

许寻笙："出什么事了？"

他看向她，眼睛里是某种暗冷的情绪，脸上早已笑意退却。

"那张照片，查出来了。"他说，"是 Pai 这边安排的。"

这个结果两人其实早有预知，一时许寻笙沉默不言，岑野站起来，脸色又青又白。

"我出去一趟。"他说。

"你去哪里？！"

他在门口止步，那背影显得孤独执拗："我去找他。"

许寻笙明白岑野说的是谁，也知道他和那人的关系，这些年亦师亦友，小野是个重情义的人，一直很感激他的知遇之恩，甚至因为最近自作主张安排了电影和她的绯闻，打算不顾集团以前定下的策略公布恋情，他心中对那人多少还是有些歉疚。可现在真的查实了照片来源，于他而言，无异于当年背后被人插了一刀。

而他是真的把李跃当兄弟，所以现在得到这个消息后，第一反应不是去防备、去怨恨，而是去找李跃当面对质！

看着他的模样，许寻笙心里也感到难过，她问："要不要我陪你去？"

岑野说："不用。"转头又看看她，伸手将她抱进怀里，说，"我从来都以为除了你，他是最理解我的人，但是……我突然明白，其实自己也不是真的了解他。"

说完他走了，只留许寻笙怔怔地站在原地。

北京的冬天，苍凉而萧瑟，哪怕有阳光，万物仿佛也透着煞白的底色。

李跃坐在窗前，手捧一杯热茶，慢腾腾地喝。他看起来依旧喜怒不形于色，直至秘书匆匆跑进来，神色尴尬："跃总，岑先生突然跑来了，我们拦不住。"

李跃的眉头蹙了蹙。

然后就看到岑野跟在秘书身后，大步走进来，他双手插裤兜里，戴着墨镜，是副清冷傲气模样。

李跃挥了挥手，让秘书先出去，带上了门。

李跃并不急着和他说话，岑野不打招呼就闯进来的这一刻，李跃就明白，他来必不是好事。现在李跃心中对他也有恨意，也懒得粉饰太平。

岑野大约也是如是想，他自个儿在沙发坐下，跷着二郎腿，就这么原地坐了一会儿，忽地嘴角浮现一丝笑，他摘下墨镜。

"你来还有什么事？"李跃冷冷地说，"不去陪你的女人传绯闻，招呼都不打一声让集团的人难堪？"

岑野却只是定定地望着他，说："跃哥，我这些年一直把你当我亲哥。"

李跃心中动了动，可恨意更浓，冷冷笑了笑，说："我可没那个福分。"

"你是没那个福分。"岑野说，"跃哥，在你眼里，这些年，我是什么，是个傻瓜吗？还是你赚钱的工具，实现梦想的工具？"

李跃抬眼看着他，说："你什么意思，问出这么不知好歹的话？"

狼驯服太久，他差点都忘了，当年还在朝暮一无所有的岑野，那是连一言掌控他生死的梁世北，都敢顶撞讽刺的少年。现在，岑野全身的刺，又露出来了，而且这一次，是朝自己！

岑野却只是很轻地扯了扯嘴角，说："许寻笙当年是哪里碍了你的眼，你要把她算计走，看着我那段时间过得像行尸走肉？"

李跃一惊之后，却已恍然，看来是知道了。

他反而不急不慌，端起茶又喝了口，似笑非笑地看着岑野。这副面孔，以往在岑野眼里，是令他孺慕的温雅风度，此时，岑野却只觉得透着几分阴沉。

李跃说："她当然碍了我的眼。当年就弄得徐执失魂落魄，大好前程不要，甚至还拒绝了那么好的经纪公司签约。那也就算了，一个徐执，算什么东西，可你呢，小野，我对你有多重视，你不清楚？我们一起努力，撑起原创音乐新时代，由你一肩扛起流量，一肩扛起音乐，是不是我们说好的？"

"这和许寻笙有什么关系？"岑野吼道，"难道和她恋爱，我就不能登顶？！"

"你说对了！"李跃不怒反笑，"那时你才出道多久，有几个粉丝，就觉得自己能带着个女朋友，还能流量登顶，做梦吧你！没人能做到，当时多少小鲜肉都比你红，谁能做到？所以我当然不能让许寻笙跟你在一起，当然要让她识趣滚蛋！她是个什么东西，接二连三毁我的布局，小野，你是真的被爱情冲昏了头脑吗？为了我们的目标，我们能振兴整个音乐圈，能在这个娱乐流量时代让音乐复活，牺牲个把许寻笙，算个屁？！"

岑野霍地站起，冲到李跃面前，眼瞪得发红。他一把揪住李跃的衣领，吼道："你再说一次？许寻笙她在你眼里什么都不是，在我心里，比命还重！你害我们分开两年，你整了她，还这副嘴脸！你还有没有人性！"

李跃人几乎被他从桌前提起，呼吸也有些急促，他却反而得逞般笑了，说："小野，你还不明白吗？正因如此，我更要让你们分开了。"

岑野直勾勾盯着他。

"你其实也感觉到过，对不对？"李跃缓缓笑着说，"文似看山喜不平，音乐也是一样的。你那时候，才多少阅历？参加比赛，写出那些歌，你的才华，已经倾倒得差不多了，对不对？我心里都有数，如果继续和许寻笙好下去，甜甜蜜蜜过日子，你这些年，哪里还能有什么风浪挫折，能有什么痛彻心扉的感受，又哪里还能写出后来那些打动无数人的情歌呢？所以你必须得和许寻笙分手，我知道你有很长时间过得像行尸走肉，别人看不出来，我看得出。可之后呢，你不是就有很多东西可写了吗？这就是人生的阅历，难得的阅历，把你的感情撕碎，把你这个人撕碎，重生。否则，哪里能有今天的流行音乐第一人，能有天王岑野？说起来，你还得感谢我。"

岑野心里狠狠一震，刹那竟有些恍惚，眼中李跃的嘴脸，也变得有些偏执可怕。过往种种在脑海中闪过，他一人夜里坐在床上，长久地睡不着；他把自己锁在工作间里，写出那些字字疼痛的音符；还有哪怕音乐打动了千万人，得到成就感后，随之而来的潮水般的寂寞……最后，却是今天离开前，许寻笙站在那里，温柔地望着自己，那面孔皎洁如同一弯明月，原来多少年一直照耀着自己。

他的心忽然就定了下来，再看向李跃时，双目已恢复清明。

"我是喜欢成名……喜欢钱，还有梦想成真的感觉……"岑野说，"可我也不会像你这样不择手段，连自己都能当成个东西牺牲掉，你简直都……变态了！"

话音未落，岑野一拳挥过去，重重砸在李跃脸上。李跃一声痛呼，人都被打歪了，脸上鼻血长流。

门外的人闻声闯进来，看到这一幕，都傻眼了，刚要上来喝止救援。岑野却已丢开李跃的衣领，说："这一拳，是你欠我的。今后没办法再做兄弟，我工作室这边，你按股份钱照分，但我不会再接 Pai 的任何工作，跃总，好自为之。"

他转身刚要走，李跃冷冷地说："岑野，你不要后悔。"

岑野嘴角勾起，想起了另一桩事，又转过身，用只有两个人能听到的声音说："我当然不会后悔。"顿了顿说，"徐执的车祸，我也查过，虽说已没了证据，可按你机关算尽的方式，他的死，是不是也和你有关？我再与虎谋皮，将来如果不顺你的意，是不是会落得和徐执一个下场？"

李跃的眼睛忽然瞪得很大，脸皮也发红。

岑野冷冷一笑，转身就走。却听李跃吼道："你查个屁！我就算机关算尽，也不会害人的命，还是自己的兄弟，那天根本就是意外，意外！我这些年对你花的心血，你都不认了。好、好，我就看看，你自己还能翻出什么浪花来！是不是能比在 Pai 活得更好，呵！"

傍晚时分，许寻笙下楼，听用人说岑野回来了，却一直待在那间休息室里，没有来找她。

许寻笙去轻敲房门，他低沉的声音传来："进来。"

屋里没有开灯，岑野趴在张椅背上，望着窗外，有些出神。青年修长利落的脊背，即使此刻沉寂不动，也是许寻笙眼里最好看的线条。

她拖了把椅子，在他旁边坐下，同样看着窗外。幽蓝的天色下，几根枝丫，还有白色院墙。

岑野问："你就不问我和他谈了什么？"

许寻笙只是一笑："无外乎是名利、野心、背叛、执念。每个人的执念都不同，李跃以前就是个有点偏激的、没什么温度的人，你和他不一样。"

岑野看着她，原本冷了一下午的心，忽然就热乎了。他握着她的手，亲了一口，说："我家笙笙才是高人。把我们这些在名利场里瞎折腾的蠢男人，都看透了。"

"别拍马屁。"许寻笙盯着他的眼睛，伸手揉揉他的脑袋，"小野，你不要难过。"

岑野凝望她片刻，只感觉到心里那一片闷涩的感觉，涌起又渐渐平息，伸手搂着她，轻轻"嗯"了一声。

两人静静地抱了一会儿，他说："我还试探了他另一件事，之前我的人查出来，徐执当年的死，有人觉得与他有关。"

许寻笙怔住："你说什么？"

岑野把刘大江传达的怀疑略提了提，然后说："但是我看他刚才的反应，又不像。他很愤怒，说自己再怎么样都不会害兄弟，而我下意识居然想要相信他。不过不管怎样，当年的车祸早没了证据，我也无法验证什么了。"

许寻笙沉默了好一阵子，才摸摸他的脸，目光平静温和："你所感觉的，不一定是错的。我也愿意相信，他没有真的辜负徐执。哪有人是真的铁石心肠？每个人心中，或多或少都有自己坚持的善。"

她的话令岑野心中豁然开朗，就像是一下子丢下了个沉重的包袱，熨帖了许多。他低下头，轻蹭她的脸。至于自己和李跃的决裂，以及李跃那些或许是威胁的话语，岑野并不想说出来让她忧心。

"有个礼物送你。"他说，从柜子里取出个很大的盒子，"本来昨天就到了……没空拿给你。"

他意味深长的笑，许寻笙立刻明白了他的暗指——为什么昨天没空。看起来他还很得意、很回味，她却立刻想起身上某些地方还疼着，很嫌弃地看了他一眼。

岑野最喜欢她这冷冷淡淡的小眼神，把她搂进怀里，打开大盒子，里头是个表盒："打开看看。"

许寻笙接过，打开，愣住。

因为……太特别了。

深蓝色的珐琅彩表盘，随便一看，就知做工精细入微。周围镶了一圈钻，表面上却有一座小桥，背后是房屋山水，桥上有个打伞的女孩，一个男孩，两人隔墙相望，中间悬着一弯月亮，刻度数字在他们头顶，像一串散落的星光。

他说："这块表我以前在国外看到，就想如果有一天你肯，一定要把它戴在你手上。你看，女人是时针，男人是分针。每天他们会在十二点相遇两次，接吻，你戴着很好看。"

许寻笙盯着表盘，果然看到两个人，两根针，在很慢地靠近着。那幽幽的深蓝色表盘，显得特别静谧。她的眼睛忽然有些酸涩，说："是不是很贵？"

岑野只是笑笑："还好，总算让我买到一块。"

"漂亮吗？"他问。

许寻笙点头："漂亮。"

"喜欢吗？"

"喜欢。"

她答得干脆，岑野心头涌起喜意，拿起她的手，替她戴上。只见纤细白嫩的手腕上，多了深蓝色手表，却更衬出她的淑女气质，显得端庄又清贵。他抓起她的手背，亲了一口，许寻笙还没反应过来，他已轻咳两声，单膝跪下。

许寻笙整个人都呆住了。

他抬头望着她，乌黑的发，白皙干净的脸，更显得眉目熠熠生辉。眼睛里有很深的笑，脸却破天荒有些绯红颜色。

"许寻笙，笙笙啊，我，岑野，希望你能嫁给我。"

许寻笙的心脏无法抑制地加速跳动。哪里想到他突然提出这个，前一秒他不是还在感伤兄弟情吗？怎么转头就跪下求婚了？他的自愈能力倒是好得很！

她还呆呆闷闷着，岑野已自顾自说了下去。显然早就打好了腹稿，说得特别流利，不带一丝停顿、喘气：

"我爱你，爱了很久。从你舍不得我挨饿、使唤我给你打扫屋子，还有陪伴我这个傻瓜实现音乐梦想的那天起。现在我也没有那么穷了，应该可以让你过上还不错的生活，所以想要请求你嫁给我。

"我特别想和你结婚，可以每天和你一起玩音乐，还可以吃你做的饭，可以每天抱着你睡觉，完完全全拥有你。一想到这个，我就很满足，很开心。

"这两年，没有你的时候，我也去过了很多地方，做过很多事，见过很多人，后来我才发现，他们都不是许寻笙。对小野来说，许寻笙无可替代，只想要她陪伴，开心的时候陪他，难过的时候也陪他，陪到我们两个都变老、变丑，唱不动了，还可以缺着牙齿漏着风，用颤抖的手抱着吉他，随便弹弹唱唱，顺带听我跟那些儿子、孙子吹吹牛，说我们俩当年有多牛。这样的生活，你说有多好？

"我真的特别爱你，一个大男人这么说有点尴尬，但是我一看到你，就会很高兴。你一生气，我全身不舒服，没错，我就是这么幼稚地爱一个人。我也不知道别的男人是什么反应，反正从我爱上你那天起，就对你上瘾了。你也懂的对不对？我也许永远都不会有你那么稳重克制，但是我这辈子所有的热情，只为两样东西——音乐和你。

"所以，嫁给我好不好？许寻笙，成为小野的妻子。他想要一辈子照顾你，也想要你一辈子照顾他。没有你，他真的不行，会过得很糟糕的。

"嫁给我，笙笙。"

说完这番话，岑野眼眶红了，在她的盈盈目光下，把脸转到一边，深吸几口气，才又含着笑转过来。

然而眼前的姑娘却还是一副愣愣出神的样子，只是耳朵都无法掩饰地红了。岑野心里有点忐忑，心想难道吓到她了？可更多的是期盼，他柔声哄道："说话，宝宝，你男人还跪着呢。"

于是许寻笙脸更红了，说："你先起来。"

岑野慢条斯理地说："让我起来就是答应了。"

许寻笙哪里肯依，脱口而出："那你还是跪着。"

他不吭声，一双流光溢彩的眼睛，只盯着她。

许寻笙被他盯得又羞又懊恼，心想这个人的脑回路果然一直和自己不一样，两年前就总是干些让人措手不及的事。他们才和好多久，两个月，中间还分开了两年，他怎么就想到求婚了呢？还这么郑重其事，让她面红耳赤的。可是她还真的没想过那么远，现在要怎么办才好？

可他刚才说的那些话，尽管肉麻直白，却又句句真诚，听得她的心都酸了，哪里又忍心就这么拒绝他？

她讷讷不言，岑野又不傻，见她左右为难的样子，心里也有了数，一阵失落，但又不甘心，垂眸不吭声。

"膝盖有点痛……"他喃喃道。

许寻笙看了他一眼，倒不买这个账："这么一会儿就疼了？"心里想起一事，"哼"了一声，却不说话。

然而岑野是个多痞、多食肉知味的人，立马也想到那事，笑了，很温柔地问："你膝盖还痛不痛？今天早上我看到有点红，要不要我待会儿揉揉？"

许寻笙简直不想和他说话："不痛！"

他又笑："哦。"

于是原本凝重纠结的气氛，被成功破坏掉。她的脸红着，他不怀好意地笑着。许寻笙想：怎么会有他这样的人！晚上那么能死缠烂打，白天还得意扬扬！

又闷塞了一会儿，她平静下来，说："你先起来，我要考虑一下。"

岑野不动："考虑多久？"

许寻笙："……一个月。"

一个月倒也不是很长时间，本来这段时间两人都忙得很，很快也就过去了。岑野心里一松，他觉得许寻笙应该会同意吧。慢吞吞站起来，说："你要是不同意，我就只能去出家了。"

许寻笙："……"这都哪儿跟哪儿啊，为什么她觉得自从开始和他同居，这人就越发放肆，俨然两年前那个小野的心性又回来了，拘不住了，兼之脸皮比以前更厚。

在云南时，那个求而不得、成熟清冷的男人呢？那个冷静耐心、百般退让的男人呢？他去哪儿了，老天，请把他还回来好不好？

许寻笙不动声色地腹诽着。岑野虽未一举成功，但还是充满希望，心情不错，又盯着她的手表看，越看越喜欢。

许寻笙注意到他的目光，有点不自在地捋了捋头发，手却被他抓住。

"Rose，待会儿我们进房去好不好？"他不紧不慢在她耳边说，"你戴着这只表，只戴这个，给我看看，感觉一下，好不好？"

许寻笙："……滚。"

<第十八章>
丑闻旋涡

尽管许寻笙性子沉，这事终有些按捺不住，就私下里告诉了阮小梦。

视频那头，阮小梦首先一惊，说："乖乖，先让我看看你那块恋人之桥。"

许寻笙拿给她看。

阮小梦倒吸一口凉气，人都快凑到手机上了，说："真的是恋人之桥，全球限量一百块啊，要七八十万啊！拿这个求婚，天王就是天王！"

许寻笙也吃了一惊，不过她对金钱向来没感觉，岑野就算送她块八十块钱的表，她也必定要天天戴的，"哦"了一声，就觉得岑野有点浪费，但她确实又很喜欢这块表。心里只想，现在自己也挣了一些钱，过两天就买一样合心意的等值的礼物，回赠给他。

阮小梦感叹欣赏了好一会儿，说："所以现在岑天王就在等你的答复？"

"嗯。"

"那你想不想嫁他啊？"

然后就看到许寻笙静了一会儿，温温婉婉地笑了："我从来没想过嫁给别人，其实想想他说的那样的生活，等老了我们两个还抱着吉他唱很难听的歌，感觉也很不错。"

阮小梦又高兴，又有些不甘，心想自家这棵水灵灵的大白菜，真的要被那头小狼狗给拱走了吗？虽然岑野确实也不错啦，或者说很好很好，但在阮小梦心里，她就觉得，许寻笙哪怕名气钱财远不及岑野，那也是世间最好的女孩，岑野配她还是差了一点呢。

"好吧，那你也不要那么快答应他，至少吊他这一个月，得到不容易他才会更珍惜啊。"

许寻笙说："我倒没想过吊着他，只不过结婚是大事，我觉得要把方方面面都想好。"

阮小梦想了想，再想到那块恋人之桥，觉得岑野的诚意还是够的，慢慢地又憧憬起来，说："先说好，等你们结婚，我肯定是伴娘吧，啊，给你们两个大明星当伴娘，好有面子！我这辈子没这么风光过，哈哈哈。"

许寻笙噙着笑："那是自然，伴郎到时候肯定是坛子，就仰仗你们两个啦。"

阮小梦却不屑地说："找他干什么？看他那傻了吧唧的样儿，会拉低我的颜值。"

许寻笙非常干脆地说："哦，你不喜欢？那找别人。"

阮小梦一愣，憋着没吭声。

日子就这么一天天过去了。

一切看起来都很好，电影的两首主题曲大获成功，电影也已在云南成功拍摄杀青。岑野和姜昕盼的绯闻不了了之，和许寻笙的传闻则维持着半真半假的状态。

在岑野的坚持下，他的工作室也和 Pai 渐行渐远，岑至和刘小乔都尽最大力量妥善周旋，而 Pai 和李跃那边，看似也并未做出任何过激的举动。

辉子也从 Pai 脱离出来，来到岑野的工作室。

熊与光工作室发展顺利，各人都更加驾轻就熟，许寻笙在娱乐圈站稳脚跟，不仅自己唱歌，还以独立厂牌推出大熊和阮小梦随性创作的新单曲。虽不及许寻笙和岑野的热门，但也有不错的反响。

岑野不知道从哪儿拿了本台历回家，就放在他们床头，每天撕一页，弄得许寻笙哭笑不得。

一切看起来都在往好的方向发展，所有人都在离梦想和圆满更近。

直至一个丑闻突然在网上曝出，甚至连高高在上的岑野，都一下子被牵扯进了舆论和肮脏的旋涡。

娱乐圈每年最红的，其实就那么一两个。

而这两年最红的人之一，无疑是岑野。当然经过这两年的打拼，他已站稳流量和实力巨星的地位，粉丝们也不会像一年前，那么凶猛增长、风头无两，但实力已稳定，没人敢小觑。

所以，只要与他有关的重磅消息，毫无疑问会登上网络热门。

岑野的亲哥哥、经纪人岑至婚内出轨，且出轨对象还是岑野工作室的另一名年轻漂亮的执行经纪人——这个看起来如此肮脏的消息，一经爆出，就以燎原般的速度在全网蔓延开。

其实两位当事人除了在圈内有些关系，在外界根本没有名气，可是，谁让岑至也姓岑。

爆料的狗仔团队显然筹备多时，物料充足，不仅爆出了两人多次酒店私下见面的偷拍照，甚至连远远地从窗口拍到的亲密视频都爆出了，完全是板上钉钉的出轨，一点洗白的可能都没有。

一开始，网络上有些人骂得热火朝天。有些围观群众还不知道这两人是谁，但一看和岑野的关系，全都坐不住了。野火粉丝怒骂，骂这个哥哥给岑野抹黑，顺带控评控场强调，哥哥是哥哥，弟弟是弟弟，哥哥作死，不要带我们家小野；也有些网友质疑，既然都是岑野工作室的，他的工作室为什么男女关系这么混乱；有的网友甚至暗示上梁不正下梁歪，蛇鼠一窝，等等。但好在野火实力强大又团结，一时倒也维持住稳定局面。

但仅仅半天工夫，风向又变了。事实上娱乐圈网络这玩意儿，虽然时常有人推波助澜，但后来的走向，是任何人也无法料准的。

开始有人联想到了岑野这段时间接二连三传绯闻的事，先是和姜昕盼，然后是和新人歌手金鱼，两边粉丝还小规模撕过呢，搞不好是段扯不清楚的三角恋。于是有一大拨网友一下子沸腾了——难道哥哥糜烂，弟弟其实也是一丘之貉？搞不好弟弟还脚踏两条船呢，先玩天后，再玩新人。

于是一种更恶劣的猜想浮出水面——岑野的工作室，说不定就是个藏污纳垢之地，乱得很。那就是娱乐圈最龌龊一面的代表，根本就超乎你的想象！

这种讨伐的情绪、各种恶意的揣测，在记者堵住岑至的妻子宋岚雪，拍到她无辜地抱着孩子哭得泣不成声后，达到了高潮。

岑野这两年太红。但往往一个人越红，一旦他不顺时，突然冒出来黑他的人就越多，甚至是些不相干的人，更何况这一波操作，明显是有人在背后指使，矛头对准的就是岑野。

这样一桩莫须有的罪名，野火们哪里受得了。一时间双方撕得厉害，网络上吵成一团，但是，因为岑野身上说到底没有"直接罪证"，哥哥的事他只是被牵连，绯闻也从来没有真的坐实过，而且在网络上闹起来后，他还是该工作工作、该发微博发微博，全然不理会那些声音。野火们居然也渐渐安定下来，在外界战斗之余，集中力量在他的微博严防死守，斥退一切宵小的声音。所以，如果在圈内人看来，这件事其实是算岑野倒霉，但并未能动摇到他的根本。如果处理好岑至的事，他这边事业也能稳住，虽有损伤，也是能平息下去的。

不过，在岑野家，他的经纪团队内部，气氛就没有那么稳定了。

这天，岑野先见了岑至。

刘小乔已经窝在家里，出不了门，只给岑野发来短信说对不起，并且递交了辞呈，说自己已经没脸再待在他的团队里。

然而岑至是他亲哥，打断骨头还连着筋，能往哪里去？

此时见大哥坐在沙发那头，默不作声地抽烟，脸色青白，眼角还有疑似被嫂子抓伤的痕迹。

在岑野心里，这个大哥一直是自己钦佩的男人，是他儿时的偶像，相对于自己的离经叛道而言，岑至走的一直是正道。哪怕后来因为许寻笙的事，兄弟俩有了隔阂，但岑野也谅解了，哪里想到，哥哥会做出这样的事？

岑野连气都气不动了，坐在沙发另一头，沉默了许久，问：“你怎么会和她搞在一起，我嫂子哪里不好？你们两口子以前感情不是很好吗，你们还有孩子！怎么能背着他们和别的女人鬼混？！”

岑至静默片刻，嘴角扯了扯，说：“你嫂子没哪里不好，只是我和她这么多年，早就成亲情了。我也有需求，需要爱情。”

岑野简直气得不行，说：“屁话。”

岑至只沉默不说话。

这也是岑野第一次，看到哥哥，垂头丧气走投无路的样子。心中竟说不出什么滋味。

气归气，烂摊子还是要收拾，人还是要继续往前走。岑野脸色难看了好一会儿，一字一句地说：“这事已经成这样了，我看也没有什么洗白的意义。这段时间……我这边的工作，你也只能先不管了，对你、对我都好，等这件事平息，哥你再回来。但是我有个条件——和刘小乔断了，你不能再对不住嫂子！”

岑至静默片刻，不说好，也不说不好，起身直接走了。

岑野一个人瘫在沙发上，望了好一会儿天花板。

这两个人本就是他最信任的左膀右臂，出事之后，都无法再露面工作，他这边经纪团队的工作几乎瞬间停滞，这无法不让他在心中揣测对手的恶意——这只怕也是人家一箭双雕的计策吧？

不过好在，在他的紧急指挥下，剩下的人，已勉强把所有事撑起来，又开始正常往前运转，应付住了目前的局面。

但是，这件事真的能就这么顺利结束吗？

岑野在楼下坐了一会儿，去找许寻笙。

刚才的事，他并不想当着她的面处理。到底是亲哥的丑事，在许寻笙面前，他会觉得羞耻，只不过现在该知道的人都知道了。

一进门，却见许寻笙站在书桌前，提笔练字。夜色静黑，灯光流影，她容颜清丽婉约，看着就像幅美好的画。岑野原本心头的怒气、焦躁和恨意，忽然就消散了。

心想，她可真是治我的药。

他走到她背后，伸臂环着她，再把下巴搁在她肩膀，就以这么个熊抱的姿势，问："写字就这么有意思？"

她却下意识一蹙眉，说："你不要碰我的手。"

他哪里肯听，干脆低下头，嘴往她衣领钻。许寻笙心想这字是没法练了，长叹口气，把笔一丢。岑野就喜欢她这么老气横秋还非要纵容自己的模样，干脆一把抱起人，坐在椅子里，更加彻底地亲热。

奇怪的是，许寻笙现在居然可以从他亲吻的力度和姿态，大致分辨出他心中的情绪了。今天他就亲得挺潦草混乱的，等他宣泄了一会儿，气息好像平稳下来，她摸摸他的头，说："人非圣贤，孰能无过。不过，你哥哥犯的确实是连我都无法接受的错误。他现在也受到了谴责，关照好你的嫂子和孩子，再稳妥处理工作室，一切都会好起来的。"

"你答应嫁给我。"他埋头闷闷地说，"嫁给我，我就快活了。"

许寻笙："你不要装可怜。"

岑野低头笑了，说："开玩笑的，现在的时机，结婚本来就不合适，我确实也顾不过来。你慢慢想，我等着，还有件事要和你商量——这一整串事：我的绯闻，我哥的事，我们都怀疑，是有人在背后搞鬼。这事儿说不定还没完，人家说不定还有后招，想把我踩死。但是谁在背后指使，我还在查，没查出来，这个圈子……这种事就是不会见光的。我想让你先回湘城待一段时间，等我这边事情过去了，再接你回来。"

许寻笙不吭气。

岑野抬起头，就看到她眸光清澈沉静："小野，我不想走。"

岑野的心里就这么疼了一下，捧着她的脸说："傻姑娘，放心，我怎么可能有事？我现在还是挺厉害的，对方也不见得还有什么狠招，兵来将挡水来土掩呗。只不过你待在这里，我心里就有了顾虑，也不想让你被拍到牵扯到这件事里去。现在还没有人黑你，听话，好不好？"

哪知道许寻笙斜他一眼，直接起身，走了。

岑野一愣，失笑，追上去。眼见她进了卧室，然后，他就看到自己这位向来端重自持的未婚妻子，直接倒在床上，掀开被子，蒙在自己脸上，不肯看他。

岑野直接扑上床，用身子压着她，然后从她手里三两下夺走被子，掀开，看到她微噘着嘴的脸露出来。

岑野忍不住就在那红唇上亲了一口，说："生气了？"

许寻笙小声说："我不是你召之即来，挥之即去。"

岑野心想这哪儿跟哪儿啊，看着她骄横的眼神，忽然明白她就是在胡搅蛮缠，一时间心头更软，两人复合以来，她越来越多向他展现女儿娇态。以前两人正恋爱的时候，她其实也会这样露出颐指气使的小性子，但是，只对他一个人。

岑野说："哪儿能啊，我才是你召之即来，挥之即去，好吗？"

许寻笙没有真生气，微微一笑，认真地说："小野，我真的不想走，那些我不怕，我想陪着你。我虽然帮不上忙，但是想要你每天回来，不管多忙、多累、多难受，都可以看见我。"

岑野沉默半晌，低头狠狠亲了一口，说："你对我这么好，是想要我的命吗？"

于是暂时不再提让她回湘城的事。

然后更坏的那个消息，终于也来了。

而且是更恶毒、更难以置信的丑闻，被人爆了出来。在岑野等人看来，这则被捏造的丑闻，简直是可笑的无稽之谈，然而对方的矛头直指岑野，并且居然很快掀起了更大的风浪。

在当年的超级乐队杯结束后，岑野一直和郑秋霖保持着还不错的关系，两人有时候会出来喝茶、喝酒。

其实岑野对郑秋霖的感觉挺复杂的。

一方面，当年她对他十分青睐照顾、寄予厚望。如果不是这个女人从一开始就赏识他的才华，一步步把他往决赛推，他不一定能得到冠军。而且，哪怕两人当时对于未来他的发展意见相左，在梁世北和李跃这两位大佬前，郑秋霖也曾出言保过他，这些，岑野牢牢记在心头。

但另一方面，郑秋霖也代表过 Pai 和网站，逼他做出选择。虽说她只是听话办事、在其位谋其事，而且后来在岑野刚单飞那段时间，对他也颇多阻力，但岑野心里不可能完全对此释然。

不过，随着岑野越来越大红大紫，郑秋霖这边有些什么事，求他帮忙，在合理范围内，他都会毫不犹豫地出手相助。

后来有一段时间，郑秋霖生了重病，一病好几个月，工作也辞了，之后一直混得不尽如人意，岑野还去她家探望过。仅此而已。

……

知情人称：岑野完全就是个私生活糜烂、道德败坏的明星。

不仅他的工作室肮脏混乱，哥哥弟弟都乱玩女人，岑野除了勾搭姜天后，还玩弄新人歌手金鱼。

甚至两年前，他参加乐队比赛时，就爬上了执行导演郑秋霖的床，接受潜规则，并且后来忘恩负义，甩掉同甘共苦的乐队兄弟，自己成功单飞。

要不，你认为原来一个在湘城名不见经传的乐队，为什么能赢了那么多实力超强的一流乐队夺冠？要不，他单飞后，那么多好资源能往他一个人身上砸，只有一个人红？他一个草根出身的小子，也就是长得好看点、会唱歌一点，但天底下长得好看、会唱歌的人多的是，为什么就他能在短短两年里呼风唤雨、红得无法无天？

许寻笙看到网络上那些所谓的"证据"，简直觉得匪夷所思，可心又止不住地往下沉，她甚至感觉出了几分娱乐圈的可怕——所以这两年来，都有人追着岑野拍吗？到了关键时刻，这些被秘密拍下的东西，就被抖搂出来，到了想要利用它们的人手里，成为攻击岑野最锋利的武器？

那些，是岑野和郑秋霖进出会所、酒吧的照片。还有岑野出入郑秋霖家的镜头，两人坐在一起，说笑交谈的样子……

说到底，这些证据里，没有任何"铁证"，可关键是对方抛出这一手的时机太巧妙。网络上刚为岑至的事大肆讨伐，更因为姜、许两位女星，对岑野恶意满满，只不过因为暂时斗不过野火，势头被压制住了。现在就有人爆了这个料，简直正好填满讨伐大军的胃口。

若是平时，这些"证据"不一定能奏效。可现在，大众既有了成见，又群情亢奋，看待同一件事的眼光和他们的判断结果，当然也就不一样。

更何况，爆料人很是此中高手，仅凭着那些似是而非的照片，从各种角度、人物表情、动机、背景添油加醋，大肆发挥渲染，几乎完整捏造出一个家境贫寒、急功近利、善于利用皮相的比赛选手，如何入了中年女导演的眼，又如何暗通款曲、权色交易的过程。连许寻笙看完，都不得不承认很有煽动性，更何况那些不知情被利用的网友？

并且这次，对方明显打算下狠手，一次把岑野踩死。在短短十几个小时后，当这则丑闻的热度到了高潮，又接连丢出"撒手锏"——

有记者采访了当年参加比赛的别的乐队的选手（化名），虽未明说，但这位选手暗示，郑秋霖确实对岑野不一般，曾经看到岑野跟着她单独出去。

还有另一名选手（化名）称，当年朝暮和旷左的那场半决赛，就存在争议。但是比赛前，看到岑野进过郑秋霖的办公室，后来旷左莫名其妙地输了。

句句不详，句句有指。

……

这下，网友们都不看岑野工作室的严正声明了，也不理会野火们的怒火和辩解了，都有旁证了，还能是假的？岑野居然真的是个人面兽心的家伙！是个恶心肮脏的男人！

这就好比对于一桩案件，我们没有一项直接证据，我们手里全都是间接证据。但是当所有的间接证据，都指向一个人，那么我们是否可以给他定罪？

实在是背后的人这一连串针对岑野的手段，策划配合得恰到好处，几乎从一个月前就开始，爆他和姜昕盼的绯闻，挖掘他和金鱼的旧情，跟拍爆料岑至出轨，最后丢出和郑秋霖的丑闻，连"没有利益关系"的旁证都准备好了，几乎将网友们的好奇心、八卦心、正义感、成就感、挫败感和情绪反弹……都拿捏得恰到好处。

当然，岑野的实力还是很雄厚的，野火们更是剽悍，在这些消息不断发酵后，幕后黑手的意图并未能轻易得逞，双方几乎很快进入了白热化的对抗阶段。只是这一次，对方来势汹汹，水军很多。并且不断有不明真相的网友加入，势头看起来对于岑野这边并不太妙。

岑野这边所有的人手、资源和辉子，全都投入到了这一次的危机公关，甚至连许寻笙那边的赵潭、大熊和阮小梦，也都暂时放下别的工作，想办法帮助岑野打赢这场仗。

这几天岑野哪里也没去，待在家里，运筹帷幄，暂避风头。

许寻笙陪着他。

日光干干净净地照在窗棂上，看起来不过是个宁静寻常的午后。许寻笙坐在别墅花园里，拿着手机，翻看网上的那些消息。

但是一些恶毒的言语，看得连她都心浮气躁、愤怒不已。

以及，被牵扯进来的她和姜昕盼，作用也很微妙。

姜昕盼的粉丝本身就很强大，金鱼虽不能比，但现在也有一批战斗力无比强悍的粉丝。对方似乎顾忌树敌太多，也不想把她们拖下水，所以更多只是隐晦地把她们当成受害者，于是这更造成两家粉丝如临大敌，斥责那些传闻的同时，渐渐也把矛头对准了岑野，于是讨伐岑野的大军里，又添了一大拨"友军"。

许寻笙翻到自己的微博下，看到新增的上万评论，一大部分都是骂岑野，劝她不要和岑野扯上关系的。

"金鱼，电影主题曲已经发布了，工作关系就结束了吧？不要再和这个道貌岸然的人，扯上关系了！"

"保护好你自己，金鱼，我们支持你！"

……

而外界，甚至还有一部分她的粉丝，为了保护她撇清关系，干脆四处踩岑野，看得她简直心里发堵。

至于姜昕盼那边，除了发了严厉谴责声明后，自然事不关己、高高挂起。至于部分"姜糖们"也加入了岑野的黑粉，两方本来就有宿怨，姜昕盼那边估计也是不会去管的。

而曾经锋芒毕露的野火们，现在的境遇也很糟糕。一个顶级流量明星的粉丝哪怕再多，也无法与逐渐蔓延到全网的激情相抗衡。尽管他们现在还和岑野经纪团队这边请的水军一起四处澄清反击，尽管他们拼命想保持岑野的微博下方评论区不被沦陷，但哪怕是岑野的微博，也开始出现一些攻击的热门评论，他们已经开始失守。有些网友已经上升到开始辱骂粉丝，骂粉岑野的都是脑残，都是三观不正，而野火的数量和影响力，也有了明显下降……

岑野工作室已经连续发出严正声明，声称会采取法律手段，惩治散布谣言者。然而微博下方，支持和嘲讽的言论各半。

你见过真实的娱乐圈吗？它的真实面目，就是这样如梦似幻，极尽嘲讽。上一刻，可以让你青云直上千万里；下一刻，可以把你拽进泥泞里，人人都能上来踩一脚。

并且往往是爬得越快越高，跌得越惨。

仅用两年时间登顶娱乐圈的岑野，迎来了这样的时刻。几天之间，天翻地覆。

……

许寻笙看得难受。自从当年和他分别后，她从未想过，还会见到他即将跌落的一天。她忽然发现，自己潜意识里一直觉得，岑野一定会一直好好的。又或者，这是她从来的心愿吧，哪怕和他分离的时候。

这两天岑野看起来还非常镇定冷静，有时候手下过来汇报或者打电话，要岑野拿主意，许寻笙也见他有条不紊，脸色沉稳，思路清晰。

可是……情况还是一个小时接着一个小时糟糕起来。

刚刚吃完饭，岑野说要去睡个午觉。但许寻笙觉得，他肯定睡不着。

她走到卧室门口，轻轻拧开门，只见一室黑暗，窗帘拉得很紧，一点声音都没有。她轻手轻脚走到床边，只看到被子里一团人形。她小心翼翼掀开被子，也躺进去。

于是这个午后，这个宁静黑暗的时分，只能听到两人都很均匀轻缓的呼吸声。

许寻笙躺了一小会儿，就感觉到身边人动了，岑野把她抱进怀里，在耳边低声问："你跑来干什么？"

"陪你。"

他说："我没事。"

许寻笙把头靠在他怀里，只是不说话。

过了好一会儿，岑野终于开口，带着几分自嘲的笑意："一开始新闻出来，我都是当笑话看，我和郑秋霖，八竿子打不着的男女，这不是扯淡吗？"

许寻笙静静听着。

岑野说："前两天我甚至连声明都懒得发，我想人正不怕影子斜，娱乐圈还有比我更洁身自好的人吗？我和你复合之后才破处，好不好？"

许寻笙心里有些发酸，又有点想笑。

"可是现在，发声明好像也没太大用处了。"他说。

许寻笙立刻说："有用的，该发的，还是要发，但求问心无愧。"

岑野却不置可否，黑暗中，她也看不清他的表情，只听他很讥讽地笑了声，说："笙笙，你知不知道，我现在回想过去的这些年，自己努力奋斗，努力写歌，唱得嗓子都哑了。其实就像个傻瓜。你努力地去向那些人证明，证明自己是个不错的人，是个有才华的人，可转眼呢，你成了他们的笑料。一个人黑白不分，冤枉了我不要紧，反正我一直也有很多黑粉。可是现在，成千上万的人一起跑来冤枉你，言之凿凿好像看到了我爬郑秋霖的床。你说他们满足的是什么，满足的是自己的正义感，还是把我踩在脚下的快感？"

许寻笙说不出话来。

只听他冷冷地说："还有很多人，在你当红时，什么甜言蜜语都说得出来。你知不知道，虽然我和粉丝保持距离，但是我……是真心待他们的。我只怕自己做得不够好，让他们失望，我觉得自己何德何能，被他们不求回报地爱着。每当想到这一点，我就觉得自己做得还远远不够，得到的却太多。甚至包括和你的事，其实我本来可以不管外界怎么说的，但为了引起最小的风波，让他们都能接受和理解我们，我一步一步，做了很多事，本来，一切都铺垫得好好的，我以为可以两全其美……但是现在，你都成为他们攻击我的把柄。

"明明就是凭空捏造，一波波黑水往我身上浇，当初那些献殷勤的人，现在在哪里？口口声声叫嚣着脱粉，还要每天来我的微博讨伐，生怕和我扯上关系。我觉得自己……真的是太傻了！"

许寻笙在黑暗中摸着他的眉骨、他的下颌，说："不是这样的，你一点都不傻，真心才能换来真心。那些趋炎附势的，只是很小的一部分，也不是原来真心喜欢你的人。真心喜欢你、喜欢你音乐的人，不会不懂你，分明还有很多人在支持你。你看到没有，至少你的后援会长黑土，每天被那些网友骂得最惨，还在坚持转发好多条支持你的消息，转发支持她的人也很多很多。你还没有输，还有很多真正爱你相信你的人，在为你努力。"

他闷闷地答："我知道。"

忽然间，他用力狠狠一下捶在床上，说："我只是这辈子，还没被人这么冤枉过。我心有不甘，恨得要死。"

许寻笙知道他性子烈，但现在他肯说出心里话，肯坦承自己的脆弱和颓废，她却比之前心安了几分。待他这么闷闷地待了一会儿，呼吸似乎平缓了几分，许寻笙探身，趴到了他身上。

他躺在那里，任由她趴着，没动。

许寻笙搂着他的脖子，说："小野，你有没有听过一句话？"

"说。"

"尼采说的，尼采知不知道？"

"喂，我不是文盲，也读过大学的，虽然和你的名校没法比。"

"嗯……"许寻笙柔声说，"尼采说过一句话：当你飞得越高，你在那些不能飞翔的人眼中，就越渺小。小野，现在你也是一样的，有些人，总是喜欢把那些自己不能够到的人，看得很低很低，这样，才能满足他们渺小的快感。可是他们对你而言，一点都不重要。

"而且那些人，毕竟只是少数，其实现在很多人，只是被网上的消息蒙蔽了。说实话如果我不认识你，随便看看网上的消息，大概也会信以为真，如果我们自己都不具备判断能力，其实也没什么好责备别人的。我们这个时代节奏太快了、太浮躁了，我们在里面，都身不由己，各种消息都那么快地朝人们涌过来，明辨是非没有那么容易。不是人出了问题，是时代和环境出了问题。所以，我才总想活得比这个时代慢一点，退到自己的一个小角落里，安静地活着，你明白吗？

"但我们既然踏入了娱乐圈，我觉得就要去面对这一切，接受这一切。哪怕遇到不公正的待遇，也要坚守自己的信念，甚至有可能的话，去改变这一切。

"因为，真的不会变成假的，假的也成不了真。世上没有那样的道理。我相信最后一定会水落石出，真相大白。到那时候，曾经误会过你的人，会站到你这边，会支持你，还给你清白。我相信这一点，相信人性本该如此。只是暂时，人们被幕后黑手误导、欺骗了而已。所以你不要气，我觉得你一定能平平安安过了这一关，以后会更加大红大紫。"

岑野静了一会儿，竟觉得心中已完全释然，她真的是他的女神。哪怕她现在已和他并肩站立在娱乐圈，但她的心总是静静地、远远地看着这一切，所以才能看得这么透彻、这么温柔吧！

他想自己真的不能没有她。她不仅是他的爱人，更是能时刻抚慰他灵魂的光。他到底有多幸运，她这样的女人肯爱他，还肯回头重新来到他身旁？

岑野把她更紧地抱在怀里，胡乱亲了一阵，带着几分让许寻笙无法招架的疯劲儿。等她莫名其妙地推开他说"好了好了……"他才罢休，搂着她说，"你说得对，我不能认输，我还要活得好好的，大红大紫。谁实力强，道理就在谁那一边，我就要让他们看到，什么是真的，什么是实力，什么是正义。"

许寻笙："……嗯，你说得对。"

虽说岑野作为一个倔强的男人，看问题的方式和她有所不同，但依然是殊途同归的。

岑野望着她秀气的脸，轻声哄道："我之前让你回湘城，你不肯回，我当时也觉得事情不会有那么严重，依了你。但现在形势严峻，我也要集中精力过这一关。今天晚上我安排你回湘城，好不好？"

许寻笙却笑了："小野，你是不是忘了，我从来没有在你倒霉的时候，丢下你不管。"

是的，她总在他倒霉时，陪在他身旁。

只在他风光时离开过他。

岑野心中一片柔软的疼痛，克制着自己，说："这不是丢下我不管。你在这里，我确实会分心。而且如果万一被人拍到你和我同居，不仅会把你拉下水，我的罪名会再添一道证据。"

这下许寻笙沉默了。

"好，我走。"她说，"你这边有什么事，一定要和我说。"

"嗯。"

两人又静静抱了一会儿，许寻笙问："你觉得……背后是谁在主使？"

"我不知道。"

"会是……他吗？"

岑野静了静，说："我不相信是他。"

这几天娱乐圈最热门的话题，就是岑野的丑闻之争。不光是网友，圈子里的人也是人人在讨论。Pai 集团里的人对于这位当家小生，自然也颇多关注，不过，集团里和他有过工作接触的人，都不太相信丑闻是真的。

对于这次事件的详细报告，也第一时间递到了李跃手里。

他看得很仔细，嘴角始终似笑非笑，一时也叫人瞧不出那笑是冷是热。

艺人总监看着他的脸色，试探地问："跃总，我们这边，要不要有什么动作？"

李跃看他一眼："你指的什么动作？"

艺人总监可是看着他那天被岑野揍的，还有他最后发的狠话，现在还能看到大老板脸上的创可贴呢。李跃看着温文儒雅，实则生性偏执强势，最讨厌人忤逆自己，这一点，艺人总监不是不清楚。

"我们也要踩上一脚吗？"艺人总监半真半假地笑着说，"替您出口气。也顺带敲打敲打别的艺人，别跟着岑野有样学样，翅膀硬了就踹开我们不认了。"

李跃沉默半晌，目光却变得悠远，他笑了笑，说："你跟了我这么多年，觉得我是个什么样的人？"还没等对方回答，他又说，"你不理解我。我原以为小野会理解的，他却也没有真正看清我。"

< 第十九章 >

朝暮发声

起初，丑闻爆料出来时，郑秋霖也只是觉得可笑，认定起不了什么风浪。

直至后来几天，她人走到哪里，都有记者跟着，她才察觉出事情没有那么简单。

"我和岑野只是普通工作关系。"这话她对记者说了不止一遍，可明显人家想听的，不是这个，或者说根本不信她。敷衍之后，对方又想方设法寻根究底，套她的话：

"郑女士，那你怎么解释岑野出入你的家？"

"别的比赛选手，爆料说你那时和岑野很亲密，额外照顾过他，你怎么看？你和他真的只有工作关系吗？"

"你一直没有结婚，和岑野有关吗？"

……

在娱乐圈工作，即便是做幕后，也不会一直顺风顺水。这两年，恰恰是郑秋霖不太顺的时候。当年的超级乐队杯大获成功后，郑秋霖跟着梁世北，也是志得意满，恰逢那时有投资公司看好，梁世北就从双马视频跳槽，自己出来组了家影视公司，想要收割部分这两年的影视红利。

但也许是市场行情在往下走，又或许就是运气不好，连赔了两部，梁世北手里的产业和赚钱路子本来就多，于是渐渐地，他的兴趣和精力就不在这边了。郑秋霖却是无路可走，原来的网站位子早也有人顶了，这两年她在圈内混得颇有些灰头土脸的，现在有时候出去，以前的一些人脉，也不一定买"秋姐"的账了。

直到公司里的人，都开始暗中嚼舌根，对她指指点点。并且一些记者，都开始跟到公司里，严重影响了正常生活。郑秋霖无奈，只能请了两天假，待在家里。

等她再上网去看，大吃一惊——原来事件已发酵到这个地步。她何等老到，一下子看出这是有人要往死里整岑野，自己被当成了枪使。

她沉思片刻，分析这件事的最坏后果：对方没有实证，因为本来就是捏造的，所以到最后，也不会有什么定论。但经了这一波脏水，岑野很可能元气大伤。

而她……郑秋霖苦涩地笑笑，她比岑野弱小很多，这辈子的名声只怕毁了，以后圈子里也不用混了。想想居然觉得人生可笑，当初她操盘一场场比赛时，多少无名之辈甚至有名的人，折在她手里。如今，在一个更大、更高级别的战场上，她却也遭受了无妄之灾，成为天王的炮灰。

正涩涩想着，手机进来一条短信。

岑野发来的。

岑野说："秋姐，抱歉，连累你了。"

郑秋霖倒还算镇定，想了想，说："我会发个声明澄清，不过可能没什么用。"

岑野说："好。保护好你自己，不用管我。我后面也会尽量帮你。"

这话多少让郑秋霖心生感动，问道："你打算怎么脱身？"

岑野："真的假不了，假的也真不了。我不信自己不能翻身。"

郑秋霖沉默了好一阵子，发了句："我听说了，你现在又和她在一起，有时间代我对她说声，对不起。"

岑野说："好。"

许寻笙回湘城后，才进一步感觉到，事态到底有多严重、多可笑。一下飞机，就有人跟她，回到了家，也能看到一些狗仔在外面躲躲闪闪。找到赵潭那里、想要采访她的媒体，更是数不胜数，赵潭代表她，通通反驳、回绝，但似乎没什么用。

"你是没看到那些人的眼神！"赵潭生气地说，"他们想找到什么答案？他们都信了，信这个圈子里的很多人寡廉鲜耻，这种事他们见得多了，就觉得小野一定一样！"

大熊和阮小梦也很气愤，大熊尽量配合岑野工作室那边做一些事，愤怒的阮小梦则直接下场，每天在网络上和人撕……

反倒是许寻笙，还算心平气和。岑野在网上都被黑成那样了，这些记者认为他有罪，也是大势所趋。

她只是微微皱眉，把外界这些事丢到一旁不理，她还是把自己关在工作间里写歌、看书，并且嘱咐大家该干吗干吗。

她并不频繁联系岑野，因为知道这是他最艰难、最难熬的时刻，会有很多事要处理。偶尔给他发短信，叮嘱他好好吃饭睡觉，他都很乖地回复说都做到了。

到了晚上时，她犹豫了一下，没有给岑野打视频电话过去。

结果他也没有打给她。

郑秋霖的声明，是在事发第三天发出的，也是许寻笙回湘城的当天。这次事件到现在瞬息万变，其实所有事态的推动升级，几乎都是在很短的时间内发生。

听到阮小梦的提醒后，许寻笙立刻上网去看。

郑秋霖的声明写得非常简明冷静，表明自己和岑野完全是工作、朋友关系，没有任何别的关系，并表示会追究法律责任。

许寻笙也知道，岑野那边的律师，已经开始行动了。

看到郑秋霖的声明，许寻笙本来感到心中一喜，心想两个当事人态度都这么坦荡坚定，应该能对澄清真相有所帮助吧？她点开声明下的评论，很短时间，已经有上万条。

然而大部分是骂的。

骂郑秋霖假清高、老女人、白莲花，骂她毫无羞耻心和职业操守。

骂她是岑野丢出来的弃子，骂他们一对狗男女居然还有脸出来澄清。

……

那些闻风赶来的人，讨伐岑野的先头军，也许本就是最想要黑他的人，又或者是背后的恶意主导，迫不及待地抢占阵地。他们根本不看声明里说了什么，也不关心，只是一味辱骂。

而他们身后的网友，多多少少也都受了影响，于是郑秋霖的声明出来，一时间竟对局势没有任何影响。

当然，这其中，也有部分网友，开始觉得这样不分青红皂白地否定，是否已经近乎疯狂了？但这部分人，还没有人敢站出来当出头鸟，这是后话。

许寻笙看了一会儿，就把手机丢在一旁，平平直直地坐着，眼神却有些茫然了。

她想起了昨天，小野在自己面前暴露的脆弱无力，也想起自己对他的开导，说真的假不了，假的真不了。她相信一定会有水落石出的那一天。可今天，看到郑秋霖的声明引发的反应，她甚至都开始怀疑这一点了，怀疑人性。

　　她静了静，甩甩头，让自己把这些彷徨的意志丢开。她告诉自己，信念就是信念，必须相信，否则今后他们在娱乐圈的路，都无以为继。她告诉自己，小野只是还需要时间，大众也需要时间，事情一定会出现转机。

　　可为什么，她的眼前却浮现了小野的那双眼睛。

　　那是在前些天，他的眼睛就像霜夜流星，清清湛湛，对她说："等我铺垫好时机，就公布我们的恋情，我也希望野火们喜欢你。但不管她们喜不喜欢，都不会影响我们的感情。"

　　许寻筌的心中，忽然好像被埋入了一颗酸酸的梅子，那味道微甜微涩，那是小野的味道，她知道。

　　她也想起，之前听赵潭提过，岑野那边的一些合作商都坐不住了，督促他立刻解决这次的危机；还有在谈的重要代言，被另一位新生代偶像男歌手截和；甚至连《客从何处来》电影的发行，都受到了一定影响，暂时没有推进……

　　她也理智地知道，岑野并没有真的倒下。他只是还站在那道分水岭上，要么，是打倒黑暗中的敌人，继续坚强向前，哪怕会受一身的伤；要么，他这次真的会跌落下去，跌得很惨很惨，今后将非常艰难。

　　她的小野，现在终于站在了悬崖边上。

　　可他的第一反应，却是送走她，不让她继续被牵连，没对她开过一句口，让她去帮什么忙。在他的反击计划里，他的自救手段里，从来就不考虑扯上她，连带着他工作室的人员有几次欲言又止，也不敢开口。

　　许寻筌想着想着，忽然眼睛里有了温柔的笑。

　　小野，是否永远都会是那副固执的、傻乎乎的模样？天底下所有的事，都想要自己一肩扛？以前总觉得他有些幼稚，从来都不是成熟的"老男人"，可原来，他早就是她心中一个真正男人的模样。

　　阴霾散去，彷徨也散去，忽然间许寻筌的心里平静坚定得仿佛涌动着一股清澈有力的水流。她拿起手机，挨个打给赵潭、大熊、阮小梦，告诉他们，接下来她这边，可能会要难熬一些，请大家多体谅坚持。

　　大家都理所当然说没问题，再多的风浪都来吧，他们怕什么？却并未察觉出她的意图。

　　其实许寻筌也有点紧张，因为她几乎从未在公众面前，强硬地表达过态度，和任何人对抗过。她总是不去强求什么，也从未强烈地表示过自己的存在感。但这一次，她打算改变自己，为了小野。

当晚八点，自"岑野事件"开始，始终沉默、从未做过任何表态的歌手金鱼，突然发了条微博。虽然内容简短，却震动全网，直接登顶热搜第一，为最近吵得轰轰烈烈的网络，更添了把熊熊烈火。

她说：

那些全都是污蔑。
岑野从来没有做过违背道德和比赛规则的事。
朝暮乐队琴手——小生（许寻笙）

发完这条微博后，许寻笙先关掉手机，去刻了一个小时的章。
然后给手边放了杯凉水，这才重新打开手机。
她已经有了心理准备，去面对铺天盖地的骂声。不过她想，总会有一部分人，会因此对岑野改观，而她至少可以给他分担部分火力。
然而看到热评第一，许寻笙还是一怔。
是她眼熟的一个 ID 留言，这个 ID 从她还未出名时，就是她的忠实乐迷。

守土有责：金鱼，看到这条微博，我都哭了。你怎么这么傻，现在人人看到岑野都恨不得躲开，只有你，傻乎乎地站出来！你是要让我们骂死吗？

热评第二：

子心淡雅：明明金鱼只说了两句话，还有一个落款。为什么我突然感动得不行？你说上，我们就上。不撕岑野了，我倒戈了！

许寻笙很少被网络上的事牵动情绪，看到这些，眼眶忽然一热。这些天见到了太多恶毒、盲目和躁乱的留言，令她对娱乐圈和网络的感知也掉到了冰点。可这些陌生人，这些姑娘的话，却像一道道傻乎乎的光，照得人的心重新亮堂起来。
她心想，原来我们想得没错，假的真不了，善意永远不会在恶意面前退后，哪怕是在这个浮华如梦的娱乐圈。

当然，下面还是有各种骂的，并且极其难听。

说吧，岑野给了你多少钱？

哟，这是被睡得心甘情愿，为虎作伥了！他的技术是不是特别好？

就算你曾经是朝暮成员又怎样？还不是在包庇他，替他当遮羞布！

……

许寻笙冷哼一声，喝几口凉水，告诉自己降降血气，置之不理。

黑子们并不能一手遮天。

还有大批岑野的粉丝赶来，看得出来她们非常感动，全都以"谢谢"刷屏。

谢谢你的仗义执言，野火无以为报！

谢谢！我以前还黑过你，没想到最后是你先站出来维护小野！

谢谢说出真相！连小野以前的队友都站出来否定了，那些黑子还要抹黑吗？真的要凭一个"莫须有"，没有任何实证，就冤枉我们小野吗？

这是一个条理清晰的反驳，而围观网友们，显然也有一部分人，想到了这一点。于是在许寻笙的这条微博被转发到全网发酵后，那些心存怀疑、那些隐隐已觉得铺天盖地的、盲目黑违背本意的网友，终于也有了底气，站了出来，引起了新一轮的争论。

反对派说：我不理、我不看、我不信，他们同流合污，岑野就是贱，就是潜规则，上位娱乐圈毒瘤！

支持派说：他哥哥的事，说到底和他没关系，和姜、许的两段绯闻，仔细一看也没有任何实证。之前大家先入为主，对他有了成见，可是他说没有，郑秋霖也说没有，现在他的队友也说没有。只有传闻中当时的节目组工作人员爆料人和被淘汰的某些选手说有，这怎么就是有了呢？能不能让他们实名出来对质？这边可都是真身上阵哦！

……

网络上的舆论风向，悄然有了一丝变化。

许寻笙却觉得，这一刻迟早会到来，自己或许只是推动加速了一把。因为对方的指控，本就是纸糊的刀，只不过幕后黑手太心机老到、步步算计，才能一击得手，甚至差点真的把岑野捅了个对穿。

但网友们总会冷静下来，现在，那些曾经被掩埋的理智的声音，不是就传出来了吗？

看到这里，她觉得效果已经比自己预期的好很多了。她之前都做好了被骂得跟岑野一样黑的准备呢。既然一朝出手成功，她也无意再去追击什么，那无为而治的性子又上来了，决定尽人事听天命，于是心平气和不再看了，关掉手机。

只是又想起岑野。

不知道他此时在忙什么，也不知道看到她掀起的这一番风浪，会有什么反应。

忽然间竟有点不想面对他，面对他的沉默，或者是动容，抑或是……生气，生气她跑出来，替他挡枪。

想到这里，许寻笙居然笑了，决定关掉手机装死。

这天，岑野并没有时刻关注网上的消息。一是不想平白给自己添堵，二是经过许寻笙的开导和这两天的思考，他也看清了，对方最大的漏洞就是没有实证，那就会有站不住脚那一天。等一等网络群情发泄完毕，避其锋芒，他再谋翻身、收复失地，不见得不能扭转全局。

那些暂时失去的，他虽然恼火，但也沉得住气。被人截和的重要工作、放弃他的那些野火、新增的黑粉……这些，他已决意一样样讨回来。正因为他是凭借实力红上来，所以现在想通了，依然能意志坚定、无所畏惧。

只不过眼不见心不烦，这辈子除了许寻笙和音乐，没什么能让他拥有耗不尽的耐心。于是他这会儿干脆把自己关在工作室里，写歌去了。

只是暂时写出的，都是些杀伐果断、戾气满满的歌，这就没什么办法了。

而岑野的经纪团队们，看到消息后，却有意拖了拖。毕竟岑野不止一次严令过，不许把许寻笙牵扯进来，他们惊喜之余，静观了一阵事态发展，直至这天夜里十二点，才喜气洋洋把岑野从工作间请出来，向他汇报网络风向的转变。

"岑先生，网络上支持你的言论，已经开始占上风了！"

"是啊，多亏了许小姐和朝暮乐队其他人站出来，由他们来旁证，其实特别合适，尤其赵潭和辉子现在还名不见经传，很有说服力。你和他们的兄弟情，打动了很多人！我们看了都很感动。"

"我感觉这场闹剧，本来就到了一个转折点。只是许小姐加的这把火，加得太好了，时机把握得很妙，她真的很有魄力，僵局一下子被打破。"

"接下来我们乘胜追击，我也会和水军、粉丝后援会联络，尽力压制住对方。只要舆论彻底扭转过来，所有人都知道小野被冤枉了，这次的事件，说不定不仅对名声没有损害，甚至有可能更上一层楼！"

"咱们老板娘，这回真的帮大忙了，选择最大压力的时候挺身而出。"

……

岑野盯着手机。

都不用他一个个去找，点进去都在今日的热门微博里。许寻笙是第一个，其他几个紧随其后。

他的笙笙，一如既往地言简意赅，连对抗全网这种事，都带着一股子绝世独立的清傲气息。

　　那些全都是污蔑。

　　岑野从来没有做过违背道德和比赛规则的事。

　　朝暮乐队琴手——小生（许寻笙）

岑野心底有哪个很深的地方，忽然疼了一下。

朝暮乐队——小生。

他已经有很久很久，没有看到过这个名字、这个格式。

他定了定神，继续往下看。

第二个发微博的，是赵潭，就在许寻笙发出半个小时后。他写的也不长，甚至还带着他惯有的轻松耿直。

　　小野是我最好的兄弟，几乎就是我看着长大的，尽管我们现在，已经分道扬镳。

　　岑野从来没有做过违背道德和比赛规则的事。

　　如果有，你们可以把我的脑袋砍下来当球踢，他一直是我眼中最正直善良的人。

　　和他当兄弟，这辈子不后悔。

　　朝暮乐队贝斯——坛子（赵潭）

第三个跟着发微博表态的，就是辉子了。辉子以前总是那么絮絮叨叨，后来朝暮解散，他跟着岑野，话却似乎渐渐变少。今天，却仿佛旧态复发，说得也不少。

　　小野也是我最铁的兄弟。从我们当年什么都没有、几个穷小子组建乐队开始，他就对每个人都很照顾，他明明是乐队的灵魂、实力最强的人，却过得最辛苦。你们从来没有见过，他为了实现梦想多么努力和拼命，你们有没有三天吃不上一顿饱饭？有没有在 Live House 冰凉的地板上过夜？有没有一天跑好多个地方只为打工挣钱买一把吉他？这些，他都做过，为自己，也为我们。

　　岑野从来没有做过违背道德和比赛规则的事。

　　我可以为自己讲过的所有话承担法律责任。那些污蔑他的人，你们摸摸自己的良心，真的不觉得羞愧吗？你们敢负责吗？

　　朝暮乐队鼓手——辉子（许梦辉）

　　最后一个发微博的，竟然是张天遥。岑野已经有很久没见过他，只是偶尔才会想起这个昔日同伴，却没想到，他的声明，是最长的。

　　大家好，我是张天遥，曾经是朝暮乐队的主音吉他手。两年前，我第一个从乐队单飞。

　　那时候，很多人都猜测，我是和岑野不和，争夺主唱位子，失败了所以才离开。

　　我确实和岑野不和，具体原因就不说了，但是朝暮乐队的主唱，自始至终就只有一个，那就是岑野。

　　尽管，我和他早已没有任何联系。但是，我必须站出来说一句——

　　岑野从来没有做过违背道德和比赛规则的事。

　　我们朝暮的每一次胜利、每一次冠军，都是靠实力赢得的。我们问心无愧！我们甚至曾经还被人黑幕，丢掉了本该属于我们的冠军，你们又知不知道？而岑野，以他的才华、他的努力，还有他光明正大的品格，根本就不屑于也不需要去接受潜规则。郑秋霖是当时对我们很好的姐姐，不光照料我们，也照料别的乐队，仅此而已。

　　谣言止于智者。我是一个离开朝暮、与岑野不和的人，我没有理由为他遮掩撒谎。这次的事整个就非常可笑，希望诸位网友能够明辨是非，不要被有心人利用，还他一个清白。

　　曾经是岑野的兄弟，我并不后悔。

　　朝暮乐队吉他手——腰子（张天遥）

岑野坐着不动，也不说话，脸上似乎没有任何表情。一室清澈静谧的灯光里，经纪团队所有人，只看到他的眼睛里，是某种漆黑僵硬的执拗。

其中一人开口说："小野，现在势头特别好，你这些昔日兄弟，真的起了非常大的作用。我们都觉得，打铁要趁热，明天一早，你再发一则声明，严厉谴责造谣者，这绝对是收复河山、占据网络热度最高点的最好时机。基本上，我觉得这事儿就能盖棺定论了。"

大家都赞同。

岑野却似乎不为所动，又像是根本没听到，他沉默了一会儿，站起来说："辛苦大家了，今天早点休息，明天一切照常推进。这一出闹剧，是该画上一个句点，狠狠地打那些人的脸了！"说完他居然笑了笑。

大家虽然不知道他意欲何为，但是都感到精神一振。

人都散了，别墅里又只剩岑野一个。

他拿出手机，下意识想要打给许寻笙，默立片刻，却又放下。

他一个人走回工作间。

周围都是乐器，桌上、地面还有散落的纸张、曲谱、铅笔。他看了一会儿，蹲下把它们都捡起，整理好。他抬头望着窗外的夜色，已是冬日子夜，哪怕隔着窗，也能感觉出天色如此深冷。

他忽然就想起了最早那一天，也是在这样一个冬夜里，他们刚和许寻笙签了租约，走出她的工作室，那时候还下了雪，细细的满天飞雪。坛子站在他身边，腰子冰凉的手放进他的脖子里捉弄，辉子在雪地上装模作样滑雪。他们一个个怪腔怪调地喊着，喊亮了小区里所有的灯，估计许寻笙当时就在腹诽这群男孩的顽皮。

岑野就笑了，眼眶里却湿成一片。

已经……过去很久了啊。

可我其实从来不曾忘记。那个雪夜里的所有人，他们一直在我心里，我怎么就以为，把他们给搞丢了呢？

每当我登上万人瞩目的舞台，当我享受纸醉金迷，万众欢呼或者那些陌生人的唾骂，我从此孤身一人，却总觉得，身后还有别人，一直在看着我，看我飞翔，看我无所不能，看我一步步登上天际，看我实现那一个个音乐少年未竟的梦。

那些最珍贵的，那些细小的，寻常的，苦涩的，甘甜的，热血沸腾的，痛不欲生的……它们都已融入我的血脉深处，我从来不曾真的忘记。

那是我们的青春。

我们志同道合、缘分天定。我们一路高歌，却在某天分崩离析，天各一方。我们看到了无法掌控的成长和未来，在利益和欲望里沉沦，最终只能打落牙齿和血吞……可是我真的想要谢谢你们，谢谢你们还肯相信，小野还是小野，哪怕身边千万人经过，他也从来不愿真的辜负什么。

我的兄弟们，分明还是我欠你们一句……对不起。

发不发声明去独占鳌头，已经不重要，幕后黑手是谁，我也不那么关心了。你们已经给了我最想要的东西，我这一生，从来没像此刻，这么清楚自己追寻的是什么。这条路，这条我们曾经用热血和不屈浇筑的路，我会牢牢站稳，膝盖不会弯，信念不会丢，我会一直大步地、勇敢地走下去。

"梦想"这两个字，它到底有多重，音乐到底有多么灿烂盛美，以至于让我们这样的人，一生都无法停止追逐，我一定会让所有人看到，也让你们再次看到。

舆论风向这个玩意儿，一旦发生转变，就会有很多神奇的变化。网友具备惊人的挖掘能力，能把很多以前被人视而不见的东西，都挖出来推到台前，以此证明自己所追随的风向。

譬如说丁沉墨。

这天早上他一起床，因为关切岑野事件发展，打开了"编剧老丁"的微博，大大吃了一惊——新增评论和转发居然都有上万条。

以往他的微博经常零评论、零转发好吗？就算前一段因为岑野的事，被网友骂，也就骂了一两百条而已。

那些陌生网友评论转发的，都是他置顶力挺岑野的那条。他心里咯噔一下，难道那个倾慕自己写作才华的天王小兄弟，彻底翻船了？把他这个友人都骂得这么严重了？

点开一看，最热门的一条居然是感激和表白："大叔，你好棒！谢谢你在小野艰难的时候站出来力挺他，不愧是小野认可的好编剧，这么有才华，电影上映了我一定要去捧场！"

接下来都是各种感谢、爱慕。哪怕老丁一把年纪了，也看得老脸微微一红。

关掉微博时，他心里其实还有点不以为然，心想三天前一出事，我就发这条微博了，当时也就几十条骂我的，说我是十八线编剧和岑野蛇鼠一窝，没想到如今风水轮流转，大家都夸我高风亮节。不过，他心里还是很为岑野高兴，心想这小子，看来是赢得了这场战斗。

网友们很快发现，力挺岑野的，不只老丁、不只朝暮乐队那些重情重义的前成员，还有一些和岑野合作过的音乐人、制作人，相继站出来发声。

网络著名乐评人安逸说：以乐识人。我以前就点评过，岑野的音乐心胸开阔、充满坚定的信念和充沛感情。他的歌喉也是近年来少见的上佳。拥有这样实力的人，其实根本不需要用别的手段上位。

著名作曲家酒七说：我和岑野有过两次合作，他请我合作编曲，虽然是大明星，态度恭敬谦和，专业基础扎实，这样的人，我也相信他的人品！

古琴演奏家刘渊说：我记得去年春天，岑野为了让我给他的一首歌加入一段古琴独奏，来了我的工作室三趟。他对民族音乐和我们从业人员都很尊重，态度专业又极其细致认真。我希望岑野老师这样的人，发展得越来越好！

甚至连被岑野拒绝、没有给自己电影作曲的国际知名大导演汤三哥，都在微博说了句："我很喜欢岑野的音乐，可惜还没有机会合作。"

……

这些声音中，最引人注目的，是一个很多人意想不到的人物，站了出来，而她身后代表的强大流量和号召力，更是令整个网络瞩目。

起初有些人听说姜昕盼也发了微博后，还很激动，心想莫不是天后要爆别的料，事态又要逆转，哪知道跑去一看，内容简洁、态度鲜明。

我和岑野相处不多，但也认为他是正人君子。

很喜欢他的歌，加油！

底下的千万姜糖们，都沸腾了，言论不一。

有的说：盼盼都替岑野说话了，看来他确实是无辜的。我们也支持他。

有的说：好吧，我去向岑野和他的粉丝道歉！

或者说：盼盼真是仗义执言，明明自己也是受害者。

还有的则担心：*你怎么这么好呢，为什么要站出来替他说话？之前都被他连累了！*

……

抱有相同担心的，不止粉丝。姜昕盼的经纪人跟了她很多年，其实对于她之前的那段不为人知的心情，也比较了解，哪里想到姜昕盼没有和公司打招呼，就发了这条微博——事实上如果打了招呼，肯定就不会让她发了。

这让经纪人感到无奈，跑到姜昕盼的化妆间，屏退旁人，不解地问："你干吗要帮他，他在意过你的感受吗？而且之前还连累你，发这条微博对咱们一点好处都没有。万一他那边再出状况，你还得受牵连！"

已经化好盛妆的国民天后转过身，那张脸艳光激滟，却早已没了前段时间的低落和伤感，眼中光华流转："一点小风小浪，怕什么被连累？他又不喜欢我，不在意我的感受也正常啊。

"不过，好歹是我喜欢过的男人，不是谁想踩一脚，就能踩一脚。我帮他说句真话怎么了？他本来就很好，就当是……给我前段时间的心情，画上一个完美的句点，不好吗？"

经纪人："……"

好吧，你是天后，你开心就好。

尽管以姜昕盼为代表的这些声音，大多数是在风向明显转变、支持岑野的力量开始占上风之后，才站出来的。但他们到底是自发出声的，既让网友们振奋，也带动了一波新的舆论力量和热点，甚至很快蔓延至全网。一时间，网络在众人可见的每一个相关话题下，都是替岑野澄清、同情他、心疼他还有向他道歉的言论占据上风。而那些黑子虽然还在蹦跶，眼看大势将去。

看到网上的风云变幻，许寻笙很欣喜，也很感慨。尤其看到姜昕盼也站出来为岑野说话，一时心情复杂，心想：他们欠她一句谢谢。不过，岑野的债，只能他自己去还了呗。

同样高兴的，不止她一人。

"昨日朝暮"群聊（4人）：

辉子：哈哈哈，你们看到了吗？小野已经全面翻盘啦！现在到处都是支持他的言论，我看他要比以前更火了！

坛子：辛苦各位兄弟！（抱拳）

许寻笙：谢谢兄弟们。（笑脸）

张天遥：（笑脸）

辉子：喂，腰子，你也说两句，大伙儿都很久没见你了。

张天遥：我没什么要说的，顺利解决就好。

坛子：多亏了腰子的声明，最有说服力，转发量仅次于许老师，大功臣。

张天遥：这没什么。

许寻笙：腰子，谢谢你。

张天遥：不客气。

坛子：不废话了，等这事彻底了结，让小野请咱们大家吃饭。我们朝暮，也聚一聚吧！

辉子：好！

许寻笙：好。

坛子：腰子？

张天遥：到时候看时间吧。

坛子：别啊，说定了。

辉子：是啊，来嘛来嘛。

许寻笙：腰子，我们都很想见你，小野也想当面感谢你。一起来，好吗？

过了好一会儿，张天遥：好。

昨天许寻笙冲动出手，就关了手机，避着岑野。如今见雨过天晴、大局将定，便佯装无事又开了手机。

岑野却一直没有和她联络。

是不是忙于善后，或者不知道她开机了？

许寻笙忽然觉得很想他。

想知道他现在在干什么，是什么心情。或者只是听到他的声音，也好。

她直接给他打电话。响了七八声，那头才接起。

"笙笙。"岑野的声音听着有几丝疲惫沙哑。

许寻笙说："很忙？没休息好？"

那头的他听着像是丢开了什么东西，哐当响了响，然后声音里就带着清澈笑意："你昨天那么英武，干了大事，还不接我电话，我能安心休息吗？"

许寻笙莞尔，说："我好像还是起了点小作用的。"

"岂止是小作用。"岑野说，"谢谢老婆，救我一命。再造之恩，无以为报，只能早点娶你了。"

许寻笙想，那是报恩吗，分明是得逞。

"没那么夸张，你本来就能赢。"她说，"对了，刚才我和坛子、辉子，还有腰子在聊天，大家说好，等这件事了结，你得请我们吃饭。"

岑野静了静，说："好。"

他又说："得请他们吃顿大餐，好好庆祝一下。"

他的语气慢慢的，仿佛带着几分轻松。许寻笙却一下子想起了从前，那段他也时常被他们敲竹杠，请客吃饭的时光。那时候他无论挣多挣少，是不是吃了上顿没下顿，好像都无所谓，兄弟们尽欢就好。

两人都沉默了一会儿。

岑野再次开口："笙笙，我想你。"

许寻笙轻声说："我也是。"

咫尺天涯，患难与共，肝胆相照，很想很想。

他似乎又笑了，说："等我把这件事彻底解决完，就来湘城接你。"

许寻笙说："不好吧，又传绯闻怎么办？如果我要回来，自己来就是了。"

岑野却轻哼了一声，说："今时不比往日。你没看到我的粉丝们，现在有多喜欢你？一大半都成CP粉了好不好，我估计好多都快爬到你墙头去了。现在咱们，想什么时候公布就什么时候公布。我啊，也算是鸿运高照，因祸得福了。"

许寻笙还真没注意到这个"普遍现象"，被他说得心也扑通扑通直跳。

他却话锋一转："不过，公布我们两个的恋情，怎么可以潦草随便？你的粉丝还不拿刀砍死我，回头等我再好好想想。"

许寻笙："好。"

隔着电话，岑野仿佛都能够看到她温柔乖巧的样子，心头一荡，问："手表现在戴着没有？"

许寻笙低头看了看："戴着呢。"

"那你……想好没有？"

许寻笙脸皮一热："小野，还没到一个月。"

"嗯。"他说，"那你想好没有？"

不知怎的，许寻笙笑了，抬头望去，夜色正浓，星光正好，而他们就站在同一片天空下，她在南方，他在北方。他一遍一遍地问她那个问题。

"我啊，想好了。"她说。

<第二十章>

今予信仰

正如岑野的经纪团队所说，外界所有人看着岑野势力完全占据上风，看着黑子们已被大家合力打得销声匿迹，大家群情激奋之余，也在等待事件的一个句点。

这个句点，应该由岑野来画。严厉谴责也好，冷静声明也好，温情苦情也不错。这个事件最终，岑野被推到了舆论制高点上，好像他此时就得扬眉吐气地说点什么，表个态，才能满足某种仪式感，大家也能各回各家各归各位，再去关注别的热点。

否则总感觉，隔靴搔痒，这事儿没有正式完。

人们的心理或许就是这么奇怪又可爱，你坏的时候，我盼着你更坏，好像这样我才能出一口胸中闷气。

你好的时候，我愿你更好，明明和我没什么关系，可我好像也得到了空虚的满足。

可出乎所有人意料，一连两天，岑野一点动静都没有。这实在反常，正常人都该发声了，多好的机会啊，这个岑野是不是傻？围观群众抓耳挠腮，都快坐不住了，甚至连野火们，都等得很焦急，他们迫切地想看到自己偶像为自己正名，为这场轰轰烈烈的战役，亲手做一个终结。

于是网络热度，两天不退，甚至更激烈热情。

岑野是在这天夜里十二点，发出微博的。

文字内容很短：

我所有的态度，交给音乐证明。

谢谢你们。

下面附的，居然是一首新的单曲！

歌曲名叫《霜与光》。

这一刻，野火们还没点开歌曲听，很多人已经热泪盈眶。这就是她们的偶像，一直以来相信和坚守的那个人，受了这么大的委屈，好不容易沉冤得雪，却没有申辩，没有控诉，没有得意扬扬。他直接写了首歌发布，这是何等的才华与傲骨！

在同一瞬间，很多很多人，点开歌聆听。可不光野火们，那些围观的人，那些无意经过的人，甚至骂过岑野的、心有讪讪的人，都点开听了。

很快，在网络的这头那头，我们彼此都不曾见过的那些角落里，很多人听着听着，怔住了。他们听入了迷，一时间竟忘了自己想要在这首歌里寻找的初衷是什么，他们只是听着，静静地把它听完，才察觉出这首歌，竟像是写给自己听的。

是……写给我的歌吗？

写给每一个，平凡而勇敢的我。为什么我居然觉得感同身受？

我们曾经怀疑过这个男人，甚至曾经把他踩在脚下，差一点就把他拉下娱乐圈之巅。我们以为他或许不过又是一个皮相与背景造就的娱乐圈流量昙花而已，可他却写了这首歌，告诉我，他是什么，而我，又是什么。

每一个曾经了解或者不了解他的人，在听了这首歌后，都像是明白了什么，明白岑野是谁。哪怕他的歌曲中没有一句为自己的申辩，可我却明白了，他真的不会做任何违背职业道德和比赛规则的事，他不屑，也不需要。

……

与此同时，朝暮乐队的所有人，哪怕此时都在不同的地方，却也听到了这首歌。

赵潭在自己湘城刚租的房子里，调大手机声音，坐在沙发一角，安安静静地听。

辉子把女朋友丢到一旁，抱着手机，一个人待在阳台上听。

张天遥在家里，还是连接上了正屋的音响，自嘲地笑笑，可心头莫名发热，认真聆听。

还有许寻笙，她坐在那幢漆成蓝白相间色的小房子里，坐在靠椅里，对着一片宁静的花园，或者说菜地，神色幽幽地听着。

听着那清亮动人的旋律，听着那宛如深山寒泉，又如同冬夜白雪皑皑、清风吹落古铃的声音，就这么穿过千万网络，来到你我的耳朵里——

你从青春中走来

带着一身霜与光

以为能和世界对抗

只要她还在身旁

你从来不懂退让

左手是梦右手伤

他们说彷徨啊彷徨

你却抬头看朝阳

度过平凡千日

走过万里孤独

流光碎金的名利梦

谁不曾渴望心慌慌

看过谁哭谁笑

都说我痴我惘

世界容不下我的梦

少年心事转身遗忘

可是我总看见天边的飞鸟

闻到梦中野草香

千万人中我独行

明明这个世界上没有人和我一样

可是我总听见夜里的惊涛

尝到雨水的芳香

我在大雨中奔跑

明明我和世界上任何人都不一样

我想要陪伴在你身旁

我想要去南方

我想要把所有恐惧都碾碎

原来我依然能展翅飞翔

天空万千星辉万千梦

照耀迷路的人

别轻易遗忘别不敢回头望

无悔的青春她就是这样……

笙笙啊，我想要我们那如同漫天雪花般飘落的爱情，永远没有冰雪消融双目空空的那一天。

一见寻笙，便忘众生。

一见寻笙，愿付此生。

……

我只想陪你们南北征战，不问方向。

只要你永远用这样的眼神看着我，你就永远是我的信仰。

……

我是张天遥，所有人叫我阿遥，一把吉他，永远躁翻全场。

能否容小的一问？现在到底什么状况？怎么好像是换小野在调戏许老师了？

原来你们……真的全瞎了啊！这样的亚军，我们朝暮根本不稀罕要！

我在想自己何德何能，走到了今天。

曾经和他是兄弟，我从来都没有后悔过。

哪怕今后音乐圈再也没有赵潭这个名字，我也想让所有人看到，让生下我的那两个人也看到，我这样平凡的一个人，也曾经是全国冠军。

愿爱与梦想永不坠落。

愿爱与梦想永不坠落。

……

喂，我们做个约定吧。明年，这个音乐节，这里，你们，还有外面的所有人、音乐节所有人，将只看朝暮乐队，只看我。

因为朝朝暮暮，我只愿陪你共度。

刘小乔离开北京，是在这一年的初春，天气还很冷，她穿着大衣，只拖了一个大箱子，站在安检入口。

几个朋友来送她。

大家都知道她去年年底那事，但绝口不提，只殷殷嘱咐她在国外要对自己多照顾，有任何事打电话给朋友云云。

刘小乔一一应下。她今天穿的是件黑色修身大衣，里头是亮色毛衣和修身长裤，依然显得娉婷飒爽，脸比之前瘦了些，但是精神看着很好。

时间差不多了。

刘小乔和朋友们一一道别，也不知是什么心理，明明已心如止水，下意识还是往身后看去。

然后心脏仿佛一缩。

她看到那人就站在人流中，同样是黑色大衣，高大身形，很少见地戴了副墨镜，隔着几十米的距离望着她。

已经有一两个月不见了。他一开始找过她几次，她不肯见他。后来，他也就不找了，却不知道他从哪里知道，她今天离开。

灯光照在两人头顶，这样互相凝望了几秒钟，刘小乔想起他在出事后发布的声明，对妻子的道歉和悔改之意，还有他妻子在镜头里的哭泣，她忽然觉得一切悲伤都失去了意义。

刘小乔转过身，大步朝关闸走去。

我曾经以为那是真正的爱情，她想。我也知道一切都是错的，只是无法控制自己。

可现在，那到底是什么呢？

是一时鬼迷心窍，是命中注定的劫数，还是一个笑话？

不重要了。

我已经失去了。

而且那份耻辱，万人唾骂，将如同烙印刻在我心头。

我现在只想离开，忘了这一切。

我再也不想要这样的一份"爱情"了。

岑至一家离开北京，则是在数日之后。

已是四月间了，天气转暖，只是清晨的机场，清静少人，依然有些许凉意。

岑至面前放着两个大行李箱，刷着手机上的消息，看到弟弟最近接了几个世界顶级的品牌代言，人气更胜从前，他的嘴角露出一丝笑。

抬起头，就见机场里晨色将散，有飞机正在升空，离开北京，或许是离开中国，他有些出神。

直至小孩"咯咯咯"的笑声靠近。

儿子已能跑得很稳当了，正撒开小腿朝他跑来，张开双臂要抱。他的身后跟着宋岚雪，已经开春了，妻子穿着桃红色的薄羽绒服，只是脸还是明显憔悴着，生完孩子后，本就没有以前皮肤好，这段时间更显得整个人灰头土脸。

岑至忽然就想起两人刚恋爱的时候，她那时候那么爱笑，白里透红的脸，一捏仿佛就能出水。那时候他是部门里的骨干，虽然家庭环境不好，在北京也还没车没房，宋岚雪却一门心思跟着他，死心塌地爱上了他这个人。

而现在，他拥有了更多的东西，她却成了这副模样，并且已经很多天，再没对他露出笑脸。

岑至伸手把儿子抱进怀里，问宋岚雪："饿没饿？要不要先去吃点东西？"

宋岚雪答："马上就登机了，有飞机餐。"

岑至："好。"

然后好像就没有话说了。

只有儿子，还乐乐呵呵在两人间蹦跶着。

或者说，像是有很多话想说，可是都说不出口了。

岑至把儿子交给她，坐下继续看手机。宋岚雪看他平平静静的样子，也有点茫然，牵着儿子，坐到一边去了。

或者就像这样过剩下的人生吧。岑至想。两个人都小心翼翼、安安分分地过下去。爱情还剩多少？他不知道，在那段纸醉金迷的时间里，他总是不愿深想，跟自己说一点都不剩了。但若说分开，且不说他在公众面前道歉说要回归家庭，两人还有了孩子，还有岑野、双方父母给予的巨大压力，他自己……就真的舍得彻底同她割裂吗？

从来觉得自己的人生踏实又成功，原来却是这种无解的难题，能令三十好几的男人都感到一片茫然。

茫然的，不止是婚姻与家庭。

虽说岑野还留他在工作室，但现在圈内谁不知道他的丑事？经纪人的活儿无论如何是没法干了，岑野也提过，让他转幕后运作。弟弟到底是弟弟，不计前嫌，也不会亏待他，可岑至却说要再考虑下，暂时也没有做任何事，而是带老婆孩子，先回趟申阳老家，住一段时间，也探望父母。

以后的事，以后再说吧。

他抬起头，望着不远处的老婆孩子，心中到底涌起一丝久违的暖意，再越过他们，望着候机厅外很远很远的山岭和缥缈云雾，突然间，感到一种说不出的压抑难受。只是这感受他不会让人知道，也不会有人能知晓。

岑野家的院子里，花开得极好。每当许寻笙推开窗，就能看见满园花，这总是令她心情很不错。今天一早，她就将卧室窗打开，让风、阳光和花香都进来，自己则将长发随便一束，哼着歌，收拾两个人的行李。

岑野一推开房门，就看到伊人有条不紊、忙忙碌碌的样子。以前他的行李都是让助理收拾，或者自己随便塞满个箱子，现在有了这位能干的小女人，哪里还用得上别人。

岑野走过去瞧了两眼，只见两人的箱子里，每样东西都折叠摆放得整整齐齐，一丝不乱，她连行李都能整理得赏心悦目。再抬头看去，她今天穿着普通的白 T 恤和一袭长裙，无奈身材太窈窕皮肤也太白嫩，每一根线条都显得玲珑诱人。此时她就是他家中骄傲可爱的小妇人，忙前忙后，惹人怜惜。

岑野按捺不住，一把从背后搂着她的腰，低头就亲。

许寻笙早注意到他杵旁边一阵了，看东看西，嫌弃地说："不要添乱，要么帮我一起收拾，要么出去。"

"我来滋润你一下，这样你不是更有干劲？"他说，然后嘴巴继续造次，那修长白皙的手也开始邪恶地乱摸。

尽管许寻笙已经习惯了他人前清冷人后无耻的面目，此时脸还是一热，放下手里的东西推拒，这身衣服她还要不要穿了！两人闹了一会儿，最后是岑野整个把她抱怀里，两人额抵额，他就是不放手。好歹还是许寻笙主动亲了他的嘴，又亲了亲脸、鼻梁、耳朵，甚至被他按着亲了一下喉结……每一处都安抚到了，他才意犹未尽地放过她。

为什么总觉得他像个孩子，不知满足？

"你也去准备准备，一会儿该出发了。"许寻笙提醒。

他说"遵命"，这时手机有来电，是他新聘的经纪人打来的，他便出了房间，接起。

带来的却是个让岑野意外的消息。

事情还得回到三天前，网上出了个大消息——某位当红的偶像男歌手、演员，几乎是这两年来风头逼近岑野的一位，突然爆出丑闻——曾经与某中年女富豪交往过密，而且在片场耍大牌、索要天价片酬、与小明星关系不清不楚，等等。丑闻迭出，全网声讨，势头完全不输岑野去年年底被黑的那件事。那位男明星，最近只怕是苦不堪言，万人践踏，难以翻身。

几个月前岑野出事时，这个男明星截和了他的几个代言，而且之前就颇有针对之意，所以他现在出了事，岑野也留意了两眼，倒也没太在意。只是看到网上浪潮卷土重来，到底心有戚戚然。

却没想到今天经纪人打电话来，说的跟这件事有关："小野，那位 ×× 最近出事，您了解吗？"

岑野答："知道这事，怎么了？"

那头说："您知道是谁在整他吗？"

"谁？"

"好像是李总那边出的手。"

岑野心中微动，问："知道为什么吗？"

"不清楚。"经纪人答，"不过，我认识 Pai 那边的人，有人跟我透过风，说李总让他们查过那位 ×× 的事，好像咱们上次的事，是 ×× 背后的公司下的黑手。×× 一直把您当竞争对手。"

岑野静默片刻，笑笑："他，当我的竞争对手？一首口水歌都要找枪手写，他凭什么？"

经纪人也笑了，说："是啊，人心不足蛇吞象，跟您还差一截呢。现在他彻底掉下去没得争了。不过，李总这回，算是帮咱们报了一箭之仇，您这边是不是……"

挂了电话，岑野在走廊里默立一会儿，忽然间就想起了很久以前，第一次见到李跃的情形。那个幽静的酒吧里，李跃坐在桌后，端的是一副温文儒雅、言笑晏晏的模样，那时候这人眼中就是一片精光，当时的自己太年轻单纯，怎么就一点没看出来呢，竟只觉得如沐春风。

岑野忽然笑了，心中竟像是有什么刹那松开了。他干脆就靠在走廊墙壁上，拿起手机，又发了一会儿呆，最后只输入四个简简单单的字："谢谢跃哥。"

那人过了好一会儿才回复：

"不必。小野，我们两清了。

江湖不见，好自为之。"

岑野盯着这两行字，过了一会儿，放下手机，抬头望着窗外的蓝天，神色平静。

岑野和许寻笙抵达江城场地，已是下午，消息早就传出了，所以车行到附近时，竟已堵得水泄不通，还有几辆车疑似尾随。好容易走了条小路，车开进音乐节那广阔的场地，开到今晚他们所属的舞台附近，远远望去，暮色降临，离表演开始还有两个多小时，舞台前却已是人山人海、灯牌灿烂，竟宛如一片萤萤光亮的海洋。

舞台后搭了几顶临时的帐篷，外围还有武警守着，将所有热情的、窥探的目光都远远挡着。但是当岑野和许寻笙下了车，尽管都戴着墨镜、口罩，行色匆匆，却依然引起了外围粉丝们的疯狂尖叫。

许寻笙的脸微微发烫，举目望去，沉静不语。岑野却主动朝他们挥了挥手，即使戴着口罩，也能看到他眼中的笑意。

"啊——"粉丝们尖叫得更厉害了，还有人开始齐声大喊："小野小野！金鱼金鱼！小野金鱼！"

这两个月，两人早被媒体拍到好几次。虽然还未正式承认恋情，但其实也跟公开差不多了。

因为岑野对许寻笙说，要寻一个合适的机会。

许寻笙又不在意，公不公开，她都我行我素。

在外围的欢呼声中，两人走入一顶帐篷，旁人都没有，就见赵潭和阮小梦坐在电脑设备前，像是在摆弄什么。两人坐得极近，赵潭的手臂还搭在阮小梦的椅背上，看到他们进来，阮小梦就跟触了下电似的，身子一弹，而赵潭看一眼他俩，手臂慢慢放下来。

阮小梦已跳起来，跑向许寻笙："终于来啦！"

许寻笙假装没看到刚才的暧昧，微笑："嗯。"阮小梦把一份通告表递给她，许寻笙接过看了看，小声问："和坛子进展到哪一步啦？"

阮小梦眼睛一鼓，那脸皮居然很少见地红了，不说话。

许寻笙觉得新奇："怎么了？"

阮小梦想到刚才在设备间那一幕，忍了忍，到底没忍住，骂道："他居然强吻我，人面兽心！"

许寻笙："……"她是真的想象不出来，坛子能做这样的事！

她也有点不好意思问细节，看着阮小梦虽然口里在骂，眉眼却含春，便笑了。两个女孩的目光，都向旁边的两个男人飘去。

他俩站在帐篷另一侧门边，都望着外头的舞台。不知说了什么，岑野忽然给了赵潭肩膀一拳。赵潭笑笑，然后目光就似有似无地朝这边看过来，岑野也先看了阮小梦一眼，目光又停在许寻笙身上，微微一笑。

于是阮小梦又暗搓搓爹毛了："他们在说什么？为什么笑得那么猥琐！"

许寻笙也猜得出来他们在说什么，摸摸阮小梦的头，说："肯定在说你。"

阮小梦脸一红，又"哼"了一声，居然有点害羞的样子，不说话了。

许寻笙笑着问赵潭："坛子，他们人呢？"

赵潭朝帐篷外一指："调音呢。"许寻笙望去，果然见到舞台灯光幽暗的后方，两道熟悉的人影在那里忙碌。

"过去帮忙。"岑野说。

赵潭和许寻笙都说好。岑野伸出手，许寻笙走过去，由他牵着，两人走在前头。赵潭落后一步，看着小姑娘别别扭扭、骄傲地抬头，一个人走在后面，他扑哧笑了。

许寻笙故意不去听背后的拉扯响动，也有点汗颜，心想这坛子也难怪，当年当电灯泡就那么上道，现在自己上了，看着敦厚一个人，那厚脸皮程度只怕也不输岑野。

岑野问："在想什么呢？"

她答："在想坛子倒是你的好兄弟。"

岑野往后看一眼，明白了，笑："他从小跟我混的，看上谁，谁还跑得掉？"

正说着话，就来到了舞台后方，那两人都抬起头来，辉子已怪腔怪调喊道："哎哟，坛子，你干什么呢？搂着我们小梦的肩膀说什么呢？"

赵潭："闭你的嘴。"

阮小梦一把推开赵潭，所有人都笑成一团，一旁的张天遥也笑了。岑野看着他，点头："腰子。"

张天遥也点点头，目光落在他和许寻笙身上，也笑了。

许寻笙："腰子。"

他的目光却是温和的，又看了他俩几眼，说："小野，许老师，你们俩没怎么变样。"

岑野已上前一步，张天遥几乎同时抬起手臂，两人紧紧一握，然后抱在一起。其他人都看着这一幕，没有说话。

这约莫是樱花音乐节有史以来，观众人数最多、最盛况空前的一届了。因为歌坛顶级明星岑野，还有今年最红的女歌手金鱼、他的绯闻女友，都会来表演。

别说岑野，连许寻笙这个级别的歌手，来参加音乐节，都是很少很少的。所以音乐节今晚的门票，卖出了历史最高的数量。临近表演时分，本次音乐节最大的一个舞台，早已被围得水泄不通，而且还不断有观众在赶来。

不过，今晚这两位的表演，并不是以个人的形式。

表演的预告视频，还在音乐节的几处巨幅液晶宣传屏上不断回放，有岑野的个人演唱会节选画面；有金鱼坐在北京顶级音乐厅里，慢摇清唱的画面；有一个不太知名的鼓手，笑着坐着打鼓，而包括岑野、金鱼在内几个人，都笑着站在他面前；还有一个贝斯手、一个吉他手，他们都在很骄傲很专注地弹奏，灯光照在他们脸上，竟也十分惹人瞩目。而屏幕上一一打出他们的位置和名字：贝斯——赵潭；吉他——张天遥；鼓手——许梦辉……

在一阵又一阵，几乎要把远处的山峰掀翻的欢呼掌声中，场地周围的全部灯光暗下来，只余舞台正中灯光璀璨。这一夜，整个音乐节没有安排别的乐队和歌手表演，也没有必要。因为所有人必定会来看他们，只看他们。

他们终于登场了。

台下的乐迷们几乎嘶喊成一片：

"小野小野小野小野——"

"金鱼！啊——金鱼——我爱你！"

但也有另一股声音，在不断齐声喊道："朝暮、朝暮、朝暮……"

然后，舞台上的灯光渐渐暗了下来，只余一束光，照在正中的那位主唱身上。他低着头，宛如每一次上台演出，眉目清冷，眼里却有最不可一世的锋芒，当他抬头露出容颜，那少年般的笑容，所有人的心都会为之轻轻一抖。

这世上千千万万人，谁能阻挡他的笑。

而在他身后，贝斯、吉他、鼓手、琴手，都是正襟危坐，十分专注。才两年时间，幸好才两年时间，他们这群人，看起来居然没有什么变化。都还那么年轻、精神、好看，他们都在等待主唱的手势。

然后就看到小野，轻轻扬了扬手。

　　吉他飞扬、贝斯电音、古琴徐徐在旁响起，鼓声一下下凝重落下。所有人都安静下来，听那位顶级天王、传奇主唱，居然露出孩子般调皮的笑，然后他闭上眼，开始唱。

　　唱岳麓山常青，湘江如玉。
　　唱少年心事，兜兜转转，万重贪念。
　　唱我不想路人离人千万人人人迷了路。
　　也唱我们那疼痛的无法放弃的青春。
　　……

　　很多乐迷笑了，也有很多人在哭，还有很少十几个人，她们是两年前最早最早来到过樱花音乐节，听那几个名不见经传的年轻人唱歌的乐迷。今天，她们在赵潭的安排下，得到了最前排的观看位置，却已泪流满面。
　　"小野——"
　　"金鱼——"
　　"朝暮——"
　　每一次音乐间歇，很多人在叫、在跳，因为这一夜的每首歌，实在都出乎意料、震撼人心的好听。他们自己都不知道是被什么感染了，只是看着少年们在舞台上尽情挥洒，每个人都那么开心，那么尽兴，他们仿佛已与音乐一体，于是台下的他们，也快要疯了。叫声一片连着一片，人群涌动摇摆、如同潮水，所有人都在唱，都在快乐悲伤，仿佛与台上那些人，也是一体的。
　　甚至连最矜持的金鱼，哦不，小生，弹到兴起处，岑野居然跑到她身边，单膝蹲下，把话筒送到她嘴边。她低头就着他的手，轻轻开始唱，清婉的嗓音仿佛溪流，划破原来岑野带来的重重烈火，激起观众们更热烈的欢呼。
　　然后就看到那人，最璀璨的那颗明星，就这么为她举着话筒，一直屈身在边上，看着她。谁看不出那满眼的情意，谁看不出他眼里闪动的水光，于是台下更多人歇斯底里地尖叫。
　　许寻笙唱完一段，抬头看着他。岑野已丢掉话筒，偏头过来，吻住了她。
　　当着所有音乐节乐迷的面。
　　他吻了她。

　　坛子、辉子、腰子，全都在笑，坛子和腰子两个，干脆调皮地把吉他和贝斯，弹出一段妖娆可爱的音符。台下的观众们起初尖叫得仿佛山崩海啸，听到坛子、腰子的恶作剧，此时却又破了功，笑倒成一片。

"野笙、野笙、野笙、野笙……"

"结婚、结婚、结婚、结婚……"

他们全都在喊。

吻了好一会儿，岑野才放开许寻笙，在那么多吵闹的声音中，在扑朔迷离的光线中，盯着她的脸。她的脸都羞红了，可也不怪他，两人盯着彼此，一时间仿佛周围什么人都不存在，只有他们两个，傻乎乎地一起笑了。

岑野抓起话筒，跳到台前，眼睛里带笑，唇上还有水光，台下所有野火们，望着他这副模样，都快受不了了。

临近高潮，却见这音乐之子，如同痴了般，闭上眼，又唱出一段高亢激昂的叛逆之音，又听得所有人心潮起伏、难以抗拒。

待所有人都已沉迷忘形，他却睁开眼，轻轻笑了，仿佛天神降临，温柔而坚定地说："喂，我们做个约定吧。"

今后每一年的此时，逝去的朝暮都会归来，为你们演唱一个晚上。直至我们老了，唱不动了，你们也老了，拄着拐杖来和我们一起摇滚，好不好？

当晚，微博。

岑野：你和音乐，永远是我的信仰。@歌手金鱼。

金鱼：金鱼＝今予。我一直都在。@岑野。

也许在我短暂的一生里，离开的人不一定会回来。

失去的，不见得可以复得。

可是，那些夜晚，那些星光，那些陪我笑、陪我哭的人，他们清澈的眼睛，一直在我心里。

我想去流浪，我想去远方。年少的我，有过很多想象。

可我最好的想象，一直是你。

愿你此生永怀一颗少年心，壮志凌云意如铁。愿你烈日常遇甘泉，冬夜总有暖衣。风吹不散，雨淋不倒。愿你身后江山如画。

此生曾遇笙笙意，挚野流光见知音。

天造地设

岑野今天有点不开心。

有些媒体真是吃饱了撑的，又"爆出"了他与许寻笙疑似分手的新闻，打开一看内容，不过是因为媒体很长时间没有拍到他俩在一起的照片。而岑野最近太忙了，也没顾得上在网络上秀恩爱。这不，就有八卦人士从各种细节入手、深入浅出地分析推理——岑天王与许才女一定是情变了，否则以岑天王小狼狗需要奶的性格，怎么最近在微博上这么消停呢？

岑野："……"他日渐消停是因为许寻笙不喜欢高调好吗？况且两人现在过上安稳日子了，他也不太喜欢被外界一直关注。

然而，是可忍孰不可忍，任何看热闹、盼着他和许寻笙分手的人，在他眼里，都是脑残。

岑野直接甩出一条微博："别操心，好着呢。从来没有'情变'，只有'情深'。"

千万粉丝立刻鼎力支持，CP 粉更是大旗高举。可是在其中，岑野还是发现了一些不和谐的声音，竟然是来自许寻笙的粉丝。

此生寻笙：你配不上我们笙笙，最好早点分手。

一笙一世：当初公布恋情的时候，我就觉得两人不合适。我们笙笙是云淡风轻的人，你岑野却是个大俗的大流量明星。现在果然，公布恋情之后，你这边不断出幺蛾子。唉，我笙遇到你也是运气不好。

......

岑野好歹经历过网络飓风巨浪的洗礼，心情只有一点小阴郁，很快就释然。想了想，截图发给许寻笙："老婆，你的粉丝又欺负我。你说怎么办吧。"

他意在调情，正在工作间谱曲的许寻笙看到后，却微微一怔。回复："她们说得完全不对，你别理。"

隔着手机，岑野仿佛都能看到她一本正经、眼神清澈的样子，心头一热，回复："我知道，我和你，天下最配，没有被拆开的可能。"

许寻笙看完，微微一笑，放下手机，沉思半晌，又拿起。

众所周知，许寻笙性子恬淡，极少在网上公开秀恩爱。除了上次力挺岑野，并且随后公布恋情，平时微博只发一些音乐和个人生活有关的东西，自拍都极少极少发。

可这天夜间，在她和岑野被传出分手新闻、岑野独自澄清后，她也发了条微博，很简洁的内容："勿疑勿扰，天造地设。"

当天网上，这八个字，以及他们俩的名字，都先后登上微博热搜。

这天晚些时候，在外地出差的"天造地设"的当事人，就捧着手机在沙发上，全神贯注看着许寻笙微博下的评论，还有全网网友由衷祝福的声音，乐得嘴巴始终就没合拢过。

一旁的赵潭见了，对助理说："这下好了，许老师这一记暴击，某人要乐疯了。这些天避着他走，免得被他无节制地秀恩爱闪瞎眼。"

<番外二＞

星星嫌弃

随着儿子一天天长大，岑野对他的情感，有点复杂。

首先肯定是爱到骨子里的。小小的人儿，粉白一团，眉清目秀，眸黑唇朱，还总露出蹙眉思考的严肃表情，活脱脱一个小许寻笙。岑野每每一看到他，胸中就涌起一股强烈的喜爱，忍不住抱起来啃几口。

第一口，岑星星往往还淡定，微微一笑。

又来一口，他沉默。

再来一口，小人儿已露出稍稍不耐烦的忍耐表情，推开岑野。

岑野心里有点失落："不想让爸爸亲？"

"不是。"岑星星摇头，"你亲太多了。"

一旁的许寻笙看到了，走过来牵岑星星的手，温和说："爸爸就是这样的，多亲几下没关系啊。"

岑野心里有点美，心想还是老婆对我好。

岑星星："哦。"抬头看了看许寻笙，伸手，抱紧。许寻笙立刻蹲下来，岑星星甜甜笑了，在妈妈左边脸上亲一口，右边也亲一口，然后是鼻子。许寻笙心都化了，一大一小的两人的脸蹭在一起笑。

旁边的岑野："……"怎么忽然觉得自己好像是多余的？

不过，岑野很快在儿子心中又扳回一城。因为许寻笙是个运动白痴，一家三口去打羽毛球，没一会儿她就气喘吁吁。而岑野健步如飞、体力持久，陪儿子玩了整整一下午，把儿子累得趴在他背上睡着了。岑野背着他、牵着许寻笙的手回家，那种男主人的力量感简直不要太强。

果然这天夜里，星星趴在他怀里，说了好久的话，问爸爸怎么能把羽毛球打好，问爸爸怎么这么厉害，还和岑野一起鄙视许寻笙要提升体力。

岑野："哈哈哈……"

可是没多久，岑野又"受伤"了。

因为某天他下班回来，心血来潮陪岑星星一起去练字。

岑星星已经跟许寻笙学两年了。

两人从书房出来时，岑野脸色淡淡的。岑星星则认真地对许寻笙说："妈妈，你也教教爸爸练字吧，他的字还没有我一个六岁的小朋友写得好。"

许寻笙抿嘴笑。

岑野静了几秒钟，笑了，说："星星，爸爸明天陪你唱歌。"

平心而论，岑野陪伴孩子的时间，其实不少。工作之余，他都陪伴在这一大一小身边，有时候许寻笙工作，他还要自个儿带很久的孩子。

不过外界对他的印象可不是这样。大家都觉得，肯定是贤良淑德的许寻笙承担了带孩子的大多数义务。岑野？自己看起来还是个放荡不羁的少年，好像很难把他跟带孩子这种事联系在一起。

某天，岑野接到了一个著名的父子真人秀节目邀请。

本来许寻笙是不想让星星去的，但星星是这档节目的忠实粉丝，每期必看，听说爸爸和自己接到邀请后，想了想说："我想去。"

许寻笙问："如果参加这个节目，就会有很多陌生人认识星星，你走到哪里，可能都会有人围观，指指点点，和你合影什么的，你也确定要去吗？"

星星又想了想，说："我才不管他们呢，不能因为陌生人，就不去参加我喜欢的节目啊。"

许寻笙和岑野对视一眼，心中不约而同地想：这孩子像我。

第一期节目播出后，岑星星人气暴涨自不必说，几乎是一夜间成了人见人爱的国民宝宝。不过为了不让孩子接触网络上的声音，许寻笙和岑野没有给他开通任何社交媒体账号，然而岑野也成为另一个讨论热点。

因为他在节目中的表现，实在太好了！

给孩子做三餐、搭配衣服、注意冷热、关注孩子的情绪，还有遇到任何事，都会与孩子心平气和地沟通，以及三观很正地循循善诱地进行教育……既细致熟练，又有父亲的威严和可靠感，表现完全不输同期其他年龄更大的成熟父亲。

许多网友纷纷表示：

啊啊啊，被岑野圈粉了！简直是完美男人！

你以为他和你家老公一样是个回家就玩手机、只动嘴不动手的臭男人，结果人家不仅人帅歌好钱多专一，还能把孩子带得像个小王子！

一时间，网上不仅赞美声一片，还冒出很多羡慕许寻笙的声音。

她一定是上辈子拯救了银河系，才嫁给了小野这么好的男人啊！

这样的舆论，岑野看到了，自然是通体舒畅、暗爽不已。不过接受媒体采访时，他还是表达了事实：

"我本来没这么好，都是我太太调教得好。"